TUDO QUE VOCÊ QUISER QUE EU SEJA

mindy mejia

TUDO QUE VOCÊ QUISER QUE EU SEJA

tradução de
waldéa barcellos

ROCCO

Título original
EVERYTHING YOU WANT ME TO BE
A Novel

Copyright © 2016 *by* Mindy Mejia

Todos os direitos reservados, incluindo o de reprodução
no todo ou parte sob qualquer forma.

Direitos para a língua portuguesa reservados
com exclusividade para o Brasil à
EDITORA ROCCO LTDA.
Av. Presidente Wilson, 231 – 8º andar
20030-021 – Rio de Janeiro – RJ
Tel.: (21) 3525-2000 – Fax: (21) 3525-2001
rocco@rocco.com.br
www.rocco.com.br

Printed in Brazil/Impresso no Brasil

CIP-Brasil. Catalogação na fonte.
Sindicato Nacional dos Editores de Livros, RJ.

M458t	Mejia, Mindy	
	Tudo que você quiser que eu seja / Mindy Mejia; tradução de Waldéa Barcellos. – 1ª ed. – Rio de Janeiro: Rocco, 2018.	
	Tradução de: Everything you want me to be ISBN 978-85-325-3118-6 ISBN 978-85-8122-746-7 (e-book)	
	1. Romance americano. I. Barcellos, Waldéa. II. Título.	
18-48864		CDD–813 CDU–821.111(73)-3

Meri Gleice Rodrigues de Souza – Bibliotecária CRB-7/6439

Este livro é uma obra de ficção. Referências a acontecimentos históricos,
pessoas reais ou lugares foram usadas de forma fictícia. Outros nomes,
personagens, lugares e acontecimentos são produtos da imaginação da autora,
e qualquer semelhança com fatos reais, localidades ou pessoas,
vivas ou não, é mera coincidência.

*Para Myron, Blanche, Vic e Hilma,
que lavravam os montes do sul de Minnesota e
cultivavam um legado de trabalho duro, tolerância,
riso e amor. Todas as minhas histórias vêm de vocês.*

HATTIE / *Sábado, 22 de março de 2008*

FUGIR FOI UM SACO. Ali estava eu, bem no lugar com que tinha sonhado acordada tantas vezes na aula de Matemática, diante do painel de partidas no aeroporto de Mineápolis, e todos os detalhes eram exatamente como eu tinha visualizado. Estava usando meu traje de viagem – legging preta, sapatilhas e um suéter creme, grande demais, que engolia minhas mãos e fazia meu pescoço parecer ainda mais comprido e magro do que já era. Eu estava com minha bonita mala de couro e tinha na bolsa dinheiro suficiente para pegar um voo para qualquer lugar que tivesse imaginado. Eu podia ir a qualquer lugar. Podia fazer qualquer coisa. Por que, então, estava me sentindo tão acuada?

Tinha saído de fininho de casa às três da manhã, deixando na mesa da cozinha um bilhete que dizia simplesmente "Volto mais tarde. Com amor, Hattie". É claro que mais tarde significava qualquer hora depois de agora. Dez anos mais tarde, quem sabe? Eu não sabia. Podia ser que nunca parasse de doer. Podia ser que eu nunca sentisse que havia chegado a uma distância suficiente. A parte que dizia "Com amor, Hattie" era um pouco forçada. Minha família não era do tipo de deixar bilhetes carinhosos jogados pela casa; mas, mesmo que suspeitassem de alguma coisa estranha, nunca, nem em um milhão de anos, eles iam imaginar que eu estava pegando um voo para tão longe.

Eu praticamente podia ouvir a voz de mamãe. *Hattie não faz esse tipo de coisa. Pelo amor de Deus, só faltam dois meses para ela se formar, e ela vai ser Lady Macbeth na peça da escola. Eu sei como ela anda empolgada com isso.*

Enxotei de mim a voz imaginária e voltei a ler os destinos dos voos, na esperança de sentir pelo menos um pouco da euforia que eu tinha imaginado que sentiria quando por fim escapasse de Pine Valley. Eu só tinha viajado de avião uma vez, quando fomos visitar parentes em Phoenix. Eu me lembrava de que havia um monte de botões e luzes na minha poltrona e de que o banheiro parecia uma espaçonave. Eu queria pedir alguma coisa do carrinho de lanches, mas mamãe tinha rolinhos de frutas desidratadas na bolsa e era só isso o que havia para comer, além dos amendoins, e nem mesmo esses eu consegui. Greg sabia que eu não gostava de amendoins e pegou os meus. Só que fiquei com raiva pelo resto da viagem, porque eu tinha quase certeza de que teria gostado dos amendoins do avião. Isso foi há oito anos.

Hoje seria meu segundo voo, rumo à minha segunda vida.

E eu não estaria parada aqui, me sentindo impotente e infeliz, se tivesse conseguido lugar em qualquer um dos voos para La Guardia ou JFK. Era esse o problema com o impulso de decidir fugir de casa na véspera da Páscoa. O aeroporto parecia uma *Black Friday,* e as filas para check-in se estendiam até a calçada da área de embarque. O primeiro voo disponível para Nova York era às 6:00 da manhã de segunda-feira, e eu não podia ficar esperando esse tempo todo. Precisava sair do estado hoje.

Eu poderia pegar um voo para Chicago, mas parecia perto demais. Meio-Oeste demais. Puxa, por que não podia haver um lugar para Nova York? Eu sabia exatamente que transporte pegar de um aeroporto ou de outro, exatamente em que albergue eu ia ficar, quanto ia custar e como se chegava à estação de metrô mais próxima. Tinha passado horas na internet, aprendendo de cor como era a cidade de Nova York, tanto tempo que minha impressão era a de que eu já havia me mudado para lá. E eu supunha que era para lá que estava indo quando saí de casa naquela madrugada. Agora eu estava empacada, olhando para aquela droga de painel de partidas, em busca de algum destino alternativo. Se eu não podia ir direto para Nova York, pelo menos precisava chegar mais perto de lá. Havia um voo para Boston às 2:20. Boston ficava a que distância de Nova York?

Mesmo sabendo que era tolice, eu não parava de olhar de relance para as portas, vendo a enxurrada de gente que invadia o aeroporto com suas montanhas de bagagens, chaves, carteiras, passagens, tudo bagunçado nas mãos. Ninguém estava vindo ali para me impedir de viajar. Ninguém nem mesmo sabia onde eu estava. E, mesmo que soubessem, será que alguém realmente se importava? Com exceção de meus pais, ninguém neste mundo me amava o suficiente para se dar ao trabalho de irromper por aquelas portas, berrando meu nome, desesperado para me encontrar antes que eu me fosse.

Tentei não chorar quando fui ao balcão do voo para Boston. Uma funcionária bronzeada, excessivamente empertigada, disse que restava um lugar na classe econômica.

– Fico com ele.

Custava US$ 760,00, que era mais do que eu já havia gastado em qualquer coisa, fora meu computador. Entreguei-lhe minha carteira de motorista e oito cédulas novinhas de cem dólares, tiradas do envelope horrível que deu início a tudo isso. Restavam duas cédulas. Fiquei olhando para elas, tão pequenas e solitárias naquele grande espaço branco. Eu não conseguia enfiá-las na minha carteira. Tinha trabalhado para ganhar cada centavo na minha carteira e não queria que meu dinheiro sequer entrasse em contato com o conteúdo desse envelope. Perdida em mais uma onda de depressão, eu não devo ter ouvido o que a mulher disse em seguida.

– Senhorita? – Ela estava se debruçando na minha direção, no esforço óbvio de atrair minha atenção.

Agora havia um homem com ela, e os dois olhavam fixamente para mim como naquele sonho em que o professor está lhe fazendo perguntas, e você nem mesmo sabia que tinha um dever de casa.

– Por que você está indo a Boston hoje? – perguntou o homem, olhando para minha mala pequena.

— Para ir à festa do chá. — Achei a resposta bem espirituosa, mas nenhum dos dois riu.

— Você tem algum outro documento de identidade?

Remexi na minha bolsa e saquei minha identidade de estudante. Ele olhou para ela e depois para o computador.

— Seus pais sabem onde você está?

Isso me deu uma pontinha de pânico, mesmo sabendo que, em termos legais, eu era adulta. Algumas histórias me ocorreram. Eu podia dizer que meus pais já estavam em Boston à minha espera; ou talvez só meu pai. Ele tinha se separado da minha mãe e me mandou o dinheiro na última hora para eu ir passar a Páscoa com ele. Ou poderia seguir direto pelo caminho da órfã. Mas as lágrimas me impediram. A emoção trancou minha garganta, e eu soube que não conseguiria representar bem o papel. Não agora que eles já estavam desconfiados. Por isso, preferi deixar que a emoção dominasse.

— Por que vocês não cuidam da própria vida? — Cliente indignada. O aeroporto parecia um bom palco para isso.

As pessoas atrás de mim pararam de resmungar e começaram a assistir ao espetáculo.

— Olhe, srta. Hoffman, há certos protocolos que devemos seguir para compras de passagens em dinheiro, para o mesmo dia, especialmente quando se trata de bilhetes só de ida. Devo lhe pedir que venha comigo enquanto resolvemos tudo isso.

Nem morta eu ia ficar trancada em alguma sala do Departamento de Segurança Nacional enquanto ele ligava para meus pais e tornava esse dia dez mil vezes pior. E se eles conseguissem descobrir quem sacou o dinheiro do envelope? Será que tinham como saber isso? Estendi a mão por cima do balcão e peguei de volta as cédulas e minhas identidades.

— Se é assim, podem ficar com a passagem e enfiar naquele lugar.

— Devo chamar a segurança? — A mulher, que abandonara totalmente sua pose, apanhou o telefone e começou a discar, sem esperar pela resposta.

– Não se incomode. Estou caindo fora. Está vendo? – Peguei a bolsa e enxuguei os olhos com o dorso do punho em que tinha amassado todo o dinheiro numa bola suarenta.

– Por que não se acalma, srta. Hoffman, e nós...

– Por que *você* não se acalma? – Interrompi o cara com um olhar de ódio. – Não sou terrorista. Pena que você não queira meus oitocentos dólares pela merda dessa passagem pra Boston.

Alguém na fila deu vivas, mas, enquanto eu ia embora, rolando minha mala, as pessoas em sua maioria simplesmente ficaram olhando espantadas, provavelmente tentando descobrir que tipo de bomba eu ia levar às escondidas para dentro do avião. *Tem louco pra tudo, Velma.* Cutucadas. *Você não desconfiaria dela de modo algum, não é mesmo?*

Corri para o estacionamento e não faço ideia de como cheguei à caminhonete, nem como paguei ao encarregado, tamanha era minha confusão. Meu coração batia com violência. Eu olhava para trás a cada segundo, na paranoia de que algum segurança estivesse me perseguindo. E depois, assim que entrei na autoestrada, os soluços começaram. Quase bati numa minivan, de tanto que minhas mãos tremiam. Foi só depois de uma meia hora que percebi que estava voltando para Pine Valley. As Cidades Gêmeas já haviam desaparecido, e campos em pousio se estendiam até onde minha vista alcançava.

Era isso o que acontecia quando você se permitia precisar de alguém.

Era nesse monte de merda que você se transformava quando se apaixonava.

Eu estava tão feliz – tão livre e inatingível – quando comecei o último ano do ensino médio no outono passado! Aquela Hattie estava pronta para conquistar o mundo, e ela o teria conquistado, sim. Ela poderia ter feito qualquer coisa que quisesse. E agora eu era essa panaca que soluçava de dar pena. Eu tinha me tornado a garota que sempre detestei.

De repente, o rádio parou, e as luzes no painel começaram a tremeluzir. Droga. Entrei em pânico enquanto outros carros passavam por mim voando. Ao avistar uma saída mais à frente, dei uma guinada para entrar numa estrada de cascalho que separava dois campos, desacelerei e deixei que a caminhonete fosse parando em ponto morto. Quando passei para *park*, o motor engasgou e morreu de uma vez. Experimentei virar a chave. Nada. Eu estava parada num fim de mundo, sem ter como sair dali.

Deitei-me de um lado a outro do banco e solucei naquele tecido áspero até precisar vomitar. Saí trôpega da caminhonete para a vala da beira da estrada e vomitei só café e ácido estomacal.

Um vento fresco que vinha em rajadas pelos campos secou a transpiração que tinha brotado na minha testa e ajudou a náusea a passar. Fui me arrastando para longe do vômito e me sentei na beira da vala, deixando que a terra encharcada esfriasse minha calça e minha roupa de baixo.

Fiquei ali muito tempo, tanto que já não sentia o frio. Tanto que as lágrimas cessaram, e alguma outra coisa começou.

Eu estava totalmente só, a não ser pelos carros que passavam pela autoestrada, e me dei conta de que – pela primeira vez de que me lembrasse – não queria estar em nenhum outro lugar na Terra. Não queria estar presa numa poltrona apertada de avião, voando para uma cidade desconhecida, sem ter aonde ir depois que o avião pousasse. Não queria estar no palco com os refletores acesos e o teatro lotado assistindo a cada movimento meu. Não queria estar deitada sozinha na cama, enquanto mamãe preparava algum jantar que eu não ia suportar comer. Havia alguma coisa reconfortante no vazio da região ao meu redor, os campos nus contornados por árvores desfolhadas e trechos de neve renitente.

Ninguém sabia que eu estava ali. De repente, esse fato era maravilhoso. Eu podia ter dito isso minha vida inteira a todas as pessoas que cheguei a conhecer – *Ninguém sabe que estou aqui* – e elas teriam rido, revirado os olhos e me dado um tapinha nas costas. *Caramba,* elas diriam, mas era verdade. Eu tinha passado a vida inteira representando papéis, sendo qualquer coisa que elas quisessem que eu fosse, concentrada em todos à minha volta, enquanto por dentro eu sempre tinha tido a sensação de estar sentada exatamente neste lugar: enroscada no meio de uma pradaria morta, infinita, sem nenhuma criatura neste mundo a me fazer companhia. Agora que eu estava ali, tudo fazia sentido. Tudo se encaixava, como acontece nos filmes quando a heroína percebe que está apaixonada pelo cara idiota, ou que pode realizar seus sonhos de oprimida, típicos dos americanos; a música aumenta e ela sai andando de algum aposento qualquer, de um jeito determinado. Foi exatamente assim, só que sem a trilha sonora. Eu ainda estava sentada numa vala no meio do nada, mas por dentro tudo de repente mudou.

Ouvi de novo a voz da minha mãe. Lembrei-me do que ela disse na noite anterior, quando eu estava ocupada demais chorando no seu ombro para prestar atenção ou entender.

Para com o teatro, amorzinho, ela disse. *Você não pode passar a vida inteira representando para os outros. Os outros vão simplesmente se aproveitar. Você precisa se conhecer e descobrir o que quer. Eu não posso fazer isso por você. Ninguém pode.*

Eu sabia exatamente quem eu era – talvez pela primeira vez na vida – e exatamente o que eu queria e o que precisava fazer para conseguir o que queria. Foi uma clareza. Como acordar de um sonho em que você achava que as coisas eram reais e então sentir o mundo real entrar em foco ao seu redor. Eu me levantei – pronta para largar para sempre essa garota chorona, de dar pena. Já vai tarde.

A velha câmera de vídeo de Gerald estava enfiada no alto da minha mala. Eu a tirei dali e a montei na traseira da picape, acionando o botão de gravação com uma fita nova e me posicionando bem no centro, diante da lente.

– OK, oi. – Enxuguei os olhos, respirando fundo até o diafragma, como Gerald me ensinou. – Essa sou eu agora. Eu me chamo Henrietta Sue Hoffman.

E, quando eu tivesse terminado meu assunto com Pine Valley, ninguém jamais iria se esquecer de quem eu era.

DEL / *Sábado, 12 de abril de 2008*

A GAROTA MORTA ESTAVA DEITADA DE COSTAS, NUM CANTO do celeiro abandonado dos Erickson, meio boiando na água do lago que inundava a parte mais baixa do piso afundado. As mãos estavam pousadas no torso, por cima de algum tecido com babados, ensanguentado, que devia ter sido um vestido, e abaixo da bainha suas pernas se estendiam nuas, chocantes, para dentro da água, cada uma inchada até o tamanho da sua cintura, flutuando como peixes-bois na poça suja. A parte superior do corpo não tinha nada a ver com aquelas pernas. Eu já tinha visto corpos retalhados e também certa quantidade de corpos na água, mas nunca os dois pesadelos juntos no mesmo cadáver. Muito embora o rosto estivesse mutilado demais para uma identificação, só tínhamos um comunicado de garota desaparecida no condado inteiro.

– Deve ser Hattie. – Isso veio de Jake, meu assistente principal.

O atendimento de emergências recebeu o telefonema do caçula dos Sanders, que a encontrara quando ele e alguma garota chegaram ali às escondidas. Bem do lado de dentro da porta empenada, havia um pouco de vômito fresco, onde um dos dois tinha perdido o controle antes que conseguissem fugir dali. Eu não sabia se era isso ou o fedor terrível que fez Jake deixar transparecer um pouco sua náusea quando chegamos. Normalmente, eu teria feito questão de zombar dele, mas não agora. Não olhando para aquilo ali.

Soltei a câmera do meu cinto e comecei a tirar fotografias, de ângulos abertos e fechados, tentando captar a imagem de todos os lados sem resvalar para dentro da água junto com ela.

– Ainda não sabemos se é Hattie. – Apesar do pavor que de repente se instalou nas minhas entranhas, precisávamos seguir os procedimentos à risca.

Assim que entramos ali, eu liguei para a polícia técnica e solicitei que uma equipe de peritos viesse recolher e identificar todo e qualquer fragmento que pudesse ser uma prova. Nós tínhamos talvez uma hora sozinhos com ela antes que eles chegassem.

– Quem mais poderia ser? – Jake circundou a cabeça do corpo, pisando com cuidado enquanto as tábuas gemiam debaixo do seu peso de ex-jogador de defesa de futebol americano. Ele se inclinou um pouco mais para perto, e eu pude ver que o homem da lei havia se instalado no seu cérebro.

– Não dá pra fazer uma identificação segura com o rosto nesse estado, principalmente porque ela já está ficando inchada. Nenhum anel, nenhuma joia. Nenhuma tatuagem visível.

– E a bolsa dela? Nunca vi uma garota sair sem bolsa.

– Vai ver que levaram.

– Lugar esquisito para um roubo com homicídio.

– Não ponha o carro adiante dos bois. Primeiro a identificação. – Agachei-me ao lado dela. Com um dedo protegido por luva, afastei um pouco seu lábio e vi que os dentes estavam intactos. – Parece que podemos recorrer aos dentes.

Jake procurou bolsos no vestido, não encontrou nenhum.

– Causa da morte, golpe de arma branca, com grande probabilidade. – Levantei uma das mãos do corpo e vi a facada bem no coração ou logo acima dele.

– Com grande probabilidade? – zombou Jake.

Não fiz caso dele e ergui o braço da garota um pouquinho mais, para revelar o lugar em que a pele branca no alto se encontrava com a pele vermelha abaixo.

– Está vendo? – Apontei para a linha que separava as cores. – É *livor mortis*. Quando o sangue para de circular, ele é sugado pela gravidade e se acumula nos locais mais baixos. É assim que se sabe se mudaram um corpo de lugar, se a parte vermelha não estiver para baixo, como deveria estar.

Verificamos mais alguns pontos nela.

– Certo. É provável que este tenha sido o local do crime.

Eu me mantinha no papel do professor e me concentrava no corpo como se fosse o cadáver de qualquer outra pessoa. Tinha visto centenas, principalmente no Vietnã, é claro, e nesse exato momento eu teria até mesmo preferido voltar para lá, a imaginar a quem pertencia esse corpo destroçado.

Mostrei a Jake como é feito o teste do dedo.

– Se você pressionar a parte branca da pele, e ela ficar vermelha, o crime foi há menos de meio dia.

– Quer dizer que o sangue se acomoda no prazo de doze horas.

– Hã-hã. – A pele permaneceu branca sob meu dedo enluvado. Não apareceu nenhum sangue por baixo dela. Quer dizer que ela estava ali pelo menos desde o início da madrugada.

O piso do celeiro deu um rangido ameaçador, e nós dois nos afastamos.

– Esse troço vai desmoronar em cima da nossa cabeça.

– Duvido. Ele está desse jeito há no mínimo uns dez anos.

Eu via esse celeiro quase todos os fins de semana durante o verão, desde a abertura da temporada de pesca até as primeiras geadas, debruçado sobre a margem leste do lago Crosby como se estivesse observando os peixinhos em disparada abaixo da superfície. Mas dizer que eu via talvez fosse um exagero. É claro, eu sabia que estava ali, um ponto de referência para a pesca tão bom quanto a praia pública na margem exatamente oposta, mas ninguém sabia quanto tempo fazia desde a última vez que eu tinha parado para olhar para o celeiro dos Erickson. Era sempre assim com as coisas que estavam bem ali diante do seu nariz. Lars Erickson tinha abandonado o celeiro fazia uns vinte anos, quando vendeu a maior parte da sua margem do lago para a cidade e construiu novos celeiros junto da sua casa pré-fabricada do outro lado da propriedade, a mais de um quilômetro e meio dali. As únicas visitas que a velha construção recebia, além do próprio lago que vinha lhe dar lambidas durante inundações, eram de adolescentes, como o garoto dos Sanders, que procuravam algum lugar com privacidade para fazer sexo e fumar uns baseados.

Praticamente tudo o que o lugar oferecia era privacidade. Era um único aposento espaçoso, de seis metros por nove, de caibros expostos, com exceção dos vestígios de um paiol de feno na extremidade que ia se afundando no lago. As portas de largura dupla abriam-se para o lado oposto; e havia um buraco na parede onde antes ficava uma janela.

Com as fortes chuvas e o derretimento extraordinariamente precoce da neve nessa primavera, a água chegou a cobrir um quarto do chão, e estava cheia de guimbas e de maços vazios de papel de enrolar cigarros, junto com alguma coisa que poderia ter sido um saquinho de plástico ou um preservativo.

Jake acompanhou meu olhar.

– Acha que a arma do crime está aí dentro?

– Se estiver, a equipe vai encontrar. Eles são meticulosos. – Alguns condados tinham seus próprios laboratórios de perícia, departamentos inteiros de analistas e investigadores, mas nós não. Essa nossa região era terra de delitos leves, e a maioria de nossos crimes estava relacionada aos casos comuns de violência doméstica e consumo de drogas, nada que justificasse a despesa com mais uma folha de pagamento. Já fazia mais de um ano desde a última vez que eu tinha ligado para o pessoal de Mineápolis pedindo alguma coisa.

– Se essa não for a Hattie, é sem dúvida uma pessoa em trânsito. Não há nenhum outro informe de pessoa desaparecida em cinco condados.

– E você inclui Rochester nessa sua dedução?

– Hum. – Ele ficou pensando.

– Veja se consegue encontrar alguma coisa do lado de fora da entrada. – Entreguei-lhe a câmera e voltei cauteloso na direção da beira da água. Sem a presença de Jake, quase não houve rangidos. Em comparação com ele, acho que eu era bem pequeno, tendo sido reduzido aos poucos a um feixe de ossos, depois de trinta anos de serviço. Agachei-me ao lado da garota e apoiei o queixo na mão, procurando pelo que eu não estava vendo. Ela estava descorada, e seu rosto ligeiramente voltado para um lado. Parte do cabelo tinha ficado presa nas órbitas oculares, empoçadas com sangue coagulado. Os cortes eram principalmente nos olhos e nas bochechas, golpes curtos, com exceção de um longo corte em diagonal, da têmpora até o queixo. Um ponto de exclamação. Fora o ferimento no tórax, o resto do corpo estava bem limpo. Alguém teve uma vontade imensa de fazer sumir esse rosto.

Dei uma olhada rápida para ver se Jake já estava longe o suficiente para não me ouvir, antes de me debruçar mais perto.

– Henrietta? – Ela sempre se irritava quando eu usava seu nome de batismo, que era o motivo pelo qual eu o usara por praticamente dezoito anos. Todos a chamavam de Hattie, desde o dia em que veio do hospital para casa, com um laço rendado na cabecinha careca. Essa lembrança quase me arrasou. Por isso, pigarreei e me certifiquei de que Jake ainda estava ocupado, antes de fazer a concessão de dizer o nome que de brincadeira eu tinha me recusado a usar quando ela estava viva. – Hattie?

Eu não estava esperando uma reação, uma pomba enviada por Deus nem nada desse tipo, mas às vezes é preciso dizer alguma coisa em voz alta para ver como as palavras caem, como elas acabam se acomodando nas entranhas. Essas palavras pareciam facas dentro de mim. Fiquei olhando para sua compleição, o cabelo castanho comprido, o vestido leve demais para a estação. Não importava o que eu tivesse recomendado a Jake, esses detalhes me disseram para quem eu estava olhando no instante em que entrei no celeiro.

Quando Bud entrou na minha sala nessa manhã e me disse que precisava registrar que Hattie estava desaparecida, nós dois imaginávamos que ela tivesse ido embora. O que aquela garota mais queria fazer na vida era sair daquele lugar, mas a mulher de Bud não tinha tanta certeza disso. Hattie ia representar o papel principal na peça encenada na escola nesse fim de semana, e Mona não acreditava nem por um segundo que Hattie fosse embora antes de terminar a apresentação. Alguma peça de Shakespeare. Mona também disse que Hattie não teria ido embora, faltando apenas dois meses para a formatura. O que ela disse fazia sentido, mas seria mais fácil o inferno congelar do que eu apostar no bom senso de uma adolescente. Emiti o alerta normal de pessoas desaparecidas, pensando o tempo todo que Bud e Mona na semana seguinte receberiam um e-mail dela dizendo que estava em Mineápolis ou Chicago.

Agora, enquanto eu mantinha o olhar fixo no que provavelmente eram os restos mortais da filha única do meu companheiro de pescaria, uma pergunta mais difícil começou a me roer por dentro, a pergunta que acabaria com a vida de Bud com a mesma facilidade com que nós tínhamos acabado com a vida de peixes pequenos e peixes maiores a menos de quinhentos metros daquele mesmo local.

Quem podia ter assassinado Hattie Hoffman?

Quando a equipe da polícia técnica chegou e a ambulância conseguiu transpor a trilha coberta de mato até o celeiro para carregar o cadáver, eu já havia recebido mais de vinte telefonemas. O único que atendi foi o de Brian Haeffner, prefeito de Pine Valley.

– É verdade, Del?

Fiquei fora do caminho enquanto os rapazes da polícia técnica esquadrinhavam o celeiro inteiro, como formigas num piquenique.

– É verdade, sim.
– Foi um acidente? – Brian parecia esperançoso.
– Não.
– Você está me dizendo que temos um assassino à solta?

Fui lá para fora e cuspi perto da parede lateral do celeiro, tentando me livrar do travo da morte na boca. O capim não tinha sido pisoteado e ondulava na direção do lago soprado por um vento leve.

– Estou dizendo que temos um caso de homicídio em aberto, com uma vítima ainda não identificada; e é só isso o que vou dizer.

– Você vai ter de dar alguma declaração. Vamos receber chamadas de todas as estações de notícias do estado.

As reações de Brian eram sempre exageradas. Talvez recebesse algumas ligações da *County Gazette*. Na realidade, era provável que sua mulher quisesse saber todos os detalhes para poder espalhar a notícia no Sally's Café, onde servia bolinhos recém-saídos do forno todos os dias de manhã. Brian e eu tínhamos uma longa história juntos, já que nós dois exercíamos cargos públicos havia muito tempo. Nós apoiávamos um ao outro todas as vezes em que chegava a época de uma eleição, e ele era um bom prefeito, embora eu não conseguisse beber mais de um copo com ele de cada vez. Ele se queixava sem parar de um monte de ninharias e estava sempre querendo tomar conhecimento de casos e de "tendências criminais". Às vezes, ele me fazia pensar nesses cães agitados que não conseguem parar de lamber a mão da gente.

– Você acaba de ouvir a minha declaração, Brian. Nós divulgaremos a identidade da vítima quando for confirmada.

– Preciso saber se a cidade corre perigo, Del.

– Eu também.

Desliguei sem me despedir e enfiei o telefone no bolso enquanto uma das socorristas vinha se aproximando.

– Xerife, estamos prontos para levar o corpo.

– Certo, mais tarde vou até lá. Preciso verificar algumas coisas antes.

– Alguma pista? – A garota parecia esperançosa. Eu nunca a tinha visto antes. Ela não era do condado.

– Não existe nada que se possa chamar de pista. – Fui voltando para o celeiro. – Ou você pega o cara ou não pega.

O pessoal da polícia técnica recolheu em frascos e em sacos plásticos tudo que não estava pregado no lugar. Eles também dragaram cada centímetro da água no celeiro. Encontraram uma garrafa de vinho vazia, um lampião a querosene, cinco maços vazios de cigarros, algumas carteirinhas de fósforos sem marca e três preservativos usados.

Fiquei olhando enquanto eles lacravam com fitas a porta e a janela.

Jake se aproximou de mim.

– Nada da arma do crime.

– Nada. – Esperamos que a equipe terminasse e fosse embora. Eles encontraram alguns fios de cabelo e iam fazer exames também para ver se ainda havia algum DNA nos preservativos. Fora isso, guardariam o resto do material até nós lhes dizermos do que precisávamos, ou até quando o caso fosse encerrado.

Depois que os furgões desapareceram no horizonte, restou apenas o som do vento ressecando os campos e de um grito eventual de pardal, vindo do lago. Assim, era mais fácil pensar.

– Ela estava no canto mais distante da porta.

– Ou ela acabou acuada no canto, ou alguém já a encontrou lá. – Jake estava seguindo a mesma linha de raciocínio que eu. Foi por isso que eu o escolhi para ser meu assistente principal.

– Nenhum ferimento nem marcas visíveis nas mãos. Parece que não houve grande resistência. – Andei até a porta do celeiro e olhei ao longe, como se tivesse acabado de sair dali. Terras cultiváveis se estendiam até o horizonte em colinas suaves, em todas as direções, campos vazios que estavam perdendo sua última camada de neve. Não havia uma única casa ou construção que se pudesse ver do celeiro. – Ele a mata e vem saindo. Não deixa a faca. Precisa ir embora para lidar com a arma e com suas roupas.

Jake apontou para a trilha que circundava o lago, na direção da praia e da rampa dos barcos.

– Esse é nosso melhor palpite. Ele estacionou numa das vagas e voltou pelo mesmo caminho.

– Ou isso, ou seguiu tipo *cross-country* até chegar à autoestrada; ou ainda pode ter passado pela casa dos Erickson até a rodovia 7. Nos dois casos, mais de um quilômetro e meio.

– Por que ele ia deixar o carro tão longe? Não faz sentido.

– Não faz mesmo. Mas em sua maioria os assassinos não são inteligentes. E em geral eles não planejam matar ninguém, de modo que não pensam em detalhes, como qual seria a melhor rota de fuga.

Jake resmungou para me informar que não concordava com a ideia de uma fuga pelos campos afora.

– Vamos precisar de cães para esquadrinhar os campos. Um quilômetro e meio em todas as direções. Ligue para o Mick em Rochester. E saia com o barco pelo lago, com um detector de metais. O assassino pode ter jogado a faca na água quando voltava para o carro.

– Concordo com isso. Vou fazer com que examinem cada centímetro do lago e das margens.

Saímos dali e voltamos pelos campos com as radiopatrulhas aos trancos, até a casa de Winifred Erickson. Jake seguiu em frente, rumo ao centro, mas eu antes experimentei a porta de Winifred. Não houve resposta. Não significava que ela não estivesse em casa. A maioria das pessoas da região escancarava as portas de tela quando via qualquer rastro de poeira sendo levantada no horizonte, mas Winifred tinha seus caprichos. Às vezes, ela passava semanas sem aparecer no centro da cidadezinha, e mais de uma vez eu havia sido mandado ali para ver se ela não estava caída morta no meio da cozinha. Ela só atendia a porta quando eu já estava pronto para derrubá-la com um empurrão; e nessa hora sempre surgia com rolos prendendo os fios grisalhos que lhe restavam na cabeça e com o velho cachimbo de Lars se projetando da boca, perguntando se eu sabia quanto as portas custavam e se eu estava disposto a lhe comprar uma porta nova. Alguns dias depois, ela voltava a aparecer na rua principal, simpática como ela só. Tornara-se esquisita assim desde que matou o marido.

Deixei-lhe um bilhete sobre a busca com cães e voltei para o centro.

Os telefones estavam tocando como sirenes de incêndio quando entrei na delegacia, mas Nancy não estava na recepção. Fui encontrá-la tomando um café no refeitório. Jake estava devorando um sanduíche enquanto segurava o telefone.

– Estou em espera com Rochester – ele conseguiu dizer, entre mordidas. Bom ver que o apetite do garoto não tinha sido afetado por um cadáver mutilado.

– Me traz um café também, Nance, por favor.

– Eles não param, Del. O telefone toca o tempo todo desde uns vinte minutos depois que você foi chamado.

– Quem está ligando? – perguntou Jake.

– Para começar, todo mundo que me conhece, e eu estou dizendo para eles cuidarem da própria vida. Mas os jornais também, e Shel ligou para ver se você queria que ele viesse.

Shel era um dos nossos quatro assistentes, de dedicação integral. Com apenas doze funcionários na delegacia inteira, íamos ficar bem carentes de pessoal durante uma investigação de homicídio.

– Como foi que ele soube tão rápido?

– Ele é primo dos Sanders. Ligaram para ele assim que o garoto chegou em casa.

– Não, diga-lhe que está tudo bem. Jake pode atender a qualquer emergência a partir daqui.

– Mas preciso criar o arquivo do caso – protestou Jake.

– Eu vou criar o arquivo desse caso.

– Sou o chefe da unidade de investigações, Del.

– E eu sou o xerife deste condado.

Eu não costumava fazer valer minha autoridade daquele jeito, e ele não pareceu muito satisfeito por eu ter feito isso nessa hora. Não importava. Esse caso era meu. Nancy me acompanhou até a minha sala trazendo o café.

– Nenhuma ligação nos próximos vinte minutos. E esse caso exige sigilo total. Nem uma palavra, nem um gesto, para ninguém, enquanto eu não autorizar. Podemos confirmar a morte por esfaqueamento de uma pessoa do sexo feminino. Só isso.

– Você me conhece, Del. Sou um túmulo.

Ela fez menção de sair, e então se voltou.

– Foi ruim?

Achei o número no meu celular e dei um suspiro.

– Vai ficar pior.

– Sinto muito, Del. Vou preparar um comunicado para a imprensa para quando for confirmada a identificação.

Nancy fechou a porta ao sair. Suspirei outra vez e olhei para a fotografia na parede em que eu estava exibindo um lúcio de mais de treze quilos no lago Michigan, o maior peixe que eu tinha apanhado em água doce. Bud o chamou de meu monstro, e então quase me superou no dia seguinte, pescando ele mesmo um com quase doze quilos. Meu Deus. Fiz a ligação antes que pudesse pensar mais sobre o assunto.

Ele atendeu ao primeiro toque.

– É ela?

Rangi os dentes, respirei fundo.

– Você soube.

– Mona está louca de preocupação. O que você sabe?

– Ainda não posso dizer quem é.

– Não pode ou não quer? – Bud não mudou o tom da voz, nem a alterou em nada, mas eu nunca o tinha ouvido me fazer uma pergunta dessa nos vinte e cinco anos da nossa amizade.

– Não posso, Bud. Houve algum... trauma... no rosto, e não podemos fazer uma identificação positiva. – Ele não disse nada ao ouvir isso, embora eu soubesse que de algum modo ele estava absorvendo o que eu tinha dito, e sua imagem da garota morta que podia ser sua filha simplesmente ficou muito mais medonha.

A última vez que Hattie tinha sido vista, segundo Bud, foi na noite de sexta, depois da apresentação da peça na escola. Bud e Mona tinham ido assistir e lhe deram abraços depois, recomendando que não se demorasse, mas Hattie nunca voltou para casa.

– Você se lembra da roupa que Hattie estava usando ontem à noite, Bud?

– A roupa da peça. Um vestido.

– Um vestido de verão?

– Não, um vestido branco todo ensanguentado. Com sangue de mentira. E ela estava com uma coroa.

– Ela teria trocado de roupa antes de sair?

– Acho que sim.

– Ela tem um vestido de verão amarelo, com uns babados?

– Imagina se eu vou saber. – Bud checou com Mona. Eu podia ouvir as vozes baixas e tensas.

– Não, Mona diz que ela não tem – respondeu ele ao telefone, parecendo quase aliviado. Eu não tinha a mesma sensação.

– Bem. Ainda não tem ideia de quem deu carona a ela quando saiu da escola?

– Mona e eu não paramos de achar que deve ter sido Portia. Ela também estava na peça, mas Portia diz que não esteve muito com Hattie depois.

– Certo, Bud. Ouça, vou precisar que você me passe a ficha dentária de Hattie. Vou pedir a Nancy que vá até aí com o formulário;

e vocês serão os primeiros a saber, qualquer que seja o caso. Isso eu lhe prometo.

Ele emitiu um som como um agradecimento trêmulo e desligou o telefone.

Antes que eu pudesse pensar muito no que acabara de pedir ao meu melhor amigo, liguei para Rochester e confirmei que a autópsia estava programada para a primeira hora de amanhã. Não fazia diferença que amanhã fosse domingo. Os necrotérios não obedeciam ao horário comercial.

Enquanto Nancy se encarregava da papelada e das fotos, eu criei o arquivo do caso, com o novo programa especial de Jake que tornava impossível executar qualquer tarefa. Agora eu não podia me queixar. Depois de conseguir abrir a droga do programa, registrei os poucos detalhes que tínhamos. Um mínimo, quase nada.

Sexo feminino.

Caucasiana.

Ferimentos a faca e possível traumatismo craniano.

Corpo encontrado por dois jovens da região, no velho celeiro da família Erickson no sábado, 12 de abril de 2008, às 4:32 da tarde.

Engoli em seco e esfreguei o queixo, olhando para todos aqueles campos por preencher. Pela primeira vez de que me lembrasse, eu estava preocupado, pensando no que talvez precisasse digitar ali. Garotas não eram assassinadas por nada, não no condado de Wabash. Aqui as pessoas não passavam de carro atirando a esmo; não havia rapazes cheios de raiva descarregando um arsenal dentro do colégio. Toda essa loucura da cidade grande ficava em outro mundo, distante de nós. E era por isso que muitas das pessoas que moravam aqui ficavam aqui. É claro que as vitrines das lojas de Pine Valley viviam meio vazias. Quando os preços dos produtos agrícolas caíam, podia ser que as pessoas não conseguissem o suficiente para pagar as prestações da hipoteca, mas essa aqui era uma comunidade. Um lugar aferrado à ideia de que as pessoas ainda importavam. Alguma coisa sem dúvida tinha tido importância suficiente para fazer essa garota ir até o celeiro dos Erickson, naquele fim de mundo. E, qualquer que tivesse sido o motivo, aquilo também tinha tido importância suficiente para que alguém a matasse.

Estava ficando tarde, e eu fui andando para casa, mas quem sabia por quê? Eu fazia a maior parte das minhas refeições na delegacia e já quase não dormia. Costumava ser apenas durante casos importantes, mas ultimamente eu só conseguia dormir quatro horas por noite. Eu era proprietário do andar superior de um prédio de dois andares a um quarteirão da rua principal. No térreo, moravam os Nguyen, que agora eram donos da loja de bebidas. Eles eram praticamente os únicos orientais do condado e, embora os aromas da sua cozinha fossem penetrantes – nem um pouco parecidos com os de restaurantes chineses –, eles eram tranquilos e nunca batiam nos encanamentos para me mandar fazer silêncio, como fazia a velha que tinha sido a última moradora, até ter um acidente vascular cerebral e morrer. De qualquer modo, eu mantinha o som baixo, em especial no meio da noite, quando não estava dormindo. Às vezes, ouvia discos, mas já não assistia à televisão. Ela simplesmente fazia com que já me sentisse morto. Para notícias, eu lia o jornal; e ouvia no rádio a narração de partidas esportivas, tanto que nem fazia sentido eu sequer ter um aparelho, só que o gato da família Nguyen gostava de entrar pela janela e se deitar em cima da televisão. Apesar de eu nunca ter gostado de gatos, esse era legal. Ele não ficava andando para lá e para cá, todo posudo, pedindo comida, nem se esfregava deixando pelos pela casa toda. Só ficava ali sentado em cima da televisão num lado da sala de estar, e eu sentado no sofá no outro lado, e estava tudo bem assim.

Passei a noite inteira sentado ali, pensando naquele corpo. Se cochilei um pouco, não me lembro. Fiz anotações e listas de pessoas com quem queria falar; e fiquei observando o relógio chegar aos poucos às 7 da manhã, enquanto o gato crispava a cauda.

– Ora, ora, xerife Goodman, aos restos mortais de quem devo agradecer a honra dessa visita?

A dra. Frances Okada não tinha mudado. Claro que seu cabelo agora estava num coque grisalho e suas costas meio curvadas, mas ela ainda perambulava pelo necrotério como a rainha profana dos mortos; e ainda separava meu nome, "Good man", como se essa fosse uma piada incrível que ninguém sacava, a não ser ela.

– Essa é a pergunta que estou esperando para lhe fazer há uma hora, sentado naquela droga de saguão, Fran.

– É, que pena que aquele rapaz – disse ela, mostrando com a cabeça um corpo num canto, no qual um perito estava trabalhando – teve a audácia de ter um aneurisma durante um treino de beisebol ontem à noite. Ele devia ter tido a cortesia de verificar primeiro a programação do xerife Goodman.

Fui andando até a mesa, sem falar. Minha mãe sempre ensinou a minhas irmãs e a mim que o silêncio encerra uma discussão de um jeito mais rápido do que as palavras. Isso funcionava muito bem com médicos-legistas metidos a besta também; e, me enchendo o saco ou não, Fran ia me dar uma identificação. Bud e Mona estavam esperando.

O corpo tinha mudado de novo. Ela estava cinzenta debaixo das lâmpadas do laboratório, e o inchaço tinha piorado. Ela já não estava parecida com ninguém, muito menos com Hattie.

– Mandei sua garota para a radiologia assim que ela chegou. Esses são os dentes. – Ela pôs as chapas no visualizador. – E aqui está o filme que chegou da vítima provável, Henrietta.

– Hattie – corrigi, avançando para examinar as imagens.

– Veja a cárie aqui e aqui. – Ela apontou para os dois conjuntos. – As obturações combinam perfeitamente, e o perfil é idêntico a partir de cada lado.

O dedo de Fran se deteve num dente ligeiramente torto no maxilar inferior.

– Não há necessidade de DNA nesse caso. Ela é Henrietta.

– Ela é Hattie. – As palavras saíram com um pouco mais de raiva do que eu pretendia.

– Calculo que tenha morrido de doze a dezoito horas antes de ser descoberta, a julgar pelo grau de decomposição. – Fran calçou um novo par de luvas, e sua voz se abrandou um pouco. – Você a conhecia?

– Agora não faz diferença, não é mesmo? Preciso de uma análise completa, voltada para um assassinato. Sangue desconhecido, cabelos, qualquer coisa que esteja nela que possa apontar para algum lugar. E preciso disso rápido, certo? Ligue para mim quando estiver pronta. – Eu já estava saindo pela porta.

– Por que não fica aqui e acompanha a autópsia?

Olhei de relance para trás e vi que ela finalmente estava me encarando nos olhos, postada como uma guardiã diante dos restos mortais desfigurados que, dois dias atrás, tinham sido Hattie.

– Tem uma coisa que preciso fazer.

A caminhonete de Bud estava lá quando virei na entrada de carros, apesar de ainda ser cedo naquela manhã de domingo e impossível que a igreja já tivesse liberado os fiéis. Bear, o labrador preto deles, chegou ofegante junto da minha perna, em busca do afago de costume por trás das orelhas, enquanto eu seguia para a casa. Não olhei para ele. Antes que eu tivesse percorrido metade do caminho, Mona abriu a porta com um tranco.

Usava um grande avental florido, e seu cabelo estava amarrado para trás com um lenço. Ela era a única mulher da sua idade que eu conhecia que mantinha o cabelo comprido, e isso de alguma forma fazia com que parecesse atemporal. Tinha um rosto forte, calmo, que combinava com sua atitude, mas hoje havia tremores por trás dos seus olhos.

– E então? – disse ela, tensa.

– Mona. – Eu tirei o chapéu. – Bud está aqui também?

– É só dizer, Del. – Seus dedos estavam tamborilando sem ritmo no lado da coxa, enquanto ela permanecia parada ali, dura como uma tábua. Era como se os dedos não pertencessem ao resto dela, e eu vi um flash terrível de Hattie, meio dentro, meio fora da água, com aquele seu estranho corpo morto, desligado de si mesmo.

– Posso entrar?

– Claro, Del. – Bud apareceu atrás de Mona e abriu a porta um pouco mais. Pegou a mulher pelos ombros e fez com que recuasse para eu poder passar. Ela se desvencilhou dele e entrou na sala de estar antes de nós.

Assim que entrei, o aroma de manteiga e chocolate me dominou. A cozinha estava lotada de biscoitos – em espirais, de raspas de chocolate e de formato recortado – empilhados em travessas por toda parte.

Bud acompanhou meu olhar.

– Ontem, ela estava fazendo biscoitos para vender em prol da igreja, quando nos ligaram para falar do corpo, e então – ele deu de ombros, desamparado – simplesmente não parou. Não quis ir à igreja, e não sei se chegou a dormir de noite.

A voz dele parecia distante, como se eu não estivesse bem ali ao seu lado; e eu não sabia se a distância vinha dele ou de mim.

Entrei na sala de estar e me postei junto da lareira, onde as fotos de Hattie e de Greg do último ano do ensino médio estavam na parede acima do console, em molduras douradas. Hattie estava encostada numa árvore, de braços cruzados, com uma camisa branca com uma flor presa. Seu sorriso mal chegava a levantar os cantos da boca. Parecia feliz. Não, não feliz, na realidade. Satisfeita. Parecia ser uma garota que sabia o que queria, e sabia exatamente como conseguir o que queria. Ela era a filha que seria bem-sucedida e teria uma vida diferente, longe de Pine Valley, que se casaria com algum advogado importante e voltaria para casa só para as festas de fim de ano, com uma bela carreira e um filho ou dois para exibir pela cidade. Ela não era a filha que ia morrer. Olhei para a foto de Greg, posando com Bear e uma espingarda. Ele já usava o cabelo à escovinha muito antes de ter se alistado no exército, e estava louco para ser despachado para o Afeganistão no instante em que se formou. Era ele que se imaginava que fosse morrer. Era para ele que Bud e Mona tinham se preparado, de modo que pudessem aguentar a notícia caso ela chegasse um dia.

Bud se sentou no sofá, ao lado de Mona, segurando a mão dela, esperando. Quantas vezes eu tinha estado nesta sala? Centenas, e a cada vez Bud fez com que eu sentisse que ela era minha, que aquelas fotografias nas paredes eram da minha família. Respirei fundo e olhei para ele. Seu cabelo estava ficando grisalho, e sua camisa estava bem mais justa na altura da cintura do que antes. Ele me olhou direto nos olhos, e eu lhe contei.

– O dentista enviou os registros dentários para Rochester, onde o corpo está; e eles compararam os dentes de Hattie com os da vítima. São iguais. É Hattie.

Mona oscilou para a frente como se alguém a tivesse atingido por trás, e Bud soltou sua mão, mas nenhum dos dois emitiu o menor som.

– Meu Deus, sinto muito, Bud. – Minha garganta tentou se fechar, mas eu forcei as palavras a sair. – Mona, não tenho como dizer como estou me sentindo péssimo. Juro que vou encontrar esse canalha.

Mona estava com os olhos fixos no tapete verde desbotado.
– Dentes?

Bud olhava direto para as fotografias na parede atrás de mim.
– O que aconteceu? Como foi que ela...?

– Ela foi encontrada no velho celeiro dos Erickson à beira do lago, e parece que foi lá que aconteceu. Ela foi atacada por alguém com uma faca e morreu de um ferimento no tórax.

Bud permaneceu totalmente imóvel durante toda a descrição, enquanto Mona tremia em silêncio.

– Você disse que não pôde fazer a identificação pelo rosto.

Quem me mandou abrir a boca? Eu estava tentando manter tudo o mais simples possível, para poupá-los.

– O agressor atingiu o rosto também com a faca, mas isso pode ter sido após a morte. Só vamos saber depois que terminarem a autópsia.

Mona deu uma espécie de uivo baixo. Bud despertou da sua imobilidade e lhe estendeu a mão, mas ela o rechaçou.

– Não chegue perto de mim!

Ela se levantou trôpega e voltou para a cozinha, batendo nas paredes e se engasgando com os próprios soluços. Quanto mais se afastava, mais alto ela derramava sua dor. Mona não era uma mulher insensível, mas tão sem frescura quanto seria possível. Acho que nunca a vi derramar uma lágrima em todos aqueles anos em que a conhecia. Aqueles gritos excruciantes vindo de uma mulher como Mona eram praticamente a coisa mais terrível que eu tinha ouvido na vida.

Fui me aproximando de Bud, que ainda estava paralisado no sofá.

– Bud, o que Hattie ia fazer depois da peça na sexta? Preciso saber tudo o que você puder me dizer sobre aquela noite.

Ele deu a impressão de que nem sequer tinha me ouvido, mas, depois de um instante, passou a mão áspera sobre o rosto e pigarreou, com os olhos fixos no piso.

– Ela disse que ia sair. Ia sair com alguns amigos para comemorar a estreia.

– Ela não disse especificamente com quem?

– Não. Nós imaginamos que fosse toda a equipe. Eles todos tinham saído no fim de semana anterior também, depois que terminaram a montagem do cenário.

– Ela não estava com ninguém especial?

– Ela estava conosco. – Sua voz ficou embargada, e ele engoliu em seco. – Ela estava bem ali com a gente.

O estrondo nos fez dar um pulo. Atravessei correndo a cozinha na direção do quarto dos fundos, que era de Bud e Mona. Mona estava caída de lado sobre o que tinha sobrado de uma mesinha frágil. Parecia que suas pernas tinham dobrado sob ela. Suas costas tremiam descontroladas em meio à confusão de toalha, livros e madeira. Quando procurei ver se tinha se machucado, ela começou a tentar bater em mim, feito louca, e seus gritos subiram para um tom agudo, lamentoso. Voltei para a sala de estar e vi que Bud não tinha se mexido. Estava com as mãos no sofá, com as palmas para cima, os dedos dobrados como os de um bebê.

– Bud.

Ele não respondeu. Seu olhar estava desfocado. Seu cabelo estava sujo de farinha de trigo no lugar em que Mona o empurrara.

– Bud.

Como um autômato, ele se levantou e foi andando para o quarto. Abaixou-se sobre Mona e cobriu o corpo soluçante com o seu próprio. Enxuguei os olhos e os deixei sozinhos.

A escola secundária de Pine Valley era uma construção de tijolos aparentes, de apenas um andar, na parte sul do centro da cidadezinha, assinalando o ponto em que as fachadas das lojas na rua principal se transformavam em residências e postos de combustível. Ela não tinha mudado desde a década de 1960, quando foi construído o novo ginásio anexo a ela.

Ao entrar no estacionamento parcialmente cheio, encontrei Jake diante das portas da frente, e nós acompanhamos os indicadores que levavam ao "novo ginásio", onde a peça já começara. Havia três semanas e uma vida inteira que eu tinha prometido a Hattie que viria assistir à apresentação da matinê no domingo. Agora aqui estava eu. Jake passou os olhos num programa.

– Aqui diz que Hattie estava representando Lady Macbeth.

Entramos de mansinho e ocupamos cadeiras nos fundos. Dois alunos estavam no palco, ambos usando trajes brancos, postados diante do cenário de algum castelo. Reconheci a menina oriental, Portia Nguyen, mas eu não conhecia o garoto. Eles estavam falando naquela linguagem floreada de Shakespeare de que eu jamais gostei, mas com o tempo consegui sintonizar com o que diziam. Ela estava tentando fazer com que ele matasse alguém, e parecia que ele estava de acordo. Ao final da cena, ela atravessou o palco até ele, tramando a reação que os dois teriam depois do assassinato.

– "Faremos rugir nossa dor e nossos clamores diante de sua morte."
Ele pegou sua mão.
– "Estou preparado e dedico todos os órgãos de meu corpo a esse feito terrível. Vamos, e façamos o tempo passar com a mais amena das expressões."
Ele a conduziu para os bastidores, falando para a escuridão.
– "O rosto enganador deve ocultar o que o coração falso bem sabe."

Depois, chamei à parte o professor encarregado e lhe disse que precisaria falar com todo o elenco e o pessoal de apoio. Ele empalideceu, mas não me perguntou nada. Chamava-se Peter Lund, era jovem, de óculos, sem terra por baixo das unhas.

Lund disse a todos que queria fazer um "encerramento rápido" e os convidou a entrar na sala de música. Depois que as portas se fecharam, o silêncio foi total enquanto os alunos aguardavam.

– Parabéns a todos vocês pelo espetáculo. Portia, você... você se saiu bem. Vamos desmanchar o cenário daqui a pouco, mas o xerife Goodman precisa falar com todos nós agora.

Ele foi para os fundos da sala, deixando que eu e Jake ficássemos sozinhos lá na frente. Algumas garotas já estavam chorando. Pine Valley era uma típica cidade pequena, e eu sabia que todas elas tinham ouvido falar do corpo poucas horas depois que ele foi descoberto.

Não fiz rodeios. Passei-lhes a notícia direto, e eles se comportaram como se esperaria que um grupo de adolescentes se comportasse quando um deles foi morto a facadas, demonstrando para todos os outros pela primeira vez que eles eram mortais. Houve choque, muitas lágrimas e gemidos. A maioria dos garotos pareceu se tornar de papelão, rígidos e prontos para serem derrubados com um sopro. Em sua maioria, as garotas se abraçavam em busca de apoio. Lund estava encolhido nos fundos da sala, com as mãos na cabeça.

Dei-lhes um tempinho para absorverem a notícia e passei para o motivo de eu estar ali, antes que o trauma os dominasse totalmente.

– Ela foi morta na sexta à noite, depois da peça. Agora preciso que cada um de vocês pense. Façam isso por Hattie agora. Com quem ela saiu naquela noite? Algum de vocês se encontrou com ela depois, para uma festa, qualquer coisa desse tipo?

– Alguns de nós foram à Dairy Queen, mas ela não apareceu por lá – disse o garoto que havia representado Macbeth. Ele agora parecia mais a ponto de perder a razão do que tinha aparentado no palco, alguns minutos atrás.

– Tommy estava na plateia, não estava? Ela não saiu com ele, Portia? – perguntou um deles.

Portia Nguyen se soltou dos braços de outra garota que chorava e olhou para o alto, com o rosto chato todo molhado. Sua coroa estava meio caída no cabelo.

– Pode ser. Não sei. Não falei muito com ela. Nem mesmo lhe dei parabéns.

– Tommy teria lhe dado carona, se ela pedisse. Ele teria feito qualquer coisa que ela quisesse.

– Que Tommy? – perguntou Jake.

– Tommy Kinakis – respondi. Hattie estava saindo com ele durante a maior parte daquele ano, se eu bem me lembrava. Eu o tinha visto jogar como atacante na equipe principal do colégio no outono do ano passado. Ele era maciço; era difícil passar por ele; nunca tinha deixado que a bola fosse roubada do armador do seu time em nenhuma das partidas a que eu assisti. Se um rapaz como ele quisesse fincar uma faca em alguém, não havia muita coisa que o impedisse.

– Eu sei o que a matou. – Portia se levantou e me encarou como se estivesse pronta para sair declamando uma daquelas falas prolongadas da peça. – Foi a maldição.

– Como é que é?!

Alguns dos adolescentes sufocaram um grito e cobriram a boca.

– A maldição matou Hattie. A maldição de *Macbeth*.

PETER / *Sexta-feira, 17 de agosto de 2007*

A INSUFICIÊNCIA CARDÍACA CONGESTIVA IA ME MATAR.
Eu estava com vinte e seis anos e na melhor forma da minha vida. Admito que não tinha como não melhorar. Tinha evoluído de um nerd magricela no ensino médio para um cara que corria no mínimo vinte e quatro quilômetros por semana. Era provável que conseguisse até mesmo levantar pesos deitado, se algum dia eu me atrevesse a entrar naquelas academias cheias de caras suarentos, de cérebro de minhoca. Eu era adepto de uma alimentação orgânica, vegetariana, e não fumava – mas a insuficiência cardíaca congestiva estava destruindo minha vida.

– O que você quer de sobremesa?

Fiquei olhando para Mary do outro lado da mesa. Ela mal tinha falado desde que trouxeram nossos pratos, e não parava de olhar para o relógio, como se estivéssemos atrasados para nosso toque de recolher.

– Musse de chocolate? – perguntei, abrindo um sorriso. Depois de sete anos juntos, eu sabia que ela não conseguia resistir a nada que contivesse chocolate. Tenho certeza de que muitos caras dizem isso acerca da mulher, mas eu um dia tinha visto Mary comer bacon coberto com chocolate na feira estadual. Gordura de porco frita mergulhada em chocolate. E ela riu da minha cara de nojo, dizendo que não era tão ruim assim.

– Acho que sim. – Ela deu de ombros.

Chamei o garçom com um aceno e pedi um café com a sobremesa. Esse era o tipo de restaurante onde você podia chamar um garçom com um aceno discreto, pedir um *caffè americano*, e o garçom fazia um gesto de aprovação. Do teto pendiam luminárias que envolviam cada mesa em seu próprio casulo de luz. Era moderno, mas romântico, o tipo de lugar que talvez atendesse aos médicos da Mayo. Mary não tinha querido vir tão longe, a Rochester, mas as opções de restaurantes em Pine Valley eram uma lanchonete Dairy Queen ou um café que fechava as portas às sete da noite. Além disso, não havia cinema em Pine Valley, e esse era nosso dia tradicional de jantar fora e ir ao cinema, só que, diferentemente da maioria dos casais, nós sempre trocávamos a ordem. O cinema primeiro, o jantar depois, para podermos conversar sobre o que tínhamos visto. Era isso o que tínhamos feito no primeiro encontro, quando assistimos a *Beleza americana* e ficamos discutindo sobre a superioridade moral de cada personagem até a garçonete chegar a nos pedir para irmos embora, para que eles pudessem passar a mesa para outras pessoas. Discussões prolongadas e sedutoras não iam causar nenhum problema com ocupação de mesas hoje à noite.

O café chegou, e eu tomei um gole direto, queimando minha língua. Não me importei. Continuei a beber e a observar Mary, tentando descobrir onde eu tinha errado.

Hoje ela estava com o cabelo solto, refletindo a luz da lâmpada num halo dourado, e ele caía sobre o rosto enquanto ela olhava para a mesa, para os outros fregueses do restaurante, para as janelas em nichos, para qualquer coisa que não fosse para mim. Mary tinha o rosto bochechudo, daquele tipo de bochechas rosadas que podiam colher felicidade e compartilhá-la com uma animação democrática, mas eu não conseguia encontrar nenhuma alegria nela hoje.

Estava usando seu vestido azul de saia rodada, da década de 1950; e, quando ela desceu a escada em casa, eu lhe dei um abraço, um beijo no rosto e falei baixinho.

– Oi, lindona!

Ela sorriu e se esquivou. Imaginei que fosse porque Elsa estava sentada no sofá, olhando para nós, mas Mary continuou com essa atitude pelo resto da noite. Cortês. Distante. Como se toda aquela saída desse mais trabalho do que retirar o esterco do galinheiro de Elsa. O filme também não ajudou, e a culpa foi totalmente minha. Escolhi *Ligeiramente grávidos* porque Mary gostava de comédias românticas e o filme tinha recebido críticas favoráveis, mas nenhum de nós dois riu muito. Não estávamos usando métodos anticoncepcionais desde quando nos casamos; e, depois de três anos tentando ter um bebê, ela precisou ficar ali sentada assistindo enquanto dois idiotas fingiam ter engravidado depois de uma única trepada descuidada.

– Peço desculpas pelo filme.

Ela finalmente olhou para mim.

– Tudo bem.

– Eu devia ter imaginado.

– Não, Peter, de verdade. – Mary se empertigou na cadeira quando alguém chegou e, em silêncio, pôs a sobremesa na mesa entre nós. – Não tenho pensado em bebês ultimamente.

– Que pena. Depois daqui, eu queria parar o carro em algum lugar para uns amassos. Ou mais que isso. – Pisquei um olho para ela. Ela não disse nada, e eu continuei, esperançoso.

– Parece que estamos de novo no tempo dos dormitórios da faculdade. Esperando que nossos colegas saíssem, ou procurando um parque tranquilo. Você se lembra do segundo patamar da rampa da Fourth Street? O lado em que as lâmpadas não acendiam?

Ela pegou uma colherada de chocolate e fez que não.

– Precisamos voltar para casa. Já ficamos muito tempo fora.

– Elsa se saiu muito bem sozinha por setenta e três anos. Ela vai aguentar mais uma hora.

Mary comeu mais um pouco, não fazendo caso de mim. Depois largou a colher de modo abrupto e cruzou os braços.

– Que foi?

– Dez dólares por uma musse de chocolate. É absurdo.

– Bem, ainda mais absurdo é pedir a sobremesa e não comê-la. – Enfiei a colher. Estava uma delícia. Leve, saborosa e não doce demais.

— Prove mais uma colher. Essa é a que vale os dez dólares. — Parei a colher diante do seu rosto, e ela deu um suspiro antes de aceitá-la.

Ela voltou a comer a sobremesa, mas em silêncio, sem querer papo. Tomei o que sobrou do café e tentei tirá-la da concha. Nada funcionou.

Quando a conta chegou, Mary a agarrou de imediato. Pagou ao garçom e apanhou a bolsa.

— Está pronto?

— Elsa está bem — disse eu, esfregando seu braço enquanto andávamos até o carro.

— Eu sei — ela respondeu, muito embora nós dois soubéssemos que sua mãe não estava bem.

— Então, qual é o problema?

— Sessenta e oito dólares por um jantar, Peter. Além dos vinte do cinema. Quem você acha que vai pagar por tudo isso?

— Consegui um emprego. Vamos ter dinheiro. — A irritação dela estava agora aos poucos se infiltrando em mim também.

— Você nem mesmo começou a trabalhar e já está gastando por conta.

— Eu só queria que nós dois saíssemos e nos divertíssemos juntos — disse eu por cima do teto do carro antes que entrássemos, batendo as portas com violência.

A estrada até Pine Valley era uma rodovia escura, plana, de duas faixas, com campos cultivados dos dois lados. Nenhum de nós dois se deu ao trabalho de ligar o rádio. Infelizmente, parecia que a noite tinha se deteriorado a um ponto em que não era possível salvá-la.

Se eu quisesse ser franco — o que, a cada quilômetro de pés de milho imponentes, parecia ser uma ideia cada vez mais razoável —, ainda não poderia explicar como acabara ali.

Eu era um garoto de Mineápolis. Cresci frequentando cafés nos bairros elegantes; debatendo qual seria a melhor arte para a capa da revista literária da escola, enquanto comíamos massa no Figlio's; passando todo fim de semana procurando CDs na Electric Fetus. Conheci Mary na universidade estadual, e nós nos casamos no verão, após a formatura. É provável que fôssemos jovens demais, mas os pais de Mary eram velhos. Mary tinha nascido tarde na vida dos pais, sua sublime surpresa após anos de infertilidade e de renúncia a sonhos. Eles deram a Mary todas as oportunidades, pródigos em seu amor e apoio; e em retribuição, ela queria lhes dar o presente de a verem casada e estabelecida. Estourei o limite do meu cartão de crédito e pus aquele anel de diamante no dedo de Mary. Nós dois nos postamos no altar da igreja da sua cidadezinha natal enquanto seus pais sorriam radiantes, ali no primeiro banco. O casamento foi um consolo para nós dois quando, na primavera seguinte, seu pai teve um infarto fulminante e morreu enquanto semeava sua lavoura de soja.

Depois do casamento, encontramos um apartamento vitoriano de um quarto, com transporte de ônibus bem perto, e eu comecei a fazer a pós-graduação, enquanto Mary conseguiu um emprego em um dos bancos no centro da cidade.

E então a insuficiência cardíaca congestiva surgiu.

Elsa, a mãe de Mary, começou a ficar cada vez mais fraca. Mary passou a ir até lá uma vez por mês para ver como ela estava e dar uma ajudinha na propriedade. Sempre havia alguma conserva a fazer, um anexo a consertar ou consultas médicas marcadas. Eu tentava fazer piadinhas sobre minha mulher camponesa, mas Mary ria cada vez menos. Depois, ela viajava todos os fins de semana; e, como algumas das minhas aulas eram à noite, eu passava dias a fio sem vê-la. Quando me formei e obtive minha licença para lecionar, Mary já estava passando três dias por semana em Pine Valley e cumprindo expedientes de dez horas na cidade grande para compensar.

Ela vivia exausta. Tentei convencê-la de que Elsa precisava vender a propriedade, mas, sempre que eu mencionava o assunto, ela trincava os dentes e revirava os olhos, perguntando se eu achava que ela não tinha tentado isso.

Não conseguimos ninguém para ir ajudar Elsa; a única enfermeira qualificada que se dispunha a dirigir até a fazenda pediu mil dólares por semana para ver como Elsa estava e lhe administrar a medicação.

Procurei um emprego como professor para Mary poder pedir demissão do banco ou pelo menos trabalhar só em meio expediente. Eu estava tentando ser um bom marido. Não é isso o que bons maridos fazem? Só que eu não conseguia encontrar nada. As únicas vagas eram para turmas de educação especial no ensino fundamental, e eu não tinha nenhuma experiência com transtornos de comportamento. As escolas queriam que eu me comprometesse a voltar a estudar para me especializar nessa área, mas eu queria ensinar literatura, não habilidades sociais.

E então, no último mês de março, Mary trouxe para casa um recorte de jornal. Ela me mostrou o anúncio – vaga para professor de inglês na escola secundária de Pine Valley, o emprego exato para o qual eu tinha me formado – e me disse que Elsa conhecia pessoalmente o diretor e havia me recomendado. O diretor estava aguardando meu telefonema.

Puxa, eu não queria me mudar para Pine Valley. Mas ela estava tão esperançosa e tão cansada que não sei como aconteceu; mas, daí a dois meses, nós nos mudamos para a casa da mãe dela, e eu perdi minha vida. Embora Mary dissesse que seria só por uns tempos, nós dois sabíamos que isso significava que ficaríamos ali até Elsa morrer, não importava se isso demorasse meses ou anos. Ultimamente, detesto admitir que eu tinha esperança de que fossem meses.

O verão inteiro foi Elsa, Elsa, Elsa. Como Elsa estava se sentindo hoje? Ela precisava de um novo cilindro de oxigênio? Ela podia tomar banho de chuveiro sozinha? Parecia que tínhamos um bebê, só que nosso bebê era uma idosa renitente, com a saúde deteriorada.

Elsa estava grata, mas toda a sua gratidão parecia estar reservada para Mary. A mim, ela tratava como se eu fosse um estudante estrangeiro ligeiramente irritante, fazendo intercâmbio na casa.

Começou com a história do vegetarianismo. Ela questionava tudo o que eu comia, da couve-crespa aos hambúrgueres de feijão-preto e ao *tempeh*. Quando eu saía para correr, Elsa abanava a cabeça como se nunca tivesse visto um ser humano se movimentar a uma velocidade maior do que a de uma caminhada vigorosa empurrando um arado. E, se eu abrisse uma cerveja, ela fungava e fazia questão de olhar para outro lado.

Sinceramente, eu não me importava com o que minha sogra achava de mim, mas ela estava interferindo na minha vida com Mary. Todas as vezes que Elsa me tratava com desprezo, ela forçava Mary a esgarçar um pouco mais sua posição conciliadora, fazendo com que a filha se distanciasse um pouco mais de mim. Um dia, consertei a cerca em volta do galinheiro, enquanto ela veio atrás de mim, andando com dificuldade, para me supervisionar, e nós até tivemos uma boa conversa sobre a infância de Mary; mas dali a uma semana ela já havia se esquecido totalmente disso. A privação de oxigênio ao cérebro estava lhe roubando suas lembranças, em especial as mais recentes, de tal modo que todas as minhas tentativas de melhorar nosso relacionamento eram em vão.

E ainda havia os gritos das galinhas. Apesar de elas estarem alojadas na outra ponta do celeiro principal, os cacarejos, farfalhadas e cavoucadas dessas aves eram onipresentes, não importava a que horas do dia. Era de deixar qualquer um enlouquecido. Eram apenas cinquenta, as últimas do plantel do pai de Mary, mas parecia que elas forneciam ovos para metade do condado. As pessoas paravam ali o tempo todo para apanhar uma caixa de ovos, e Mary em pessoa as entregava a nossa vizinha, Winifred Erickson, que costumava acompanhar Mary de volta à nossa casa e bater papo com Elsa por horas a fio. Mary colhia ovos duas vezes por dia, começando às seis da manhã, limpava os ninhos, limpava o piso e carregava a ração – sem ganhar mais do que alguns dólares por dia, ao que me fosse dado saber –, e agora queria vir falar em não ter dinheiro?

– Por que você não se livra das galinhas? – eu não parava de lhe perguntar.

– Não me importo. Cresci fazendo isso. Só não sei como mamãe conseguia dar conta sozinha.

– Por que você precisa dar conta disso? Podemos comprar ovos no mercado.

– Mamãe não quer ouvir falar em vendê-las – dizia ela, e essa se tornara sua frase-padrão daquele verão. Nosso bebê de setenta e três anos quer isso. Nosso bebê de setenta e três anos não vai tolerar aquilo.

A coisa estava se infiltrando em tudo. Mary já não conversava comigo sobre livros. Dizia que não tinha tempo para ler. Mesmo assim, ela assistia àqueles programas medonhos com Elsa todas as noites. Ela não queria ir à cidade para assistir a uma peça ou mesmo para passar uma noite com nossos amigos.

Ela se recusava.

– É longe demais. Fico cansada só de pensar.

Ainda bem que a casa tinha acesso à internet. Instalei meu computador num pequeno quarto no andar superior, onde eram armazenados enfeites de Natal e caixas empoeiradas de papelão, identificadas com palavras como *Enterro do tio Joe* ou *Dewitt 1938*. Era lá que eu lia, preparava meus planos de aula para o outono e entrava no Facebook todas as noites, vendo meus amigos frequentando bares, leituras de literatura, festas e conferências.

Eu não ia mentir; encarava a saída daquela noite com grande expectativa. Eu estava louco para afastar nosso relacionamento – mesmo que só por algumas horas – da fazenda e de Elsa, restaurar aquele tipo de diversão espontânea que tínhamos tido na faculdade, antes que a pós-graduação e a doença roubassem todas as nossas noites de sexta-feira. Mary gostou da ideia. Tinha ficado empolgada quando toquei no assunto mais cedo na semana.

– Vamos sair à noite – eu tinha dito –, antes que comece o ano letivo. Não vamos fazer absolutamente nada de produtivo.

– Jura? – disse ela, rindo.

Agora, voltando para Pine Valley num silêncio que ia construindo muros cada vez mais altos entre nós, eu me perguntava mais uma vez onde tinha pisado na bola. Ou será que tinha sido ela? Qualquer desconhecido que nos observasse nessa noite teria ficado constrangido com todo o esforço que eu estava fazendo, mas era claro que minhas tentativas estavam erradas. O filme errado. O restaurante errado. Será que teria sido melhor se nós tivéssemos ido à Dairy Queen local e trocado bocados de Blizzard, enquanto adolescentes passavam velozes pela nossa mesa?

As luzes de Pine Valley aqueceram o horizonte; e, por mais que eu detestasse a personificação, era como se a cidadezinha inteira estivesse empurrando a resposta pela minha goela abaixo. Sim, sim, você exagerou no esforço. Você quis uma saída típica de Mineápolis, mas sua mulher já não é de Mineápolis.

Com esse pensamento incômodo na cabeça, entramos na cidadezinha, uma pequena rede de ruas em torno de uma via principal dedicada ao comércio, abaixo das chaminés das instalações de processamento de soja ao fundo. Alguns postos de combustível, a lanchonete Dairy Queen e uma farmácia da rede CVS eram os únicos lugares ainda abertos às nove da noite numa sexta-feira.

– Dá pra você parar na farmácia? Preciso pegar uns remédios da mamãe e umas fotos.

Obediente, entrei no estacionamento e desliguei o motor, entrando com ela na loja. Ela foi ao balcão da farmácia e me despachou para o balcão de fotografias na outra ponta da loja. A atendente não percebeu que eu me aproximava, e eu não me importei o suficiente para tentar atrair sua atenção.

Minha mulher já não era de Mineápolis.

Dizer que eu não estava preparado para essa mudança em Mary nem de longe descrevia essa minha sensação ridícula. Nunca tinha me ocorrido que eu precisaria me preparar para isso. O problema com os votos da cerimônia de casamento era eles serem genéricos demais. Eu tinha me postado na igreja a um quarteirão dali e repetido "na alegria e na tristeza, na saúde e na doença", imaginando que o pior que pudesse acontecer seria Mary ficar acamada com uma gripinha boba, que exigisse canja e caixas de lenços de papel. Talvez perdêssemos o emprego. Talvez tivéssemos de lidar com a infertilidade. Eu tinha projetado todas as possibilidades normais naqueles votos, tudo o que as pessoas me diziam que esperasse, mas o pastor nunca disse: "Pode ser que você se mude para longe de tudo e de todos que você ama, para ir morar numa casa de fazenda decrépita no meio de uma pradaria desolada, onde vocês não farão sexo nem mesmo terão qualquer tipo de conversa que não gire em torno de uma moribunda que o odeia." Não, ele ficou ali em pé diante de nós, sorrindo, dizendo "Na alegria e na tristeza". Como assim, na alegria e na tristeza? Eu tinha concordado com abstrações. Feliz da vida, eu tinha apertado as mãos de Mary e feito votos com termos abstratos, desconhecidos. Para alguém que aspirava a ser um professor de inglês, de repente me pareceu uma piada de mau gosto unir minha vida à de outra pessoa com base no jogo Criador de Histórias Malucas.

– Em que posso ajudar?

Pisquei. A atendente estava agora em pé do outro lado do balcão, obviamente esperando que eu dissesse alguma coisa.

– Ah, sim. Fotos para Mary Lund?

Ela prontamente pesquisou na caixa.

– Não, não tem nada pra Mary Lund.

Em geral, eu pedia aos atendentes que dessem mais uma olhada sempre que a primeira resposta era negativa. Em sua maioria, eles eram jovens, trapalhões e encontravam o que procuravam na segunda ou mesmo na terceira tentativa. Essa garota era jovem, mas dava a impressão de nunca ter se atrapalhado com nada na vida. Ela já tinha se empertigado para olhar para mim, com extrema segurança, pronta para me mandar passear ou me deixar fazer outra tentativa. Agora era eu que me sentia constrangido, com ela me observando.

– Hum, e para Elsa Reever?

– Você tem umas identidades alternativas interessantes. – Dessa vez, ela sorriu antes de mergulhar na letra R.

– Uma rosa com qualquer outro nome...

– Ainda teria fotos na CVS – ela completou a frase, tirando um envelope da caixa, com um floreio.

– Parece que sim.

Ela passou as fotos pela caixa registradora.

– E então, Elsa, está precisando de mais alguma coisa?

– Hum... – Olhei de relance para trás, na direção da farmácia, procurando por Mary. Ela havia mencionado mais alguma coisa? Eu não me lembrava. E, tendo em vista a evolução da nossa saída, era provavelmente mais seguro não gastar mais nada.

– Não, é só isso.

Entreguei-lhe meu cartão e fiquei olhando enquanto ela fechava a transação. Havia alguma coisa especial nessa garota: um brilho, uma presença. Geralmente, os adolescentes nessa espécie de emprego apresentavam uma atitude distraída ou de má vontade, mas essa garota estava vivendo o momento, com alegria e entrega. Um nítido lampejo de ódio me dominou enquanto eu a avaliava. Alta e magra, ela movimentava os braços com uma elegância intencional. Sua pele estava bronzeada, da cor de mel, a boca muito larga reluzia com algum tipo de gloss e seus olhos cintilavam com uma inteligência esperta que dizia que sua resposta a *Romeu e Julieta* não tinha exigido o menor esforço da sua parte. Essa era uma garota que ainda não tinha cometido erros, que encarava o mundo apenas como um doce gigante a ser provado à vontade.

Ela se voltou para me entregar as fotos, e sua esperteza evaporou.

– Qual é o problema?

– Como assim? – Seu súbito interesse me espantou, tirando-me da minha fixação.

– Você. Pareceu que você ficou com raiva.

Que tipo de cidade era essa em que perfeitos desconhecidos questionavam o estado de espírito da gente?

– Não, quer dizer, bem... – Fiquei sem encontrar palavras, como um idiota. – Não estou...

– É claro que você está com raiva. – Ela gostou de eu ter gaguejado e sorriu, esticando ainda mais sua boca já muito grande. – Dá pra eu ver aqui e aqui. – Ela apontou para as próprias sobrancelhas e para o queixo, imitando meus braços cruzados até eu os deixar cair relaxados. Dei de ombros.

– Não tem nada a ver com as fotos. – Por que não admitir de uma vez?

– Tem a ver com uma das identidades alternativas?

– Como você sabe que não é com você?

– Ora... A gente nem se conhece. Ah, por sinal, eu sou Hattie. – Ela estendeu a mão, e eu fiquei olhando espantado por um segundo antes de apertá-la.

– Peter.

– Oi, Peter. Sabe o que eu faço com uma identidade alternativa que começa a me irritar?

– O quê?

– Eu troco por outra melhor.

– É, dá para fazer isso quando se tem dezesseis anos.

Ela deu um risinho.

– Quantos anos você tem? Oitenta?

– Oitenta e dois.

– Nesse caso, vai ver que está precisando de algum laxante suave. Eles ficam no corredor seis.

Caí na risada, e ela fez que sim, como se tivesse terminado o que se propusera a fazer. E então Mary apareceu com a bolsa cheia de medicamentos.

– Pronto? – perguntou Mary.

– Pronto.

Fiz um cumprimento de cabeça para Hattie, a atendente, que acenou para nós dois.

– Boa noite. Obrigada pela preferência.

No caminho de volta para a fazenda, estendi a mão até o banco do passageiro e a pousei com delicadeza sobre a mão de Mary, pronto para tentar mais uma vez. Quando entramos na estrada de cascalho que levava à casa, uma luz riscou o céu.

– Olha! – Desliguei os faróis e pisei no freio.

Ficamos olhando a estrela cadente cruzar as constelações em disparada, até se apagar e sumir. Por um instante, nenhum de nós dois falou. E então Mary virou a palma da mão, de modo que ficamos de mãos dadas.

– Você fez um pedido? – perguntou ela.

– Achei que isso era para as primeiras estrelas.

Ela deu de ombros.

– Talvez seja para primeiras estrelas cadentes também.

– OK. – Apertei um pouquinho a mão dela, feliz de participar. – Brilha, brilha, estrelinha...

– Não, o pedido precisa ser um segredo, ou ele não vai se realizar.

– Isso todo mundo sabe. Eu estava só fazendo o prólogo.

Ela sorriu e me deixou terminar. Apesar de não termos conversado pelo resto da viagem, a tensão tinha diminuído, e a noite começou a ficar como a que eu queria que tivéssemos. Fiz um pedido, em silêncio, enquanto seguíamos rumo à fazenda.

Depois de cinco minutos de ladeiras sinuosas, de cascalho, entrei no grupo de árvores que abrigavam a casa e os celeiros de Elsa dos ventos da pradaria. Desliguei o carro e deixei meu olhar vaguear, sem nenhuma pressa de entrar. O pai de Mary tinha sido excelente na manutenção da propriedade, mas, três anos após sua morte, sinais de desleixo começavam a aparecer. A tinta estava descascando nas quinas do celeiro principal. Ervas daninhas tomavam conta da horta, onde antes vagens e ervilhas cresciam em formação militar. À luz do dia, dava para ver, aqui e ali nos telhados, algumas telhas de madeira deformadas, em consequência de danos de temporais, que ninguém que morava ali agora tinha condições para consertar. Elsa arrendava os campos para um vizinho, mas o terreno, as construções e as galinhas no interior daquele quebra-vento de árvores ainda eram seu domínio. Não fazia sentido ela querer ficar ali. Minha mãe tinha se mudado para um condomínio no Arizona alguns meses depois da minha formatura. Por que Elsa queria envelhecer num lugar que, a cada cerca quebrada e a cada peitoril lascado, fazia com que ela se lembrasse de toda a sua incapacidade? Aquele era o pior lar de idosos que eu tinha visto na vida.

Um dos gatos dos celeiros atravessou o pátio correndo enquanto Mary suspirava. Eu podia sentir o efeito da fazenda se infiltrando nela também, e tentei resgatar a boa disposição.

– Ei – disse eu, brincando com sua mão. – Vem cá.

Mas fui eu que me aproximei, dando-lhe um beijinho de leve. De início, ela aceitou o beijo, mas seu rosto se inclinou para o outro lado, quando eu teria querido prosseguir. Por um instante, nenhum de nós dois se mexeu, nem falou.

– Bem que eu queria que as coisas fossem diferentes – disse ela, afinal. – Na hora da estrela, pedi que mamãe tivesse saúde.

– Supostamente, você não deveria contar, está lembrada?

– Não faz diferença. O pedido não vai se realizar mesmo. – Sua voz ficou embargada, e eu automaticamente ergui a mão, massageando seu ombro tenso.

– Você está se dedicando demais.

Ela fez que não, olhando para os campos lá fora.

– Eles me deram tudo. Me deram mais amor do que qualquer criança poderia esperar receber... e isso aqui é o que eu posso fazer agora, a única maneira de eu retribuir aquele amor.

– Precisamos de ajuda. Existem outras maneiras.

– Está certo. Estou bem.

– Você nem mesmo consegue curtir um jantar longe dela. Olha o que isso está fazendo com a gente.

Ela me encarou com uma expressão que eu nunca tinha visto no seu rosto. Era de frieza. Minha Mary, minha Mary doce e generosa, com suas bochechas rosadas, que adorava objetos de época, olhou para mim como se eu fosse alguma criatura abandonada que estivesse implorando por migalhas.

– Desculpe, mas não posso cuidar de você agora, Peter.

– Não quero que você cuide de mim. Meu Deus, eu só queria que a gente se divertisse um pouco hoje.

– Não diga "meu Deus" desse jeito.

– Porra, fala sério! – Talvez não tenha sido a resposta mais adequada que eu poderia ter dado a uma tentativa de censurar meu modo de falar.

– Minha mãe – ela fez que não, olhando de relance para a casa – compareceu à igreja todos os domingos, a vida inteira. A fé é importante para ela. Dá pra você, por favor, respeitar isso enquanto estivermos aqui?

– Não estou vendo Elsa aqui agora. – Mas, no instante em que disse isso, eu soube que ela estava. Ela estava por toda parte, sentada no cinema entre nós dois, torcendo o nariz para os preços no cardápio do restaurante, retesando o perfil de Mary até ele ficar irreconhecível aqui, onde o fedor de amônia do esterco de galinha se infiltrava vindo do quintal.

– Só estou lembrando.

– Tudo bem. – Saltei do carro e bati a porta com força, o que provocou um alarido de lá do galinheiro.

A casa estava escura, só com a luz do fogão acesa para nos dar as boas-vindas. Elsa devia ter ido cedo para a cama, talvez tentando demonstrar consideração pelo nosso programa. Geralmente, Mary acomodava a mãe na cama e afastava do seu rosto os fios delicados enquanto Elsa olhava álbuns de fotografias e contava histórias sobre pessoas que eu não conhecia. As duas riam com essas reminiscências. Nunca havia um espaço para mim durante esses rituais de todas as noites.

– Vou dar uma olhada rápida nela – disse Mary.

– OK.

Mary desapareceu, e eu subi para nosso quarto. Vozes baixas vinham chegando pelas saídas da calefação, e eu podia visualizar Mary empoleirada na colcha de casamento de Elsa, enquanto uma atualizava a outra sobre as três últimas horas, com as duas se recusando a olhar para o lugar vazio do outro lado da cama.

Meu pedido à estrela cadente tinha sido para que Mary e eu voltássemos a ser felizes. Talvez nunca fosse como antes, mas tinha de haver uma felicidade nova, de algum modo, uma solução para nós darmos certo, que eu ainda não conseguia ver. Tirei a roupa e me deitei, os olhos fixos no teto com manchas de umidade, enquanto esperava Mary subir. E foi assim que adormeci. Esperando.

HATTIE / *Segunda-feira, 27 de agosto de 2007*

EM SUA MAIORIA, AS PESSOAS ACHAM QUE ATUAR É FAZER DE conta. Como se fosse uma grande brincadeira em que as pessoas vestem fantasias, simulam beijos ou ferimentos a faca e depois arquejam e morrem. Elas acham que se trata de um espetáculo. Não entendem que representar significa tornar-se outra pessoa, transformando seus pensamentos e necessidades até você já não se lembrar dos seus próprios. Você deixa que a outra pessoa invada tudo o que você é e então você se vira pelo avesso, derramando a identidade da outra no palco, como uma espécie de sangria. Às vezes, acho que representar é uma doença, mas não posso afirmar com certeza, porque não sei como é ser saudável.

A primeira personagem que me lembro de representar foi a Irmãzinha Destemida.

Mesmo quando éramos pequenos, meu irmão, Greg, tinha toda a maldade radiante de um adolescente com um saco de bombinhas, e uma das suas brincadeiras preferidas era tentar me aterrorizar. Ele escondia criaturas no meu quarto – sapos, camaleões, aranhas, cobras, tudo que pertencesse ao arsenal de uma criança de fazenda –, tentando me fazer berrar de pavor, o que era exatamente o que eu tinha vontade de fazer. Em vez disso, eu me forçava a recolher cada criaturinha nojenta, que se contorcia, e a levava até o quarto dele, fazendo-lhe perguntas, com a maior calma do mundo. *Onde você conseguiu essa cobra? Olha só pra listra na barriga dela. Que nome eu devia lhe dar?*

Ele tentava me apavorar dizendo que a criatura ia deixar minhas mãos verdes ou fazer meu cabelo cair, mas eu só ria e o chamava de mentiroso. É, mas eu ainda sentia medo. Detestava ver uma caixa de sapatos, porque eu sabia que ele tinha prendido dentro dela alguma coisa pegajosa ou com escamas, mas aprendi a transformar um grito num sorriso forçado e a falar alto quando estava com vontade de me enroscar e gemer.

Não me importei quando Greg se alistou no exército logo depois da formatura do ensino médio e foi despachado para o Afeganistão. Eu sabia que ele voltaria para casa mudado. Só não sabia se seria mudado para melhor ou para pior.

A primeira e mais importante lição da arte de representar consiste em interpretar sua plateia. Saiba o que eles querem de você e dê-lhes exatamente isso. Minha professora da escola dominical sempre queria sorrisos amorosos e vozes delicadas. Meu professor de educação física nos últimos anos do ensino fundamental queria jogadores agressivos de beisebol, rebatendo como Sosa, mesmo que não se conseguisse acertar num carro estacionado. Meu pai queria que trabalhássemos com afinco – terminar bem as tarefas e sem queixas. E, muito embora eu não gostasse das minhas tarefas, eu me tornava Cinderela e me matava de trabalhar com a máxima paciência e elegância. Adapte a personagem à peça.

Você sabia que estava fazendo uma boa atuação quando sua plateia ficava contente. Eles sorriam, faziam elogios e diziam uns aos outros como você era maravilhosa. Podia ser que parte de você até desejasse que eles enxergassem para além da atuação, pelo menos uma vez, e lhe dissessem, à moda de Bridget Jones, que gostavam de você simplesmente por quem você era, mas isso nunca aconteceu. Ninguém queria assistir a filmes alternativos com você. Eles riam dos livros que você estava lendo e achavam que você era esnobe por causa do seu jeito de falar. Então, você fingia que estava representando, enquanto esperava que sua vida real começasse um dia. E o aplauso trazia calor a espaços dentro de você que você nem mesmo sabia que precisavam ser aquecidos. Seu eu verdadeiro talvez sentisse muito mais frio. Por isso, você continuava.

Eu tinha atuado minha vida inteira; e até agora só tinha conseguido chegar ali, ao primeiro dia do último ano da escola secundária de Pine Valley. Meu último ano naquele prédio, para nunca mais voltar. O último ano de festas compulsórias de motivação, o último ano de cheiros de macarrão com queijo borrachudo nos corredores, o último ano de apresentação do meu trabalho com fórmulas de matemática com seno, cosseno e o outro.

Eu sempre tinha sido boa aluna, não porque me interessasse pela maioria das coisas, mas porque eu conseguia me lembrar de qualquer coisa que tivesse lido ou ouvido. E era basicamente a isso que a escola se resumia: ler coisas e depois dizê-las. Os professores adoravam isso. Mas o que eu realmente detestava eram os trabalhos em grupo. Os professores sempre juntavam os alunos inteligentes aos burros ou aos preguiçosos, o que era totalmente injusto. Às vezes, nós podíamos formar nossos próprios grupos, mas, mesmo assim, eu sempre acabava com alguém que não entendia o que estávamos fazendo. Na última primavera, em História dos Estados Unidos, Portia, Heather e eu fizemos um trabalho sobre o movimento dos direitos civis, e Heather não parava de confundir Martin Luther King com Malcolm X. Não estou brincando. E, um dia, no final da aula, Portia disse: "Entendo direitinho por que você confunde um com o outro. Quer dizer, os dois são negros." E Heather simplesmente respondeu "Isso mesmo", como se Portia estivesse falando sério.

Portia olhou para mim como se não conseguisse acreditar. Ela é muito sensível a questões raciais porque pertence à etnia *hmong*. Mas também é sensível a um monte de outras coisas, e isso simplesmente porque ela é Portia.

Mais tarde, Portia me passou um bilhete que dizia "Vc não odeia qndo seus amgs burros são + burros do q vc achava?". Quase morri de rir e precisei esconder o bilhete antes que o sr. Jacobs o visse.

A família de Portia veio de Chicago para cá, quando nós estávamos na nona série. Antes disso, eu tinha certeza de que havia alguma coisa errada comigo. Todas as outras pessoas pareciam estar adaptadas ao lugar, sem nem mesmo se esforçar. Elas não precisavam fingir que gostavam de coisas como o clube 4-S ou o programa *American Idol*. Foi então que Portia chegou, cheia de histórias sobre a Milha Magnífica e as luzes no letreiro do Teatro Goodman. E eu me dei conta de que existiam lugares onde não fazia diferença se sua vaca tivesse sido premiada ou não na feira estadual. Desde sua chegada, nós tínhamos sido amigas do peito.

Estacionei na escola a velha caminhonete de Greg e acenei para Portia, que estava entrando naquele momento. Ela esperou por mim.

– Uau, adorei – disse Portia, apreciando minha roupa enquanto eu me aproximava. – Dá uma voltinha.

– Gostou? – Dei uma volta como se estivesse desfilando. Meu traje de primeiro dia de aula foi o melhor figurino de Nova York que eu pude encontrar no Apache Mall em Rochester – uma saia-lápis preta e um conjunto de blusa e casaco de malha cinza, com meus sapatos pretos de salto, de bico fino, de ir à igreja. Meu cabelo era liso e comprido, castanho-claro porque minha mãe não me deixava pintar o cabelo, e eu costumava usá-lo como ele estava hoje, repartido do lado, jogado sobre a testa e preso num rabo de cavalo baixo e elegante.

– Você está sofisticada como uma nova-iorquina, querida.

– E você, chique como uma californiana. – Abri um sorriso para seu vestido de verão e óculos pesadões. – Acho que faz sentido a gente estar se encontrando no meio do país.

Portia riu, enroscou o braço no meu e me puxou para dentro da escola.

– Você acabou de perder Becca Larson. Ela está com marcas de sol pelo peito todo, e metade da equipe de futebol não tirava os olhos dela. Tentei ligar tipo três vezes pra Maggie, pra comparar horários, mas ela não atendeu nem me mandou um SMS, de modo que não sei como ela ficou.

Portia continuou tagarelando enquanto seguíamos pelos corredores e eu dizia alguma coisa aqui ou ali, mas na realidade Portia não precisava de muitas respostas. Por isso, fiz de conta que estava na reunião de dez anos da formatura da turma. *Olha como tudo é pequeno! Aquele ali era o meu armário. É mesmo, estou morando em Nova York há dez anos. Em Manhattan, querida. Eu não poderia morar ao norte da rua 96.* Não que eu soubesse onde ficava a rua 96, mas eu haveria de saber. Dentro de menos de um ano, eu estaria lá, e essa minha roupa nova era o início oficial da contagem regressiva.

Chegamos aos nossos armários e encontramos Maggie flertando com Corey Hansbrook, que ainda tinha o pescoço todo coberto de acne. Um nojo.

– E aí? – Maggie se voltou para nós quando Corey seguiu para sua aula. – Vocês já viram o novo professor de inglês?

– Não! Desembucha! – Com a promessa de fofoca fresquinha, Portia se esqueceu totalmente de ter sido esnobada. Pelo menos por enquanto.

– Vi o cara quando papai e eu estávamos entrando no estacionamento e perguntei quem ele era. – O pai de Maggie era o subdiretor, mas parece que isso nunca interferiu com as aventuras sexuais dela. Meu pai teria tido um ataque se me visse dar em cima de qualquer coisa provida de um pênis.

– Ele tem o cabelo escuro, maravilhoso, usa uns óculos bonitinhos, meio quadrados, e parece que está na faculdade.

– E a bunda? – perguntou Portia.

– Não sei dizer. Ele estava vindo na nossa direção. Meio magricela, mas gato, tipo gato de biblioteca. Um calor nas estantes... estão me entendendo?

Ri junto com Portia enquanto soava a campainha dos dois minutos; e não pensei mais no novo professor até nós entrarmos na sala de aula de inglês do programa avançado, no quarto período do dia. Foi nesse instante que alguma coisa mudou.

A manhã inteira eu tinha me sentido deslocada, com aquele meu traje nova-iorquino, o que era de fato meu objetivo – eu estava dando meus primeiros passos intencionais, para me afastar da tentativa de me encaixar –, mas, quando entrei na aula de inglês e vi o novo professor, de algum modo eu me senti exatamente certa. Ele estava relaxado na cadeira do professor, usando calça de sarja, olhando pela janela, distraído, sem ver a enxurrada de alunos que conversavam e riam enquanto escolhiam onde iam se sentar. Eu também não prestei muita atenção a eles, só o bastante para entrar de mansinho na fileira da frente e abrir um caderno. Portia e alguns outros se acomodaram nas carteiras em torno de mim, e Maggie chegou mais perto para cochichar.

– Viu? Ele é supergato. – Dei-lhe meu sorriso de Mona Lisa e comecei a rabiscar desenhos aleatórios na capa do caderno.

Quando a campainha tocou, a turma se aquietou, e o novo professor mudou de posição, para ficar meio sentado, encostado na frente da mesa.

– Bem, sou o professor Lund, e vocês estão na turma avançada de composição e literatura inglesa. Se não for essa a aula que está na sua grade, você está na sala errada.

Foi nessa hora, vendo-o de frente, que percebi que nós já nos conhecíamos. Ele olhou de relance para mim, mas sua atenção continuou a passear pela turma. Ele não deu muita importância ao próprio nome ou a apresentações, como alguns professores faziam, e não demonstrou se importar com os cochichos que ainda permaneciam pelos cantos da sala.

– Vou distribuir alguns papéis. Marquem seu nome na folha de chamada, peguem uma cópia do roteiro do curso e leiam. É isso o que vamos cobrir no primeiro semestre, mas vocês vão precisar se matricular também para o semestre da primavera para poderem prestar o exame que vale créditos para a faculdade. Todos entenderam? Alguma pergunta?

Como ninguém se manifestou, ele prosseguiu. E a sombra de um sorriso repuxou o canto da sua boca.

– Essa é de longe a melhor turma que me deram este ano. Vocês todos estão terminando o ensino médio já de olho na faculdade, ou seja, têm uma inteligência acima da média. Aqui, não vamos precisar trabalhar feito loucos sem conseguir aprender a fazer uma redação de cinco parágrafos, nem nada das besteiras que caem nas provas padronizadas. Temos espaço para aproveitar e chegar a aprender alguma coisa. Parto do pressuposto de que vocês vão pensar sozinhos, manifestar suas opiniões e estar preparados para debater e defender ou abandonar essas opiniões conforme nossas conversas exijam. Se ficarem calados, vou ter dificuldade para lhes dar boas notas. Falem. Não sou Robin Williams na *Sociedade dos poetas mortos*, certo? Não vou tirar vocês de suas conchinhas acanhadas e lhes revelar que vocês são poetas reprimidos.

A maioria da sala começou a rir baixinho.

– E, já que estamos falando nisso, não vamos escrever poesia aqui. Poemas estão proibidos. Não consigo suportar poemas. Não escreva um poema acerca de um dos nossos textos, imaginando que eu vá aprová-lo. Este curso trata da leitura, do pensamento crítico sobre o que se leu e de como o texto transformou cada um de vocês. Todos os livros mudam o leitor sob algum aspecto, seja por sua perspectiva do mundo, seja por como o leitor se define em relação ao mundo. A literatura nos confere identidade, mesmo a literatura horrível. *Moby Dick*, por exemplo, definiu como me sinto em relação a cordas. Não sei como alguém consegue escrever páginas e mais páginas de metáforas levemente disfarçadas sobre cordas. Se houver aqui algum fã de Melville, pode ser que eu tenha dificuldade para lhe dar boas notas.

Mais risos e, dessa vez, não pude deixar de participar. Ele se afastou da mesa e recolheu a folha de chamada.

– Espero que esta turma seja o ponto alto do meu dia. Não me decepcionem.

Quando ele começou a ler o roteiro do curso, tive uma sensação boa bem no fundo de mim, o mesmo tipo de sensação que eu tinha tido algumas semanas atrás, quando foi publicada a seleção de elenco para *Jane Eyre* pelo Rochester Civic Theater, e eu soube que ia conseguir o papel principal. O sr. Lund era inteligente, divertido e sofisticado. Ele parecia tão deslocado no prédio de blocos de cimento da escola secundária de Pine Valley quanto eu vinha me sentindo havia três anos. E apesar de parecer que ele era uma miragem ou algum produto da minha imaginação morta de tédio por conta de Pine Valley, dali do meu lugar na primeira fileira eu podia sentir o calor que emanava dele. Sentia o cheiro de sabonete do seu desodorante. Ele era de verdade e falava com a gente como se nós fôssemos pessoas de fato, uma estratégia de ensino que ninguém jamais tinha tentado naquele prédio até então. A sensação por dentro de mim foi crescendo durante toda a aula, e, quando a campainha tocou, recolhi meus livros, com um enorme sorriso no rosto.

Eu ia saindo com Maggie e Portia quando o sr. Lund me deteve.

– Hattie, a atendente – disse ele sorrindo, enquanto apagava as anotações no quadro.

– Peter, o freguês.

– Vamos usar "sr. Lund", tudo bem?

– Tudo bem. – Dei-lhe um pequeno aceno e fui almoçar.

Talvez tivesse sido a atitude do sr. Lund ou simplesmente a promessa de algumas discussões literárias de verdade, mas, qualquer que fosse o motivo, eu me esqueci da minha empolgação pelo fim do ano. Agora eu estava empolgada com o que o ano poderia trazer.

※

Eu atendia no balcão de fotografias da CVS. Era muito mais tranquilo do que trabalhar na fazenda, e ali eles de fato me pagavam. Tudo o que eu precisava fazer era revelar fotografias, manejar a caixa registradora e às vezes ajudar as senhoras de idade a escolher cartões comemorativos para seus netos. Elas sempre queriam levar os que custavam 99 centavos, com ursinhos de pelúcia despersonalizados. Eu achava que elas estavam sendo sovinas, até uma das atendentes especializadas da farmácia me contar quanto elas gastavam com medicamentos todos os meses. Puxa, tenho de me lembrar de não ficar velha. *Preciso me manter saudável e não morrer.*

Tudo estava bem tranquilo na loja quando marquei o cartão de ponto depois da escola. Geralmente, o movimento maior era quando terminava o primeiro turno na fábrica, e então, mais uma vez, depois das cinco, quando o pessoal que trabalhava em Rochester chegava de volta. Vesti um guarda-pó azul por cima do meu traje nova-iorquino e comecei a baixar arquivos de fotos do website para mandar para a impressora. Em sua maioria, eram aniversários de crianças e festas de fim de ano, às vezes um casamento ou uma viagem de férias a Branson. Uma vez, houve duzentas fotos do Havaí; e em outra ocasião alguém tinha ido a Paris. Devo ter passado horas olhando para as fotografias de Paris, me vendo sentada naqueles pequenos cafés, passeando pelas pontes, conhecendo um fotógrafo de moda e entrando nos bastidores de um desfile. Eu já tinha imaginado a viagem inteira; mas, quando a freguesa veio apanhar as fotos, ela disse que tinha sido apenas uma parada numa viagem de negócios. Minha versão era muito melhor.

Eram sempre mulheres que apanhavam fotografias. Noventa e nove por cento das vezes em que um cara vinha ao balcão, ele estava apanhando fotos para outra pessoa, como o sr. Lund na semana passada. As senhoras que se dedicavam a álbuns de recortes eram as que mais mandavam revelar. Elas sempre me diziam em que tipo de álbum estavam trabalhando e me mostravam uma foto ou duas, como se eu não tivesse dado uma espiada em todas elas.

Quando terminei de baixar os arquivos do dia, Tommy Kinakis se aproximou.

– Oi, Tommy.

Ele me cumprimentou com um gesto de cabeça e abriu a boca, mas não disse nada.

– Veio apanhar fotos? – perguntei, tentando ajudar. Ele parecia embaraçado e meio molhado.

– Vim, pra minha mãe. Eu disse que vinha aqui depois do treino de futebol.

– É por isso que você está todo suado?

Ele deu uma risada, bufando, e passou a mão pelo cabelo, deixando-o todo espetado.

– O treinador não foi nada mole com a gente hoje. O primeiro jogo vai ser na noite de sexta. Você vai?

Tommy e eu tínhamos frequentado a escola juntos desde o jardim de infância, como a maioria das crianças de Pine Valley. Eu já o conhecia quando ele atirava pedras no playground. Tinha assistido quando ele apresentou seu trabalho sobre a Alemanha na sexta série, sem saber nada sobre a Segunda Guerra Mundial, e ficou vermelho como uma maçã madura diante da turma inteira. No ensino médio, ele já estava maior e mais alto que meu pai e não falava muito desde que sua voz tinha mudado. Seu cabelo era louro-acinzentado, e ele tinha olhos ariscos, de um azul-bebê, que não paravam quietos.

Peguei as fotografias da sua mãe e registrei a despesa.

– Acho que não vou poder. Estou na escala para trabalhar na sexta.

– Aqui? – Ele olhou em volta como se não tivesse muita certeza de que aquele lugar era de verdade.

– É, aqui. Alguém tem de ficar de olho na loja.

– Não sei por quê. Todo mundo vai estar no jogo. – Ele tirou do bolso uma carteira de couro desbotado e me entregou uma nota de vinte.

– Certo? É isso o que eu não paro de dizer. – Para ninguém. Nunca.

Tommy fez que sim, todo sério ao receber o troco. O assunto do futebol pareceu destravar sua língua. – Você devia ir ao jogo. Nós vamos destruir Greenville. Arrasar com aqueles sacanas.

– Sei que vamos.

– Eles não vão pôr nem um dedo em Derek. – Ele bateu com o punho fechado no balcão. – Temos o melhor capitão da região este ano.

Não me ocorreu resposta a uma frase dessa. Por isso, dei-lhe um sorriso cativante. De imediato, ele abrandou a atitude e baixou a cabeça enquanto guardava a carteira.

– É claro que seu patrão vai conseguir outra pessoa para trabalhar.

– Seria incrível. – Nunca, nem em um milhão de anos, eu ia fazer um pedido desse ao gerente.

Por fim, ele levantou os olhos e pegou as fotos da minha mão.

– Vou procurar você na arquibancada – disse ele, sem conseguir se conter.

Um sorriso forçado, uma meia-volta, e ele saiu apressado da loja.

Fiquei confusa pela meia hora seguinte. Tommy Kinakis? O que eu tinha feito um dia para despertar o interesse de Tommy Kinakis? Ele sem dúvida não gostaria de mim se eu lhe dissesse que tinha pedido especificamente para trabalhar nas sextas à noite.

O futebol era só mais uma coisa que me isolava de todas as outras pessoas nessa cidade. Eu nunca tinha sacado o que havia de tão maravilhoso em dar encontrões num bando de caras musculosos e jogar uma bola pontuda para lá e para cá, mas nenhuma outra pessoa em Pine Valley concordava comigo. Todos os moradores, dos dez aos cento e dez anos de idade, podiam recitar os nomes da escalação da equipe do colégio, e todos compareciam a todas as partidas realizadas na cidade, gritando e torcendo tão alto que eu conseguia ouvir o rugido daqui de dentro. Eu gostava de trabalhar durante os jogos porque a loja sempre ficava totalmente sem movimento; eu podia ler livros da estante dos mais vendidos ou pintar as unhas, até a partida terminar e todos se lembrarem de que precisavam apanhar algumas fotografias ou comprar um cartão e invadiam a loja. Antes que eu me desse conta, o turno estava encerrado, e todos os meus colegas de trabalho adoravam essa noite de folga que eu lhes proporcionava.

Depois do expediente de hoje, marquei meu cartão de ponto e segui para casa dirigindo pela estrada sinuosa de terra batida que eu conhecia como a palma da minha mão. Nossa fazenda ficava a uns dez quilômetros do centro, cercada por nada, a não ser campos e turbinas eólicas. Nós recebíamos algum dinheiro pela eletricidade gerada pelas que estavam na nossa terra. Fundos para o casamento, meu pai sempre dizia, reprimindo um risinho, quando eu lhe fazia perguntas sobre o dinheiro. Apesar de eu achar que nunca ia me casar, eu não lhe dizia isso.

– Casamento econômico ou superluxuoso? – eu sempre perguntava. Ele fingia me dar um cascudo, e nós dois caíamos na risada. Com Greg longe, na guerra, ele gostava de pensar que eu levaria uma daquelas vidas seguras, normais – entrando para a faculdade, tendo uma carreira, me casando e lhe dando netos que brincariam de pique em torno dos fardos de feno e o chamariam de vovô.

Quando cheguei à entrada de carros, fiquei surpresa ao ver a luz da cozinha ainda acesa. Mamãe e papai costumavam já estar na cama nas noites em que eu trabalhava. Papai ficava assistindo à televisão do quarto, e mamãe estaria lendo qualquer livro que tivesse acabado de chegar à biblioteca, porque ela já tinha lido tudo o que havia nas estantes. Só que ela nunca se dispunha a falar sobre esses livros. Ela simplesmente engolia aquelas páginas e as mantinha bem guardadas. Talvez fosse isso que às vezes tornava tão difícil entendê-la, todos aqueles livros boiando para lá e para cá dentro dela.

A mesa estava posta quando entrei, e mamãe tirou do forno uma torta de frango e legumes, servindo dois pratos enquanto eu tirava o casaco e os sapatos.

– Vai jantar tarde?

– Quis jantar com você, saber como foi o primeiro dia de aula. Seu pai não pôde esperar.

– Não se janta às nove e quarenta e cinco da noite! – berrou ele, de lá do quarto. – Dá azia!

– Foi para isso que inventaram os antiácidos! – gritei em resposta. Ele gostava de gritos. Faziam com que sentisse que a casa estava cheia de vida.

– Senta e come. O pessoal gostou da sua roupa nova? – Mamãe olhou de relance para meu traje, como se eu ainda tivesse dez anos de idade e estivesse brincando de me fantasiar com minhas primas.

Dei de ombros.

– Não sei. Não importa. Eu gosto da roupa.

– Você está... diferente. Acho que é isso o que você queria.

– É, é isso o que todos nós, adolescentes rebeldes, queremos. Abalar o sistema com nossas saias-lápis e nossos conjuntinhos de malha.

– Coma as ervilhas.

Eu comi, e nós ficamos caladas um pouco, enquanto eu tentava pensar em alguma coisa que valesse a pena contar para ela. Foi um dia normal, na maior parte do tempo.

– Tem um professor novo de inglês.

– Eu soube.

– Parece legal. Diferente, sabe, dos outros professores.

– É o genro de Elsa Reever. Ele e Mary vieram morar com Elsa no verão.

Mais algumas garfadas. Na parede, o relógio de papai, que estava sincronizado pelo rádio com o horário padrão internacional em Denver, dizia que eram 9:52. Já o relógio de mamãe, no micro-ondas, indicava 10:03. Ela dizia que aquilo lhe dava a impressão de uma pequena vantagem.

Mas o relógio do papai está logo ali, eu sempre salientava.

Eu não olho para ele, ela sempre respondia.

– Tommy Kinakis foi buscar umas fotos – disse eu, só para continuar a conversa. Papai entrou para encher a garrafa de água, usando só camiseta e calção. Ele costumava beber refrigerante enquanto assistia ao noticiário todas as noites, até o médico lhe dizer que ele estava pré-diabético. Não estava gordo, não como algumas pessoas com todas aquelas pelancas e protuberâncias. Estava simplesmente... robusto. Mas acho que estava ficando mais robusto do que o médico queria, de modo que agora bebia água à noite.

– Tommy Kinakis? Nessa temporada, ele vai ser um defensor de respeito. Estão achando que, como atleta, ele vai conseguir entrar fácil na universidade.

– Acho que ele estava tentando me convidar para sair.

Papai resmungou como se agora fosse preciso reavaliar Tommy. Mamãe raspou as sobras da comida do tabuleiro e as jogou pela porta do lado para os gatos do celeiro. Parecia que ela estava falando com os gatos quando respondeu.

– Tommy é um bom rapaz. Tem muita gente pior do que um Kinakis.

– Não sei. Pode ser.

– Você não precisa sair com ninguém, Kinakis ou não Kinakis. – Papai apertou meu ombro no caminho de volta para o quarto.

– E aqueles folhetos de conventos que você está esperando já chegaram? – gritei para as costas dele e o ouvi dar um risinho.

Ajudei mamãe a tirar a mesa e a encher a lava-louça. Ela nunca agradecia nem dizia nada, mas gostava quando eu lhe dava uma mãozinha. Essa era pelo menos uma coisa que eu sabia a respeito dela.

– Legal você jantar comigo. Valeu. – Apanhei minha mochila e estava indo para meu quarto quando ela me fez parar.

– Hattie. – Ela torceu o esfregão de louça e o pendurou na torneira para secar.

– Sim?

– Talvez você devesse sair com Tommy. Seria bom para você se socializar, fazer amigos na vida real, em vez de ficar surfando no celular como vem fazendo o tempo todo ultimamente.

Eu devia ter simplesmente concordado; mas, desde que comprei meu Motorola neste último verão, ela dá a impressão de que estou carregando Satanás na bolsa. Como se eu não fosse à escola, ao trabalho e a ensaios. Por que eu não podia mandar torpedos para meus amigos e verificar meus fóruns?

– A internet não está cheia de gente inventada, mamãe. Elas também são pessoas de verdade.

– É, mas é importante falar com os outros em pessoa. Você não sabe quem são alguns deles.

– É claro que sei. São pessoas exatamente como eu.

– Ai, querida... – Ela abanou a cabeça e olhou para mim, olhou direto através de mim até eu realmente me sentir como se não passasse de uma menininha de dez anos, fantasiada de nova-iorquina, por intermédio de Rochester, Minnesota.

– Você ainda tem muito a aprender sobre o mundo.

– Como o quê? – retruquei, irritada, pronta para começar uma discussão com ela. Mas ela só sorriu como se eu tivesse acabado de provar que ela estava com a razão.

– Não fique acordada até tarde. – Ela se aproximou e me deu um beijo no rosto, o livro da biblioteca em uma das mãos, os comprimidos para o colesterol na outra. Fiquei olhando enquanto ela seguia pelo corredor, entrava no quarto e acendia o abajur da mesinha de cabeceira. Seu cabelo já estava começando a ficar grisalho agora. E, mais ou menos pela milionésima vez na minha vida, fiquei me perguntando quem minha mãe queria que eu fosse.

DEL / *Domingo, 13 de abril de 2008*

JAKE E EU RUMAMOS PARA A CASA DOS KINAKIS LOGO DEPOIS da peça.

– Você acha que Tommy teve alguma coisa a ver com isso? – perguntou Jake.

Jake ainda estava parecendo meio chateado porque eu o tinha feito deixar seu carro na delegacia para vir junto comigo. Às vezes, ele não pensava dois segundos adiante. Eu não ia assustar Tommy com duas viaturas da polícia estacionando na frente da sua casa. Por aqui, a intimidação nunca é a melhor forma de agir, não importa o que digam os caras da cidade grande. As pessoas do campo conhecem a si mesmas. Elas não fazem nada que acham que não deviam fazer só porque você lhes mostra um distintivo. E quanto mais distintivos se mostram, mais teimosos ficam alguns deles. Era todo aquele sangue norueguês e irlandês.

– Não acho nada a respeito de Tommy, fora o que sabemos até agora. Pode ser que Hattie tenha saído da escola com ele.

– E é certo que os dois estavam namorando – acrescentou ele.

– É.

– O cara é grande.

– Hã-hã.

Percebia que Jake estava seguindo a mesma linha de raciocínio que eu. No ano passado, sessenta e cinco por cento de todas as mulheres assassinadas em Minnesota foram vítimas da violência doméstica. Quando a estatística foi divulgada, esse número pareceu real ali na delegacia. Éramos um condado tranquilo e não tínhamos os assassinatos, mas ainda víamos uma boa quantidade de casos de violência doméstica. Casos demais.

– Quer dizer que ele leva Hattie para uns amassos no celeiro dos Erickson depois da peça. Noite de sexta, primavera, adolescentes são assim mesmo. Eles começam a brigar por qualquer motivo, e a situação escapa ao controle.

Ri, com desprezo.

– Você mesmo não é mais do que uma droga de adolescente. Parece algum policial de televisão.

– Só estou organizando a história.

– Isso cabe a Tommy fazer.

Entramos com o carro no quintal dos Kinakis, e de imediato a mulher se aproximou da porta de tela. Martha, acho que era o nome dela. Jake e eu nos demoramos para sair do carro. Se você não tinha vindo prender alguém, era sempre uma boa ideia dar às pessoas cerca de um minuto para elas imaginarem por que você estava ali. Elas chegavam a suas próprias conclusões; e às vezes, quando se começava a falar, preenchiam lacunas que você nem mesmo sabia que existiam.

– Sra. Kinakis. – Tirei meu chapéu à medida que fomos chegando. – Tommy está em casa?

– Está. – Ela passou os olhos por nós dois, ainda sem querer abrir espaço para nos deixar entrar. – É que ele está péssimo. Nós acabamos de receber a notícia.

– É por isso que estamos aqui.

– Não dá para esperar até amanhã? Eu ia deixar que ele faltasse à aula.

– Sinto muito, mas não. Estamos investigando um assassinato e precisamos falar com todo mundo que viu Hattie na noite de sexta. Agora, nós podemos fazer isso aqui, ou lá na delegacia. A decisão é sua.

Por um instante, ela pareceu hesitar, como que num misto de pavor e raiva, antes de abrir a porta de tela e acenar para que entrássemos. Esperamos na sala de estar enquanto ela o buscava. Jake andava para lá e para cá, batendo com o chapéu na perna, enquanto eu examinava as fotografias dispostas em cima de um piano de armário. Muitas fotos de futebol, muitas de Tommy em tratores e posando com cervos e faisões mortos.

Tommy entrou na sala, com a mãe de um lado e o pai do outro. Parecia que ele tinha cinco anos de idade – um rosto redondo, manchado de emoções, camisa de flanela para fora da calça, os braços inertes, como se não soubesse que tinha braços. De início, pareceu que ele queria dizer alguma coisa, e então simplesmente ficou cabisbaixo, esperando.

– Tommy, nós temos algumas perguntas.

A sra. Kinakis interveio mais uma vez.

– Ele realmente não está em condições de responder a perguntas agora. Achei que fosse cair de cama antes mesmo de recebermos a ligação. Eu o levo à delegacia amanhã de manhã bem cedo, se quiserem.

– Esta é uma investigação de assassinato, senhora. – Jake estava louco para falar um pouco. – Não temos tempo a desperdiçar, se quisermos encontrar o assassino de Hattie.

Tommy se encolheu um pouco ao ouvir essa palavra. Sua mãe o apoiou com a mão.

– Melhor falar enquanto as lembranças são recentes – comentei.

– Bem, vamos nos sentar e resolver isso de uma vez. – Com uma mão pesada, o sr. Kinakis nos ofereceu o sofá, e lançou para a mulher um olhar que sugeria que ficasse calada.

Nenhum membro da família Kinakis tinha o que se poderia chamar de compleição delicada, de modo que, depois que eles se sentaram no sofá de canto, não sobrou muito lugar para Jake ou para mim. Preferi ir até a janela e dei a todos um minuto para se acomodarem.

O sol ainda estava bem alto no horizonte, derretendo os últimos trechos de neve agarrados ao lado norte dos anexos da fazenda.

– Na noite de sexta, Hattie saiu da peça com você, Tommy? – Um bando de gansos canadenses passou grasnando lá no alto e foi pousar num campo do outro lado da estrada. Não ouvi nenhuma resposta atrás de mim.

– Há quanto tempo você estava saindo com ela?

Houve um silêncio e um murmúrio antes que ele conseguisse falar direito.

– Acho que desde o baile da Maria Cebola.

– Cinco, seis meses. Vocês deviam ser muito unidos.

– Não sei.

– Você gostou da peça na sexta? Hattie se apresentou bem?

– Acho que sim.

O garoto não gostava muito de falar. Por fim, dei meia-volta, me postei direto na frente dele e esperei até que levantasse os olhos. Ele era grande. Era provável que num exercício supino conseguisse levantar um peso equivalente ao meu; mas não era essa a impressão que dava agora. Agora ele parecia pequeno e apavorado, encolhido entre a mamãe e o papai.

– Aonde você e Hattie foram depois da peça, Tommy?

– Fomos passear de carro – admitiu ele.

– Por onde?

– Não sei.

Jake se intrometeu, louco para fazer o papel do policial perverso.

– Se você preferir, nós podemos levá-lo à delegacia ou à cena do crime. Pode ser que ajude a despertar sua memória.

– Do que você está acusando meu filho, Jake Adkins? – perguntou a sra. Kinakis, pondo-se de pé.

– Ninguém está fazendo nenhuma acusação, sra. Kinakis. Só sabemos que Hattie saiu da escola com Tommy na sexta à noite; e, quando foi vista depois disso, estava morta. Agora, precisamos saber o que Tommy sabe. Entendo que é difícil falar sobre isso, mas vai ser muito mais difícil se Tommy preferir não falar conosco. Difícil para nós e para ele.

O sr. Kinakis pigarreou e fez um gesto para que a mulher se sentasse. Em vez disso, ela foi até o outro lado da sala, e nós todos esperamos por Tommy. Um minuto depois, ele respirou fundo e começou a falar.

– Achei que íamos à Dairy Queen, mas ela quis ir a Crosby.

A sra. Kinakis prendeu a respiração e cobriu a boca.

– Você não nos disse que a levou ao lago.

Tommy olhou para outro lado.

– Aonde em Crosby? – perguntei.

– Ao estacionamento junto da praia. Às vezes íamos lá pra... – Ele olhou de relance para o pai. – Só pra namorar. Mais nada. Fazia tempo que ela não queria ir lá.

– E então?

– Bem, eu achei que ela queria... sabe? Mas ela não queria. Disse que não podia mais sair comigo.

– Ela desmanchou o namoro? – perguntou Jake.

Tommy fez que sim.

– Ela estava tão esquisita. Eu lhe disse que só faltavam uns dois meses para a formatura, e para o baile também. Perguntei se ela não queria ir ao baile.

Ele agora estava olhando para as mãos, quase parecia ter se esquecido de que todos nós estávamos ali.

– Ela então ficou bem calada. Pareceu triste por um instante. E disse que algumas garotas não estavam destinadas a ir ao baile de formatura. Era como se ela já soubesse. Como se soubesse que ia morrer.

Ele parou de falar e escondeu a cabeça nas mãos.

– O que aconteceu então, Tommy?

– Ela foi embora. – A voz dele estava abafada, e eu bem que queria poder ver seus olhos.

– Ela saltou da caminhonete e me disse para ir procurar alguma outra garota de fazenda que me deixasse trepar com ela. Desculpa, mamãe. Ela disse "Adeus, Tommy" e foi embora andando pela noite adentro. Ela nunca dizia palavrões. Eu não sabia por que ela estava se comportando daquele jeito. Eu não sabia o que eu tinha feito de errado.

– Você foi atrás dela?

– Não.

– Você deve ter ficado com raiva, com o que ela disse.

Ele ergueu a cabeça de novo. Estava chorando.

– Estava frio lá fora. Pensei, que volte pra casa a pé. *Ela* que se foda, sabe? Desculpa, mamãe.

– Mais alguém no estacionamento?

– Não.

– Vocês passaram por alguém no caminho para lá?

– Acho que não.

– E você simplesmente deixou que ela saísse andando e voltou para casa?

– Eu, bem, eu fui embora, mas saí dirigindo sem rumo antes de vir pra casa. Eu estava com muita raiva.

– Você deu carona para alguém? Ligou para algum colega pra falar sobre o que houve?

Ele fez que não.

– Eu não quis contar pra ninguém. Eu até voltei e fiquei andando pelas estradinhas por um tempo, achando que podia ser que eu a visse, e quem sabe ela não pedia desculpas? Ela simplesmente não era daquele jeito, sabe? Nós tínhamos planos. Íamos contratar uma limusine para o baile, e todos nós íamos em julho até a cabana de férias de Derek. Tudo estava planejado fazia meses. Cada um ia levar a namorada.

– Você voltou ao estacionamento? Para tentar ver se a encontrava?

– Só passei por lá, sem parar. – Ele engoliu em seco e respirou, tremendo um pouco. – Estava frio.

– E depois?

Ele olhou para a porta.

– Vim para casa.

– A que horas ele chegou naquela noite? – Jake perguntou aos pais.

– Não ouvi – disse o sr. Kinakis. – Nós já estávamos recolhidos.

– Tenho certeza de que o ouvi chegar – disse a sra. Kinakis, intrometendo-se. – Não podia ter passado das dez e meia.

– Tommy? – Eu me voltei para ele.

– É, pode ter sido por volta dessa hora – murmurou ele.

Continuamos a lhe pedir mais detalhes, e a história dele permaneceu firme. Ele mantinha a cabeça baixa e enxugava as lágrimas dos olhos com os antebraços musculosos. Quando fomos encerrando a entrevista, a sra. Kinakis não perdeu tempo em nos enxotar porta afora. Antes que ela tivesse conseguido nos conduzir, lancei uma última pergunta para Tommy:

– Hattie algum dia falou sobre uma maldição?

– Maldição? Como alguma maldição de bruxaria? – Ele olhou para nós, sem entender nada, e fez que não, enquanto a sra. Kinakis nos apressava a sair da casa.

Depois, Jake e eu fomos para o lado leste de Crosby para ver como estavam indo as coisas com Shel, o assistente que tinha vencido o cara ou coroa para fazer as buscas no lago. Os outros rapazes tinham realizado uma busca meticulosa nas margens bem cedo de manhã, sem encontrar nada. A maioria deles estava agora esquadrinhando os campos de Winifred com os cães, enquanto Shel estava com o barco lá no lago, fazendo uma varredura do fundo. Era um lago raso. Com seis metros no seu ponto de profundidade máxima. Se houvesse alguma coisa a encontrar, Shel logo, logo a veria.

Enquanto Jake se comunicava com ele pelo rádio, fui dar uma olhada no estacionamento perto da praia. O cascalho estava seco e sem neve, de modo que não havia a menor condição de encontrar rastros de pneus que mostrassem quem mais poderia ter chegado ali. Andei até o lugar onde começava a trilha e me agachei. Era uma trilha de terra batida que mal se podia ver no verão, desdobrando-se, sinuosa, entre capim e ervas daninhas, mas agora, logo depois do degelo, ela estava exposta para quem quisesse ver. O chão era liso, pisoteado por anos pelos que caminhavam em torno do lago. Havia aqui e ali umas pegadas parciais – nada que pudesse servir de base para muita coisa. Umas dez pessoas poderiam ter percorrido essa trilha na noite de sexta, e você não ficaria sabendo.

Segui pela trilha até chegar ao celeiro. Não era longe, menos de um quilômetro. E verifiquei a margem do lago para ver se a água tinha trazido alguma coisa nessas últimas horas. Nada.

Quando voltei, Jake estava mexendo com o celular, perto da praia.

– Até agora Shel pegou um engradado com garrafas vazias de cerveja, com o rótulo desmanchado pela água. Parece que são restos do verão passado.

– Quanta área ainda falta para ele cobrir? – perguntei.

– Ele cobriu mais da metade do lago. Ou pelo menos é o que está dizendo.

Olhei de relance para Jake, que debochou do colega.

– Ele maneja um barco como uma garotinha de doze anos.

– Melhor do que ficar se queixando de não abrir um caso, como um menino de doze anos.

Jake resmungou.

– Então Hattie salta da caminhonete, e Tommy acha que ela está indo a pé para casa, mas ela vai até o celeiro.

– A janela do celeiro fica do outro lado do prédio. Não daria para ver nenhuma luz daqui.

– Isso mesmo. – Voltei-me para o celeiro de novo.

Em termos físicos, ele era o mesmo amontoado decrépito no horizonte que eu via em todas as temporadas de pesca, mas sua substância tinha se alterado. Ele agora continha ali dentro um horror, a lembrança de uma garota morta que tinha sido tão cheia de vida e planos, que me dava um tapa no ombro toda vez que eu a chamava de Henrietta e um dia tinha me avisado, com um sorriso atrevido, que ia me prender por difamação.

Dei uma risada e expliquei que não era possível difamar a honra de alguém chamando essa pessoa pelo seu nome de registro. E então tínhamos tido uma longa conversa sobre a liberdade de expressão e sobre o que era e não era lícito, com Bud só acompanhando, balançando a cabeça como se estivesse ao mesmo tempo orgulhoso e meio confuso sem saber a quem essa garota tinha saído.

– Logo, se Hattie foi lá sozinha, ou o assassino estava esperando por ela ou sabia que ela estava lá e chegou depois.

Dei as costas ao celeiro e às lembranças de que não estava precisando naquele instante.

– Certo. É muito pouco provável que tenha ocorrido um encontro por acaso aqui nesse fim de mundo. Alguém sabia que ela ia ao celeiro naquela noite de sexta.

– Você não gosta da ideia de Tommy como suspeito – disse Jake, com os olhos na água.

– Ele é só o que nós temos a esta altura e, além do mais, admitiu que eles brigaram.

– Você não gosta da ideia de que ele seja o assassino – disse Jake, insistente.

– Hã-hã.

Veio um grito de lá do lago, e Shel agitava as mãos feito louco nos monitores. Aguardei sem me mexer, com esperanças de que fosse a faca, enquanto ele içava sua descoberta e voltava para a rampa. Só que era uma bolsa, encontrada a uns vinte metros da margem e a um terço da distância pela trilha até o celeiro. Uma olhada rápida revelou a habilitação de Hattie e sua identidade de estudante, o que nos disse que o assassino provavelmente a jogou na água ao ir embora, passando por um dos estacionamentos.

– Quer dispensar a busca pelos campos? – perguntou Jake enquanto organizávamos o conteúdo no capô da viatura.

– Só depois de hoje. Mantenha o pessoal percorrendo os caminhos principais pelos campos até o entardecer, só para ver se mais alguma coisa aparece. – Não fazia sentido desperdiçar a equipe emprestada que eu tinha recebido do condado de Olmsted.

Acondicionamos em saquinhos e identificamos tudo o que estava na bolsa de Hattie, desde seu celular encharcado até as embalagens vazias de drops que entulhavam cada divisão interna. E, depois de dez minutos de exame metódico, só uma coisa me interessou.

– Esse tal de Jones.

Levantei o saquinho com um cartão de apresentação que tínhamos encontrado na carteira de Hattie. Ele era preto de um lado e branco do outro, e uma letra elegante dizia *Gerald Jones*, com um website abaixo. No lado branco, alguém tinha escrito um número de telefone.

– Quero saber quem é essa pessoa e por que Hattie estava com seu cartão. Verifique o número. Descubra onde ele se encontra.

Jake fez que sim enquanto remexia em outro saquinho de provas.

– Acho que o telefone já era. Pena.

– Acho que vamos ter de fazer nosso trabalho à moda antiga.

Jake caiu direto na nossa discussão constante, enquanto recolhia as provas encontradas na bolsa e nós voltávamos para a viatura.

– Del, a moda antiga ficou para trás. Você quer saber alguma coisa sobre esse Gerald Jones? Se o celular estivesse funcionando, eu simplesmente poderia ter procurado o nome nos contatos do celular e visto quando ela falou com ele pela última vez.

– Agora você vai precisar obter um mandado para ver os registros telefônicos. É de partir o coração.

Continuamos a debater até chegarmos a Pine Valley, e então Jake foi pegar alguma coisa para comer na Dairy Queen, enquanto eu fiz Nancy terminar o comunicado à imprensa. Nenhum dos dois parecia estar pensando em ir para casa nessa noite de domingo. Em geral, se tivesse de cumprir horas extras, Jake a esta altura já teria começado a se queixar, mas dele não ouvi uma palavra sequer. Nada sobre algum encontro com uma garota de pernas incríveis ou sobre as cervejas com amigos que ele estava perdendo. Havia um entendimento tácito de que todos nós estávamos nesse caso juntos, desse no que desse.

Falei com as equipes de campo enquanto comíamos. Shel não tinha encontrado mais nada no lago, e a busca dos cães não revelou nada. Se não encontrássemos a arma do crime, nossas provas concretas dependeriam totalmente do laudo da autópsia e do relatório da polícia técnica sobre os itens encontrados na poça. Precisávamos muito de impressões digitais ou de algum DNA.

– Cara, você não vai acreditar nisso aqui, Del. Ouve só o que eu encontrei.

Jake trouxe o laptop para minha sala e começou a ler em voz alta. Nancy ficou ali, parada, junto da porta.

– A maldição é uma das superstições mais difundidas no teatro, remontando a séculos. Dizem que Shakespeare inseriu na peça feitiços reais de bruxas, o que deixou furiosas as bruxas de verdade que viviam na época. Considera-se que cada apresentação de *Macbeth*, ou da "peça escocesa", como gerações de atores atemorizados se referiam a ela, é perigosa e propensa a acidentes e trapaças.

– Que maldição? – perguntou Nancy.

– Por que você está pesquisando essa porcaria? – Enrolei numa bola a embalagem do meu sanduíche e a joguei fora.

– Foi você quem perguntou a Tommy sobre isso.

– Então você não estava prestando muita atenção. – Larguei os dois e fui procurar um resto de café na cafeteira, dei uma cheirada e pus a jarra direto no micro-ondas. Quando voltei, tive a impressão de que Jake tinha passado a informação para Nancy. Lancei um olhar furioso para seus olhos arregalados, amedrontados.

– Não perguntei nada a Tommy acerca da maldição. Perguntei a um suspeito de homicídio se ele queria desviar parte da suspeita em outra direção. E ele não quis.

– E o que isso nos revela?

– Ou bem que ele a matou e não tinha conhecimento da maldição, ou que ele não a matou, mas outra pessoa cometeu o crime. Alguém que não faz parte de alguma droga de história de fantasmas.

– Feitiço de bruxas – corrigiu Nancy.

– Feitiço de bruxas uma ova. – O micro-ondas apitou, eu saí e servi aquela água suja numa xícara.

– Escuta essa – disse Jake quando voltei para minha sala. – Laurence Olivier quase morreu algumas vezes enquanto representava *Macbeth*. Três pessoas morreram numa apresentação em Londres em 1942. Em Manchester, em 1947, o ator que interpretava Macbeth disse que não acreditava na maldição. Ele foi ferido durante uma luta com espadas num ensaio e morreu.

– Quer dizer que algum cara não gostava dele e achou que aquela era uma boa oportunidade para liquidá-lo.

Jake não estava prestando atenção ao que eu dizia.

– Quando representou Macbeth, Charlton Heston sofreu queimaduras graves.

– É o que acontece quando se fica perto demais de algum fogo.

Agora eles estavam totalmente imersos naquilo. Nancy lia por cima do ombro de Jake, enquanto ele ia clicando de uma página na web para outra.

– Diz a lenda que, exatamente na primeira produção da peça, em 1606, para o rei James, a atriz que representava Lady Macbeth morreu. Ela desmaiou e morreu nos bastidores. Ninguém soube por quê.

Fiz que não diante do meu café e tomei a xícara inteira.

– Vocês dois parecem aquela menina, Portia.

– É muita coisa girando em torno de uma única peça, e agora Hattie também. Faz a gente pensar.

– Pode ser que faça *você* pensar. O que isso me faz pensar é que preciso de outro assistente neste caso.

– Ora, Del.

Pegando meu casaco, deixei aqueles dois com a cabeça cheia de besteiras e segui de volta à casa de Bud. Eu precisava me aprofundar mais na vida de Hattie, ver onde ela estava passando o tempo. E também queria ver Bud e Mona. Me certificar de que eles tivessem conseguido se aprumar.

Maldições. Putz! Tem louco pra tudo. Uma maldição não passava de palavras. Exatamente como bênçãos, orações e tudo o mais. As pessoas usavam palavras para tentar mudar o que elas deveriam mudar usando suas próprias mãos. E, se o problema fosse grande demais para resolver, nenhuma palavra lançada ao vento faria a menor diferença. Passei direto pelo acesso que me levaria à casa de Bud e segui em frente um pouco, só para ver a paisagem se acomodando em mim e pôr em perspectiva todas as outras coisas.

Chamam Montana de terra dos céus imensos, e isso valia para aqui também. Esta terra era toda composta de colinas suaves de plantações de milho e soja, que se estendiam em todas as direções até chegar às nuvens. As sedes das fazendas se escondiam em arvoredos aqui ou acolá, mas não havia nada que interrompesse a linha do horizonte. O céu dominava, fosse o sol assando as plantações, fosse o vento fazendo subir redemoinhos de poeira nas estradas. Havia manhãs em que o céu nem mesmo deixava que se visse a terra. Ele criava um nevoeiro tão espesso que não se conseguia distinguir o carro à sua frente. Tudo vinha do céu, e isso punha as pessoas no seu lugar; fazia com que você sentisse como era pequeno.

Por anos depois do Vietnã, eu estacionava junto da autoestrada e ficava assistindo à chegada daquelas enormes nuvens de tempestade. Era como um bálsamo, ver como as nuvens escureciam e amedrontavam tudo o que estava abaixo delas, como ver um pedaço da minha alma exposto. Era por isso que os fiéis aqui eram tão bons. Na cidade grande, o céu ficava todo encoberto por prédios, pontes e tudo o mais. As pessoas se esqueciam de como eram pequenas. Elas se esqueciam de que não estavam no comando. Aqui no campo isso era claro como o dia. Bastava você olhar para a frente para ver Deus. Agora, eu não me alinhava com aqueles pastores que diziam que Deus ouvia cada um de nós atentamente e interferia no nosso dia a dia como algum chefe intrometido. Acho que, quando criança, eu acreditava nisso, mas tinha visto coisas demais neste mundo para dar qualquer importância a isso agora. O caso de Hattie, por exemplo. Quem poderia olhar para aquele corpo mutilado e inchado e dizer que era a vontade de Deus? Não, Deus não tinha nada a ver com aquilo. Ele tinha coisas mais importantes com que se preocupar do que com as porcarias que fazemos para botar a perder nossa vida e nossa morte.

Bem quando eu estava voltando rumo à casa de Bud, recebi uma ligação do necrotério.

– Xerife Goodman – disse uma voz. Fran não dizia alô como todo mundo. A impressão que se tinha era de que se estava tendo permissão para falar com ela, mesmo quando era ela que tinha ligado.

– O que você encontrou?

– Nenhum pelo nem fibra estranha em nenhuma parte dela. Também nenhum sinal de luta.

– Quer dizer que ela não se deu conta do que ia acontecer?

– Eu diria que o golpe no tórax veio primeiro e que ela não teve tempo ou não teve vontade de lutar antes de receber esse golpe. Os cortes no rosto foram feitos depois da morte.

– Como você sabe?

– Não houve luta. A lesão no rosto não foi funda o suficiente para fazê-la perder a consciência, de modo que teria provocado uma reação defensiva.

– Quer dizer que foi rápido.

– Mais rápido do que qualquer um poderia imaginar.

Bem, isso já era alguma coisa. Pelo menos eu podia dizer isso a Bud.

– Mais alguma coisa?

– Sim. Havia vestígios de sêmen na roupa de baixo.

– Puta merda. – Dei uma guinada para a lateral da autoestrada e pisei no freio. Alguns carros passaram desviando-se de mim, desacelerando como se eu fosse multá-los por excesso de velocidade. Esfreguei minha testa, raciocinando.

– Ela foi estuprada antes de ser morta?

– Não parece ter sido estupro. Percebi abrasões leves. Nada de mais sério.

– O que você está querendo dizer?

– O sexo foi agressivo, mas provavelmente consensual.

– E o sêmen resistiu à água? – perguntei.

– Parece que só as pernas estavam submersas. O torso estava seco. Se não fosse assim, não teríamos podido observar nenhuma atividade sexual.

– Você tem como dizer quando aconteceu?

– Com base na abrasão, poderia ter sido a qualquer momento num período de horas antes da morte.

Logo, tinha de ter sido depois da peça. Ou Tommy não estava contando tudo sobre a história de estacionar com ela perto da praia, ou Hattie tinha ido embora para se encontrar com um amante, um amante agressivo, que talvez tivesse acabado com ela.

– Bem, agora temos o DNA.

– Isso vocês têm.

– Ótimo. Tenho pelo menos um suspeito para fazer o teste.

– O laboratório do condado de Hennepin pode fazer a comparação. Pode demorar semanas, dependendo da lista de espera. Faça o suspeito comparecer à clínica Mayo para coleta da amostra.

– Ele estará lá amanhã de manhã. – Eu me certificaria de que estivesse.

Depois de desligar a chamada com Fran, fiquei olhando para o céu por um minuto, respirei fundo e então segui para a casa de Bud.

Havia caminhonetes e automóveis espalhados por toda a entrada de carros, a família chegando para dar qualquer ajuda que fosse possível. O pastor estava lá, bem como todas as senhoras da igreja. Encontrei Bud lá fora, no celeiro, com alguns dos homens. Estavam falando em ajudá-lo a colher o milho este ano e não queriam aceitar sua recusa. Cumprimentei cada um deles enquanto saíam em fila, deixando Bud sentado no braço de uma colheitadeira, com o olhar fixo no chão. Não lhe perguntei como estava. Não o forcei a aceitar minhas condolências como mais uma carga que eu esperasse que ele suportasse. Não me restava alternativa a não ser levá-lo para dentro de casa e fazê-lo se sentar com Mona no quarto deles dois, longe de todos os cacarejos, para lhe contar, em tom neutro, tudo o que Fran tinha dito. Que Hattie não sentiu nada. Que foi rápido como uma queda. Que ela não teria tido dois segundos para sentir medo.

Então eu lhes falei do sexo.

– Como? – Bud se levantou de um salto, como se fosse investir contra mim. Eu nem sequer havia mencionado a parte da agressividade.

– O desgraçado daquele garoto dos Kinakis. Desgraçado! – Bud não estava em condições de seguir outra linha de raciocínio. Por isso, me voltei para Mona.

– Ela estava saindo com alguém além de Tommy Kinakis?

Mona fez que não uma única vez, uma negativa direta.

– Ela estava saindo com ele desde antes das festas de fim de ano.

Enquanto Bud se movimentava enfurecido pelo quarto, provavelmente planejando a morte de Tommy, eu me sentei na cama, ao lado de Mona. Ela estava retorcendo as mãos, o olhar vazio perdido nos fragmentos da mesa na qual desabara naquela manhã.

– Você sabia que ela estava fazendo sexo, Mona?

Bud deu meia-volta, agora todo ouvidos.

— Não. — Lágrimas constantes escapavam para os pés de galinha em torno dos seus olhos. Ela não se deu ao trabalho de enxugá-las. — Não, isso eu não sabia. Achava que havia alguma coisa que ela não estava me contando, mas não imaginei que tivesse a ver com sexo. Na vida inteira, Hattie nunca ficou deslumbrada por um garoto. Francamente, eu nunca achei que ela gostasse de Tommy tanto assim. Não consegui decifrar exatamente por que ela estava saindo com ele.

— Esse garoto vai precisar dar umas explicações.

— Calma aí, Bud. Nós vamos falar com Tommy de novo amanhã de manhã e faremos com que ele dê uma amostra de DNA para comparar com o que encontramos em Hattie.

— Vocês têm certeza de que não foi estupro? — murmurou Mona.

— Não foi estupro. A médica-legista não deixou dúvidas. Não fiquem pensando nisso, vocês dois.

Pareceu que nenhum dos dois estava em condições de voltar a falar.

— Vou precisar examinar o quarto de Hattie. Se vocês se lembrarem de qualquer outra pessoa de quem ela fosse muito próxima ou com quem estivesse em contato, liguem para mim de imediato. Não importa a hora.

Mona voltou a chorar, agora sem se reprimir, e Bud foi até onde ela estava. Deixei-os sozinhos e subi ao quarto de Hattie, sem dirigir uma palavra às mulheres aglomeradas junto ao portal da cozinha.

Fiquei surpreso por não encontrar muita coisa a ver ali. Uma cama de solteiro, uma cômoda, uma escrivaninha. Ela não tinha pôsteres espalhados pelas paredes como a maioria dos adolescentes, só uma fotografia — emoldurada — da silhueta dos edifícios da cidade de Nova York, acima da cama. Seu closet era tão bagunçado quanto se poderia esperar, mas ali só havia roupas e bolsas contendo gloss, grampos para prender bobes, canhotos de entradas de cinema e troco miúdo. Nada que fosse útil. A escrivaninha parecia ser o objeto mais pessoal do quarto. As gavetas estavam cheias de fotos de revistas de estações de metrô, letreiros de neon e mulheres andando pelas calçadas da cidade grande com cachorrinhos de madame enfiados nas bolsas. Não consegui encontrar um diário, o que me pareceu esquisito. Hattie dava a impressão de ser alguém que teria um diário. Mas seu laptop tinha muito material, e podia ser que encontrássemos alguma coisa ali. Jake poderia invadir aqueles arquivos com seus truques de informática.

Na gaveta de baixo, encontrei um programa para uma peça apresentada em Rochester, na qual Hattie havia conseguido o papel principal. Lembrei-me de Bud ter dito alguma coisa a respeito no outono do ano passado. Coçando o pescoço, dando de ombros, enquanto preparava o barco para o inverno. *Ela tem talento. Não faço ideia de quem ela herdou.*

Folheando o programa, meu olhar foi atraído por um nome específico.

Gerald Jones, diretor.

Agora, por que Hattie, na noite da sua morte, estaria levando na bolsa o cartão e o número de telefone de um homem que ela não via fazia mais de seis meses? Um homem a quem ela estava ligada por intermédio do teatro?

Dei um sorriso sinistro, pronto para pôr Jake no devido lugar quando voltasse à delegacia. Veja o que o trabalho de polícia à moda antiga revelava.

PETER / *Sábado, 8 de setembro de 2007*

SHAKESPEARE ERA UM FILHO DA MÃE MUITO ESPERTO. EU não ligava muito para suas comédias, as farsas repletas de idiotas do povoado e de identidades trocadas. Sempre tinha sido atraído pelas tragédias, nas quais até mesmo bruxas e espíritos não conseguiam distrair a plateia desta verdade psicológica crucial: por nossa própria natureza, todos nós estamos inerentemente condenados. Ele não escreveu nenhuma novidade. Não inventou o ciúme, a infidelidade, nem a ganância dos reis. Reconheceu que o mal era atemporal e lançou um holofote sobre ele, direto, implacável, dizendo, *É isso que nós somos e que sempre seremos.*

É claro, neste exato momento eu não fazia a menor ideia do que minha mulher era.

— E Peter acabou de descobrir que será o diretor da peça a ser encenada na escola na primavera — disse Mary, para animar a conversa enquanto fatiava a carne macia do peito de um frango. Ela sorriu para mim, me incentivando a participar da conversa, mas eu não conseguia me concentrar em nada além do frango. Ele estava vivo algumas horas atrás, e agora vapores de alecrim e de pele assada emanavam dele, fazendo revirar meu estômago, enquanto Elsa e nossa vizinha Winifred levantavam os pratos para serem servidas.

— Escolha *O vendedor de ilusões.* Gosto das músicas dessa peça — ordenou Winifred. Ela costumava jantar conosco nos sábados à noite, e eu geralmente encarava com prazer a batida da porta de tela que indicava sua chegada. Era uma mulher vigorosa, de opiniões firmes, com toda a força que faltava ao coração de Elsa.

Fiz que não, levemente.

– O diretor disse que tem de ser Shakespeare.

Ele me disse que não se importava com que peça eu escolhesse, desde que não fosse *Romeu e Julieta*. Disse que não queria nada que estivesse relacionado a suicídios.

Elsa deu um sorriso afetuoso enquanto pegava umas ervilhas.

– Lyle sempre gosta de Shakespeare.

– Lembra quando ele os fez representar *Sonho de uma noite de verão* nos campos de soja de Will Davis? – disse Winifred, em tom de zombaria. Ela olhou de relance para mim e me explicou a piada.

– Todas as cadeiras foram dispostas em cima do que eles depois descobriram que era um formigueiro gigantesco; e, antes do fim do primeiro ato, a plateia em peso estava coberta de formigas agressivas.

Elsa pôs a mão trêmula na de Winifred, mudando o assunto de volta para o de como já não gostava que Winifred morasse sozinha. A companhia de Mary e a minha a ajudaram a ver como era muito melhor ter apoio por perto, disse ela. Winifred descartou a preocupação da amiga com uma habilidade decorrente da prática e desviou a conversa para o novo aquecimento que estava sendo instalado no café da cidadezinha.

Todos apreciavam os jantares das noites de sábado com Winifred. A conversa era mais animada. Elsa ganhava vida e aparentava estar com mais saúde, o que permitia que Mary relaxasse. Uma vez, nós jogamos baralho depois, e Winifred até mesmo tomou uma cerveja comigo, mas ficou óbvio que Elsa já não tinha a capacidade para jogar Copas, de modo que encerramos o jogo e a televisão foi ligada antes que ela ficasse agitada demais.

Eu sempre estava sobrando nesses jantares, tentando descobrir um jeito de participar de conversas sobre as vantagens de marcas diferentes de sistemas de aquecimento ou sobre análises das previsões do tempo para o ano, com base no *Farmers' Almanac*. Nenhuma das minhas alusões à literatura ou à cultura pop despertava o menor interesse, apesar dos esforços meus e de Mary para explicar o contexto.

Não que elas tivessem a intenção de me isolar, mas eu ficava de fora do mesmo jeito. Só que nesta noite eu não conseguia nem mesmo tentar me enturmar. Minha atenção estava dividida entre o frango no centro da mesa e o perfil de Mary, como mediadora da conversa.

– Isso aí não parece muito gostoso. – Winifred se debruçou sobre o meu prato e deu uma cutucada no meu hambúrguer vegetariano.

– Pode experimentar se quiser. – Eu me levantei e peguei uma Coca na geladeira.

– Eles no fundo são bem saborosos – comentou Mary. – Especialmente quando grelhados com um pouco de queijo e tomate por cima. São ótimos para almoços rápidos.

– Não, obrigada – respondeu Winifred. – Eu só como comida que eu reconheça.

E então ela e Elsa se lançaram numa discussão sobre a qualidade de várias refeições prontas. Tomei um bom gole do refrigerante.

Depois do jantar, Mary e eu nos encarregamos da limpeza. Ela lavou a louça enquanto lançava comentários na conversa das idosas através do passa-pratos entre a cozinha e a sala de estar, como se tudo estivesse normal. Suas mãos estavam vermelhas com a água escaldante. Eu não conseguia parar de olhar para elas. Mary riu de alguma coisa, captou minha expressão e ficou séria ao me entregar um prato para secar.

Assim que a cozinha ficou arrumada, pedi licença e fui para o andar de cima. Eu vinha passando cada vez mais tempo no quarto de depósito, o que dava para perceber pelo monte de livros e pilhas de trabalhos de alunos que cobriam o tampo das caixas empoeiradas. O calor do forno tinha subido até ali, deixando o ar sufocante naquele espaço ínfimo. Abrindo a janela de guilhotina, que rangeu alto, comecei a apanhar livros a esmo. Ao levantar um deles, passei um dedo pelo dourado da capa; peguei então outro e verifiquei uma data de registro da publicação que eu já sabia. Folheei até páginas aleatórias e li algumas linhas para então me voltar para outro livro e mais outro.

Não conseguia me deter em nenhum deles, não conseguia me forçar a esquecer o que tinha acontecido nesse dia.

O pior era que a ideia tinha sido minha, para começar.

Me mostra o que fazer com as galinhas, e eu vou poder cuidar um pouco delas. Te dar uma folga, eu tinha sugerido no outro dia. Era um ato desesperado da minha parte. Eu podia pensar em milhares de coisas que eu preferiria fazer para salvar meu casamento, que não envolvessem limpar esterco de galinha, mas todos os meus esforços com Elsa estavam fracassando. Fosse por orgulho, fosse por pudor, ela só permitia que Mary a ajudasse com a maioria das tarefas; e, sempre que eu lhe perguntava como ela estava, a resposta era a mesma. "Bem, estou bem." Logo, só me restava o esterco de galinha. Embora tivesse erguido as sobrancelhas quando fiz a sugestão, Mary aceitou.

Desde o início das aulas, eu vinha dormindo até mais tarde aos sábados, mas, mesmo depois de corrigir provas até tarde da noite, eu saí da cama, cambaleando, às cinco e meia de hoje e fui me arrastando atrás dela pelo pátio, que ainda nem tinha sido tocado pelo cinza que chega antes do amanhecer.

Ela me demonstrou como colher, lavar e armazenar os ovos, como remover o esterco e substituir a palha conforme fosse necessário. Nós as alimentamos enquanto elas andavam por ali às guinadas e bicavam nossas botas, seguindo-nos com seus olhos parecidos com contas, inexpressivos. Ela me deu uma aula sobre como procurar por doenças e enfermidades; e então apanhou uma das galinhas, levou-a ao fundo do celeiro principal e a matou.

Só fui perceber o que estava acontecendo quando Mary já estava com uma faca na mão.

– O que você está fazendo?

– O que parece que eu estou fazendo? – Sua voz estava neutra. A lâmina rebrilhou cor-de-rosa com o sol nascente, e a ave lutou para se livrar do aperto.

– Ela está doente? Qual é o problema com ela?

Os olhos da ave estavam se revirando feito loucos, e parecia que eu não conseguia me concentrar em mais nada.

– Ela não tem problema nenhum. Hoje Winifred vem jantar conosco.

E com isso ela lhe cortou o pescoço, separando a cabeça da ave do corpo, e o sangue jorrou no chão. O corpo rolava e se debatia como se não tivesse percebido a própria morte e estivesse se esforçando em desespero para recuperar o pedaço perdido. Fui recuando, trôpego, até bater na parede do celeiro. Se houvesse alguma coisa no meu estômago, eu a teria vomitado direto sobre aquele chafariz de sangue. Mary abriu uma mangueira próxima e lavou a faca como se acabasse de fatiar um bolo de aniversário, inclinando-a para lá e para cá, até eu poder ver seu rosto refletido na lâmina.

A ave veio quicando na minha direção e eu fugi dela, o que fez Mary revirar os olhos.

– É só uma galinha, Peter. Você não foge delas no mercado.

– Elas não correm pra cima de mim no mercado! – gritei.

– Acho que vou assá-la com batatas, mas vou preparar alguma coisa separada para você.

Não respondi. Ela estava de um lado da galinha decapitada, e eu do outro, sem fazer a menor ideia de como reagir à sua gentileza de se oferecer para me fazer uma refeição vegetariana.

A questão era que a maioria dos meus amigos teria ficado impressionada. *Essa aí tem colhões* era o que eu os ouvia dizer. Mesmo quando ela os superava com sua lógica tranquila acerca de qualquer questão que estivesse em debate no bar – o aumento do salário mínimo ou o efeito literário de Harry Potter sobre os millenials –, sempre lhes pagava uma cerveja e fazia com que rissem no final. Se eu lhes contasse o que tinha acontecido, eles teriam elevado sua reputação para lendária.

Não sei por que aquilo me perturbou tanto. Era provável que eu tivesse visto Mary comer centenas de asas de galinha naquela época no bar. Eu aceitaria que minha mulher comesse animais mortos, se ela não conseguisse se forçar a matá-los? Era de uma hipocrisia absurda. Eu sabia disso. Mas aquele maldito olho da galinha não sumia. Ele olhava fixamente para mim a partir da cabeça sem vida, cercado por uma poça do seu próprio sangue.

Alguém riu na sala de estar, e então ouvi passos na escada. Mary apareceu no vão da porta e se encostou no umbral, as feições impregnadas de alegria.

– Encontrei um baralho da Solteirona para se jogar mico, e achei que seria divertido. Mas Winifred disse que já havia um excesso de solteironas na sala.

– Elas são viúvas, não solteironas.

– Verdade. – Mary deu de ombros e abriu um sorriso. – Quer vir jogar?

– Não conheço esse jogo.

– É fácil. Até mamãe consegue participar, acho.

– Não, não estou a fim de jogar.

– Qual é o problema? – Mary entrou no quarto e se sentou na beira da escrivaninha, ao meu lado. Afastou o cabelo que havia caído nos meus olhos.

– Nada – respondi, encolhendo-me.

– Você ainda está chateado com a história da galinha?

– Você pelo menos podia ter me avisado antes.

– Ora, Peter, qual é?

Quis me distanciar do seu tom desdenhoso e comecei a andar pelos cantos do quarto.

– Aquilo não te incomodou nem um pouco, não é mesmo?

– O que você quer que eu diga? Foi assim que eu fui criada.

Tudo na atitude dela dizia que era eu quem tinha um problema. Eu era a aberração naquele quarto. Depois de sete anos, ou ela não entendia minhas escolhas morais ou não ligava a mínima para elas. Fiz que não e apanhei um livro no alto de uma pilha junto da janela, virando as páginas como se houvesse alguma coisa importante ali, se eu ao menos conseguisse encontrá-la.

– Você não vai descer, então? – Pude sentir a mágoa na pergunta, mas não me importei.

– Não. Acho que vou deixar pra lá esse empolgante jogo de cartas com as velhotas de setenta anos.

– Será que pertencer a esta família seria a morte pra você?

Avancei na direção dela, empurrando o livro no ar na direção dos celeiros, lá fora.

– O que você acha que eu estava fazendo hoje de manhã? Acha que eu estava recolhendo ovos e movimentando fardos de palha para me divertir?

– Não, eu sei que você detestou cada segundo daquilo. Você não poderia ter deixado mais claro, mesmo que tentasse.

Dei uma risada agressiva.

– Ah, pode acreditar em mim. Eu poderia ter deixado muito, mas muito mais claro.

– Eu não imaginei que seria assim. – Ela piscou para refrear as lágrimas. – Eu sabia que se mudar para cá ia exigir alguns ajustes, mas é como se você não fizesse o menor esforço.

Abanando a cabeça, voltei-me para a janela. Se ela achava que "alguns ajustes" me transformariam num açougueiro, não havia mais nada que eu pudesse dizer.

Ela se demorou ali um pouco e respirou fundo, como se estivesse a ponto de dizer mais alguma coisa, mas então ouvi o rangido das tábuas do assoalho no corredor e seus passos lentos descendo a escada.

Fiquei em pé por um bom tempo antes de me deixar afundar numa poltrona, a cabeça caída sobre o livro na minha mão, de modo que a lombada deixou uma marca na minha testa. A verdade era que eu queria, *sim*, fazer parte dessa família. O que eu não daria para relaxar e passar a noite me divertindo com Mary, ou com a Mary de antes? Desaprender o que eu sabia agora sobre ela?

Exasperado, me sentei direito e joguei o livro na escrivaninha. Foi só aí que percebi o título pela primeira vez. *Tragédias completas de Shakespeare.*

Nada com suicídio, o diretor tinha dito, sentado bem-humorado diante do armário envidraçado, cheio de tratores em miniatura, cada carcaça verde meticulosamente polida para refletir a luz. *Não gosto de expor adolescentes ao suicídio. Não quero pôr ideias na cabeça dos desorientados.* Ele não queria perturbar adolescentes que estavam aprendendo a decapitar galinhas na fazenda dos pais, que estavam pondo bois e porcos em reboques e os conduzindo para a morte.

Fui folheando até chegar a *Macbeth*.

Macbeth – possivelmente a peça mais violenta que Shakespeare chegou a escrever. Eu poderia derramar baldes de xarope de milho vermelho pelo palco inteiro, deixar que eles matassem e se deliciassem com o sangue uns dos outros. Nada de suicídios românticos nessa peça. *Macbeth* era pura carnificina, alimentada pela ganância, pela loucura e pela vingança. O Bardo sempre revela nossa natureza; e nessa peça ele disse que, na situação certa, com a motivação certa, todos nós somos monstros assassinos.

Marquei a página e empurrei o livro para o outro lado da escrivaninha, longe de tudo o mais, como se sentisse medo do que estava ali dentro.

DEL / *Segunda-feira, 14 de abril de 2008*

ÀS SETE DA MANHÃ DE SEGUNDA, EU JÁ TINHA POSTO JAKE a vasculhar o laptop de Hattie e estava batendo à porta dos Kinakis. A sra. Kinakis não gostou nem um pouco de me ver de novo, principalmente quando expliquei que precisava que Tommy desse amostras de DNA naquela manhã. Tanto o pai quanto a mãe ficaram pra lá de indignados por Tommy ter ido parar na lista de suspeitos, mas o próprio Tommy não tinha nada a dizer a respeito. Ele estava tão calado quanto no dia anterior, sentado à mesa da cozinha da mãe, enfiando a colher numa cumbuca de mingau de aveia que estava se transformando em concreto à sua frente.

– Eu vou – disse ele, por fim, aniquilando a argumentação dos pais. Ele vestiu a jaqueta da equipe da escola, sem olhar para nenhum dos dois, e nós nos pusemos a caminho de Rochester.

Tommy ficou olhando pela janela do passageiro durante a viagem inteira, enxugando os olhos de vez em quando. Antes de entrar no carro, perguntou se tinha de se sentar no banco traseiro, e foi só isto o que disse.

Quando estávamos quase chegando à cidade, eu lhe disse que o que ele estava fazendo era bom.

– Eu até poderia ter conseguido um mandado, sabe? Você me poupou esse trabalho.

Ele concordou em silêncio e um minuto depois fez uma pergunta.

– O sangue vai me inocentar?

– O sêmen.

– Sêmen?

– Foi encontrado algum no corpo dela. Tem certeza de que não era seu? – Eu queria lhe fazer essa pergunta sem a presença constrangedora dos pais.

– Não era meu. – Ele foi rapidíssimo na resposta. – Eu já lhe disse que ela não permitia.

Mais um silêncio, enquanto ele devia estar absorvendo o fato.

– Ela foi... estuprada?

Pareceu que ele teve problemas para usar a palavra.

– Não posso dizer.

– Quer dizer que minha... amostra... não vai bater, e isso vai me deixar limpo, certo? Isso vai me tirar da sua lista?

– Vamos ver. – Não lhe disse que, exceto por Gerald Jones, ele *era* a lista.

Ele passou o resto da manhã calado, deixando que as enfermeiras o conduzissem pra lá e pra cá como algum tipo de filhote agigantado. Depois de levar o garoto de volta para casa, me encaminhei para a fazenda dos Erickson. O Buick de Winifred estava na garagem e havia uma picape Chevy estacionada diante da casa. Bati na porta de tela pelo que me pareceram dez minutos, sem resposta, e então me encaminhei para os anexos. Winifred arrendava a maior parte da sua terra a uma das grandes cooperativas agrícolas, e eu nunca a tinha visto pôr o pé nos campos desde o dia em que atirou em Lars, mas ela tinha de estar aqui em algum canto.

Bisbilhotei aqui e ali, até ouvir vozes vindo do barracão de equipamentos.

– ... não sei o que vou fazer.

– Você não vai dizer nada, é isso o que vai fazer. – Foi a resposta.

A primeira pessoa falou num tom meio abafado, mas a voz de Winifred, velha e esganiçada, se fez ouvir com perfeita nitidez.

– Não se pode guardar um segredo para sempre.

– Você não pode dizer nada enquanto não decidir o que vai fazer.

– Para todos os efeitos, nós não estamos falando sobre isso.

– Você precisa falar com alguém, e eu sei exatamente como você se sente.

– É assassinato.

– O assassinato tem seu lugar, como todas as outras coisas. Quando eu estava... – A voz de Winifred se interrompeu, e fez-se silêncio. Então um tiro de espingarda me deixou surdo.

Eu me joguei contra a parede do galpão, já com a arma sacada.

– Puta que pariu, Winifred!

– Quem está aí? Melhor você se mandar da minha propriedade antes que eu dispare de novo!

– É o xerife Goodman. Vou entrar aí e, se eu não ouvir uma arma caindo no chão dentro de cinco segundos, vou entrar atirando. Está me ouvindo?

Silêncio.

– Winifred? Estou contando.

Houve um baque surdo e um resmungo.

– Está bem.

Entrei de mansinho no galpão mal iluminado, com a mira voltada para as duas mulheres junto da parede da direita. Winifred estava com um vestido caseiro quadriculado. A cabeça coberta de cachos ralos, crespos, um cachimbo na boca e uma expressão amolada. Junto aos pés havia uma velha espingarda. A mulher ao lado era no mínimo quarenta anos mais nova e estava toda encolhida, como um feto empoleirado num banquinho. Usava o cabelo louro num rabo de cavalo, e suas bochechas redondas estavam marcadas pelas lágrimas. Nenhuma das duas representava a menor ameaça, mas mantive a mira nelas só para me fazer entender.

– Você agora deu pra atirar em todas as visitas, Winifred?

Ela cruzou os braços e fungou, com desdém.

– Claro que sim, quando as visitas chegam sorrateiras, e um assassino está à solta.

Com um suspiro, guardei a arma no coldre e olhei fixamente para a mulher mais jovem. Apesar de eu não reconhecê-la de cara, ela me pareceu familiar.

– Sra. Erickson, tenho algumas perguntas a lhe fazer. – Uma das mais urgentes era por que motivo essas duas agora mesmo estavam falando sobre assassinato, mas tive a impressão de que descobriria mais se conversasse com a mais jovem sozinha.

– No momento, estou ocupada.

– Não, não. Eu já vou. – A mulher se desencolheu e estava tentando ir embora quando me postei diante dela.

– Não ouvi seu nome.

– É Mary Beth Lund, xerife. – Ela estendeu a mão. – Ou Mary Beth Reever, como o senhor talvez se lembre de mim.

– Claro, claro. – Apertei sua mão, que me pareceu bem forte, apesar dos olhos injetados. – Você e seu marido se mudaram para a casa da sua mãe no ano passado, certo?

– É, mamãe não está assim tão bem e se recusa a se mudar da fazenda.

– Um monte de velhos teimosos por aqui. – Isso provocou um bufo de desdém da que estava em pé ao meu lado.

Mary Beth sorriu.

– Seja como for, estamos logo ali, e Winifred tem sido ótima, sempre me emprestando alguma coisa ou deixando que eu passe aqui para bater um papo.

– Vou te acompanhar, queridinha. – Winifred enlaçou a mulher e usou a mão livre para tirar uma baforada do cachimbo. – Del, pode seguir direto para a casa.

Observei enquanto iam andando devagar e falando baixinho. Não havia nenhum motivo para que essas duas não fossem amigas, mas a conversa entre elas não me caía bem. Ninguém vinha falar em assassinato com Winifred Erickson só por diversão.

Olhei de relance para a faixa de bosque no lado norte da propriedade, onde Winifred tinha atirado em Lars havia doze anos. Lembrei-me como se aquilo tivesse acontecido nessa mesma manhã, que é sempre o que ocorre com homicídios. Eles continuam grudados a você, mesmo depois que tudo o mais tenha desmoronado.

Eu o encontrei deitado de costas, com um único tiro de uma Winchester .308, no lado do corpo. Era um ano difícil, com os coiotes; e as galinhas dos Erickson estavam sendo atacadas. Lars estava voltando para casa, de uma ida à fazenda dos Reever, na mesma hora em que Winifred estava enxotando um coiote do seu galinheiro. Ela disse ao júri que atirou no coiote, mas errou e atingiu Lars. Embora ela tivesse ficado com um seguro de vida no valor de US$ 500.000, bem como a fazenda inteira que pertencia a Lars, totalmente livre de dívidas, ao contrário da maioria das fazendas daqui da nossa região, o júri ainda a absolveu com base na quantidade de galinhas que ela pôde provar que eles perderam, associada ao fato de o tiro ter atingido o lado de Lars, de longe. Parece que o júri era da opinião de que, para querer matar alguém, era preciso estar de frente para a vítima e bem perto dela.

Lars era um grande filho da mãe, sempre se queixando de quem o estava enganando hoje e criando confusão por qualquer coisinha. Em sua maioria, as pessoas achavam que isso decorria de ele ter perdido seus dois filhos muito jovens – um, de pneumonia; o outro, no Vietnã. Mas eu poderia apostar que Lars simplesmente nasceu assim. Nada era bom o suficiente para ele. Achava que ninguém nunca estava do seu lado. Winifred disse ao júri, com uma atitude tão neutra e ponderada no depoimento como quando a encontrei parada ao lado do corpo, que não havia nada que ela pudesse ter feito para ajudá-lo. E acho que ela estava falando sério. Só duvido que estivesse se referindo àquela manhã.

– Não sei patavina sobre essa história, de modo que você não precisa gastar seu latim. – Winifred subiu ruidosa a escada da frente da casa enquanto a caminhonete de Mary Beth levantava uma nuvem de poeira na entrada de automóveis.

– Por que ela estava chorando? – indiquei a estrada com a cabeça.

– Isso é assunto dela.

– Tudo é assunto meu numa investigação de homicídio.

– Problemas conjugais não mataram a menina dos Hoffman. – Winifred abriu a porta da frente e acenou para eu entrar atrás dela.

– Se você pode dizer o que causou e o que não causou o crime é porque deve saber muita coisa a respeito.

Ela jogou fora uma xícara de chá que devia ter esfriado e acendeu a chaleira para preparar outra.

– Sei tanto quanto qualquer um sobre Hattie Hoffman.

– O celeiro fica na sua propriedade.

– Quando você acha que foi a última vez que eu consegui ir lá? Minha artrite não me deixaria percorrer a metade do caminho.

– Ah, eu acho que você poderia fazer qualquer coisa que de fato tivesse vontade de fazer, Winifred.

Ela deu uma risadinha e pôs uma segunda xícara em cima da mesa.

– É Earl Grey ou vou ficar devendo.

– Tudo bem com Earl Grey. – Eu me sentei e fiquei assistindo enquanto ela preparava o chá. Depois que organizou tudo, ela deu uma soprada no vapor acima da sua xícara e soltou a língua um pouco.

– Claro que eu sabia que os jovens estavam usando o celeiro. Foi por isso que pus uma placa de Entrada Proibida, lá no lado leste, para ninguém poder me processar se o telhado desabasse na cabeça de um deles. Mas não vou para aqueles lados há anos.

– Você não viu nem ouviu nada de estranho na sexta à noite?

– Nada. Vim para casa depois da peça e fui dormir.

Senti um desânimo por dentro quando ela disse isso, e não foi só porque eu sabia que ela estava falando a verdade. Eu deveria ter estado na escola também, ter prestigiado Hattie, ter assistido enquanto ela brilhava pela última vez. Tomando o chá em silêncio, vi um cardeal pousar num dos alimentadores de pássaros de Winifred do lado de fora da janela. O chá estava amargo.

– Mona deve estar fora de si – disse ela, daí a um tempo.

– Está.

– Já passei por isso. Alguma coisa muda dentro da gente depois que um filho morre, como se coisas que eram líquidas antes se tornassem duras e quebradiças. – Ela abaixou a cabeça, olhando distraída pela janela, perdida numa tristeza antiga, conhecida, que agora era tão parte dela quanto os cachos na cabeça.

Terminei o chá e fui me encaminhando para a porta.

– Mais nada que você possa dizer, sem pensar, sobre Hattie?

– Sempre me pareceu meio metida, falando de ir para Nova York e se apresentar na Broadway; mas na sexta, quando eu voltava para casa, já não tinha essa impressão. A menina sabia representar. Foi algo bom de se ver.

– Bem, não vou excluir a possibilidade de fazer mais umas buscas pela propriedade; e o celeiro está interditado até eu avisar pessoalmente que não está mais.

– Certo, certo.

– E pare de atirar nas pessoas, ou vou confiscar sua espingarda.

– Hã-hã. – Ela me acompanhou até a radiopatrulha, nem um pouco preocupada com a perda da espingarda. Era provável que tivesse mais umas cinco no lugar de onde tinha tirado aquela.

– Mona ainda está na casa da fazenda ou foi para a casa da mãe? – perguntou ela.

– Não sei. Ela estava em casa ontem.

– Melhor eu ir lhe fazer uma visita. – Winifred enrolou na cintura o suéter gasto, apesar de o sol estar quente. Olhou para o céu e depois para o horizonte, suspirando. – Os jovens vão embora o tempo todo, e os que não vão são mortos. Os homens morrem de infarto dia sim, dia não. Logo, logo, isso aqui será uma terra povoada só por velhas.

Lancei-lhe um sorriso atrevido.

– Por mim, tudo bem.

Ela me deu um bom tapa no ombro por isso, enquanto eu entrava no carro.

– Ah, fala sério.

※

Enquanto seguia no piloto automático até a fazenda dos Reever, vi que tinha perdido duas chamadas de Jake e liguei para a delegacia no caminho.

– Del, onde é que você está?

– Verificando umas coisas. Conseguiu encontrar Gerald Jones?

– Ele está em Denver até amanhã. Diz que está lá desde a quarta. Vamos confirmar, mas parece um álibi bastante firme.

Droga. Agora minha lista de suspeitos estava reduzida a Tommy.

– Quero falar com ele, quando ele voltar.

– Devíamos trazê-lo para cá? – perguntou Jake.

– Não, eu vou até onde ele estiver. Algum resultado da polícia técnica?

– Não, ainda não, mas...

– E o computador de Hattie?

– Você não vai acreditar no que eu encontrei.

– Bem, você não parou de me ligar a manhã inteira, como uma mulher rejeitada. Deve ser alguma coisa que valha a pena.

– Puxa, Del, consegui uma pista do assassino. Você queria que eu ficasse esperando até você acabar seu lanchinho?

Virei na entrada de carros dos Reever, sacolejando nos sulcos deixados na lama, para estacionar diante da casa.

– O que você conseguiu?

– Parece que Hattie estava conversando muito com um cara chamado L.G.

– E isso é nome que se use?

– É um apelido.
– Como assim?
– Eu explico quando você chegar. Traz um lanche pra mim, OK?
– E ele desligou, o merdinha.

※

Eu conhecia os Reever desde que eles descobriram que estavam esperando Mary Beth. A cidadezinha inteira podia ver que eles estavam vindo a um quilômetro de distância: John se apressando a abrir portas e a carregar sacos de mantimentos; Elsa revirando os olhos para ele, com uma das mãos pousada sobre a barriga, os dois já com seus quarenta e muitos anos, sorrindo como patetas no primeiro encontro. Uma felicidade como aquela era polarizadora – ou ela atraía a pessoa ou a excluía. E, naqueles anos após a guerra, eu não sabia como ser atraído. Eu era um policial de patrulha, que na época era a única tarefa para a qual eu servia: distribuir multas e fazer vigorar a lei, tudo em preto no branco. E acabava sendo que, sempre que eu via os Reever vindo pela rua principal, eu descobria alguma coisa a fazer do outro lado. Foi só alguns anos mais tarde, quando fiz John parar por excesso de velocidade, com Mary Beth quicando e balbuciando no seu assento para bebê, e John parecendo envergonhado e dizendo "É que ela adora", que me flagrei dando uma risada, ali em pé do lado de fora do Pontiac, no acostamento da autoestrada 12. Eu finalmente tinha sido atraído.

– Ora, Del, o que o traz aqui? – Elsa atendeu a porta, com um tubinho de oxigênio entrando por uma narina e dando a impressão de que a menor brisa poderia derrubá-la. Ela estava definhando cada vez mais desde a morte de John.

– Estou procurando Mary Beth.

– Ah, ela foi até a casa de Winifred. – Ela firmou a mão no batente da porta e espremeu os olhos na direção do bosque que separava as duas fazendas.

– Acho que não. Dei uma paradinha por lá e a vi ir embora.
– É mesmo?
– Parece que a caminhonete dela está na entrada de carros.

A comprovação disso pareceu confundi-la, de modo que mudei o rumo da conversa.

– Conheci seu genro na peça, ontem.
– A peça. – Ela disse a palavra como se estivesse tentando focalizar melhor uma lembrança. – Acho que íamos assistir a uma peça nesse fim de semana.
– Deve ser bom ter braços a mais na fazenda.
– Mary Beth é quem faz tudo. Ele não faz aqui nada que se possa ver.
– Os campos e os animais, hein? Isso é muito para uma pessoa sozinha.
– Não, ela não trabalha na lavoura. Nós arrendamos os campos assim que John se foi. Só as galinhas, o jardim e a horta.
– É bom ter à mesa carne fresca de galinha.
– Isso mesmo. – Elsa apontou para mim, com uma veemência inexplicável. – É isso o que qualquer homem normal diria.
– Posso dar uma olhada por aí pra ver se a encontro?
– Claro, claro. Vá em frente. É melhor eu não ir. Ela cai em cima de mim quando tento sair levando o cilindro de oxigênio pela lama.

Dei um toque no chapéu e atravessei a entrada de carros, espiando pela porta de alguns galpões, até encontrar Mary Beth no galinheiro, recolhendo ovos. Um grupo de galinhas ciscava ao redor dos seus pés, algumas brancas, algumas castanhas e cor de laranja, todas arranhando o chão e cacarejando sem parar. Não estavam aglomeradas demais, como eu tinha visto em algumas fazendas, onde quase não se conseguia ver o chão por baixo do mar de aves. Aquele bando era mais parecido com uma família estendida, multicolorida, reunida em torno da matriarca.

– Sra. Lund?

Ela deu um gritinho e se sobressaltou, espalhando as galinhas em todas as direções, mas conseguiu manter a cesta segura com firmeza. Agora que eu sabia quem ela era, vi que tinha uma semelhança com o pai – loura e vigorosa, com o tipo de estrutura óssea feita para aguentar tempestades; e parecia que estava no meio de uma delas neste exato momento. A cesta tremia no seu braço, e sua respiração não chegou a se acalmar direito, mesmo depois que ela me viu.

– Xerife. Meu Deus. – Ela pôs a mão sobre o coração enquanto verificava se algum ovo colhido tinha sido quebrado.

– Não pretendia lhe dar um susto.

– Tudo bem – disse ela, sem tirar os olhos da cesta.

– Como vão as coisas por aqui?

– Bem. – Ela não era de encompridar conversas, ao que parecia. Enquanto crescia, Mary Beth nunca havia se metido em encrencas, de modo que eu não a conhecia assim tão bem. Acho que jogou voleibol na escola secundária, e de vez em quando saía no jornal por conta de algum prêmio de reconhecimento nacional concedido a estudantes.

– Acabei de passar pela casa e falei com Elsa. Ela disse que hoje em dia é você quem faz quase tudo por aqui.

– Faço o que posso. É claro que não sou meu pai.

– Ele seria o primeiro a dar graças a Deus por isso. – Ela deixou escapar um sorrisinho, mas ele desapareceu rápido como chegou; e ela se ocupou verificando os ninhos restantes.

– O que o trouxe aqui?

– Ovos, para ser franco – disse eu, mentindo, enquanto via as galinhas entrarem e saírem em disparada por uma porta baixa que devia levar a um espaço ao ar livre. – Quando a vi na casa de Winifred, me ocorreu que vocês tinham voltado a vendê-los. De vez em quando, eu comprava ovos com John.

– Certo. – Ela percorreu os últimos ninhos e então fez um gesto para eu acompanhá-la ao celeiro principal, onde algumas geladeiras velhas estavam encarreiradas numa parede.

– Quantos vai querer?

– Uma dúzia seria ótimo. Quanto é?

– Não vai ser nada. – Ela me entregou uma caixa e agitou a mão para recusar a nota de cinco dólares que eu tinha tirado da carteira.

– Desculpe, mas não posso aceitá-los de graça. Já tive um problema com isso. Durante um período de que a gente não quer se lembrar mesmo, havia um empregado de bar que me deixou beber sem pagar por mais ou menos um ano. Parecia ótimo, até eu descobrir que ele estava vendendo a maconha que um primo cultivava no meio do milharal. Ele achou que eu lhe devia favores. Nunca me perdoou por eu trancar os dois na cadeia.

– Eu não planto maconha – disse Mary Beth, com um riso nervoso.

– Mesmo assim. – Mantive a mão estendida com o dinheiro até ela aceitá-lo.

– Estou sem troco aqui. É melhor pegar mais uma dúzia.

– Certo. Volto quando esta acabar. – Ajeitei a caixa debaixo do braço e mudei de assunto. – Você não conheceu Hattie Hoffman, conheceu?

– Não – respondeu ela, rápido, começando a descarregar os ovos recém-colhidos.

– Para mim, ela era praticamente da família.

– Meus pêsames. – Não importava o que mais ela pudesse estar sentindo, suas palavras pareceram sinceras.

– Tudo bem com você, Mary Beth?

– Tudo. É só que muita coisa está acontecendo ao mesmo tempo.

– Humm. Sua mãe, a fazenda e tudo o mais.

Ela fez que sim e continuou a trabalhar.

– Por que você estava falando sobre assassinato com Winifred?

– Como? – Ela levantou a cabeça de repente e, por fim, olhou nos meus olhos. Os dela estavam surpresos e tensos, o tipo de tensão que vai se acumulando ao longo de meses e anos, em que os músculos nem mesmo se lembram de como relaxar. Winifred tinha dito alguma coisa sobre problemas conjugais.

– Ouvi vocês duas falando antes que ela abrisse fogo contra mim. Ela disse que o assassinato tem seu lugar.

– Não foi nada. Não o que está pensando.

– O que acha de me dizer o que foi, e aí eu lhe digo se é o que estou pensando?

– Era só... Peter, meu marido. – Ela engoliu em seco e se calou. Então, desviou os olhos para lá e para cá pelo chão. – Ele é vegetariano. Acha errado matar animais. Winifred estava tentando me tranquilizar.

Muito embora isso explicasse o comentário que Elsa tinha feito, o resto da conversa ainda não batia.

– Mais alguma coisa? – perguntei.

– É entre nós duas. Eu não sei... – Sua boca se tornou uma linha rígida, e eu soube que não ia conseguir mais nada com ela.

– Preciso ver suas facas.

– Por quê? – Seus olhos chisparam, mas não havia medo neles.

– Hattie morreu esfaqueada.

Ela concordou em silêncio. O laudo da autópsia tinha chegado na noite anterior e dizia que os ferimentos tinham sido causados por uma lâmina reta, de gume único, entre quinze e vinte centímetros de comprimento. Medi cada uma das facas de Mary Beth, e nenhuma delas se encaixou na descrição. A única com o comprimento certo era curva; e nenhuma delas tinha a largura certa da lâmina. Eu não achava que fosse encontrar a arma do crime na bancada de utensílios de Mary Beth Lund, mas havia alguma coisa que ela não estava me contando.

Ela me acompanhou até a radiopatrulha e acenou para Elsa, que nos observava através das cortinas de renda.

– Ei, a palavra "apelido" tem algum significado para você? – perguntei. Mary Beth era só alguns anos mais velha que Jake.

– Como apelidos de crianças?

– Não, como um nome.

– Claro, é assim que as pessoas chamam os nomes de usuários para websites, blogs, esse tipo de coisa.

Agradeci e comecei a assoviar enquanto dava marcha à ré para sair da entrada de carros, pronto para colocar meu assistente principal no seu devido lugar.

※

Entrei no centro de Pine Valley e segui pela rua principal, cumprimentando com um gesto de cabeça os homens do lado de fora da loja de ração, que geralmente se encontravam por ali à toa, batendo papo sobre o preço dos porcos e das sementes de milho. Eles ficaram me olhando durante todo aquele trecho da rua, com os olhos sombreados pelo boné e uma expressão séria na boca, sem deixar a menor dúvida sobre o tópico da conversa nesse dia.

Quando entrei na delegacia, Jake estava debruçado sobre o computador de Hattie, como se ele estivesse exibindo os últimos instantes da última partida do campeonato mundial. Larguei um saco de hambúrgueres em cima da mesa.

– Você não vai acreditar no que eu descobri. – Ele pescou um sanduíche de dentro da embalagem e lhe deu uma mordida sem nem olhar para o que estava comendo.

– Quer dizer – disse eu, sentando-me à mesa – que Hattie conheceu na internet alguém com o apelido de L.G.

– Como você sabe? – Jake conseguiu fazer uma expressão de desapontamento autêntico, mesmo com a boca cheia de pão. Estava claro que ele tinha se preparado com entusiasmo para explicar apelidos ao velhote que não conhecia nada da internet. Reprimi um sorriso.

– É lógico.

– Bem, acho que ela não salvou tudo. Sabe? Ela andou copiando e colando mensagens num documento de texto. Parece que algumas das mensagens não retomam o assunto onde ele foi interrompido, e não há nenhum nome em parte alguma, com exceção desse aqui.

Ele virou a tela para mim.

HollyG,

Eu talvez devesse usar seu nome verdadeiro agora, mas não consigo me forçar a isso. Esse último fragmento de duplicidade vai me permitir dizer o que devo. Nossa amizade está encerrada. Para começar, a ideia já era perigosa, não importava quem você realmente fosse; mas, agora que Jane Eyre nos desmascarou, ficou óbvio como isso tudo está dolorosamente errado. Por favor, saiba que desejo o melhor para você e que assumo toda a culpa.

Não podemos jamais falar sobre isso. Não conte a ninguém.

Adeus,
L.G.

– De quando é isso? – perguntei.

– Ela salvou o texto em outubro passado. Há dezenas desse tipo de arquivo, cheios de centenas de mensagens. Del, Hattie estava tendo um relacionamento secreto.

– L.G. – murmurei.

Jake abriu o arquivo seguinte e nós lemos, terminamos nossos hambúrgueres e lemos um pouco mais.

HATTIE / *Terça-feira, 11 de setembro de 2007*

– PENSANDO BEM, SÓ TEM MESMO TRÊS CARAS QUE PODEM ser convidados para o baile da Maria Cebola.

– Nem para esses três eu olharia duas vezes. – Processei o pedido da sra. Gustafson, trinta fotos de crianças feias, enquanto Portia se debruçava no balcão e examinava as unhas. Tinha apanhado quatro cores novas de esmalte do corredor de cosméticos e estava totalmente absorta no esforço de decidir qual combinava mais com a tradicional flanela quadriculada da Maria Cebola. Como se fosse possível alguma possibilidade de vitória. Não fazendo caso de mim, ela ergueu um dos vidros e o expôs à luz. Parecia um Gatorade azul, o tipo de cor que ficava horrível em mim e linda nela, com sua pele morena clara.

Portia me fazia muitas visitas no trabalho, já que a loja de bebidas dos seus pais ficava apenas a um quarteirão de distância. Ela não gostava de tentar fazer o trabalho de casa, enquanto as pessoas compravam cerveja e pediam que sua mãe repetisse tudo o que dizia só porque tinha dificuldade para pronunciar os erres. Apesar de eu também ter demorado um pouco para entender o que ela dizia, sempre adorei ir à casa deles. A sra. Nguyen nos repreendia com a voz baixa, em *staccato*, enquanto servia nossas cumbucas com conchas de *pho* picante. Portia ficava embaraçada com tudo aquilo, é claro. Ela não entendia como era incrível ser de outro lugar que não fosse a nossa cidadezinha.

– Tem o Trenton. – Ela começou a identificar possibilidades para o baile, enfileirando-os como os vidrinhos de esmalte.

– Ele está saindo com a Molly.

– Por enquanto – admitiu ela. – Ainda falta um mês para o baile. E depois tem o Matt.

– Esse aí não tem nem um metro de altura.

– Ora, eu também não. Nem todo mundo é uma girafa como você.

– Prefiro o termo "gazela". – Enfiei as fotos num envelope e colei a etiqueta. – Ou supermodelo a ser descoberta.

Portia bufou.

– Vai sonhando.

– Quem é o terceiro?

– Hã? Ah, o Tommy.

– Qual Tommy?

– Kinakis. – Ela como que desviou o olhar quando disse o nome.

– Tommy Kinakis? Qual é a sua, Porsche?

– Que foi? Você não acha que ele é um gato?

Ele até que era. Tinha o cabelo legal e olhos bonitos, mas era uma toupeira. Uma toupeira gigante.

– Sobre o que vocês iam conversar?

– Quem disse que nós íamos conversar?

Refleti um pouco, antes de lhe contar.

– Ele me convidou para ir assistir a uma das suas partidas.

– Verdade? – Ela parou de brincar com os esmaltes. – E você vai?

– É. Rá-rá. Você me conhece. Olá, sra. Gustafson.

Portia desapareceu, com os esmaltes, enquanto eu entregava as fotos à sra. Gustafson. Ela me falou de cada um dos seus netos feiosos, enquanto eu balançava a cabeça, concordando, e ria das histórias que contou sobre eles.

Depois de termos repassado todas as fotos, ela pôs a mão no meu braço.

– Ora, você está quase se formando, não está, Hattie?

– Estou. Na primavera.

– E o que você vai fazer?

Eu sabia qual era a resposta certa para essa pergunta. Minha fala deveria ser a de que eu ia entrar para a universidade e estudar enfermagem ou alguma outra coisa produtiva, acompanhada por um sorriso animado que encerrasse a conversa. Em vez disto, eu lhe dei a resposta verdadeira:

– Vou me mudar para a cidade de Nova York.

Ela ergueu as sobrancelhas.

– O que você vai fazer por lá, queridinha?

– Vou ser atriz na Broadway – respondi.

– Bem, acho que você vai mesmo. Meu Deus!

Dei um tapinha na sua mão cheia de veias azuis, passei sua compra pela caixa registradora e lhe disse que ficasse de olho para me ver nos jornais um dia. Enquanto ela ia embora, sorridente e abanando a cabeça como se eu estivesse sonhando, uma descarga feliz de adrenalina me percorreu como sempre acontecia quando eu dizia aquilo em voz alta. Eu ia mesmo para Nova York; e, pela primeira vez, não me importava com a opinião de ninguém. Eu queria uma vida que fosse maior do que Pine Valley, uma vida que tornasse tudo diferente.

Eu não era boba. Era provável que tivesse de me transferir para uma loja da CVS na cidade e trabalhar lá por um tempo. Este seria o caminho mais fácil, e assim eu teria dinheiro para o aluguel enquanto procurava alguma coisa melhor. E era possível que eu não conseguisse ser atriz, mas eu ainda tinha o resto da minha vida para encontrar uma solução. E as pessoas já não tinham carreiras como costumavam ter antes, com uma única empresa, uma pastinha lamentável e uma aposentadoria. A partir do ano 2000, tudo girava sobre reciclagem, reinvenção e fusão. Eu poderia ser uma atriz-fotógrafa-passeadora de cachorros ou uma atendente de galeria-garçonete-modelo. Putz, bastava olhar para mim agora. Eu era um milhão de coisas diferentes, dependendo da pessoa com quem estava falando ou de como estava me sentindo. Tudo o que as sras. Gustafson neste mundo precisavam para aquele seu teste-surpresa do que você vai fazer quando se formar estava totalmente ultrapassado.

Portia comprou um esmalte cor-de-rosa e uma revista *People* antes de voltar para a loja dos pais. Ela me enviou uma mensagem de texto, bem na hora em que eu estava encerrando o expediente, dizendo que eu deveria convidar Tommy para o Maria Cebola. E eu respondi, perguntando por que *ela* não convidava. Ela não respondeu.

Fui para casa e comi um sanduíche antes de ir para meu quarto.

– Dever de casa primeiro! – Mamãe gritou para mim enquanto eu subia a escada.

– Eu sei! – respondi, também gritando.

Fechei a porta, tirei da bolsa meu livro de história e um caderno, abri um website sobre a Idade Média para a eventualidade de minha mãe vir dar uma checada, e então cliquei no site em que realmente queria entrar: Pulse.

Pulse era um fórum para nova-iorquinos que eu tinha começado a visitar nesse verão porque ali eram postadas milhares de chamadas para seleção de elenco. Eu verificava todas as chamadas e pesquisava no Google a peça, o teatro e, agora também, o diretor, porque, desde que os ensaios começaram algumas semanas atrás para a peça no Rochester Civic Theater, eu tinha descoberto que nosso diretor, Gerald, adorava fofocar sobre outros diretores. E assim eu encontrava diretores sobre os quais podia lhe fazer perguntas. Na verdade, ele só gostava dessas perguntas porque com elas podia dar um monte de opiniões despeitadas, mas era divertido ouvi-lo falar do ambiente teatral de Nova York.

Entrei com meu apelido, HollyG, e meu avatar surgiu na tela, uma foto de dois porcos do pai da Heather, num close bem fechado nos focinhos. Se você não fosse filha de fazendeiro, não faria a menor ideia do que era essa imagem. Parecia simplesmente uma tela cor-de-rosa amassada, com uns cortes pretos, bem marcados, de um lado a outro da moldura. As pessoas no fórum sempre faziam comentários a respeito. Achavam que era pura arte. Uma delas chegou a pedir o link para ver meu portfólio quando eu disse que eu mesma tinha feito a foto. Por isso, acho que é bem fácil enganar os nova-iorquinos também.

Embora eu não postasse comentários em todos os tópicos de discussão, eu lia absolutamente tudo. As pessoas falavam da estreia de peças, do encerramento de peças, de um prédio novo que era medonho, do último restaurante que estava à altura da promoção exagerada em torno dele, das horríveis obras constantes nas ruas e da estação de metrô mais próxima para se chegar a uma galeria da moda. Elas nunca faziam comentários sobre o tempo ou a televisão, que eram os dois principais assuntos de conversa na CVS. Eu tinha vontade de revirar os olhos para todos os fregueses e dizer, "Quem se importa se está havendo um alerta de geada?", só que eu sabia que meu pai se importava e que aquilo era importante para a lavoura, de modo que eu conversava sobre o assunto como se fosse o tópico mais interessante deste mundo. Eu até mantinha um *Farmers' Almanac* atrás do balcão. Mesmo assim, acho que era por isso que eu gostava tanto do Pulse, porque eu podia agir sem disfarces. Eu podia dizer o que realmente sentia e perguntar o que queria saber. Mamãe dizia que a internet era perigosa porque todo mundo era anônimo e você nunca sabia realmente com quem estava falando, mas eu acho que era isso que me dava coragem para eu me abrir. Eu me encontrava nos fóruns. Todos os dias na escola eu me tornava o que meus professores e amigos queriam; depois ia direto para o trabalho ou para ensaios e me tornava o que eles queriam; em seguida, vinha para casa e precisava fazer o dever de casa e tentar descobrir o que meus pais queriam – quando, para ser franca, tudo o que eles *realmente* queriam era que Greg estivesse em casa e que eu estivesse de novo com dez aninhos (Desculpem, mamãe e papai. Isso não vai acontecer.) – e a essa altura já eram dez da noite. Quando eu acessava o Pulse, tinha a impressão de estar respirando pela primeira vez no dia inteiro. Eu me deixava relaxar e olhar ao redor. Foi numa hora dessas que vi uma postagem de um novato que precisava ser interceptada.

> **LitGeek:** Oi, pessoal. Sou novo no fórum. Vi a conversa sobre a noite de autógrafos do livro de Thomas Pynchon na semana que vem e NÃO CONSIGO ACREDITAR. Não vou estar em Nova York no dia, mas, se alguém estiver planejando ir, será que eu poderia lhe enviar um exemplar para ele autografar e $50,00 em agradecimento?
> **HollyG:** $50 em agradecimento? Você deve ser do Meio-Oeste.
> **LitGeek:** Acertou. Como você sabe?
> **HollyG:** Porque ninguém faria isso por menos de $200, e de qualquer maneira não vai acontecer. Thomas Pynchon é um mito urbano.
> **LitGeek:** Humm. Li os livros dele e a biografia, e ele me parece bastante sólido.
> **HollyG:** Não o cara. A noite de autógrafos é que é um mito urbano. Você é novato e não sabe que uma noite de autógrafos de Thomas Pynchon é como Giuliani se candidatar a presidente, como o final das obras na linha transversal do metrô, como o avião de Amelia Earhart pousar no JFK.
> **LitGeek:** Ah. Certo. Que droga. Eu estava animado. Então, por que as pessoas fazem postagens sobre esse evento como se fosse acontecer?

A resposta a isto eu mandei como mensagem pessoal:

> **HollyG:** Tem os que acham engraçado, mas a maioria só quer seus $200. Marquei o tópico para os moderadores encerrarem. Só que isso pode demorar.
> **LitGeek (resposta à mensagem pessoal):** Acho que devia agradecer por você ter me poupado da despesa e da decepção.

HollyG: Não posso deixar um morador do Meio-Oeste como eu ser lesado pelos vigaristas.

LitGeek: Você é daí ou está morando agora?

HollyG: Moro aqui agora, provisoriamente. Vou estar em NY a essa altura no ano que vem.

LitGeek: Onde você está agora?

HollyG: Sul de MN.

LitGeek: Eu também(!), infelizmente. Em que cidade?

HollyG: Tenho vergonha de dizer. Além do mais, é provável que você seja um pedófilo, e eu não vou me encontrar com você na filial local do Perkins.

LitGeek: Está claro que não somos da mesma cidadezinha, se você pode se gabar de um Perkins. Só para esclarecer, se eu sou um pedófilo, você é a menina de seis anos de idade usando o computador do papai?

HollyG: É claro que sou.

LitGeek: Então, vou lhe dar uma dica. Não vá olhar os arquivos temporários da internet do papai.

HollyG: kkk

LitGeek: Ah – agora entendi.

HollyG: ??

LitGeek: Entendi o HollyG. Só que você ainda é Lula Mae no momento, certo?

HollyG: Demorou bastante, se você é mesmo um LitGeek.

LitGeek: O que posso dizer? Sou tão lento quanto essa conexão com a internet. É bom que na verdade eu não tenha ninguém com quem conversar.

HollyG: Coitadinho do LitGeek, sem nenhum amigo. [Som de violinos.]

LitGeek: Eu sei, eu sei. É só que acabei de me mudar para a roça e sinto que estou perdendo o contato com todos os meus amigos.

HollyG: Você veio para cá por vontade própria??? Já adulto, maior de idade?

LitGeek: É uma questão a debater. Vim por causa da minha mulher.

HollyG: Então, por que não conversa com sua mulher?

LitGeek: Bem... eu converso.

HollyG: Não, você disse que não tinha com quem conversar, lembra? E sua mulher?

LitGeek: Certo. Está claro que você não é casada.

HollyG: Eu tenho seis aninhos. Ainda não tenho idade nem para ser explorada como mão de obra infantil.

LitGeek: kkk

HollyG: E então, LitGeek, quais são seus autores preferidos além do esquivo sr. Pynchon? Claro que não Capote...

❋

E continuou assim por semanas. Setembro transformou-se em outubro, e tudo o mais parecia normal. A escola inteira enlouqueceu quando a equipe de futebol americano chegou às decisões regionais. Tiraram minhas medidas para o figurino da peça, e os ensaios passaram a ser sem texto. Começaram as provas do meio de período, e o pai de Portia teve um ataque quando ela tirou um D em trigonometria.

Eu estava praticamente ausente de tudo isso. Na realidade, não parava de checar o fórum no meu celular. Todas as vezes em que dava uma olhada nas mensagens pessoais, ele tinha deixado uma nova mensagem. Às vezes, começávamos novas mensagens para tópicos novos, e muitas noites ficávamos online ao mesmo tempo, conversando em tempo real, horas a fio. Ele me falou de Don DeLillo e David Foster Wallace, e nós examinamos as melhores obras de Tom Stoppard e Edward Albee. Concordamos sobre como era incrível o novo prédio do Guthrie Theater e discordamos sobre como era terrível o panorama teatral de Rochester. Não lhe falei do meu papel em *Jane Eyre*. Cada um de nós dois tomava cuidado para não dizer muita coisa sobre sua vida. Uma vez, ele chamou a casa em que morava de campo de extermínio, mas nunca falou do seu emprego, nem da mulher. Ele me fazia perguntas do tipo: se eu pudesse levar a vida de qualquer personagem num livro, quem eu seria? Eu não fazia a menor ideia. Eu me tornava a personagem principal de todos os livros que lia. Tinha a sensação de viver dentro do seu corpo, mas isto não tinha nada a ver com o fato de eu gostar da personagem ou querer ser a personagem. Ele disse que, quando era menino, tinha vontade de ser Charlie Bucket; e, aos vinte anos, leu *O amor nos tempos do cólera* e sentiu uma estranha inveja de Florentino Ariza, que acho que amou por cinquenta anos uma mulher que não pôde ter. Eu disse que, se ele queria ser uma pessoa frustrada e triste pela vida inteira, por que simplesmente não trabalhava como orientador pedagógico? Ele riu e então disse: "Florentino sabia o que queria. Até mesmo Charlie sabia o que queria. Acho que eu simplesmente gostaria de saber o que é minha fábrica de chocolate."

Ele era casado, e provavelmente careca, gordo e cheio de gases. Mas nada disso importava, porque nós não estávamos na vida real. Eu lhe dizia como de fato me sentia acerca de tudo, como eu queria me mudar para Nova York mais do que qualquer outra coisa, mas às vezes ficava com medo porque não tinha um plano, não conhecia ninguém e não podia contar aquilo para ninguém. Ele dizia que qualquer coisa que valesse a pena fazer deveria dar um pouco de medo, e que algumas das melhores histórias começavam com uma viagem. Comecei então a postar letras de músicas da Journey, e logo nós dois estávamos dançando ao som de "Don't Stop Believing". Comecei a imaginar LitGeek quando estava na cama de noite, sentindo minha pele e meu coração pulsando por baixo dos lençóis, minha cabeça estourando com tudo o que eu ia ver e fazer, e eu fingia que minhas mãos eram as dele, quando elas vinham subindo pelas minhas coxas, que ele estava me descobrindo, que ele me queria também.

LitGeek: Sabe que hoje é nosso aniversário de um mês de mensagens pessoais?
HollyG: E não é que hoje você é que está de mulherzinha?
LitGeek: Imagino que isso faça de você o homem no nosso relacionamento.
HollyG: Não sei se é possível chamar algumas mensagens de um relacionamento. E um mês? Putz, acho que aniversários só começam a partir de um ano.
LitGeek: É claro que é um relacionamento. Tudo é. Pode-se ter um relacionamento com uma galinha, pelo amor de Deus.
HollyG: Só uma garota do campo poderia ler essa frase e não entender errado.
LitGeek: Quer dizer que você finalmente admitiu, Lula Mae.
HollyG: Não admiti nada. Esse foi só um comentário genérico. Ao que você saiba, eu entendi tudo errado.
LitGeek: Tá bom... :P
HollyG: <Imaginando> Ei, galinha bonitinha, vem cá. LitGeek não vai machucar você... muito.
LitGeek: rotfl
HollyG: ☺
LitGeek: Como você me conhece pouco. Eu não as atrairia desse jeito. Sou muito mais sutil.
HollyG: Então, qual seria sua abordagem?
LitGeek: Hummm... Nunca pensei em seduzir uma galinha.

Prendi a respiração enquanto sua última resposta se demorava ali no monitor. Digitei devagar, deliberadamente, sentindo a expectativa formar uma bolha no meu peito.

HollyG: Faz de conta que eu sou uma galinha. Tenta, vai... Capricha.

Ele demorou um minuto inteiro antes de responder.

LitGeek: Tem certeza?

E foi nesse instante que afundei, que soube que estava apaixonada por essa sombra de homem. Ele não tentou bancar o engraçado, nem se livrar da situação com uma brincadeira. Sua resposta me disse que ele se sentia tentado, mas não faria nada se eu não tivesse certeza absoluta. Meu coração começou a disparar quando digitei.

HollyG: Tenho.
LitGeek: Bem...

Meus olhos estavam grudados na tela.

LitGeek: Para começar...

Ele nunca digitava tão devagar. Quase dava para eu ouvir enquanto ele pensava, ver os seus olhos passeando pelo meu corpo enquanto decidia qual seria a primeira carícia.

LitGeek: Eu passaria a ponta dos dedos pelas suas costas, subindo a partir dos quadris e seguindo devagar até seu pescoço, até as reentrâncias por trás das orelhas, onde você disse que sente cócegas. Só que você não vai sentir cócegas...

Essa foi a primeira noite em que fizemos sexo.

Eu estava na aula de inglês um dia, no meio de outubro, tentando me concentrar no tema, porque o sr. Lund costumava chamar qualquer um sem aviso, apesar de também estar sonhando acordada com meu papo da noite anterior com LitGeek. Eu o havia feito morrer de rir quando ele por acaso mencionou *Jane Eyre* e respondi que o livro teria sido muito melhor se a mulher tivesse matado o sr. Rochester queimado na cama, posto a culpa em Jane e saído para aproveitar a vida em Londres. Ele disse que isso destruiria totalmente o lado edificante da história, e eu ressaltei que a única pessoa que não receberia exatamente o que fez por merecer teria sido Jane. E, de qualquer modo, àquela altura ela já devia ter captado toda a armação. É provável que a burrice tenha mandado muita gente para a forca. Por que Jane deveria ser uma exceção? Foi aí que ele me disse que eu seria uma boa ditadora, e nós dois rimos.

Mas saí dos meus devaneios com um sobressalto, quando as pilhas do nosso próximo livro foram passadas pela turma.

Era *Jane Eyre*.

– Sei que não é a leitura mais empolgante para os rapazes, mas confiem em mim quando digo que qualquer Brontë é melhor do que Jane Austen.

– Por que a gente não lê alguma coisa deste século? – alguém perguntou.

– Este século só tem alguns anos. O leque de escolha seria muito menor, e todos os livros ainda estão em primeira edição, de modo que são mais caros. O distrito escolar não vai querer gastar esse dinheiro, mas não foi de mim que vocês ouviram isso.

– Esse aí não é aquele em que a mulher é doida e fica trancada no sótão? – perguntou Jenny Adkins enquanto lia a quarta capa. Ela era totalmente anglófila, assistia a todos os filmes britânicos já produzidos e era apaixonada por Hugh Grant. Uma vez tentei lhe dizer que ele era péssimo ator, mas ela só deu um suspiro e disse: *Ele não é ator. É um astro.*

– Nada de *spoilers*, Jenny. Por favor! – A turma riu enquanto o sr. Lund se encostava na beira da mesa, como sempre fazia quando ia começar uma aula. – Na verdade, no outro dia alguém simplesmente me disse que esse livro seria muito melhor se a mulher queimasse o protagonista masculino na cama, pusesse a culpa na protagonista feminina e depois gastasse todo o dinheiro do marido em Londres.

Eu quase não ouvi as risadas da turma. Ai, meu Deus. AI, MEU DEUS. Seu rosto entrava em foco e ficava desfocado. Seu rosto, o rosto de LitGeek, o rosto com que eu vinha sonhando havia semanas. O rosto que eu morria de medo de ver e estava louca para tocar estava bem ali na mesma sala comigo. Fiquei paralisada, e meu coração começou a bater tão forte que achei que Portia sem dúvida ia ouvir. Ai, meu Deus.

– Hattie?

Dei um pulo, saindo do estado de choque.

– Que foi?

– Bem-vinda à sala. – Ele abriu um sorriso, e eu engoli em seco. – Eu disse que supunha que esse você já tivesse lido.

– É, já li. – Tinha se tornado uma brincadeira entre o professor e a aluna predileta. Eu tinha lido tudo o que estava no programa, com exceção de algum livro sobre o Vietnã que só foi indicado para fins de novembro.

– Alguma opinião a dividir com a turma antes que todos nós mergulhemos na leitura?

Eu poderia agir naquele momento. Podia fazer algum comentário irreverente sobre o livro ser uma história edificante, citando exatamente o que ele tinha dito na noite anterior, e ele saberia. Ficaria com os olhos arregalados, sua pele perderia a cor. Eu podia ver o desenrolar da cena, como o conhecimento o inundaria e o deixaria fraco, escandalizado, envergonhado. Romperia todo e qualquer contato comigo, e eu nunca mais conseguiria conversar com ele fora da aula de inglês.

E foi por isso que não fiz nada.

– Gostei de como Jane assumiu o controle da sua vida. Ela criou seu próprio destino.

Fiquei olhando pela janela lá para fora, enquanto falava, incapaz de olhar nos olhos dele. Eu receava que ele de algum modo visse alguma coisa nos meus olhos, que adivinhasse a verdade e nosso caso cibernético estaria encerrado.

✺

Eu me apaixonar por Peter foi de uma facilidade surpreendente. Na minha cabeça, eu pensava nele como Peter, apesar de ainda chamá-lo de LitGeek online e de sr. Lund na escola. Parecia que ele representava papéis, exatamente como eu. Eu o observava nas reuniões para incentivo aos atletas da escola e guardava de cor seu guarda-roupa e o horário das suas aulas. Eu até sabia que carro ele dirigia – um Mitsubishi azul, já meio velho, do qual alguns dos metidos debochavam porque era estrangeiro e qualquer um que dirigisse outro carro que não fosse um GM ou um Ford por aqui era suspeito. O único professor com quem eu o via conversar era o sr. Jacobs, que era totalmente inexpressivo. A única coisa que ele queria ensinar nas aulas de história eram guerras: estava sempre falando de qual país atacou qual país e desenhava no quadro diagramas intermináveis de campos de batalha. No que dizia respeito a amigos, a oferta era bastante precária; e não demorei muito para perceber que Peter não tinha ninguém além de mim.

Mas, puxa, ele tinha a mim, e como!

✺

Um dia, eu estava reabastecendo as prateleiras na CVS quando Mary Lund veio pegar os medicamentos da mãe. Eu não a reconheci. Ela havia nascido e crescido em Pine Valley, mas era oito anos mais velha que eu, e eu não a conhecia. Foi só quando a ouvi conversando com a farmacêutica sobre Elsa Reever, sogra de Peter, que percebi quem ela era. Fiquei paralisada um instante, sentindo que enrubescia de culpa, apesar de saber que ela não fazia a menor ideia de que o marido passava quase todas as noites conversando comigo. Peguei uma caixa de anti-histamínicos e levei para o setor de medicamentos para tosse e resfriados, para poder dar uma olhada melhor nela.

Ela não era nem alta nem baixa demais; nem gorda nem magra demais. Não era nada demais. O cabelo era louro cinza como água de lavagem, puxado para trás num rabo de cavalo. Ela estava bronzeada. Usava jeans velho e o tipo de agasalho simples com capuz que se pode comprar por dez dólares na Fleet Farm. Não consegui ver nada de especial nela, nenhum motivo pelo qual Peter a tivesse escolhido. A única característica que a distinguia eram dois sinais grandes à frente da orelha direita. De certa distância, parecia que um vampiro tinha errado o alvo e lhe dado uma mordida no rosto.

Fiquei ali parada, perto o suficiente para ouvir a conversa inteira enquanto abastecia as prateleiras, e tratei de fazer uma expressão de tédio para que ninguém imaginasse que eu estava bisbilhotando.

– Como ela está se saindo com o oxigênio? – perguntou a farmacêutica.

A mulher deu de ombros.

– Não sei. O nível de energia dela não mudou em nada, mas ela diz que o oxigênio faz com que se sinta melhor.

– Às vezes, isso é o mais importante.

– Acho que sim. Ela ainda não consegue ir mais longe do que um cômodo de cada vez, antes de precisar se sentar para descansar.

– Sorte de Elsa vocês estarem morando lá. A maioria dos idosos na mesma condição já estaria num asilo a esta altura.

De três metros de distância, pude ouvir seu suspiro.

– Talvez ela devesse estar internada. Eu me preocupo quando a deixo, mesmo que para saidinhas curtas como essa.

– Mas seu marido está com ela.

– Certo. – Ela fez uma pausa. – Você tem razão.

Elas conversaram sobre os medicamentos por alguns minutos, dosagem, efeitos colaterais, esse tipo de coisa, e então ela foi embora.

Mamãe já tinha me dito que Peter morava com a mulher na velha fazenda dos Reever, e agora a história começava a fazer sentido. Tentei me lembrar da última vez em que vi a sra. Reever. Ela frequentava a mesma igreja que nós, mas eu não a tinha visto na congregação ultimamente. Talvez estivesse fraca demais para ir, o que significava que sua morte poderia estar próxima; ou talvez eles a pusessem numa clínica para idosos, como a mulher de Peter tinha acabado de mencionar. De um modo ou de outro, aquilo queria dizer que Peter sairia da nossa cidadezinha. Esse pensamento horrível gerou em mim uma bolha de pânico da qual não consegui me livrar pelo resto da semana.

✷

No domingo seguinte, a sra. Reever foi à igreja. Peter e a mulher a ajudaram a subir a escada, cada um apoiando um braço, e parecia que eles estavam se movimentando em câmera lenta. Finalmente conseguiram acomodá-la no último banco, e ela se agarrou ao tubinho de oxigênio, com pequenos arquejos rasos que faziam tremer de um modo comovente as flores de poliéster do seu vestido. Peter pôs no chão o cilindro de oxigênio, e sua mulher demonstrou uma breve gratidão, mas ele não percebeu. Depois, ela passou o restante do culto ajudando a mãe. Ele tentou falar com ela uma vez, mas ou ela não o ouviu ou não fez caso dele. Quando chegou a hora de cantar os hinos, ela foi a única deles que se levantou. A sra. Reever formulava as palavras, aparentemente de cor, já que não estava com um hinário, e Peter não se deu ao trabalho de apanhar um. Ele simplesmente mantinha o olhar fixo no banco à sua frente, às vezes olhando de relance para o púlpito ou em volta da igreja. Foi então que ele me viu observando-o.

Meu coração deu um pulo; e, apesar de eu sentir que a cor começava a subir ao meu rosto, não me virei depressa para a frente. Teria sido a maior bandeira. Enquanto eu tentava resolver o que fazer, ele sorriu. Não o simples sorriso que um professor dá à aluna quando seus caminhos se cruzam fora da escola, mas um sorriso autêntico, do tipo "estou-feliz-por-ver-essa-pessoa". Ele franziu os olhos, os dentes surgiram e, por um átimo de segundo, sua aparência foi exatamente a que eu tinha sonhado quando fantasiava o momento em que lhe contaria a verdade. Eu mal conseguia respirar, menos ainda continuar a cantar a droga do hino. Retribuí o sorriso e o cumprimentei levantando os dedos. Depois, girei devagar para a frente, na esperança de que ele ainda estivesse olhando, de que seus olhos se demorassem no contorno do meu corpo e gostassem do que estavam vendo.

E foi aí que tomei a decisão. Com o coração estourando, sentindo queimar na garganta as palavras secretas que eu orava todas as semanas, fui dominada por uma necessidade mais forte do que qualquer outra que tivesse sentido antes. A percepção daquilo quase me deixou de joelhos ali no meio do culto. Eu queria que Peter sorrisse para mim daquele jeito todos os dias, que segurasse minhas mãos e me dissesse tudo o que estava sentindo. Eu queria envolvê-lo nas minhas pernas e sentir que ele afundava em mim. Queria sentir o cheiro do suor do seu corpo adormecido no verão enquanto as cigarras zuniam de noite.

Tinha chegado a hora de HollyG se encontrar com LitGeek.

PETER / *Outubro de 2007*

A CORRIDA ERA A MELHOR HORA DO MEU DIA PORQUE PERmitia que eu me esquecesse. Era alguma coisa no equilíbrio da terra tranquila em contraste com a cadência de pisadas regulares que limpava da minha cabeça todo e qualquer pensamento complexo. Eu costumava correr nas trilhas do lago em Mineápolis, e, depois que nos mudamos para cá, comecei a percorrer as estradas vicinais em torno da fazenda até encontrar um caminho melhor. Entrei então para a equipe de *cross-country* da escola secundária de Pine Valley.

Não em caráter oficial, é claro. Um dos professores de matemática treinava a equipe e tentou me aliciar para a função de treinador assistente, mas nem morto eu ia renunciar a todas as minhas manhãs de sábado daqui até fins de novembro para suas competições. Eu simplesmente corria com o pessoal. Eles conheciam todas as trilhas e atalhos num raio de cinquenta quilômetros; e nas terças e quintas, depois da aula, nós encarávamos o campo, um pequeno rebanho de humanos passando por pastagens onde vacas ruminavam e olhavam. Em sua maioria, os garotos tinham a aparência que eu tinha quando estava no ensino médio – desajeitados, bronzeados e como que ossudos –, mas eles sabiam o que era resistência em terrenos acidentados. Nós praticávamos subidas entre fileiras de pés de milho e dávamos voltas em campos onde a colheita acabara de ser feita, cheios de terra fofa. Treinávamos arrancadas nas retas fáceis do campo de futebol para nos prepararmos para conquistar os primeiros lugares cedo na corrida e percorríamos a trilha em volta do lago Crosby dezenas de vezes para praticar manobras num caminho estreito. Em sua maioria, eles tentavam ultrapassar uns aos outros no local em que a trilha se alargava junto ao celeiro abandonado. Aquilo se tornou uma piada, todos se retesando à medida que nos aproximávamos do celeiro, abrindo um sorriso e nos preparando para a disparada louca para o primeiro lugar. Eu me mantinha mais para trás, incentivando os retardatários, dizendo coisas como "Regulem a marcha", "Não se trata de ritmo, mas de esforço" e "Não deixem a bola cair!".

Eu me esquecia.

Corria quilômetros, controlando minha respiração, sentindo as panturrilhas arderem e depois ficarem dormentes, e observando o horizonte amplo e vazio, com uma sensação de perfeita felicidade. As palavras dela se infiltravam ali como gotas de chuva, desvinculadas de tudo, para saciar alguma coisa dentro de mim, uma aridez na medula dos ossos que eu mal tinha me permitido reconhecer.

E eu me esquecia do grande merda que eu era.

Eu estava traindo minha mulher.

A maior parte do tempo eu procurava racionalizar a questão, dizendo a mim mesmo que eu nem sequer tinha me encontrado com HollyG. Ela não passava de um nome de usuário, uma sereia da internet. Será que minha crescente fixação nela era, em termos funcionais, diferente de eu comprar uma *Penthouse*?

Eu a conhecia por inteiro e, ainda assim, não a conhecia de modo algum. Eu poderia dizer exatamente como ela se sentiria acerca de qualquer livro ou peça, qual era seu drinque preferido, por que ela detestava os *reality shows* na TV, o tipo de pessoa que a deixava nervosa. Só que eu não conhecia seu rosto, sua idade, seu peso, nem sua vida. Ela poderia ser uma divorciada com seis filhos. Podia ser que estivesse contando com uma transferência no emprego para poder deixar o marido. Como eu poderia estar traindo minha mulher com alguém que eu não poderia indicar numa fila de identificação de suspeitos?

Sim, nós tínhamos feito sexo. Três vezes. Mas foi sexo virtual. Qual era a diferença entre isso e um daqueles romances que Elsa lia?

Não havia ninguém a quem eu pudesse perguntar, ninguém em quem eu confiasse além de HollyG; e, um dia em que não aguentei mais e lhe perguntei, ela me disse que, no íntimo, todo mundo trai, e que ela tinha o prazer de me informar que eu não era melhor do que ninguém. É claro que ri, mas respondi que minha preocupação maior era com a possibilidade de ser pior do que todo mundo. Ela então disse algo que não vou esquecer nunca. Demorou um bom tempo para responder, e então escreveu: "Você não é pior do que eu. É só isso que importa."

Puxa, fiquei eufórico quando li isso. Absolutamente eufórico, como só um grande merda poderia ficar. Li essa resposta mais de dez vezes, adorando seu jeito de nos unir em algumas palavras simples, como nós tínhamos nos tornado o único parâmetro com o qual cada um podia avaliar o outro. Você não é pior do que eu, ela disse. Logo, ela era casada também. De algum modo, parecia melhor eu saber que ela era tão culpada quanto eu, que até mesmo nossos pecados eram compatíveis.

Eu me trancava no quarto de depósito lá em cima, dizendo a Mary e Elsa que estava corrigindo provas e preparando planos de aula.

– Quantas aulas você precisa planejar para essas crianças? – Elsa me perguntou uma noite, enquanto eu tirava a mesa e me preparava para sair.

– Dá muito trabalho no primeiro ano. Estou começando do zero e tenho seis turmas com idades e capacidades diferentes, sem falar na preparação para os exames padronizados. Todos os dias, preciso chegar com um plano pronto.

– Mas hoje é sexta, não é? – Elsa recorreu a Mary para uma confirmação. Mary fez que sim, em silêncio, enquanto transferia as sobras de batatas para uma bandeja de metal toda arranhada que sempre punha do lado de fora depois do jantar para os gatos do celeiro. Desde o dia do abate da galinha, ela cada vez falava menos comigo, e nada que tivesse importância.

– Mais motivo para eu adiantar o trabalho. – Peguei uma Coca na geladeira e escapuli da cozinha antes que Elsa me questionasse mais. Eu devia ter perguntado a Mary se eu podia ajudar a lavar a louça ou o que ela queria que nós fizéssemos no fim de semana, qualquer coisa que abafasse a culpa enlouquecida que me dominava todas as vezes que eu olhava para ela durante o último mês, mas parecia que ela não queria saber de mim, como se minha total incompetência como sitiante tivesse me excluído de todas as outras áreas da sua vida. Não insisti. Não tentei me aproximar dela mais; e, quando fechei a porta do quarto de depósito e entrei no computador, eu de fato me senti justificado, de certo modo – perfeito filho da mãe que eu era –, por ter sido ela que começou a se afastar primeiro. Era Mary que tinha deixado nosso casamento por outra pessoa; e, quando HollyG me encontrou naquele fórum, eu estava em desespero. Todas as noites, eu vinha procurando por primeiras edições, exemplares autografados e livros raros ou esgotados. Essa era minha reação instintiva à perda, desde o divórcio dos meus pais, quando eu estava com dez anos. Não era só a fuga que me atraía, era a previsibilidade. Os livros eram finitos, um mundo contido entre duas capas que podia se repetir todas as vezes que eu abrisse a primeira página. Por maior que fosse a desgraça revelada por Tolstói ou por mais que os personagens de Chuck Palahniuk arrasassem com a própria vida, suas histórias se tornavam mapeadas, inevitáveis. Eu podia contar com elas. Solitário e faminto por laços, eu saí à procura de livros. O que encontrei foi algo totalmente diferente.

HollyG: Cá está você.

Suas palavras, sempre tão diretas e cheias de vitalidade, capazes de acabar com toda essa minha palhaçada, apareceram no monitor e apagaram qualquer pensamento sobre Mary ou sobre a infidelidade. Tudo em mim ficou em estado de alerta, mas eu estava surpreso. Geralmente, ela não aparecia online tão cedo.

HollyG: Está tudo parado hoje. Maior tédio, e quero ver seu rosto.
LitGeek: Vou encarar isso como uma metáfora.

Eu era professor havia menos de dois meses e já estava fazendo aquela droga de corrigir a fala dos outros.

HollyG: Não, no fundo eu estava falando ao pé da letra.
LitGeek: ??
HollyG: Você quer me conhecer?

Fiquei ali sentado, rígido, na cadeira ruidosa da sala de jantar, examinando as palavras de novo para me certificar de que não tinha lido errado. Digitei, apaguei, comecei de novo.

LitGeek: Quero, mas não é uma boa ideia. Você sabe da minha situação.
HollyG: Sei, eu sei. O que acha de a gente se encontrar sem se encontrar?
LitGeek: "??" de novo. O que você está aprontando?
HollyG: Semana que vem, vai ter uma apresentação de *Jane Eyre* por um teatro comunitário em Rochester.
LitGeek: Nessa versão, a mulher sai arrebentando? ☺
HollyG: Você vai precisar ir para ver.
LitGeek: Não estou entendendo. Você vai estar lá?
HollyG: Vou estar na matinê da quinta. Com um vestido cinza de punhos brancos. Não vamos nos falar, nem mesmo vamos nos sentar perto um do outro. Só um olhar de relance num salão cheio de gente. Vamos nos encontrar sem um encontro.
LitGeek: Não posso. Já estamos numa corda bamba.

HollyG: Não se preocupe, não deixo você cair. Pense no assunto. Eu vou estar lá, de qualquer modo.

Puxa, eu não conseguia tirar a ideia da cabeça. Ela me torturou por dois dias diretos. Era avassaladora a tentação de ver, de dar um rosto e forma à única pessoa num raio de cem quilômetros que se importava um mínimo comigo. No domingo à noite, eu quase já tinha cedido. O que podia haver de menos ilícito do que dois desconhecidos assistindo a uma peça em lados opostos de um teatro? E eu tinha essa esperança de que vê-la em carne e osso acabaria com minha paixonite ensandecida. Podia ser que ela tivesse sessenta anos ou fosse coberta de eczema. Eu podia sonhar.

Faltar à aula dizendo que estava passando mal não era possível. Mary saberia da licença médica antes que a peça sequer chegasse ao intervalo, graças aos amistosos bate-papos de Elsa com o diretor. Eu também ainda não tinha direito a férias, mas, quando entrei na escola na manhã de segunda, eu tinha um plano. Estávamos lendo *Jane Eyre* na minha turma de alunos avançados de inglês da última série. Então, por que não fazer uma excursão cultural? Eu estaria com dezoito adolescentes, todos ansiosos por um dia fora da escola com o cara legal que era seu novo professor. Era o pretexto perfeito. Consegui a aprovação do diretor, reservei um ônibus e imprimi bilhetes de autorização, tudo antes que o primeiro aluno entrasse na minha sala de aula naquela manhã.

No entanto, quando Mary e eu fomos dormir na véspera da peça, minha dissimulação estava me dando náuseas.

– Qual é o problema? – perguntou Mary.

Eu lhe falei da excursão.

– Acho que só estou nervoso com o que poderia acontecer.

– Vai dar tudo certo – disse ela, bocejando.

Eu me virei para olhar de frente para ela, dominado por uma ideia.

– Por que você não vem comigo? Você poderia se encontrar conosco na escola e ir junto no ônibus. Seria igual a Mineápolis, só que agora minha entrada é de profissional da educação.

A esperança deu um salto no meu peito, mas ela abanou a mão e afofou o travesseiro antes de se acomodar do seu lado da cama, voltada para a parede.

– Vou levar mamãe ao cardiologista amanhã. Lembra?

– É só remarcar.

– Não, Peter. Nós esperamos três meses por essa consulta. Você vai se sair bem.

– Por que você nunca mais consegue ter tempo para mim?

Virando-se de volta na minha direção, ela puxou as cobertas para seu lado da cama.

– Você está brincando? Você me convida uma noite antes da peça e espera que eu largue tudo?

– Achei que seria prazeroso. Desculpe se quero me divertir um pouco com minha mulher.

Ela fez que não e apontou um dedo para meu peito.

– Não, você acabou de dizer que estava nervoso por ir sozinho. Não tente fingir que estava pensando em nós dois. Se quiser sair comigo, trate de me convidar para um dia em que não esteja acompanhando vinte adolescentes.

Ela se jogou para o mais longe possível de mim e adormeceu daí a alguns minutos, enquanto eu fiquei acordado, com os olhos fixos nas suas costas no escuro.

No dia seguinte, eu não conseguia me concentrar em nada. Dividi todas as minhas turmas da manhã em pequenos grupos. No almoço, eu estava sem apetite e, quando Carl me perguntou qual era o problema, murmurei alguma coisa sobre um resfriado ou uma sinusite. No ônibus, um dos alunos precisou me lembrar de fazer a chamada, e foi só nessa hora que me dei conta de que Hattie Hoffman, minha aluna predileta naquela turma, não estava lá, tendo apresentado algum motivo para faltar. A viagem a Rochester foi curta, e, antes que eu estivesse preparado, nós entramos em fila num pequeno teatro de duzentos lugares, com poltronas de veludo vermelho desbotado. O auditório estava meio cheio, e eu passei os olhos pelas pessoas com a maior sutileza possível, mas ninguém estava de vestido cinza. Mesmo depois que as luzes foram se apagando e a peça começou, eu não parava de vigiar a droga da porta. HollyG ia aparecer, eu sabia. Ela podia chegar tarde, só por teimosia. Eu não fazia a menor ideia do que estava acontecendo no palco até a aluna sentada ao meu lado sufocar um grito de surpresa e me dar uma cotovelada nas costelas.

– É a Hattie!

– Como assim? – sussurrei, e ela apontou para o palco.

Voltei a atenção para a peça e vi Hattie Hoffman no centro do palco, trocando palavras com uma mulher mais velha de cabelo preso num coque severo.

Examinando rapidamente o programa, vi o nome dela no alto da página, no papel da protagonista. A espertinha. Ela não disse uma palavra sobre isso quando passei pela turma os bilhetes de autorização para a viagem. Imaginei que ela fosse dizer alguma coisa sobre a excursão, porque Hattie sempre tinha uma opinião a respeito de tudo, mas ela se manteve calada, com a cabeça enfiada num caderno. Será que tinha se sentido embaraçada por estar na peça?

Prestei atenção por algumas falas, o bastante para perceber que Hattie era de fato boa. Ela não procurou imitar o sotaque inglês, o que foi inteligente da sua parte, e o que dizia era emitido com cuidado, com a dose exata de apreensão que Jane teria demonstrado quando anunciou sua decisão de sair do Internato Feminino de Lowood em busca do seu destino no Solar Thornfield. Quanto mais eu a observava, mais extraordinário aquilo tudo ficava. Hattie costumava se movimentar com uma elegância deliberada. Eu sempre tinha notado isto porque era algo que a destacava dos outros alunos. No palco, aquela segurança desapareceu, ela se tornara Jane de corpo e alma.

À medida que a cena se desenrolava, eu sentia minha nuca formigar. Eu prendia a respiração quando Hattie prendia a dela, olhava para os lugares para onde seus olhos se desviavam. Eu estava encantado a um ponto que não entendia perfeitamente. Talvez fosse porque ela era minha aluna e eu estivesse sentindo algum orgulho. Só que não parecia orgulho, não de todo. Era algo mais intenso e mais instigante, como se eu devesse saber alguma coisa que não sabia. Os outros alunos e eu trocávamos sorrisos, unidos na emoção discreta de descobrir um segredo a respeito de um de nós.

Agora a sra. Fairfax estava lhe dizendo que pusesse seu melhor vestido para conhecer o sr. Rochester, e Hattie permaneceu ali, solene, alisando as pregas do seu vestido cinza e ajeitando, nervosa, os punhos claros.

– Este é o meu melhor vestido, sra. Fairfax.

O vestido dela. Puta que pariu.

Aquela sensação incômoda na minha nuca explodiu, e tudo saiu do foco. Eu oscilei para a frente e, quando consegui enxergar de novo, as duas mulheres estavam atravessando o palco para entrar no cenário adjacente. As costas de Hattie foram se afastando calmamente, num traje cinza, cinza, cinza. Ai, meu Deus.

Não. Eu me torcia para lá e para cá, examinando cada espectadora na plateia, desesperado na busca de outra pessoa. Qualquer outra pessoa. Eu não estava tendo um caso com uma aluna minha, pelo amor de Deus. Mas não havia ninguém. Mais ninguém no teatro inteiro que pudesse ser HollyG. E eu sabia que não haveria. No subconsciente, eu sabia disso desde o instante em que pus os olhos em Hattie naquele palco.

Passei o resto da peça desnorteado. Fui me afundando na poltrona, até um dos alunos perguntar se eu estava bem. Usei isso como pretexto para ir ao banheiro. Eu só queria era desaparecer dali, sair pela porta da frente correndo e não parar nunca mais.

Joguei um monte de água no rosto e fiquei sentado no vaso sanitário uns dez minutos, tentando decidir o que ia fazer. Foi só no segundo ato que percebi que ainda tinha uma saída. HollyG não sabia quem LitGeek era – eu não tinha lhe dado nenhuma pista que me destacasse no meio da plateia. E por que ela suspeitaria de mim? Para começar, eu estava acompanhando uma excursão cultural. Ela estava contando com nossa turma inteira ali presente.

Agarrei-me a isso e voltei ao meu lugar, mas nada reprimiu por muito tempo a loucura que grassava na minha cabeça. Foi só quando o sr. Rochester propôs casamento a Jane que de repente voltei à realidade.

– Você duvida de mim, Jane? – O ator segurou Hattie pelos braços e a puxou para si.

– Total e completamente.

Quando ele a prendeu num abraço, meu coração começou a saltar. Era mais velho que eu, talvez com seus trinta e poucos anos, logo não tão velho quanto o sr. Rochester deveria ser, mas bastante próximo. E Hattie era quase da idade exata de Jane, a jovem inocente que cativou o coração entediado de Rochester. Enquanto Jane percebia que o sr. Rochester estava falando sério e aceitava a proposta de casamento, várias coisas aconteceram ao mesmo tempo na minha cabeça. O intelectual imparcial em mim achou que eles tinham escolhido bem o elenco, só que Hattie era muito bonita para representar Jane. O professor em mim observou o abraço daqueles dois, a pele delicada e rosada do rosto dela roçando na barba grisalha, por fazer, e se sentiu incomodado e protetor. E o que sobrou de mim simplesmente ficou olhando aquele seu corpo flexível envolver um homem duas vezes mais velho que ela. Eu me demorei engolindo em seco.

E essa reação ia parar neste exato momento. Puxa, quantas manchetes eu tinha lido sobre algum professor tendo um caso com uma estudante? Geralmente isso acontecia com professoras, todas desesperadas, inseguras, tolhidas, que se iludiam acreditando que amavam esses idiotas. Eu nunca culpava os alunos. Garotos adolescentes fariam sexo até com uma casca de banana, mas as professoras não tinham justificativa digna de ser mencionada. Elas deveriam ter feito o que eu ia fazer agora mesmo. Terminar a história. Parar com tudo antes que chegasse a começar, ou pelo menos antes que começasse de modo consciente. Não havia como eu ter sabido que HollyG era Hattie. HollyG era Hattie que era Jane. Suas identidades se deslocavam diante de mim, nenhuma delas chegando a capturar a garota no palco, que agora, com o vestido do casamento, fugia correndo do sr. Rochester. Suas definições não conseguiam contê-la da mesma forma que o ator não podia forçá-la a se casar com ele. Pelo menos ela estava fugindo de um homem já casado. Foi o único sinal de alívio enquanto eu esperava que a tortura terminasse, que pelo menos alguma versão de Hattie estivesse agindo certo.

Quando por fim a peça terminou, o elenco se apresentou em fileira diante da cortina, e nós todos nos levantamos e batemos palmas. O ator que representou o sr. Rochester empurrou Hattie para ela ficar à frente da fileira, e os aplausos se multiplicaram, enquanto ela fazia uma reverência. Então, no meio da aclamação, ela olhou direto para mim e devagar, de modo deliberado, passou a mão pela manga do vestido até o punho. Os cantos da sua boca subiram um pouquinho, e seus olhos se iluminaram com mil significados. Senti que meu sorriso compulsório em resposta sumia do meu rosto e que minhas mãos ficavam paralisadas no ar.

Ela sabia.

Ela me encurralou depois da peça, quando o elenco estava interagindo com o público no saguão do teatro, sabendo que eu não poderia fugir enquanto estivéssemos cercados: nossos papéis estabelecidos com tanta clareza quanto os dos atores havia não mais que minutos.

– Olá, sr. Lund.

– Hattie. – Agarrei-me ao nome, o nome de uma garotinha, e tentei me forçar a falar com aquela pessoa e apenas ela. – Foi uma apresentação fantástica. Eu não sabia que você fazia teatro.

– Essa foi minha primeira produção. – Se ela podia ver como eu me sentia constrangido, não o demonstrou. O máximo que fez foi abrir mais seu sorriso.

– Você é uma atriz nata. Parece que atuou a vida inteira.

Ela deu uma risada e foi levada dali por outro aluno antes que pudesse me atormentar mais.

Naquela noite, antes de encerrar minha conta no Pulse, reli cada mensagem que trocamos. Eu tinha salvado todas elas, e foi mortificante perceber o que deveria ter estado óbvio desde o início. Ela ia embora para Nova York em menos de um ano. É claro, porque precisava se formar no ensino médio antes. Eu tinha ficado tão impressionado com os livros que ela tinha lido, mas isso era porque eu os estava prescrevendo em sala de aula. Teria sido engraçado se não estivesse acontecendo comigo. Depois de passar metade da noite refletindo sobre o assunto, resolvi lhe enviar uma última mensagem. Era melhor eu ser de uma clareza absoluta sobre o que precisava acontecer. A escolha das palavras era uma agonia: eu queria lhe dizer como ela havia sido importante para mim, mas sabia que não podia lhe dar uma única palavra de incentivo.

Durante a semana seguinte, eu podia ver que Hattie estava tentando descobrir um jeito de falar comigo, e eu fiz de tudo para que isso não acontecesse. Assim que a campainha soava para encerrar a aula de inglês avançado, eu saía em disparada pela porta e assumia a função de monitor de corredores ou descobria um motivo para ir depressa à secretaria. Desenvolvi uma paranoia quanto a ficar sozinho na escola e inventava pretextos para estar com Carl nos meus horários vagos. Convidei Mary para sairmos naquela sexta-feira, mas o cardiologista tinha confirmado que restava ao coração de Elsa um ano de vida, na melhor das hipóteses, e Mary estava muito deprimida para querer fazer qualquer coisa. Quando lhe perguntei se ela queria se abrir comigo, ela só deu de ombros e se virou para o outro lado.

Daí a uma semana, Hattie me encurralou no meio da aula. Eu tinha posto os alunos trabalhando em duplas, e ela abandonou sua colega, deixando-a falando sozinha, veio andando até a frente da sala e se encostou na pilha de trabalhos que eu acabara de recolher.

– Você quer alguma coisa, Hattie? – Não tirei os olhos do meu computador, mas de algum modo eu ainda podia perceber a curva do seu quadril e a inclinação da sua cabeça. Eu sabia que ela estava usando a blusa de decote largo que era solta demais e às vezes escorregava do ombro. Seus dedos estavam batucando no tampo da mesa. Ela sempre teve dedos nervosos. Ela não disse nada por um minuto, e eu senti seus olhos sobre mim, esperando que eu olhasse para ela. Eu me recusei.

– É que tenho umas perguntas sobre o trabalho.

– Sim? – Eu continuei digitando.

– Eu não sabia direito como ele devia ser estruturado.

Ela estava mentindo e nem mesmo se dando ao trabalho de mentir direito. O trabalho era uma simples comparação entre o livro *Jane Eyre* e a peça. Hattie nunca tinha dúvidas sobre o trabalho de casa, e o tom da sua voz estava totalmente errado. Estava baixo demais, contido. Por fim, olhei para ela e tentei manter meu rosto e minha voz impassíveis. Ela estava perto o suficiente para eu sentir seu cheiro, os olhos sérios e bem abertos. Os dedos ficaram imóveis assim que nossos olhos se encontraram.

– Tenho certeza de que seu trabalho está bom. – Foi difícil conseguir emitir as palavras.

– O que me preocupa em especial é o terceiro parágrafo. Espero que ache que está certo.

Meu Deus, por que ela era tão criança? Por que era minha aluna? Por que eu ainda era dominado por essa atração, quando qualquer ser humano digno teria parado de pensar nela, consciente do delito grave que ela representava?

– Vou dar uma olhada. Vá terminar com sua colega. – Olhei de relance para o relógio da parede e me voltei para o computador. – Faltam apenas alguns minutos.

Naquela noite, depois do jantar, pus a pilha de trabalhos no meio da mesa da cozinha e a ataquei com uma caneta vermelha. Eu resmungava comentários para mim mesmo sobre alguns deles e escrevia com a caneta ruidosa, arranhando o papel, certificando-me de que Elsa e Mary me ouvissem, não que qualquer uma das duas se importasse. Desde o diagnóstico do cardiologista, Mary passava cada minuto possível com a mãe, e parecia sem sentido eu voltar a mencionar a ideia de sairmos juntos. A impressão era a de que era eu que estava sumindo dessa casa.

Quando cheguei ao trabalho de Hattie, senti a tentação de enfiá-lo no fundo da pilha ou, ainda melhor, simplesmente dar-lhe um A e passar para o seguinte, mas o Humbert Humbert pervertido em mim não conseguiu resistir à leitura do texto. Era uma análise bastante comum, não profunda demais. Na sua opinião, o livro era melhor no que dizia respeito à formação dos personagens, enquanto a peça lhes conferia fôlego e vitalidade. Palavras dela, não minhas. Virei a primeira página e fui direto ao terceiro parágrafo.

> *... no caso da mulher do sr. Rochester. Por conta do tempo restrito, a peça não pôde tratar da sua ambiguidade moral ou sequer da sua história. Peter, se estiver lendo isso, venha se encontrar comigo no velho celeiro dos Erickson à margem do lago às 8:30. Preciso falar com você. No entanto, a peça permite que a sra. Rochester seja um personagem tridimensional...*

Li de novo, li mais duas vezes para ter certeza e então olhei para o relógio da parede. Eram 20:39. Meu coração começou a bater forte. Pela porta que dava para a sala de estar, vi de relance Elsa e Mary em suas cadeiras de balanço idênticas, assistindo a *American Idol*, criticando, animadas, os concorrentes como todas as noites de quinta-feira, de quinze em quinze dias. O trabalho de repente parecia um cartaz na minha mão, muito embora nenhuma das duas chegasse a voltar o olhar na minha direção. Dobrei-o duas vezes e olhei assustado para o quadrado branco. Comecei a transpirar nas axilas e nas costas.

Não pensei. Subi e mudei de roupa, vestindo um conjunto de moletom. Depois desci e calcei meus tênis de corrida, sempre com aquele quadrado de papel branco queimando a palma da minha mão.

– Aonde você está indo? – perguntou Mary.

– Fiquei com azia, do jantar. Vou correr para ver se melhoro.

– Tão tarde assim? Já escureceu.

– Eu levo uma lanterna. – Peguei uma na varanda da frente, desci correndo pela entrada de carros e deixei para trás o morro, rumando para a fazenda de Winifred Erickson. Desliguei a lanterna depois que a casa desapareceu de vista e acelerei meu ritmo, correndo às cegas pelo cascalho afora, aumentando a velocidade para chegar à leve borda do horizonte, na esperança de cair num buraco na estrada ou pisar em falso e torcer meu tornozelo. Eu me forçava cada vez mais, amassando a folha de papel até ela se transformar em lixo, apurando a respiração, com os músculos não aquecidos se enrijecendo. Então saí da estrada para entrar no bosque, pedindo agora que uma raiz me fizesse tropeçar e perder meus dentes da frente, ou pelo menos que eu desse uma topada perigosa num toco de árvore. Mas nada me tocou. Eu era um corredor fantasma, inatingível, entrando na clareira com uma sorte enlouquecida fazendo arder minhas pernas, e então avistei o celeiro. Parei de chofre e fiquei ali em pé, ofegante. Havia um carvalho enorme perto do celeiro, que o protegia do luar. Não restava nada a fazer, a não ser encará-la agora.

A porta se abriu com um rangido grave. Estava escuro ali dentro, salvo a claridade de um pequeno lampião de acampamento num banco no canto. De início, eu não a vi, mas, à medida que meus olhos se ajustaram, encontrei sua silhueta encostada na janela abaixo do carvalho. Ela devia ter acompanhado minha chegada. Estava com o cabelo puxado para cima e usava uma jaqueta vermelha em padrão escocês. Enfiei as mãos nos bolsos. Provavelmente eu deveria ter pensado no que dizer antes de chegar ali.

– Oi, LitGeek – disse ela, baixinho, para a escuridão.

Engoli em seco.

– Oi, Hattie.
– Por que você não me chama de HollyG?
– Porque esse não é seu nome.
– Nem Hattie. Hattie é um apelido.
– Mas é quem você é. Você é Hattie Hoffman. Você é uma adolescente, aluna do ensino médio, e eu sou seu professor de inglês, um homem casado.

Ela não disse nada, nem se afastou da janela.

– Você precisa entender que está tudo acabado. Não importa o que tenha sido, aquilo terminou, e eu nunca deveria ter... eu não deveria... Meu Deus.

Voltei-me para a porta, com uma frustração indescritível. As tábuas do piso rangeram.

– É, você não deveria... mas fez. – Sua voz tremia ligeiramente por trás das vogais.

– Eu sou casado, Hattie. – Talvez a repetição a ajudasse a absorver a ideia. – Tenho minha mulher.

O celeiro rangeu de novo, e a voz dela estava mais perto dessa vez, mais forte.

– Você era casado na semana passada também, mas isso não o impediu de querer me ver. Não o impediu de se transformar no encantador de galinhas.

Ri antes de pensar em me controlar. Era esse o apelido que ela me dera depois daquela primeira noite de sexo virtual, quando tudo aconteceu sob o pretexto ridículo de seduzir uma galinha. Mas o riso cessou à medida que as palavras voltavam a me ocorrer, agora com imagens vívidas de coisas que tínhamos feito, pontos do seu corpo que eu tinha dito que ela acariciasse, imaginando meus lábios, em vez dos seus dedos. As tábuas gemeram abaixo dos nossos pés, e eu girei nos calcanhares antes que ela pudesse se aproximar mais. Ela já havia atravessado a maior parte do celeiro, e estava tão perto que eu pude ver o anseio e a hesitação nos seus olhos. Eles estavam arregalados, sua boca entreaberta, e ela parecia tão jovem! Uma criança com um corpo de mulher. Ela nem mesmo sabia como era criança. Era provável que acreditasse ser crescida e estar pronta para o mundo, com sua carreira no teatro, suas incontáveis respostas espirituosas e ditos sarcásticos e com aquele cérebro que absorvia tudo o que estivesse ao redor. Era provável que achasse que apenas alguns anos nos separavam, mas era toda uma vida: cavernas escuras e inexploradas de decepções e concessões. Ela era o adulto idealizado. Eu era o adulto que realmente existia.

– Sou seu professor, Hattie. Será que você não consegue entender como tudo isso estava errado?

O canto da sua boca subiu um pouco.

– E você algum dia me ensinou alguma coisa?

Ela deu mais um passo à frente, e eu levantei minhas mãos automaticamente, mantendo-a afastada pelos ombros, preservando aquele último meio metro de sanidade entre nós.

– Posso lhe ensinar alguma coisa acerca das leis sobre o estupro de menores.

Ela olhou para minhas mãos em contato com ela.

– Isso quer dizer que você pensou no assunto.

Putz, ela nem mesmo estava me escutando. Estava num planeta totalmente diferente, tendo uma conversa totalmente diferente.

– Não. Bem, sim, mas só em termos de calcular quantos anos de prisão eu seria condenado. Você é uma criança, Hattie.

Isso a atingiu. Ela recuou e cruzou os braços.

– Tenho dezessete anos.

– Isso mesmo.

Ficamos a certa distância um do outro, por um minuto, em silêncio. A agitação fazia seu peito arfar, e o movimento empurrava seus seios contra os braços. O fato de eu chegar a perceber só me deixou com mais raiva.

– Olhe, Hattie, só vim aqui para lhe dizer pessoalmente que cometi um erro horrível, mas agora terminou. Está encerrado. Você é boa aluna e...

– Boa? – Ela ergueu uma sobrancelha.

– Aluna excelente, está bem assim? Você era minha aluna preferida antes disso.

– E agora o que eu sou? Sua o quê?

Cerrei os dentes.

– Você ainda é minha aluna preferida, ou pelo menos será, se parar com essa história agora.

Sua expressão mudou, tornou-se vulnerável. Os braços cruzados sobre o peito davam a impressão de estar abraçando o corpo agora, dando apoio. Ela baixou a cabeça, e suas palavras foram pouco mais do que um sussurro.

– Acho que não consigo, Peter.

– Não me chame assim.

– É o seu nome.

– Não, para você não é. Veja se me escuta. Você é a criança. Eu sou o – dei uma risada agressiva – adulto responsável. E isso? – Agitei um dedo entre nós dois. – Isso não vai acontecer, nunca. Eu devia estar em casa agora, corrigindo trabalhos enquanto minha mulher e sua mãe assistem a programas péssimos na televisão, não correndo no meio da noite para me encontrar com crianças em celeiros abandonados.

– Você não para de me chamar de criança.

– Porque é isso o que você é.

Ela levantou a cabeça, e sua expressão se modificara de novo. Ela era um azougue: processava informações e emoções a uma velocidade incrível e seguia em frente. Agora, estava com um ar presunçoso, pensativo, como se tivesse descoberto alguma coisa. Meu corpo se retesou, cauteloso diante da transformação rápida como um raio.

– Acho que você está me chamando de criança tanto assim porque está tentando convencer a si mesmo disso.

– Não, só estou constatando um fato.

– Vou lhe dar alguns fatos, Peter. Primeiro fato: você é infeliz no casamento. Você já não ama sua mulher e percebeu que escolheu a pessoa errada.

– Você não sabe do que...

– Segundo fato: nós nos conhecemos online e você encontrou alguém que tem os mesmos interesses que você, que o entusiasma e faz você pensar e rir. E, agora que você sabe quem eu sou, ficou apavorado, porque eu poderia fazer com que você perdesse tudo.

Ela fixou os olhos em mim com uma força que me atingiu direto, e baixou a voz até pouco mais do que um murmúrio.

– Mas eu nunca faria isso, Peter. Porque eu sou a mulher certa para você.

Ela estava muito perto. Eu poderia estender a mão e tocar de novo nela, mas dessa vez para puxá-la para mim e lhe dar um beijo. Eu podia inclinar sua cabeça para o lado e passar minha boca pelo seu pescoço, dando-lhe mordidas, sentindo o gosto da sua pele que tinha um cheiro tão fresco e delicioso em comparação com a madeira apodrecida do celeiro. Ela deixaria. Ela me deixaria fazer mais que isso.

Recuei dois passos rápidos até meus calcanhares baterem na porta, que eu abri e por onde saí, respirando fundo. O vento tinha recomeçado, e o súbito cheiro lamacento dos campos e do lago clareou meu pensamento. Hattie saiu e ficou parada ao meu lado, olhando para o mesmo horizonte.

– Eu poderia pedir transferência de turma, se é esse o problema. Você não seria meu professor.

– Sou eu quem ensina inglês básico para os alunos da última série também. Você continuaria sendo minha aluna, só que cercada por idiotas.

Ela riu.

– Obrigada, mas não.

– Como posso fazer você entender?

Ela esperou, e eu percebi nela um silêncio satisfeito, como se preferisse estar ali ao meu lado, discutindo, a estar em qualquer outro lugar no mundo.

– Você é jovem demais. Inocente demais.

Ela riu mais uma vez, mas foi uma risada diferente, mordaz.

– Não sou virgem.

– Não foi isso o que eu quis dizer. – *Era isso sim* o que eu queria dizer, mas não podia ceder um milímetro. Minha determinação enfraquecia quanto mais nós ficávamos ali, onde até mesmo a sombra do carvalho parecia cúmplice. Em silêncio, enumerei todas as razões para eu não beijá-la, para eu nem sequer pensar em beijá-la.

– Sou boa em ser o que as pessoas querem que eu seja. Fique olhando, Peter. E você verá. Vou me tornar a última garota neste mundo que poderia estar tendo um caso com seu professor de inglês.

Engoli em seco; e, quando acabei falando, foi com a voz rouca.

– Isso, porque você não está tendo um caso com seu professor de inglês.

Ela saiu das sombras para o luar na borda da clareira, os quadris finos se projetando para lá e para cá, e parou na trilha que circundava o lago. Era o mesmo local em que os garotos saíam da formação para o esforço enlouquecido de chegar primeiro, ali onde sua ordem e seu ritmo regular se transformavam no caos dos corpos que mudavam de posição e se fundiam. Ela olhou de relance para trás, os olhos brilhando com uma segurança escancarada.

– Terceiro fato, Peter: completo dezoito anos no dia 4 de janeiro. Nos falamos, então.

E ela desapareceu pela noite adentro. Fiquei ali parado pelo que me pareceu uma hora, sabendo que tinha perdido uma batalha crucial. Tinha corrido para chegar em primeiro lugar sem nenhuma estratégia e tinha tropeçado, perdendo qualquer chance de vitória. Por dentro, eu me remoía de pavor e de nojo de mim mesmo. Isso tinha de parar. Se me restava o mínimo de decência, esse caso tinha de terminar.

Desse ponto em diante, no que me dissesse respeito, Hattie Hoffman tinha morrido para mim. Era preciso.

DEL / *Terça-feira, 15 de abril de 2008*

ADOLESCENTE ESFAQUEADA EM PINE VALLEY. AMIGOS ATRIBUEM CULPA À MALDIÇÃO

Faltando poucas semanas para sua formatura no ensino médio, uma garota de dezoito anos foi assassinada na periferia de Pine Valley. A Delegacia do Condado de Wabash confirmou a identidade da vítima: Henrietta Sue Hoffman, conhecida como Hattie por parentes e amigos. O corpo sofreu múltiplos ferimentos a faca e foi encontrado em um celeiro abandonado perto do lago Crosby na noite de sábado. A esta altura, a polícia não tem suspeitos em custódia, mas confirmou que está seguindo "todas as pistas possíveis". Uma delas pode ter uma origem fora do comum: uma maldição de quatrocentos anos. Segundo Portia Nguyen, grande amiga da vítima...

– Inferno!

Joguei o jornal de volta sobre a mesa, sem olhar o resto da matéria. Era notícia de primeira página no jornal de Mineápolis, e a *County Gazette* tinha publicado a foto de Hattie da última série abaixo da manchete, além de um painel de duas páginas com outras fotos dela, dos álbuns anuais do ensino médio. O assassinato de Hattie já era destaque no noticiário local – todos queriam saber detalhes quando uma jovem bonita era assassinada –, mas, agora que essa bobajada do *Macbeth* tinha chegado à imprensa, todos os paranoicos e repórteres do estado ficariam no nosso pé. Uma pressão desse tipo poderia deixar o assassino nervoso, e quem sabia o que um assassino aflito faria em seguida?

Eram cinco e meia da manhã, cedo demais para descer e esmurrar a porta da família Nguyen. Por isso, repassei minhas listas de suspeitos e de provas, chupei minhas laranjas e tentei me esquecer da imprensa.

As laranjas eram um presente de aniversário da minha irmã da Flórida. Todos os anos, ela me mandava um caixote enorme, o que estragava meu apetite por aquelas laranjas aguadas e anêmicas do mercado. Eu chupava uma do caixote todas as manhãs, descascando-a direto sobre a lata de lixo, e ficava olhando as gotículas que se espalhavam cada vez que a casca era rasgada. Aquele cheiro impregnava minhas mãos e nelas permanecia o dia inteiro, por mais que eu as lavasse. Era um cheiro bom, intenso e picante; e eu estava precisando disso nesta semana. Cada pedaço de laranja me parecia mais doce, mais forte, quanto mais eu me aprofundava na vida de Hattie, com a imagem do seu corpo ensanguentado, de pernas inchadas, à espera, cada vez que eu fechava os olhos.

Continuei comendo e repassando minhas listas. Tínhamos dois suspeitos possíveis, agora: Tommy e o cara que tinha assinado aquela carta como L.G., e Jake estava trabalhando para tentar identificá-lo pelo histórico de Hattie na internet. O cara estava ligado a ela por duas coisas, como deduzimos das mensagens que Hattie salvou. Ambos gostavam de arte – teatro, leitura, esse tipo de coisa – e nenhum dos dois gostava da vida rural. Eles nunca mencionaram seu próprio nome nem o de qualquer outra pessoa, não mencionaram lugares, nem eventos, de modo que era difícil definir a pessoa que ele era. Era instruído, sim. Gostava de usar palavras difíceis e a maior parte do tempo era pedante como ele só, mas Hattie parecia aceitar. Era provável que uma menina como ela aceitasse. Era provável que o considerasse sofisticado. Sabíamos que eles trocaram mensagens por cerca de um mês – falando sobre livros e depois sobre sexo –, até que descobriram quem a outra pessoa era, de algum modo, por meio de *Jane Eyre*.

Foi quando ele deu a impressão de terminar o relacionamento. De qualquer maneira, foi a partir daí que Hattie parou de salvar as mensagens. Eu não poderia provar a existência de um relacionamento entre eles depois de outubro do ano passado, mas tudo aquilo me cheirava mal. Até agora, ele era a única pessoa que tinha motivos claros para querer que Hattie desaparecesse, e isto bastava para ele ser incluído na lista de suspeitos.

O rol de provas era um pouco mais promissor. Eu dispunha do sêmen na roupa de baixo de Hattie, e o pessoal da polícia técnica tinha me enviado um e-mail com seu relatório na noite anterior, informando que havia mais sêmen em um dos preservativos usados que eles tinham encontrado no fundo da poça no celeiro. Eu disse a eles que o encaminhassem para análise junto com a roupa de baixo, bem como com a amostra de Tommy. Nenhuma impressão digital apareceu em nenhum dos outros itens recuperados, o que significava que tinham estado ali, no mínimo, havia alguns dias e não faziam parte da nossa cena do crime. Incluí a bolsa de Hattie no rol de provas, assim como o cartão de apresentação de Gerald Jones, que estava dentro dela. Seu álibi em Denver tinha sido comprovado, mas, como diretor de teatro, ele era bastante ligado às artes. Não seria um candidato improvável para ser L.G. Ele tinha pegado um voo de madrugada para Rochester, e eu planejava ir até lá bem cedo de manhã.

O que eu realmente queria era a droga da arma do crime. Quatro dias já tinham se passado desde o assassinato, cem horas que o assassino poderia ter usado para malocar, enterrar ou limpar a arma. Shel tinha terminado a dragagem do lago ontem, e nada tinha aparecido. Quanto mais nos afastávamos da sexta à noite, tornava-se menos provável que a encontrássemos.

Ouvi alguma movimentação na casa dos Nguyen por volta das seis e lhes dei meia hora antes de descer. A sra. Nguyen atendeu a porta e acenou para que eu entrasse, dizendo alguma coisa em voz alta para chamar o marido. O sr. Nguyen surgiu, todo sorrisos e hospitalidade, até eu pedir para falar com Portia. Nesse instante ele franziu a testa e fez uma pausa antes de concordar em silêncio e chamar a filha. Enquanto eu esperava, percebi o gato descansando no sofá, voltado para o outro lado como se nunca tivéssemos nos visto nesta vida. Eu também dei-lhe as costas.

Portia tinha a altura do pai e as bochechas redondas da mãe, mas não tinha a educação de nenhum dos dois. Invadiu a sala num roupão cor-de-rosa, descalça, com o cabelo voando às suas costas.

– Vocês descobriram? – perguntou ela.

Seu pai a repreendeu na própria língua, e ela recuou um pouco.

– Nós descobrimos muitas coisas, Portia. Em qual você está pensando?

– Quem a matou? Quem matou Hattie?

– Se eu soubesse isso, teria coisas melhores a fazer hoje de manhã. O que acontece... – Desenrolei o jornal e o deixei cair na mesinha de centro com um ruído alto. – Você anda tagarelando muito, não é?

Ela deu de ombros.

– Eles estavam do lado de fora da escola ontem na hora do almoço. Eu não ia mentir. A maldição é verdadeira.

– Você não se importou em ser alvo da atenção, não é mesmo? E é claro que não se importou de acabar fazendo Lady Macbeth no lugar de Hattie.

– O que está querendo dizer?

– Agora, todos esses malucos vão começar a chegar aqui na cidade à procura de entrevistas; e, se você se jogar na frente de um microfone, como fez nesse caso, pode ser que seu rosto apareça em jornais e programas de TV no país inteiro. Seria muito legal para você.

– Para com isso! – ela gritou, e então começou a chorar. O senhor e a sra. Nguyen estavam postados atrás dela, imóveis. – Eu era a melhor amiga dela. Não consigo acreditar que tenha morrido.

– Se você era a melhor amiga, deve saber coisas sobre ela. Coisas pessoais. Que ela não teria contado para mais ninguém. – Esperei que seu choro se acalmasse. – Preciso saber essas coisas, Portia.

– Que tipo de coisa?

– Com quem ela estava saindo antes de Tommy?

– Ninguém.

– Ela não se amarrava em ninguém?

– Não, ela costumava debochar de Maggie e das outras garotas da escola que saíam muito. Dizia que elas eram "abobalhadas" pelos garotos.

Ela riu um pouquinho, e eu não pude deixar de acompanhar. Parecia uma das frases de Hattie.

– Certo. Nenhum garoto da escola. E alguém que ela conhecesse em outro lugar, como na peça em Rochester no outono do ano passado?

Portia fez que não.

– Mais alguma coisa que você saiba sobre Hattie? Alguma coisa que ela tenha lhe confidenciado? Qualquer coisa que lhe parecesse um pouco estranha?

Ela deu de ombros e olhou para mim, enxugando as lágrimas na manga do roupão.

– Não sei. Quer dizer, eu achava que nós contávamos tudo uma pra outra, mas...

Mas estava claro que Hattie não confiava o suficiente na melhor amiga para lhe falar de L.G.

– Faz umas duas semanas – ela disse, ressentida, soluçando –, a caminhonete de Hattie enguiçou numa estradinha num fim de mundo ao sul de Zumbrota. Larguei tudo pra ir apanhá-la... e eu tinha acabado de voltar da viagem com o coral no dia anterior... mas ela nem mesmo quis me dizer onde tinha estado, nem por que estava com uma mala. Ela me fez levá-la até o Apache Mall em Rochester e disse que precisava tomar umas providências. Não quis me dizer sobre o quê. E não me deixou ir junto com ela. Fiquei uma fera. Passei uma hora na Gap esperando que ela me mandasse uma mensagem de texto. No final, quando ela voltou, a mala tinha sumido e ela parecia, não sei dizer, tipo exausta, mas feliz.

— O que ela fez com a mala?

— Não sei. Quando perguntei, tudo o que ela disse foi *Ela está esperando.*

— Como era a mala?

— Pequena, de um tamanho que dá pra levar a bordo. Preta com rodinhas.

— E você não sabe onde ela esteve antes naquele dia, nem onde ela foi enquanto você esperava no shopping center?

— Não, ela estava com o rosto todo vermelho e ofegante quando voltou, mas mudava totalmente de assunto sempre que eu perguntava. Ela comprou um vestido de verão pra si mesma e comprou uma camisa qualquer pra mim, como se de repente tivesse lhe ocorrido a ideia. Depois, disse tipo duas palavras pra mim no caminho de volta. Ela nem mesmo perguntou sobre minha viagem.

A raiva e a dor estavam completamente mescladas na sua voz, e ela não parava de enxugar os olhos.

— Depois desse dia, ela parecia estar bem, só que como se estivesse meio ausente. Apesar de a gente ainda conversar e andar juntas, ela estava esquisita.

— Como assim?

— Não sei. Por exemplo, na sexta, depois da peça, eu lhe disse que ela tinha sido fantástica, e ela só riu e disse que não queria mais saber de teatro. E eu disse: Ah, você vai se aposentar aos dezoito anos? Dá pra ser mais dramática? Mas então ela foi. Ela se foi, ela se foi.

Portia rompeu a soluçar para valer. Os pais estavam parados à porta, a mãe segurando um pano de prato, o pai com a cabeça baixa.

— Muito bem. — Apontei para o teto e esperei até ela registrar meu gesto. — Se lembrar de qualquer outra coisa, sabe a quem procurar, certo?

Ela fez que sim e saiu da sala, fundindo-se por trás da parede formada pelos pais. Cumprimentei os dois em silêncio e saí sem que me acompanhassem à porta. Talvez não tivesse nada a ver, mas eu queria saber o que Hattie fez com a tal mala e por que estava andando com ela, para começo de conversa. Liguei para Jake quando estava a caminho de Rochester e lhe passei as últimas. Ele estava ocupado, solicitando um mandado para verificar alguns websites que achava que Hattie visitava muito, mas disse que ia falar com a polícia de Rochester, para ver ocorrências de bagagem abandonada.

Fiquei remoendo a entrevista durante o resto da viagem. Hattie não tinha contado à sua melhor amiga nada sobre L.G. ou sobre onde tinha estado naquele dia em que sua caminhonete enguiçou. Ela não deixou Portia ver o que fez com aquela mala. Geralmente, quando alguém escondia uma mala, era porque estava se aprontando para fugir, mas do que ela estava precisando fugir?

A lista dos segredos de Hattie estava crescendo. O que Bud faria se eu tivesse de lhe contar qualquer uma dessas coisas? Se eu precisasse lhe arrancar a filha ainda mais uma vez?

Uma parte de mim não podia deixar de ter esperança de que o resultado do DNA confirmasse ser o de Tommy. Era uma história simples, que eu tinha ouvido dezenas de vezes ao longo dos anos, com algumas variantes, mas sempre com os mesmos elementos principais. Um casal briga, as coisas escapam ao controle, e o homem mata a mulher. Não era um crime que eu entendesse, mas tinha se tornado terrivelmente familiar. Todo o resto disso – uma maldição, um amante secreto, uma possível tentativa de fuga – vinha de algum lugar totalmente diferente. Tive uma visão instantânea do corpo dela mais uma vez, esfaqueado e ensanguentado na parte superior, as pernas inchadas, boiando na água, e eu ajoelhado ao lado, tentando reunir suas peças desconjuntadas.

Saí da autoestrada para entrar no centro de Rochester, à procura de mais uma peça.

※

– Claro que ela era uma amadora. Isso ficou mais do que óbvio desde o primeiro dia de ensaios.

Gerald Jones tinha a compleição de um varapau e estava todo vestido de preto. Não como Johnny Cash, mais como Fred Astaire, fingindo ser um ladrão que escala paredes. Estávamos no escritório principal do Rochester Civic Theater, e ele tinha passado os últimos dez minutos enxugando os olhos secos e me mostrando fotos de cena da peça de *Jane Eyre* na qual ele tinha dirigido Hattie no outono do ano passado. Pareciam fotos comuns.

– De início, ela nem mesmo conhecia as indicações cênicas. Precisei ficar um pouco em cima dela, mas na segunda semana ela já estava perfeitamente enfronhada e, fora o aspecto técnico do negócio, ela era o sonho de qualquer diretor.

– Por que isso?

– Ela era a atriz perfeita. O barro não moldado. Bastava que eu dissesse "mais vulnerável" ou "urgência", e ela fazia a correção. Aquilo passava por tudo o que ela fazia: seus gestos, expressão, postura, tom, volume. Eu a escolhi porque ela sabia interpretar e porque sua aparência era exatamente o que eu buscava. Certo?

Ele exibiu uma foto de Hattie prendendo um xale junto ao corpo e olhando firme para um homem de sobretudo e chapéu.

– Ela era magra, de modo que conseguia parecer descarnada, mas havia uma chama nela, sempre alguma coisa implícita, que lhe conferia uma bela presença de palco. A plateia se apaixonava por ela todas as noites, tanto quanto o sr. Rochester.

– O sr. Rochester, ele, esse cara?

– Ele mesmo.

– Alguma coisa acontecendo entre os dois nos bastidores?

Sua surpresa com a pergunta foi autêntica.

– Não. Por Deus, não. Mack tem um casamento feliz e dois filhos.

– Mas você acabou de dizer que ele ficou apaixonado por ela.

– O *personagem* dele ficava apaixonado pela *personagem* dela. – Agora, ele parecia que estava falando com uma criancinha.

Consegui soltar o último fragmento de polpa de laranja preso entre meus dentes e revirei as fotos espalhadas sobre a escrivaninha.

– E o que dizer do seu personagem? Você sentiu alguma coisa por Holly?

– Jane. – Ele pronunciou cada letra da palavra, devagar, como se tivesse me rebaixado de criança para cachorro idiota. – O nome da personagem era Jane. E não, eu não sentia nada por ela. Aonde está querendo chegar?

– Podia ser que você estivesse querendo mais proximidade com sua nova estrela. Pretendendo dar uns amassos naquele barro não moldado.

Ele deu uma risada rápida, agressiva.

– Acho que meu companheiro, Michael, não ia gostar da insinuação.

Seu jeito de dizer "companheiro" esclareceu tudo bem depressa.

– Humm. – Desviei o olhar e pigarreei. – Certo.

Estava claro que Jones não era L.G. Mesmo que ele não torcesse pelo outro time, sua reação foi nula ao meu uso do apelido de Hattie. Dei um suspiro.

– Por que supôs que eu tive um relacionamento com Hattie?

– Encontramos a bolsa dela no fundo do lago. O assassino a jogou na água depois de esfaquear Hattie. Você quer me dizer por que seu cartão de apresentação era uma das poucas coisas que ela levava na bolsa?

– Ah. – Sua superioridade pretensiosa murchou, e ele finalmente deu a impressão de registrar que Hattie tinha morrido. Ficou ali sentado diante das fotos, com o olhar vazio fixo nelas.

– Eu não falava com ela havia meses. Dei-lhe meu cartão depois que a peça terminou, para ver se a ajudava. Ela estava determinada a ir para Nova York, sabe? E eu ainda tenho alguns contatos lá. Eu lhe disse para me ligar quando estivesse se mudando.

– Ela disse quando isso ia acontecer?

– Depois que se formasse, imaginei.

– Quando foi a última vez que vocês se falaram?

– No Natal. Mandei para ela uma das minhas câmeras gravadoras de vídeo, e ela me ligou para agradecer.

– Gravadora de vídeo? – Não havia nada desse tipo no quarto de Hattie. – Para quê?

– Ela ajuda alguns atores a ensaiar. Gravar e analisar suas tomadas. Hattie tinha talento, e eu queria ajudá-la a refiná-lo. – Ele então deu um sorriso constrangido. – Além disso, eu tinha acabado de comprar para mim uma câmera nova, e Michael me proibiu de levar para dentro de casa qualquer equipamento novo, sem antes me livrar de parte dos antigos.

– Certo. Será que lhe ocorre mais alguém com quem ela tenha feito amizade durante a peça? Alguém que ela talvez tenha conhecido nesse período?

– Não que eu tivesse visto. Ela sempre estava muito ocupada, em meio às aulas e ao horário do trabalho. Entrava nos ensaios e saía sem conversar muito com ninguém, e até mesmo fazia o trabalho de casa durante as poucas cenas em que não aparecia.

– Você tem registros de quem comprou entradas para a peça?

Acabou se revelando que ele tinha. E, depois de eu insistir um pouco, ele me deixou dar uma olhada nos comprovantes de venda ali mesmo, sem precisar obter um mandado. Era trabalho braçal, algo que eu devia ter mandado Shel fazer, mas eu sentia necessidade de estar na linha de frente nesse caso. Ficar na minha sala assinando a folha de pagamentos ou participar de uma entrevista coletiva enquanto outra pessoa procurava o assassino de Hattie teria me levado à loucura. Fiquei sentado do outro lado da mesa de trabalho de Jones, separando todos os canhotos emitidos para espectadores do sexo masculino, para escanear e mandar para Jake. Eram muitos. Quem imaginava que tanta gente fosse ao teatro?

Jones pegou café para nós dois e ficou me vendo trabalhar. Depois de um tempo, ele fez um comentário em voz baixa.

– Não foi essa a peça que matou Hattie.

– Me poupa. – Continuei a repassar os canhotos.

– Então não acredita na maldição.

– Não. Não acredito que uma história de fantasmas tenha como assassinar alguém.

– Isso quer dizer que nunca ouviu falar dos tumultos de Astor Place.

Ele foi até um arquivo e remexeu nele, tirando duas folhas de papel.

– William Macready era um dos melhores atores britânicos das primeiras décadas do século XIX. Aqui está ele. – Olhei de relance para um desenho de um carinha de peruca, com o queixo levantado, sorrindo para alguma coisa fora da moldura. Parecia um sonegador de impostos.

– Ótimo. – Voltei ao trabalho.

– Ao mesmo tempo nos Estados Unidos, Edwin Forrest estava criando fama nos teatros de Nova York.

Ele me mostrou o outro retrato. Esse era um cara atarracado, vigoroso, cabelo preto espetado. Um valentão.

– Os dois eram amigos no início da carreira, até Forrest apresentar *Macbeth* em Londres. A plateia o vaiou, e Forrest se convenceu de que Macready tinha orquestrado a reação por inveja. Algumas semanas depois, enquanto Macready estava interpretando Hamlet, Forrest se levantou no meio do público e o interrompeu aos gritos. De imediato ele foi excluído da sociedade londrina e teve de voltar para Nova York.

– Isso vai dar em algum lugar, Jones? – Verifiquei meu celular e vi duas chamadas perdidas, as duas de Jake.

– Em maio de 1849, Forrest e Macready apresentaram versões rivais de *Macbeth* em Nova York, na mesma noite. Um exército de fãs de Forrest atacou a Astor Opera House, decidido a impedir a apresentação de Macready. Os desordeiros jogaram pedras no teatro e tentaram incendiar o prédio, o que levou a milícia a começar a atirar na multidão.

— Tudo isso por causa de dois atores de teatro?

— Esses homens eram os astros de cinema do seu tempo. Mais de vinte pessoas morreram naquela noite, e outras cem ficaram feridas. Foi a pior tragédia da história do teatro. E aconteceu por causa de *Macbeth*.

— Aconteceu por causa de um bando de desordeiros imbecis e de alguns policiais que não souberam cumprir sua missão.

— Mas o que detonou tudo? *Macbeth*. A terrível apresentação de Forrest em Londres, que deu início a toda a rivalidade. Que peça os dois estavam apresentando naquela noite? *Macbeth*. É a história de um homem que comete um assassinato para se tornar rei. Não é um louco. Não é um manipulado. Só um homem comum, levado a um mal extraordinário. É isso o que *Macbeth* é; e há quatrocentos anos essa peça atrai a violência como uma chama atrai uma mariposa.

Ele guardou as fotos e ficou olhando para aquela foto de Hattie que estava em cima da mesa. Sua voz baixou, como se a história o tivesse deixado exausto.

— O senhor encontrará o assassino, xerife. Terá a arma do crime e o motivo, tudo de que precisa para sustentar sua argumentação. O que não vai procurar é a maldição; o que nunca será capaz de provar por meio da polícia técnica. É o catalisador. Aquilo que faz com que as coisas aconteçam.

Eu agora estava paralisado, as mãos perdidas nos papéis. Alguma coisa nas palavras dele reavivou lembranças. Elas podiam ficar sumidas por anos, cobertas por cicatrizes e adormecidas, e então, de repente, sem eu saber de onde, o cheiro da pólvora fazia arder meus olhos, a selva úmida invadia meu nariz e eu precisava enterrar tudo aquilo ainda mais uma vez. Você podia sair de uma guerra, mas ela nunca saía de você.

— Homens comuns cometem crueldades extraordinárias o tempo todo. Pode acreditar em mim.

Ele deu um pequeno sorriso e concordou, em reconhecimento:

— Faz parte da sua experiência.

Voltei ao trabalho, fazendo que não.

— Você sabe o que essa peça acaba sendo? Uma alegação de insanidade caída do céu para a defesa.

Jones riu exatamente quando Jake ligava de novo, e desta vez eu atendi.

— O que você conseguiu?

— Por que você não atendeu minhas ligações?

— Puta merda, Jake. Quando você se casar, é melhor procurar uma mulher que goste de ser o homem da casa.

— Nós poderíamos ter encontrado a arma do crime. Ou poderia ter havido uma explosão na fábrica.

— O atendimento de emergência teria me ligado para alguma coisa desse tipo.

— Você não sabe o que foi. É só o que estou dizendo. Poderia ser importante.

— E é?

— Claro que é. Descobri quem é L.G.

Finalmente uma boa notícia hoje. E eu estava com a disposição perfeita para fazer esse tarado passar uns maus bocados.

— Chegou o mandado?

— Chegou, e eu tive acesso à informação da conta dela, onde encontrei centenas de mensagens para um cara chamado LitGeek.

— L.G. — murmurei.

— Isso mesmo. Então tive acesso às informações da conta dele, e havia um endereço de e-mail. Rastreei...

Não ouvi muito desse papo tecnológico, porque nesse instante virei um comprovante e vi um nome que fez tudo se encaixar no lugar. Larguei os outros papéis e fiquei olhando para as letras pretas, repassando os últimos dias.

– ... então, quando consegui o registro do Gmail, ele dizia que o nome do cara é...

– Peter Lund – disse eu, interrompendo sua fala.

– Como você sabe? – Ele estava puto dentro das calças.

Gerald Jones não era tão bom ator a ponto de conseguir fingir que não estava escutando, e a última coisa que eu queria era mais uma notícia suculenta vazada para a imprensa. Se Hattie tivesse tido um caso com seu professor do ensino médio, eles cairiam sobre Pine Valley como moscas no mel.

– Não importa. Estou indo para aí agora. Falo com ele na delegacia daqui a trinta minutos.

– Eu vou com você.

– Você vai ficar exatamente onde está e imprimir todos os e-mails que pegou no computador de Hattie. E tire essa droga de fax da sala de interrogatório. E certifique-se de que o café seja fresco.

– Você vai tentar a abordagem amistosa?

– Não, estou com sede. – Desliguei e joguei no lixo a meia xícara de café que Jones tinha me servido. Ele abriu um sorriso.

– De algum modo, é animador saber que o chavão do xerife mal-humorado está vivo e em perfeito estado.

– Foi um prazer, Jones. – Levantei-me e apertei sua mão.

Peguei a autoestrada de volta a Pine Valley a 160 km por hora, com as luzes girando. A velocidade estava ótima. Ela acelerava meu sangue, ajudava a fazer sumir aquela manhã. Entrei na escola secundária de Pine Valley menos de quinze minutos depois, e o diretor veio ao meu encontro antes mesmo que eu tivesse passado pela porta da frente.

– Xerife. É sobre Hattie?

– Eu não ia tirar um dos seus professores da sala de aula se não fosse.

– Quer falar com qual deles?

– Lund.

Ele fez uma espécie de careta encovada antes de gritar para a secretária chamar um substituto.

– Por aqui.

Fomos andando para as salas de aula, e ele foi à frente até o fim de um corredor.

– Alguma coisa que eu deva saber a respeito de Peter? – ele perguntou, no instante em que chegávamos à sala certa.

Bati na janela. Lund levantou os olhos do seu computador e ficou meio paralisado. Apontei para ele e então para meus pés. *Trate de vir aqui agora.*

– Muita coisa que é provável que você devesse saber a respeito dele. – Nós dois ficamos olhando enquanto ele se atrapalhava um pouco e dizia alguma coisa para os alunos. – Só estou interessado em uma.

Peter saiu e olhou de relance para nós dois.

– Xerife. Tem mais informações sobre Hattie?

– Na verdade, preciso que venha à delegacia.

– Não dá para esperar até o final do dia? Tenho aulas a dar. – Ele fez um gesto para trás, olhando para o diretor, que o estava examinando como se estivesse tentando visualizar a faca na mão de Lund.

– Nós nos encarregamos dos alunos – disse o diretor. – Vá pegar suas coisas.

Lund obedeceu, e nós nos encaminhamos para a radiopatrulha. Deixei que se sentasse ao meu lado.

– Qual é sua opinião sobre essa tolice de maldição? – perguntei quando íamos saindo do estacionamento. Pude sentir que seu corpo inteiro relaxou quando ele ouviu a pergunta.

– Palhaçada.

Dei uma risada, e ele se tranquilizou um pouco mais.

– A parte da lenda, de qualquer modo, não passa de superstição paranoica. A verdadeira maldição é lidar com atores, ou, no meu caso, com adolescentes que acreditam na palhaçada e transformam a vida do diretor num perfeito inferno. Viu como Portia Nguyen apavorou todo mundo no domingo?

Fiz que sim.

– Ela vem fazendo isso ao longo da peça inteira, espalhando essa droga de maldição para qualquer um que lhe dê ouvidos.

– E Hattie lhe dava ouvidos? Ela e Portia eram muito amigas.

– Não. – Ele baixou a voz. – Não, Hattie era dos poucos alunos que não engoliam essa. Ela... ela era diferente da maioria dos adolescentes. Entendia o espaço que separa a realidade da ilusão.

Ele ia dizer mais alguma coisa, mas me pareceu que achou melhor não falar.

Quando estacionamos na delegacia, fiz Jake levá-lo para os fundos, enquanto eu pegava uma xícara de café e esperava que esfriasse. Pela janela da frente, vi dois furgões da imprensa passando, e pude ouvir Brian perturbando Nancy lá fora na calçada, insistindo para ela organizar mais uma entrevista coletiva. Tomei um gole e me encaminhei para a sala de interrogatórios.

Jake, que estava bancando o guarda-costas junto da porta, me entregou uma pasta quando entrei. Agora, Lund parecia muito menos à vontade do que alguns minutos antes. Sentei-me e abri a pasta, lendo os e-mails e bebericando meu café. Daí a um instante, Lund se inclinou para a frente e viu o bastante para cobrir a cabeça com as mãos.

– Quer dizer que você é LitGeek, certo? – Dei uma batidinha no nome numa das folhas.

– Meu Deus. Eu... eu não sabia quem ela era. Era tudo no anonimato.

– Anonimato, como entre desconhecidos?

– Sim. – Ele ergueu a cabeça, enquanto eu continuava a beber o café e a virar páginas. – Isso mesmo.

Peguei uma folha e me afastei da mesa até conseguir ler com clareza.

– "Estou subindo minha mão por dentro da sua coxa até entrar na virilha. Meus dedos são um sussurro na sua pele, uma sugestão que você não pode deixar pra lá."

Jake reprimiu um risinho. Li aquela porcaria como tinha lido meu pedido do café da manhã na lanchonete da Sally. Olhei de relance para Lund. Ele estava vermelho como uma beterraba.

– Você faz... sugestões desse tipo... para perfeitas desconhecidas?

– Não, eu a conhecia. Quer dizer, eu não saberia identificá-la, mas achava que sabia quem ela era. Estávamos batendo papo havia semanas. Tínhamos nos tornado íntimos.

– Hum-hum. Parece que sim.

– O que ela imprimiu? Meu Deus, será que só imprimiu o papo sexual? Assim que descobri quem ela era, encerrei tudo. E foi de imediato. Ela não pôs isso aí também?

Ele agora estava preocupado de verdade, e tentou ver o que eu estava lendo. Lancei um olhar para Jake, que estava fazendo o maior esforço para voltar a dar a impressão de durão e desinteressado, depois do risinho.

– Na realidade, ela pôs.

Ele suspirou forte, murchando como um balão.

– Então dá para ver. Estava terminado. Não foi nada.

– Desconfio que sua mulher não ia achar que isso aqui não foi nada. Desconfio que Hattie também não achava. Ela parecia bastante a fim de você aqui. – Eu não conseguia entender. – Por algum motivo.

– Hattie realmente tentou falar comigo depois que nos demos conta... da situação. Cheguei a me encontrar com ela uma vez, para terminar, um de frente para o outro, porque ela queria... continuar o relacionamento.

– E você não se sentiu nem um pouco tentado? Menina bonita como aquela. Inteligente, como você. Gostava de todos aqueles livros e de cidades grandes.

– Não. Não. – Ele fazia que não, olhando de mim para Jake. – Ela era uma aluna, uma... criança. Eu poderia ter ido parar na cadeia, pelo amor de Deus! Isso para não falar em eu perder meu emprego e meu casamento.

– Você ainda pode, Lund. Nós podemos providenciar tudo isso para você.

– Mas não aconteceu nada. Eu disse a ela que desistisse, que eu nunca corresponderia aos seus sentimentos, e ela seguiu em frente. Começou a sair com Tommy Kinakis. Foi aí que eu por fim percebi que todo aquele pesadelo tinha ficado para trás, quando comecei a vê-los nos corredores. Parece que eles ficaram juntos pelo resto do ano, mas eu não fazia ideia do motivo. Ele é um grandalhão idiota. Já chegou a conversar com Tommy? Ele agia como se ela fosse sua propriedade, sempre com um braço por cima do ombro dela e conduzindo-a no meio dos outros alunos nos corredores como se ela não conseguisse andar sozinha.

– Você devia estar vigiando a garota bem de perto para saber tudo isso.

– Eu não me importava nem um pouco com os outros alunos. Mas é verdade, eu vigiava Hattie. – Ele se encurvou um pouco ao dizer isso, talvez envergonhado, talvez pelo alívio de desabafar. – Como seria possível eu não fazer isso? Eu morria de medo de que ela resolvesse me denunciar.

– Bem, então tudo isso foi muito providencial para você. Agora ela não pode atingi-lo, não é mesmo?

– Não! Como pode dizer uma coisa dessas? – Ele voltou a se empertigar, todo indignado. – Eu pisei na bola, OK? Eu sei disso. Sou um babaca e um péssimo marido.

– Isso não se discute.

– Mas o que houve não tem nada a ver com o fato de que Hattie era a aluna mais brilhante e promissora da escola inteira. Ela... entendia as pessoas, conseguia sacar alguém com um olhar. Às vezes era perturbador aquele jeito dela de enxergar direto o que estava no fundo da pessoa. Sua intenção era ir para Nova York no outono, e eu sabia que ela se encaixaria perfeitamente naquela mentalidade dinâmica da Costa Leste. Eu sabia que ela faria alguma coisa espantosa com a sua vida. E estava aliviado, também, certo? Com o fato de ela ir embora e eu poder prosseguir com a *minha* vida.

– Vai ver que o outono ainda estava longe demais para você. Ou vai ver que Hattie resolveu que precisava de algum dinheiro para viajar para Nova York ou de uma melhorada nas notas. – Doía ter de falar sobre Hattie desse jeito, atribuindo a ela atitudes desagradáveis, mas eu não podia poupá-la disso. Precisava desvendar todos os seus segredos e simplesmente torcer para conseguir esconder de Bud e Mona parte daquilo.

– As únicas vezes que falei com Hattie nos últimos meses foi em sala de aula ou na peça. Ela não estava me chantageando. Ela não faria uma coisa dessas. Vocês precisam conversar com Tommy. Hattie ia ser alguém na vida, e Tommy não. Se ela tentasse desmanchar com ele... nesses últimos dias... é a única coisa que me ocorre.

Fiz que sim e organizei as folhas dos e-mails, guardando-as na pasta e a fechando. Ele estava se esforçando muito para tentar pôr a faca nas mãos de Tommy.

– Onde você esteve na sexta à noite, depois da peça, Lund?

– Tive de esperar que todos fossem embora para trancar a escola. Carl me ajudou. Depois fomos à casa dele beber alguma coisa.

– Carl Jacobs?

Ele fez que sim.

– OK, vamos. – Eu me levantei e entreguei a pasta a Jake.

– À casa de Carl? Ele ainda está na escola.

Saí pela porta com ele, praticamente dando-lhe um sopapo no colarinho empapado de suor.

– Nós vamos à clínica Mayo. Vou lhe dar uma oportunidade de limpar seu nome, Lund. Ou pelo menos limpá-lo um pouco.

Fiz com que se sentasse no banco dianteiro de novo, para a eventualidade de algum daqueles furgões da imprensa por acaso estar vigiando, e voltei com Jake até a porta da delegacia, falando baixo.

– Acha que foi ele que fez sexo com ela? – perguntou Jake.

– O exame vai nos dizer que sim ou que não. Ele queria, disso tenho certeza. Só resta saber se ele estava com mais tesão ou mais pavor, acho.

– Aposto no pavor. Esse cara parece medroso como uma galinha. Quer que traga Carl Jacobs para cá?

– Faça só uma entrevista por telefone. Quanto menos pessoas nós trouxermos à delegacia, melhor. Verifique se o álibi bate. Quero saber quando eles saíram da escola, o que beberam, sobre o que conversaram e a que horas Lund saiu da casa de Carl. Vou fazer as mesmas perguntas a Lund no caminho até Rochester. Ligue assim que tiver as respostas.

– E dessa vez você vai atender? – Ele estava empolgado demais para pôr muito sarcasmo na pergunta.

– Até pode ser que sim. E Jake?

– Sim?

– Nem uma única palavra sobre isso com ninguém fora desta nossa conversa, está entendendo? Não com o atendimento de emergência, nem com Nancy, nem com nenhum dos rapazes, nem mesmo com sua mãe. A imprensa ia deitar e rolar. – Passei a mão no rosto. – E eu teria de prender Bud por assassinar essa triste figura aqui.

– O que eu digo se alguém fizer perguntas sobre Lund?

– Diga que não metam o nariz numa investigação em andamento.

Jake pareceu gostar da ideia, e eu o deixei com ela e fui andando para o carro. Lund estava afundado no banco, a cabeça virada para longe da janela, como se a droga da cidadezinha inteira não soubesse onde ele estava. LitGeek gostava de se esconder. Agora a questão era saber o quanto ele estava escondendo.

HATTIE / *Quarta-feira, 7 de novembro de 2007*

– ORA, HATTIE. VOCÊ SABE QUE VAI.

Portia deu uma mordida no hambúrguer, fez uma careta e o pôs de lado.

– Eu não disse que não queria picles?

Maggie se debruçou sobre a mesa da Dairy Queen e tirou os picles do sanduíche de Portia, pondo-os na própria boca.

– Não sei. Ela agora é uma fodona de uma estrela de teatro de comunidade. Vai ver que é boa demais para nossa pecinha da primavera.

– Calem a boca, vocês duas. Eu disse que não tinha decidido. – Esguichei um pouco de ketchup na minha cesta.

– Ainda está com gosto de picles – queixou-se Portia.

– Então me dá aqui. – Maggie pegou o hambúrguer.

– Ainda estamos em novembro – ressaltei e ofereci a Portia parte das minhas cebolas empanadas. – Vou decidir quando eles disserem qual vai ser a peça. Nem vou tentar um papel se for um musical. Não sei cantar.

– Ouvi dizer que o sr. Lund é que vai dirigir este ano. Nem morto ele ia escolher um musical.

Senti um frio no estômago ao ouvir o nome dele, e as cebolas empanadas se transformaram em concreto na minha boca. Ainda bem que um grupo de jogadores de futebol invadiu a lanchonete e começou a fazer uma algazarra em torno dos caixas.

– Maggie, você já convidou o Derek para a Maria Cebola? – perguntei, mudando de assunto.

Ela lançou um olhar de falsa timidez por cima do ombro para o lado da exibição de testosterona.

– Já. Vai ser um encontro duplo, com Molly e Trenton.

Derek tinha agarrado alguém numa chave de cabeça, perto do expositor de Dilly Bars, mas parou para abrir um sorriso para Maggie, acompanhado de uma simulação de lambida. Encantador.

– E você, Porsche? Convidou Matt ou Tommy?

– Matt vai com Stephanie.

– Ora, Tommy está logo ali. Vai lá convidar de uma vez. – Fiz um gesto na direção dele com uma rodela de cebola empanada, mas Tommy teve um sobressalto como se tivesse estado me olhando e veio até nossa mesa, com as mãos nos bolsos da jaqueta esportiva.

– Oi, Hattie.

– Oi, Portia tinha alguma coisa que ela queria... – Levei um chute violento por baixo da mesa.

– ... ir fazer. – Ela terminou minha frase, sorrindo para Tommy. – Pode ficar com o meu lugar.

– Com o meu também. Vou pegar um Blizzard. – Elas trocaram um olhar e de repente as duas tinham ido embora. Fiquei com a sensação desagradável de que tinha perdido alguma conversa entre elas.

– Há... você se importa? – Tommy agitou a jaqueta na direção dos lugares vazios, e eu dei de ombros. Ele se sentou, pigarreou e começou a brincar com o porta-guardanapos. Gerald sempre dizia que as mãos eram um atalho para o caráter. Deixe pra lá as palavras, dizia ele. Preste atenção ao que as mãos estão fazendo. Tommy tinha mãos grossas e unhas sujas; e ele batia no porta-guardanapos, fazendo-o se movimentar para lá e para cá, como um jogador de hóquei hiperativo. Ele estava muito nervoso.

– E então, qual é? – acabei perguntando.

– Nada. Acabei de voltar de uma caçada com meu pai. Acertei um veado com galhada de doze pontas a sessenta metros de distância.

– Assassino – disse eu, fazendo que sim, sem nenhuma expressão.

Parecia que a lanchonete em peso estava nos vigiando, com os colegas de futebol de Tommy, na primeira fileira, se acotovelando e enchendo a boca com batatas fritas.

– E aí? – ele perguntou.

– Só estou fazendo um lanche antes do trabalho.

– Ah. Legal. – Ele coçou o cabelo, que não era exatamente crespo. Parecia mais que ele tinha acabado de se levantar da cama.

Tomei um gole e meu canudo fez aquele barulhinho de quando se chega ao fundo do copo. Tommy lançou um olhar esperançoso.

– Quer... que eu pegue outro pra você?

– Claro. – Entreguei-lhe o copo. – Metade laranja, metade Sprite, três cubos de gelo.

Fiquei olhando enquanto ele ia ao balcão de refrigerantes e seguia à risca meu pedido ridículo. Ele até descartou um pouquinho da laranja para se certificar de que ela só chegasse à metade. Quando Derek se aproximou e lhe deu um soco no braço, Tommy lhe deu um empurrão cruel para cima do balcão de temperos e voltou para a mesa sem deixar derramar uma gota. Incrível. Era como um experimento social. Tomei um golinho e tentei continuar com o experimento.

– E o que você acha de Portia?

– Portia Nguyen? – ele perguntou, e eu tentei não revirar os olhos. Não havia nenhuma outra Portia na cidadezinha inteira.

– É.

– Não sei. Ela é legal, acho.

– O que você diria se ela te convidasse para o baile da Maria Cebola?

– Ah. – Ele ficou muito vermelho e voltou a brincar com os guardanapos. – Eu, hum, eu acho que... *ela* não vai me convidar.

Ele então engoliu em seco e olhou nos meus olhos. Engraçado que eu nunca tinha percebido que os dele eram de um azul perfeito, como o do tipo de céu que faz a gente esquecer que há alguma coisa por trás.

– Achei que de repente *você* podia me convidar – disse ele, sem conseguir se conter.

Ofereci-lhe uma rodela de cebola enquanto refletia. De repente, havia muita coisa a ser levada em conta.

– Por que você quer que eu, e não a Portia, te convide?

– Não sei. É só que ela é meio escandalosa. Está sempre falando dos outros. Sei que ela é sua amiga e tudo o mais, mas... – Ele deixou a frase por terminar, parecendo totalmente constrangido, e enfiou a cebola empanada na boca.

– Ela é bem escandalosa – concordei, com um sorriso. Ele respondeu com um meio sorriso, que deu à sua cara de bebê um ar bonitinho e meio sonso. Quer dizer que ele queria uma menina sossegada.

– E então, vai me convidar?

– Não sei. – Debrucei-me um pouco sobre a mesa e deixei meu cabelo cair sobre o rosto. – Acho que preciso te ver dançar antes.

– O quê? Aqui, neste lugar? – Ele ficou confuso.

Certo: uma garota sossegada, simples. Eu lhe ofereci mais uma rodela de cebola e vi sua expressão se iluminar. Ele gostava de ser alimentado. A lista de características ia crescendo. E, num piscar de olhos, a namorada de Tommy Kinakis começou a ganhar forma.

※

No nosso primeiro encontro oficial, fomos ver *Onde os fracos não têm vez*. Ele veio me apanhar numa caminhonete gigantesca que obviamente idolatrava. Fez questão de me mostrar as capas novas dos bancos, o equipamento de som e até o escaninho secreto que tinha construído na porta do motorista, onde guardava um cantil de uísque, que me ofereceu no estacionamento do cinema. Não aceitei. Durante o filme, dividimos um balde de pipocas monstruoso, que terminou antes que eu tivesse comido mais do que alguns punhados. Eu estava absorta demais no desempenho dos atores.

– Adoro os irmãos Coen – disse eu, com um suspiro, no caminho de casa.

– Um deles era o assassino de aluguel? – Tommy perguntou. – Ele era incrível.

Só voltamos a falar quando ele virou na entrada de carros da minha casa e então remexeu um pouco no rádio e murmurou alguma coisa, para eu ficar esperando.

– Esperando o quê? – perguntei, mas ele já tinha saído da caminhonete e estava dando a volta até o meu lado.

Quando ele abriu minha porta, estava com a mão estendida, meio sem jeito. Segurei-a para descer e a teria soltado se ele não tivesse fechado os dedos em volta dos meus e posto a outra mão com delicadeza no meu ombro.

– Você... disse que queria me ver dançar.

E então caiu a ficha – o aumento do volume da música country e a expressão envergonhada no rosto.

– Ah – enrubesci e baixei os olhos, apanhada de surpresa pelo gesto.

Ele puxou minha mão para junto do seu peito e me fez dar algumas voltas, até que a música terminou e eu recuei um pouco.

– E então, eu sirvo?

– Acho que sim – eu disse, com um sorriso.

No fim de semana seguinte fomos ao baile da Maria Cebola e, depois, a uma festa de pós-temporada de futebol, na qual Tommy me deu um beijo ao lado da geladeira de cerveja do pai de Derek. Isso provocou gritos de aprovação de todos os lados; e, daí em diante, todos começaram a nos considerar um casal. Até parecia a coisa certa. Tommy e Hattie, namorados no ensino médio.

No Dia de Ação de Graças, nós já tínhamos estabelecido uma rotina. Saíamos nos sábados à noite, e, como não tínhamos nenhuma aula juntos – todas as minhas matérias eram no nível avançado, e ele quase sempre estava em recuperação –, nós só nos víamos durante o almoço na escola. Eu me sentava com ele à mesa da equipe de futebol e o deixava comer a maior parte do meu almoço enquanto eu jogava no meu celular. Mas nos dias em que serviam biscoitos com lascas de chocolate, ele sempre me dava os dele.

Estava evidente que Tommy gostava de mim – bastava eu sorrir para ele se animar –, apesar de não ser de mim que ele realmente gostava, mas do fato de ter uma namorada. Ele me dava uns abraços de esmagar os ossos sempre que os outros atletas cercavam as namoradas, e nós costumávamos passar as noites de sábado em encontros duplos ou triplos com alguns deles. Acho que ele tinha a sensação de realmente pertencer ao grupo, agora que tinha sua própria acompanhante. E, embora fosse burro de doer, ainda assim era um amor de pessoa. Fiquei feliz por poder lhe proporcionar aquele tipo de aceitação por parte dos amigos.

Mamãe e papai estavam felizes também. Para mim, eles achavam que o fato de eu ter um namorado me enraizava aqui, como se talvez eu fosse mudar de ideia quanto a Nova York. Eles convidavam Tommy para o ajantarado de domingo, e depois ele e papai assistiam ao jogo de futebol, exatamente como papai e Greg costumavam fazer.

Para mim, aquilo tudo era um aprendizado. Eu nunca tinha namorado ninguém e não fazia a menor ideia de como agir como namorada. Acabou se revelando fácil – era quase tudo físico, sem exigir raciocínio. Tratava-se mais de inclinar-se para escutar, em vez de escutar de verdade; ou de pôr a mão no braço do namorado, em vez de lhe dizer para parar. Eu observava as outras garotas nos nossos encontros duplos e via como elas provocavam e davam risinhos. Pareciam tão felizes, e eu me perguntava se eu também teria a sensação de realmente pertencer ao grupo se aparentasse tanta felicidade.

Um dia, depois do almoço, eu o acompanhei até a aula de inglês. Fomos abrindo caminho pelo corredor, com Tommy com o braço por cima dos meus ombros, e minha mochila batendo de leve na coxa dele, aparentemente sem nenhuma pressa, mas por dentro meu corpo começou a vibrar. Os jogadores de futebol deram seus habituais gritos de aprovação uns para os outros quando a campainha de aviso soou, e então chegamos à porta de Peter. Levantei o rosto e dei aquele sorriso convidativo para Tommy, aproximando-me da sua cara enorme e redonda. Ele mordeu a isca e me deu um beijo na boca, me apertando ali debaixo do seu ombro.

– Aproveite a aula de inglês – eu disse para provocá-lo, depois que ele me soltou, e passei uma unha pelo seu bíceps.

– Ah, tá bom. – Ele revirou os olhos e entrou na sala.

À mesa do professor, Peter olhava espantado para mim, completamente paralisado. Seus olhos chispavam entre mim e Tommy, e eu pude ver que ele estava em estado de choque total. Ele cumpria turnos no refeitório com o sr. Jacobs e poderia ter me visto com Tommy havia semanas, mas nem sequer olhava na minha direção desde aquela noite no celeiro. Não fiz caso dele e joguei um beijinho para Tommy antes de sair dançando pelo corredor. Foi maravilhoso.

Depois disso, pude ver que Peter estava me vigiando. Nas aulas de inglês avançado, eu tratava de levantar a mão tanto quanto sempre. Eu me dedicava ainda mais aos trabalhos, para poder sempre fazer algum comentário que o impressionasse sobre o tema ou o subtexto do livro. Por um tempo, ele tentou não me dar importância, mas, depois que me viu beijando Tommy, ele relaxou um pouquinho. Começou a reconhecer que eu estava levantando pontos de vista interessantes; depois passou a debater minhas ideias para a turma ouvir e tentar fazer com que algum outro aluno entrasse na discussão. Algumas semanas depois do Dia de Ação de Graças, ele iniciou uma discussão com a seguinte pergunta:

– Será que alguém, que não seja Hattie, tem alguma coisa a dizer sobre o final?

A turma inteira riu, eu inclusive, mas mesmo assim levantei minha mão.

– Mais alguém? – Peter olhava para todos, esperançoso.

Depois de mais um minuto, ele deu um suspiro dramático e me deixou falar.

– Achei o final horrível. Nada se resolveu.

– Mais alguém teve a mesma impressão? Levantem as mãos, por favor. – Ele se empoleirou na beirada da mesa, que era a posição que eu preferia para observá-lo. Aquilo significava que ele ia começar uma aula e tentar nos fazer pensar sobre algumas das questões abordadas no livro. Ele estava com as mangas arregaçadas até os cotovelos, e meu olhar foi parar nos pelos espalhados pelos seus antebraços, até eu piscar e me forçar a prestar atenção ao que ele estava dizendo.

– É um livro sobre a guerra. A guerra sempre deixa a sociedade com perguntas difíceis que podem ou não ter resposta. Cabe a O'Brien responder essas perguntas para nós ou será que sua responsabilidade é simplesmente a de ressaltá-las para que o leitor precise enfrentá-las?

Essa, Becca Price respondeu.

– Acho que cada pessoa teria uma resposta diferente para a questão de a guerra ter sido certa ou não. Quer dizer, basta olhar agora para o Iraque e o Afeganistão. Ninguém consegue concordar sobre qual seria a atitude certa a tomar, ou mesmo se nós deveríamos estar lá ou não. Mas todos dizem que esse é o Vietnã da nossa geração.

– É, sorte a de vocês – disse Peter. Alguns riram. Outros só ficaram olhando para o caderno. Eu não era a única ali com uma pessoa da família lá.

– Vamos voltar então à queixa de Hattie de que nada se resolveu...

– Peraí, eu não quis dizer que queria que o autor respondesse importantes questões filosóficas sobre a guerra. Mas a história de nenhum dos personagens foi terminada.

– Pode ser que O'Brien quisesse que seus personagens simbolizassem aquelas questões mais importantes. Se o enredo fosse todo amarradinho, você ainda estaria pensando nos efeitos da guerra sobre homens e mulheres comuns?

Dei um suspiro e franzi os lábios, sabendo que meu lado tinha perdido. Mas então tive uma ideia.

Peter manteve a discussão animada por mais alguns minutos e então entregou nossa tarefa no instante em que a campainha soou. Levantei-me de um salto e o acompanhei até sua mesa, enquanto todos os outros arrumavam as mochilas.

– Sr. Lund, eu ainda tenho algumas questões sobre o livro. Posso ir à sua sala depois da hora para falar sobre elas?

Mantive minha expressão de inocência total, mordendo o lábio inferior e inclinando a cabeça para dar mais impacto. Peter engoliu em seco e passou os olhos pela sala de aula. Todos estavam falando, rindo e se acotovelando para chegar à porta.

– Por que você simplesmente não usa essas questões como tema do seu trabalho?

– Mas não posso redigir a sinopse se não tenho certeza se entendi o livro direito. Só vai levar uns minutos.

Fui embora antes que ele me dissesse não outra vez e fiquei numa ansiedade daquelas por todo o resto do dia. Será que ele estaria lá? Eu sabia que ele tinha uma hora vaga no final do expediente – é, eu sabia de cor seus horários –, de modo que ele poderia ir embora da escola em disparada, antes que eu conseguisse sair da aula de Química. Quando a última campainha soou, eu praticamente saí correndo da sala e desci ao primeiro andar, chegando na frente de todos. Algumas pessoas tentaram me chamar quando passei pelos armários individuais, mas eu simplesmente acenei e continuei andando com o livro de ciências grudado no peito.

Quando cheguei à sala dele, parei para recuperar o fôlego e espiei pela janela. Peter estava sentado à mesa, lendo. Meu coração batia descompassado, e eu entrei pela porta, louca para vê-lo erguer os olhos e para observar a expressão no seu rosto. Só que, quando abri a porta, vi mais dois alunos trabalhando em carteiras nos fundos. Um deles era Tommy.

Tommy abriu um sorriso ao me ver, mas eu olhei para outro lado, deixei meu cabelo formar uma cortina encobrindo meu rosto e segui determinada até a mesa de Peter.

– Ah, Hattie. – Ele desviou os olhos do computador. – Me esqueci de que você ia passar por aqui. Estou com dois alunos, dando uma última oportunidade para revisões.

Às minhas costas, Tommy bufou baixinho. Peter não fez caso dele, dando um sorriso ameno para mim.

– Ainda quer falar sobre O'Brien?

– Quero – consegui responder depois de um minuto.

– Então?

Tive vontade de lhe dar uma bofetada para tirar aquele falso desinteresse do rosto dele. Em vez disso, fiquei remexendo na minha mochila, à procura do livro, tentando ganhar tempo, e resolvi tirar proveito da situação criada por ele.

– Pronto. – Pus meu livro em cima da mesa, peguei uma cadeira que estava vazia perto do quadro branco e a puxei para junto da cadeira dele.

– Agora não estou me lembrando dos trechos exatos, mas eles estão assinalados.

Ele se empertigou na sua cadeira, enquanto eu folheava o livro com alarde e fazia barulhinhos de quem estava pensando. Confuso, Tommy não parava de me lançar olhares, até que lhe dei um sorrisinho e uma piscada de olho para lhe passar a ideia de que eu estava ali por ele. E funcionou. Ele levou a mão à boca para esconder seu sorriso e voltou ao trabalho, provavelmente transformando todas as vírgulas em pontos ou iniciando com letra maiúscula palavras a esmo.

– Aqui está. – Encontrei uma página em que eu tinha escrito muito, quase enchendo as margens, num desabafo sobre como aquilo tudo era deprimente. Costumo fazer isso. Gosto de acrescentar minhas palavras a um livro, como se estivesse conversando com o autor e estivéssemos tendo uma conversa que fizesse a história ganhar vida, de um modo que não existia antes que eu começasse sua leitura.

– Você sabe que esse livro pertence à escola, Hattie. Você não pode danificá-lo.

– Pode me mandar a conta. – Tommy e o outro aluno riram, e então os dois tentaram fingir que tinha sido tosse.

– Como aqui. Não consigo entender qual é a desse cara. Ele se enforca depois que volta para casa? Ele sobreviveu a uma guerra e então resolve se matar? Devia ter simplesmente saído andando na direção dos vietcongues com uma grande bandeira branca acima da cabeça.

– Pense em todos os flashbacks que ele não para de ter, na culpa que sente pela morte do amigo. Se de fato tivesse sobrevivido à guerra, talvez ele tivesse conseguido seguir em frente. A verdade que O'Brien quer que nós captemos nesse conto é a de que alguma parte do personagem morreu, sim, no Vietnã e que ele apenas ainda não se deu conta disso.

– Mas olha como esse conto se alonga. – Fui virar as páginas e, sem querer, meus dedos roçaram na mão dele.

O toque foi elétrico. Ele subiu direto pelo meu braço, e eu fiquei paralisada por um segundo, despreparada. Olhei de relance para Tommy, mas o computador de Peter escondia nossas mãos e o livro. Nós estávamos à vista de qualquer um, no meio da escola, a seis metros do meu namorado, e ninguém nos via.

Meu coração disparou e minha respiração se acelerou. Peter não tinha movido um músculo. Parecia que ele também estava atordoado.

Com cuidado, com o maior cuidado, voltei para a página inicial do conto, os olhos fixos na mão dele. Era uma mão bonita, com dedos longos e unhas aparadas, com uma leve penugem nos dedos e no pulso.

– Ele tem no mínimo vinte páginas – disse eu, com a voz baixa e um pouco ofegante. Achei que Tommy não estivesse me ouvindo. – E não acontece nada.

– O personagem não consegue avançar. É por isso que ele não para de dar voltas no lago. Se fizesse isso só uma vez, você não calcularia toda a sua sensação de impotência.

Ele também baixou a voz, embora nenhum de nós olhasse para o outro. Nós dois estávamos olhando para a mesa e para o livro à nossa frente.

– Se ele não consegue avançar – engoli em seco e estendi a mão, dessa vez de propósito, deixando ao lado da dele, mal tocando nele –, então qual é o sentido de tudo isso?

A pele dele era dura, não como a pele de bebê de Tommy; e eu senti o calor irradiar do seu dedo mindinho para o meu, percorrendo meu corpo inteiro. Quis deslizar a palma da minha mão sobre a dele e entrelaçar nossos dedos, mas não me atrevi. Tommy poderia se levantar e nos ver a qualquer instante. Alguém poderia passar pelo corredor e dar uma espiada pela janela da porta. Passou-se um segundo, depois dois, enquanto Peter deixava sua mão ao lado da minha, e eu vibrei com esse contato ínfimo, proibido.

Peter respirou fundo e falou com cautela e determinação.

– O personagem já fez suas escolhas. É isso o que interessa no conto. Ele tem de enfrentar as consequências das suas decisões. Leia de novo esse trecho. – Ele pegou o livro, rompendo o contato, e eu fiquei decepcionada. Ele encontrou o parágrafo que queria e o mostrou para mim. Depois se afastou para uma distância segura.

As palavras dançavam na página. Eu não fazia ideia de nada do que estava escrito ali. Lembrei-me da minha primeira saída com Tommy, de como ele tinha segurado minha mão e me feito girar com tanta delicadeza, e eu não tinha sentido nada, nem uma sombra mínima da reação que eu acabava de sentir com o toque levíssimo na pele de Peter. Se eu fosse uma garota normal, com sonhos normais, teria ficado tonta com o toque hesitante de Tommy Kinakis. Teria dado risinhos sobre ele com todas as minhas amigas e o teria puxado para junto de mim, em vez de baixar a cabeça e ir embora. Teria sido tão mais simples, e eu tirei um instante para me entristecer pelo que eu nunca poderia ser. Por mais que eu representasse bem, nunca me incorporaria naquele papel.

Portanto, estava na hora de fechar a cortina e fazer uma reverência.

– Certo, acho que estou entendendo o que você quer dizer. – Fechei o livro e o guardei.

– Espero que, antes de redigir seu trabalho, você pelo menos pense no que eu disse.

– É claro. – E acrescentei com a voz mais baixa: – Eu sempre penso. – Antes que ele pudesse responder, peguei uma folha de papel e escrevi alguma coisa; depois me levantei, vesti meu casaco e apanhei minha mochila. Eu me posicionei entre os garotos e Peter, para eles não poderem ver seu rosto, e lhe entreguei a folha de papel com o bilhete bem no meio.

O que você acha do novo namorado de Hattie? – HollyG

Peter levantou a cabeça de pronto e me olhou espantado, com uma expressão de confusão total. Deixei meu coração se acalmar e lhe dei um sorriso tranquilo, o tipo de sorriso que cúmplices trocam, que revelava tudo sem necessidade de uma palavra, o tipo de sorriso que iluminava um palco inteiro e dizia a cada pessoa na plateia, *Sou sua e somente sua*. Sorri para ele com tudo o que estava enterrado dentro de mim que ansiava por se libertar.

No instante em que o entendimento começava a transparecer nos seus olhos, eu me virei e saí da sala de aula, piscando um olho para Tommy ao passar.

PETER / *Quinta-feira, 6 de dezembro de 2007*

O QUE EU ACHAVA DO NOVO NAMORADO DA HATTIE? O QUE eu achava de Tommy Kinakis?? Eu achava que ele estava namorando uma sociopata. Era isso o que eu achava a respeito dele.

Minhas passadas eram duras e impetuosas, enquanto eu ia moendo a cartilagem dos meus joelhos com uma satisfação macabra. Eu precisava destruir alguma coisa, e meu corpo era a única opção disponível.

Como a temporada de *cross-country* tinha terminado, comecei a correr à noite novamente. E essas noites do período das festas de fim de ano eram intermináveis. A neve que tinha chegado para o Dia de Ação de Graças já tinha derretido e dado lugar a um dezembro seco e sombrio. Assim que eu chegava à entrada de carros de Elsa depois do trabalho, o sol desaparecia no horizonte, lançando um último clarão fraco no silo metálico antes que a escuridão engolisse tudo e o silêncio começasse. Todos os chiados de verão dos insetos tinham sumido. Até mesmo as galinhas se mantinham quietas. Não havia nada que interrompesse minha culpa constante, a não ser o exercício vigoroso.

Eu tinha comprado uma lanterna de cabeça para poder ver a estrada, e seu facho se refletia destoante nas pedras maiores. Eu corria no meio do cascalho, passando por sedes de fazendas, iluminadas como navios minúsculos num mar gélido, turbulento. Árvores se agigantavam à margem da estrada, com seus galhos nus parecendo espectrais ao luar, mas eu quase não os percebia.

Ela estava namorando Tommy para disfarçar.

Nas três horas que se passaram desde que ela saiu tranquila da minha sala de aula, eu não tinha conseguido pensar em mais nada.

No celeiro, ela me dissera que se tornaria a última garota neste mundo que poderia estar tendo um caso com seu professor de inglês, e parecia que seu plano consistia nessa trapaça descomunal. Tommy era uma escada. Para ela, ele não passava de uma escada. Eu mal tinha conseguido me firmar pelo resto da tarde e durante o jantar, tentando digerir a magnitude do que ela havia feito. Hattie tinha múltiplas personalidades, essa era a única explicação. Ela era perigosa, calculista, diabólica e... brilhante. Putz, ela era brilhante.

Depois daquela noite no celeiro, cortei toda e qualquer ligação com ela, recusando-me a envolvê-la e a ignorá-la em sala de aula, porque ignorá-la significaria dar-lhe destaque, e eu simplesmente não podia diferenciá-la de modo algum. Uma vez, porém, na hora do almoço, cometi um deslize. Carl tinha me apanhado olhando para ela no refeitório.

– Problemas? – perguntou ele. Mais nada. Carl era sucinto como ele só.

Ele olhou de relance na direção de Hattie. Embora estivéssemos ali supostamente para monitorar os alunos e impedir brigas e conduta inadequada, Carl e eu costumávamos simplesmente almoçar e ficar na nossa.

– Não. – Desviei o olhar rapidamente, dando uma mordida para encher a boca.

– Deveria ser proibido por lei elas usarem esse tipo de suéter antes dos dezoito.

De repente ficou difícil eu engolir.

– Algumas delas nem mesmo parecem adolescentes. Os garotos parecem, é claro. Os garotos já não se tornam homens tão rápido assim. Mas essas meninas...

– Eu sei. – Tratei de não olhar mais para Hattie, mas tive a impressão de que aquilo estava como que estampado no meu rosto. Fiquei olhando para meu prato, tão concentrado quanto seria possível estar num sanduíche de salada de ovos.

– Por aqui, elas às vezes se casam direto ao sair do ensino médio – prosseguiu Carl, por algum motivo parecendo a fim de conversar. De vez em quando ele usava aquele "por aqui" quando falava comigo, como se fosse meu guia turístico relutante aqui na região rural do sul de Minnesota. – É preciso ter cuidado – disse ele.

Não respondi, nem mesmo levantei os olhos; e nós passamos o resto do horário de almoço imersos em nossos próprios pensamentos. Se ele desconfiou de alguma coisa sobre mim e Hattie, não disse nada; e, depois daquele dia, eu nunca mais cometi o erro de olhar para ela, nem mesmo de relance.

A única interação que tínhamos tido no último mês foi por intermédio dos trabalhos de casa. Eu os lia lá em cima, na sala do computador, envergonhado do quanto eu reagia às palavras dela no papel. Sem levar em conta qualquer outra coisa que tinha acontecido, ela ainda era uma das alunas mais inteligentes, de maior agilidade mental que eu já conhecera. Ela apresentava um argumento após o outro, derrubando seus próprios pontos de vista e fazendo reviravoltas mirabolantes para abraçar alguma hipótese totalmente nova que mais tarde ela questionava e deixava em suspenso no final do trabalho, como um prêmio e um aviso ao mesmo tempo. Estava claro que ela não rascunhava seus trabalhos, mas eu adorava isso. Era como assistir enquanto ela pensava em voz alta, como se a própria folha de papel estivesse respirando. Eu não lhe dava notas abaixo de A, mesmo quando estava claro que sua estrutura narrativa precisava ser aperfeiçoada, porque eu sabia que ela questionaria a nota, e eu não podia correr o menor risco de ter de falar com ela a sós.

E, depois de todo aquele distanciamento cuidadoso, ela me armava uma emboscada de qualquer modo, exatamente quando eu começava a relaxar e achava que ela já havia seguido adiante. Ela me entregou aquele papel e me atirou de volta bem no meio da fogueira.

Quando entrei no estacionamento do lago Crosby, passei por uma picape vazia. Não havia ninguém por perto. A caminhonete poderia ter sido largada ali havia semanas. Desacelerei quando cheguei ao piso irregular da trilha em torno do lago. Suavizem as passadas, eu diria aos garotos. Reforcem o núcleo.

Nessa hora, não precisei de nenhum lembrete. Meu abdômen travou quando dei a volta pelo canto do celeiro vazio e avistei um pequeno clarão vindo da janela abaixo do carvalho.

Não. Não podia ser.

Parei, não tão ofegante quanto tinha tentado ficar. As corridas todas as noites – supostamente uma mescla de castigo e fuga – só me deixaram mais forte, mas aparentemente não tão forte para continuar correndo.

Eram só jovens, tentei me convencer, mesmo enquanto desligava minha lanterna de cabeça. Só uns dois adolescentes tomando cerveja ou fumando um baseado. Fui me aproximando sorrateiro, controlando a respiração, o tempo todo me chamando de idiota por não dar meia-volta e sair correndo para o bosque.

Cheguei perto o suficiente para ver lá dentro, e lá estava ela.

Com um cobertor estendido no chão e um lampião de acampamento ao seu lado, ela estava sentada na posição de lótus, um livro no colo e uma garrafa de água ali perto. O cabelo comprido estava escondido por baixo do capuz, e seu rosto parecia laranja à luz do lampião. Apesar da temperatura amena nos últimos dias, eu podia ver pequenas nuvens da sua respiração em contraste com sua jaqueta. Alguma coisa na sua postura ereta ou na inclinação da sua cabeça me fez pensar em Alice no País das Maravilhas, e uma vertigem me dominou, como se fosse eu que estivesse caindo pela toca do coelho.

Dei meia-volta e caminhei sem ruído para onde a trilha continuava. Eu mal conseguia distinguir a fileira de árvores que assinalava o limite das terras de Elsa. Bastava eu acender a lanterna de novo e correr. Minhas panturrilhas já estavam esfriando e se enrijecendo. Estava na hora de me mexer, mas eu não conseguia.

Olhei para trás, para o celeiro e o horizonte vazio por trás dele. Ela estava sozinha, exposta, e de repente toda a minha raiva saltou contra ela com uma satisfação espantosa. Atravessei a clareira em cinco passos e empurrei com violência a porta, que rangeu. Ela olhou para cima, espantada com a intromissão.

– Que porra você está fazendo aqui?

Um sorriso surgiu no seu rosto quando ela registrou que era eu.

– Estudando.

– Palhaçada.

– Não, estou estudando História. O Renascimento decididamente não foi uma palhaçada. – Seu sorriso foi se alargando até ela ver a faixa na minha cabeça. – Que é isso?

– É uma lanterna de cabeça. – Eu a arranquei e a enfiei no bolso.

– Certo. – Parecia que ela estava achando graça das minhas roupas suadas e da minha raiva.

– Responda a pergunta, Hattie. O que está fazendo aqui?

– Já lhe disse. Estou fazendo um trabalho de casa.

– Não, você deveria fazer o trabalho de casa em casa, na escola ou na biblioteca.

– A biblioteca está fechada.

– Num local aquecido e bem iluminado. – Disse cada palavra isoladamente, ignorando suas tentativas de réplicas espirituosas. – Não numa construção condenada, sem aquecimento, no meio do inverno.

Deixando o livro de lado, ela se levantou e me encarou, séria, empurrando para trás o capuz da jaqueta azul acolchoada que lhe dava a aparência de uns cinco anos de idade.

– Ora, está fazendo tipo cinco graus. Podíamos estar numa festa na piscina. – Ela riu e acrescentou: – Eu estava esperando por você.

– Como você sabia que eu sairia correndo por aqui?

– Eu não sabia, mas achei que talvez você viesse. Depois do que eu lhe disse.

– E se eu não viesse? Você ia simplesmente ficar aqui fora congelando todas as noites à espera de que alguém topasse com você? – Fui na direção dela.

– Quem viria aqui tão longe?

– Qualquer pessoa! Meu Deus, Hattie. Você não pensa?

– Acho que você está tendo uma reação exagerada. – Ela estava começando a ficar irritada. Ótimo.

– Você poderia ser estuprada ou assaltada.

– Dá pra ser menos mórbido?

– Ninguém ouviria seus gritos. – Eu estava parado na borda da sua ridícula arrumação de piquenique, lançando minha sombra sobre ela.

– Isso aqui não é Mineápolis, Peter. Caso você não tenha percebido. Isso aqui é Pine Valley, onde nada de ruim acontece, com exceção talvez da seca. E tá vendo? Eu trouxe água.

Ela estava tentando amenizar a situação. A filha da mãe.

– Por que você está saindo com ele?

– Com Tommy? – Ela se animou no mesmo instante, como se eu tivesse feito a pergunta que estava esperando. – O que você acha? Ele é uma boa escolha?

– Diga que você gosta daquele pateta. Diga que você não o está usando para se aproximar de mim.

– Eu encaro a coisa mais como um serviço de utilidade pública. Todo mundo está feliz. Você não faz ideia. – Ela parecia estar infinitamente satisfeita consigo mesma, e isso fez com que eu perdesse o controle.

– Por quê? – Agarrei-a pelos braços e a sacudi acima do lampião, lançando sua sombra com violência pelas paredes e pelo teto. A força daquilo expulsou o prazer do seu rosto. Ela compreendeu que eu não estava aceitando seu jogo.

Eu a sacudi de novo, levantando-a do chão e machucando seus braços.

– Por que você está fazendo isso?

– Porque eu te amo. – Seus olhos estavam arregalados e escuros nas sombras criadas pelo lampião. Ela ficou com a voz um pouco embargada, e eu me dei conta de como estávamos próximos um do outro: separados por um sopro furioso, dolorido.

Larguei-a de imediato e lhe dei as costas, lutando para me controlar.

– É uma gamação. Uma fascinação. – Enxuguei o suor gelado da minha testa e tentei manter alguma distância entre nós.

– Ninguém vai desconfiar, Peter. – Ela estava bem atrás de mim.

– Para com isso.

– Ninguém vai saber que sou sua.

– Você não é minha. – Dei meia-volta, e ela parou também. Não estava tão confiante assim a ponto de transpor aquele último trecho. Ainda uma criança. Tirei proveito da sua hesitação, desse último bruxuleio de inocência.

– Você não consegue ver como tudo isso é errado?

– Eu não sabia que era você. Só fui saber quando era tarde demais. Eu já estava apaixonada. – Ela falava com a voz baixa, implorando agora, e aquilo começou a destruir coisas dentro de mim, estruturas que eu tinha passado semanas reforçando. – Só quero que você olhe para mim como se sentisse a mesma coisa. Sei que você sente. Eu não imaginei isso tudo.

– O que você estava planejando, Hattie? Dormir com nós dois?

– Não. – Ela engoliu em seco. – Só com você.

Minha boca ficou seca de repente, e meu sangue mudou de batidas fortes para uma pulsação perigosa.

– Mas você deixa que ele a beije.

– Está com ciúme? – Um sorriso passou rápido pelo seu rosto e sumiu. – É só teatro, Peter. Ser namorada de Tommy não me exige muito. Eu poderia ter representado esse papel quando estava com doze anos.

Dei um passo à frente, atraído irracionalmente por essa garota que não parava de tirar máscaras como uma boneca russa, cada uma mais audaciosa que a última, num striptease psicológico que me torturava com a necessidade de destruí-la até descobrir quem ou o que havia ali dentro.

– Será que sua vida inteira é um teatro?

Ela baixou a cabeça, e por fim alguma coisa como vergonha passou pelo seu rosto.

– Sim – ela sussurrou.

– E que papel eu supostamente deveria representar?

– Nenhum! – Ela levantou a cabeça de repente.

– Você planejou toda essa cena.

– Não! Não é assim.

– Quem sou eu, Hattie? O professor vindo da cidade grande que joga fora sua vida inteira por você? Que a arrebata, arrancando do chão esses seus pés mentirosos? Assim?

Num piscar de olhos, transpus a distância entre nós e a levantei do chão mais uma vez.

– É nessa hora que eu declaro meu amor? É agora que lhe digo que não consigo tirar você da droga da minha cabeça?

– É – disse ela, engasgada.

– Como a fantasia prossegue, Hattie? O que vem depois?

Seus olhos fervilhavam com medo, raiva e excitação, tudo o que vinha me torturando desde a peça de *Jane Eyre*, e então eu soube o que vinha depois, o que eu já não conseguia me impedir de fazer.

Nós nos movimentamos ao mesmo tempo. Beijei sua boca num atropelo de lábio, língua e dentes, e a puxei para o chão comigo, direto para a bem-vinda enxurrada infernal de sangue.

HATTIE / *Janeiro de 2008*

PERDI A VIRGINDADE QUANDO ESTAVA COM QUINZE ANOS, embora "perder" seja uma palavra estranha para o que aconteceu. Eu não a perdi como se perde um trabalho de casa ou um celular. Não foi como se eu pudesse encontrá-la de novo e devolvê-la ao seu lugar. Eu a entreguei no porão da casa de Mike Crestview, num sofá velho com uma estampa de folhas de repolho, enquanto assistíamos ao *Senhor dos Anéis*. Suponho que tenha sido uma primeira vez bastante típica, só que eu não estava deslumbrada por Mike. Mais do que qualquer outra coisa, eu estava curiosa. Não dá para ver todas aquelas temporadas de *Sex and the City* sem ficar um pouquinho curiosa. E Mike era um cara bastante legal, no último ano da escola e todo empolgado para ir embora para a faculdade. É provável que o que eu mais apreciava nele fosse essa empolgação.

Estávamos vendo aquela parte em que Gandalf enfrenta o monstro de fogo e cai no inferno ou sei lá onde, quando perguntei a Mike se ele queria fazer sexo.

Ele pareceu bem surpreso. Na realidade, era mais amigo de Greg do que de mim, mas Greg tinha ido passar o fim de semana fora, e eu tinha vindo à casa dele sozinha.

– Você tem uma camisinha? – perguntei. – Se não tiver, esquece.

Foi hilária a velocidade com que ele encontrou uma camisinha e se certificou de que os pais ainda estavam no mercado.

O sexo em si foi esquisito, meio atrapalhado, e eu não ajudei muito. Mike disse que já tinha feito sexo, de modo que eu simplesmente me deitei e deixei acontecer, mais como observadora do que como participante, acho. O que mais me lembro, além do tecido áspero roçando no meu traseiro, foi da veia que ficou saliente na testa de Mike, como um rio sinuoso de sangue. Depois disso, achei que entendia tudo sobre o sexo, e não tive a menor vontade de experimentar outra vez.

No outono, quando comecei o ano letivo no ensino médio e Mike já estava longe, aproveitando a vida em Mineápolis, meu avô faleceu bem no meio da colheita, e meus pais precisaram ir a Iowa para tomar as providências necessárias.

Ele estava num lar para idosos havia anos, desde que minha avó tinha morrido e ele tinha tido um acidente vascular cerebral. Antes do AVC, ele era igualzinho ao meu pai, um cara prático, inflexível. Só que papai tinha senso de humor, enquanto vovô parecia sempre tenso, como se estivesse esperando pelo pior; mas quando o pior acontecia, ele não dizia uma palavra a respeito. Depois do AVC, foi como se ele tivesse sido virado pelo avesso. Chorava o tempo todo. Chorava quando nós o visitávamos, quando a enfermeira o punha na cama de noite. Chorava até mesmo por coisas que deveriam tê-lo deixado feliz, como quando os Twins estavam vencendo. Era como se oitenta anos de emoções reprimidas tivessem começado a vazar pelos seus olhos.

O lar para idosos era um prédio de concreto de aparência triste na periferia de Des Moines, onde todas as velhinhas ficavam sentadas no pátio de piso de cimento decorado, acenando para tentar fazer com que nos aproximássemos das cadeiras de rodas. Nós não lhes dávamos atenção e mantínhamos os olhos fixos na parte de trás dos sapatos de mamãe, enquanto ela ia entrando. Vovô sempre tinha balas puxa-puxa velhas, que praticamente quebravam o queixo da gente. E nós precisávamos ficar ali sentados mascando essas balas enquanto mamãe conversava com as paredes, andando de um lado para outro do quarto. E vovô ficava com o olhar fixo em nós, com lágrimas silenciosas escorrendo pelo rosto velho, descorado.

Quando ele morreu, eu me perguntei se meu pai estava mais abalado com isto ou com a perda da colheita. Por aqui, ninguém falava dos seus sentimentos. As pessoas simplesmente absorviam os golpes e perdas; e mal faziam que sim quando alguém dizia alguma coisa sobre o fato. Tudo bem se você era engraçado ou piadista, como papai, mas qualquer outra emoção era recebida com o tratamento retratado no quadro *American Gothic*. Tudo ficava escondido, e às vezes eu me perguntava se sequer existia alguma coisa. Mas acho que papai realmente amava o pai dele, porque ele saiu no meio da colheita e terceirizou o trabalho para um migrante, que assumiu os campos enquanto ele estava fora.

Fiquei em casa para terminar a escola naquela semana, e deveria ir para o enterro no sábado. Uma tarde, eu estava lendo no balanço de troncos junto da casa, distraída, passando um dedo pelo contorno de um seio enquanto ia virando as páginas, quando vi de relance Marco, em pé a uns seis metros dali, com os olhos concentrados em mim. Ele era alto e forte, aquele tipo de gordo que faz trabalho braçal e provavelmente come bastante fast-food, camadas e mais camadas de músculos e de gordura. Papai tinha dito que ele era da Guatemala, de pele morena e cabelo escuro, mas seus olhos estavam brilhando, fixos na mão no meu peito.

Dei um pulo, murmurei algum pedido de desculpa e voltei correndo para dentro de casa. Cheguei mesmo a trancar a porta da frente, que eu acho que nunca tinha sido trancada antes; e fiquei vigiando as idas e vindas dele através das cortinas do meu quarto, pelo resto daquela tarde. Talvez tenha sido o livro, ou o jeito com que os olhos dele pareciam estar pegando fogo, mas aquela noite foi a primeira vez que tive um orgasmo. Eu já havia tentado me masturbar antes, mas parecia que tudo girava em torno da motivação.

Desde que eu me apaixonei por Peter, a motivação nunca foi um problema.

Mesmo assim, nada que eu tinha imaginado de noite na cama me preparou para o que aconteceu no celeiro dos Erickson. A raiva dele me assustou, e eu quase tinha perdido a esperança, até que de repente ele me agarrou e fez com que nós dois caíssemos de joelhos. Eu me lembro de tudo, de como ele passou as mãos por todas as partes de mim que conseguiu alcançar, como eu fiquei em brasa em todos os lugares em que ele me beijou. Ele estava suado, duro e exigente, e então tudo terminou tão rápido quanto tinha começado.

– Não podemos fazer isso – disse ele, me afastando de si.

Mergulhei de novo nele, beijando seu pescoço, passando minhas mãos pelo seu cabelo. O cheiro dele era bom demais. Eu me perguntei quando os garotos paravam de ter cheiro de garotos e começavam a ter esse cheiro mesclado de almíscar, sabonete e cio. Ou talvez Peter sempre tivesse tido esse cheiro. O que eu teria feito se ele tivesse passado por mim num shopping center quando ele estava com dezesseis anos? Será que meu nariz de oito aninhos teria sentido o cheiro do seu par e teria ido atrás dele por toda a praça de alimentação? Dei um sorriso na sua clavícula e sussurrei.

– Eu trouxe camisinhas.

Ele gemeu, afagou minha têmpora e segurou meu rosto com as duas mãos.

– Você está tentando me matar, não está?

– Não, Peter. – Eu fiz que não com a força que as suas mãos me permitiram. – Estou tentando te ajudar a viver.

– Pare com o teatro, Hattie. Diga o que realmente quer.

– Quero você. Eu só quero você. – Eu repeti isso não sei quantas vezes, com os olhos fechados e roçando meu rosto na sua mão. Seu polegar veio parar na minha boca, e eu a deixei aberta, esperando que ele continuasse a me beijar, mas isso ele não fez.

Ele se levantou e se afastou de mim, relutante.

– Você não tem dezoito anos.

Meu coração desanimou.

– Que diferença fazem algumas semanas?

– Em termos legais, é a diferença entre ser demitido simplesmente e ser demitido e posto na cadeia.

Percebi que ele não disse nada sobre um divórcio, mas não quis mencionar o assunto e acabar prejudicando meu lado.

– Então, o que você vai me dar de aniversário? Uma festa? Um presente?

– Uma surra – disse ele, quase só para si mesmo, então abanou a cabeça e começou a rir. Não pareceu uma risada feliz.

– Ei, vou fazer dezoito anos. – Eu me levantei e cruzei os braços. – Depois, você não vai poder falar comigo como se eu fosse criança.

Ele só cobriu o rosto com a mão. Eu me aproximei e puxei sua mão para baixo, para ele ter de olhar para mim.

– Se alguém vai ganhar uma surra, é você. Você é quem está errado, tendo esses desejos lúbricos por sua aluna menor de idade.

Estalei a língua enquanto fazia minha melhor voz de professora sexy, mas ele não estava a fim de brincar. Seus olhos esquadrinhavam meu rosto como se estivesse louco para encontrar alguma coisa, mas sem conseguir encontrá-la. Eu não sabia como tranquilizá-lo, se ele não acreditava em nada que eu dizia. Por fim, ele gemeu de novo, um gemido de derrota, e me abraçou, encostando sua testa na minha. Foi o gesto mais carinhoso que ele já tinha feito até então, e meu coração bateu forte no peito. A esperança quase me sufocou.

– Não existe punição suficiente neste mundo para nenhum de nós dois, mas não é por isso que estamos aqui, certo?

Eu não queria dar a resposta errada. Por isso, não disse nada. Simplesmente fechei os olhos e encostei mais nele.

– Quando você vai fazer dezoito anos?

– No dia 4 de janeiro – sussurrei.

Ele ficou calado por um minuto. E então disse a frase que lançou meu coração em um nível de felicidade digno de causar uma lesão cardíaca.

– Vou levar você a Mineápolis.

✳

Marcamos o encontro para o fim de semana depois do meu aniversário. Ele disse à mulher que ia visitar alguns velhos amigos, e eu disse aos meus pais que ia dar uma olhada na universidade do estado. Papai tinha insistido comigo para eu tentar me inscrever lá, para o caso de eu decidir estudar mais perto de casa no ano seguinte, e os dois ficaram animados – ou tão animados quanto conseguiam ficar – quando eu lhes disse que ia fazer uma visita ao campus. Quando mamãe se ofereceu para fazer a viagem comigo, eu lhe disse que tinha combinado com uma garota que eu havia conhecido na primeira série, cuja família tinha se mudado para um bom bairro afastado. – Ela quer me levar ao cassino como presente de aniversário – eu lhes disse uma noite, enquanto comíamos estrogonofe de carne. Papai abafou um risinho, mamãe franziu a testa, e os dois me disseram que eu só tinha permissão para perder vinte dólares, mas isso foi o suficiente para minha história adquirir a solidez de uma rocha. Geralmente isso funcionava muito bem com meus pais. Ao admitir uma coisa ligeiramente negativa, eu conseguia deixá-los cegos para qualquer outra possibilidade de mau comportamento. E, mesmo que eles tivessem alguma outra desconfiança, era provável que ela se encaixasse na mesma relação de coisas que eu poderia fazer agora que tinha completado dezoito anos – fazer uma tatuagem ou comprar cigarros. Dormir com meu professor de inglês, casado, era algo tão fora do radar que chegava a ser ridículo.

O resto de dezembro passou com a velocidade de um iceberg. Todos os dias se arrastavam. Meus turnos na CVS eram uma fila interminável de clientes. Tommy me levou ao drive-in e tentou me apalpar por baixo do meu suéter. Portia pegou um resfriado e o passou para mim, com dor de garganta, tosse e tudo o mais. A única parte boa era a aula de Peter, na qual eu me sentava na frente, como sempre, e fingia não estar me deliciando com cada movimento dele. Eu batia papo com Portia e Maggie e questionava a maior parte dos tópicos das aulas de Peter, exatamente como sempre fazia. O único contato físico que tínhamos era quando ele recolhia os trabalhos de casa. Todos passavam o trabalho para a frente, e depois ele percorria a fileira da frente recolhendo as pilhas. Eu lhe entregava os trabalhos da minha fileira, e nossos dedos se roçavam. Só isso.

Só que um dia, na semana antes do Natal, eu estava acabando uma mensagem no meu celular no instante em que a campainha soou, e Peter me chamou.

– Hattie!

Ele falou alto, e todos se calaram para ver o que estava acontecendo.

– Sim? – Cliquei em "enviar" antes de olhar para ele.

– Celular na minha mesa. Agora. Pode apanhá-lo depois das aulas.

Levei toda feliz meu celular para a mesa dele, encantada por ter violado a proibição de uso do celular durante as aulas. Achei genial ele ter encontrado o pretexto para me ver a sós, mas, depois da aula naquele dia, um grupo inteiro de segundanistas tinha invadido a sala dele para estudar para os exames estaduais de avaliação de conhecimentos.

Quando eu entrei, ele levantou os olhos de lá do meio da turba.

– Ah, Hattie. Seu celular está ali. Deixe-o em casa da próxima vez, certo?

Fiz que sim e peguei o aparelho, totalmente frustrada depois de passar metade do dia sonhando com um contato qualquer, uma promessa murmurada ou até mesmo um beijo roubado por trás da porta.

Foi só depois que eu tinha acabado de pegar livros no meu armário que percebi a mensagem. Eu tinha uma nova mensagem de texto, enviada de mim para mim mesma, havia meia hora.

"Dos seus cabelos, as cabeças de cinco crucificados também assistiam, não mais expressivas do que ela."

Essa é você? Continuo a procurar, não consigo deixar de fazê-lo. Procurar por você é meu único sustento.

Dê uma olhada no pneu dianteiro direito.

Saí do prédio praticamente correndo, atravessei o estacionamento e encontrei em cima do pneu, escondido na caixa da roda, um embrulho retangular em papel dourado.

Entrei na caminhonete e o abri, certificando-me de que ninguém estivesse olhando. Era um livro, um exemplar encadernado de *V*, de Thomas Pynchon – o livro que ele tinha querido obter autografado na primeira vez que topei com ele na sala de bate-papo. Parecia ter sido há séculos. Dentro não havia nada escrito. Ele tinha tido o cuidado de não criar nenhuma ligação entre nós, mas eu não me importava a mínima com isso naquele momento. Ele tinha me dado um presente de Natal.

Senti o cheiro do papel da embalagem e sussurrei a palavra "sustento", sentindo a maior vertigem que já tinha tido na vida.

Ganhei também outro presente inesperado. Gerald me mandou uma câmera de vídeo com um bilhete, naquela sua letra rebuscada, sobre trabalho duro e dedicação à perfeição. Portia e eu passamos as últimas noites antes do recesso de fim de ano representando nossas cenas preferidas de filmes diante da câmera, e isso ajudou a passar o tempo.

O Natal foi muito estranho nesse ano. Apesar de eu não poder dizer que sentia falta de Greg, era esquisito ele não estar ali, rasgando os embrulhos com seus presentes e gritando de surpresa ou empolgação. Não havia ninguém que diluísse a atenção de mamãe e papai. Eles ficaram sentados no sofá, soprando o vapor das xícaras de café e me observando com aquele tipo de felicidade simulada, aquela em que se tenta fingir que tudo está normal, enquanto eu abria uma caixa grande que estava ali sozinha ao pé da árvore.

Acabou que meu presente foi uma mala, uma mala incrível. Ela era compacta e simples, com bolsos e divisórias legais por dentro, e rodinhas que pareciam feitas de titânio. Elas giravam com um sonzinho agradável sobre o piso laminado, enquanto eu dava voltas e mais voltas na mesa da cozinha.

– Adorei – eu lhes disse, com franqueza, dando um grande abraço em cada um.

– Se você vai sair pelo mundo no ano que vem, vai precisar ter aparência para isso – disse papai, despenteando meu cabelo bagunçado do sono.

Mamãe me ensinou a limpar a mala e a tirar manchas para manter o material preto como novo. Depois fez para mim uma enorme omelete de presunto, cebola e pimentão, da qual não consegui comer a metade.

Fiz a mala imediatamente e a deixei no canto do meu quarto enquanto dezembro cedia lugar a janeiro; e então na manhã de sábado, 5 de janeiro, eu a coloquei no banco do passageiro da minha caminhonete – onde ela parecia absurdamente deslocada – e segui para o Crowne Plaza no centro de Mineápolis.

Eu estava ofegante quando bati na porta do quarto dele. E, quando ele a abriu, nós dois ficamos olhando um para o outro.

– Oi.

Sem confiar na minha voz, dei apenas um sorriso em vez de responder.

– Entra. – Ele se afastou de lado e fez um gesto constrangido.

Havia lírios num jarro na mesa. Fui até eles e toquei numa das pétalas brancas, de bordas irregulares.

– Hotel legal.

– Não... quer dizer, ele não é ruim, mas fui eu quem trouxe as flores. Você disse um dia que eram suas preferidas.

Muito embora parecesse um pouco nervoso, ele se aproximou de mim. Soltei a alça da mala, tirei uma flor do buquê e a cheirei, fechando os olhos.

– Obrigada.

– Parabéns pelo aniversário.

Senti um calor ao ouvir sua voz tão baixa e tão perto do meu ouvido. Achei que não poderia estar mais feliz do que me sentia naquele instante, parada tranquila ao seu lado, com a noite inteira pela frente e mais ninguém neste mundo para atrapalhar. Voltei-me para ele e lhe dei um sorriso provocante.

– Esse é meu único presente?

Ele levantou um dedo e o passou pelo contorno do meu queixo.

– Ainda não sei.

Cheguei mais perto, erguendo o rosto.

– Como posso te ajudar a decidir?

Ele não me decepcionou. Devagar, bem devagar, ele se curvou e me beijou. Foi diferente de qualquer outro beijo que eu tivesse experimentado, mais composto de ar e promessas do que de carne de verdade. Senti que ficava mais fraca, que ficava úmida. Estendi a mão para pegar os botões da camisa dele, mas ele me impediu:

– Não.

– Não? – disse eu, como se nunca tivesse conhecido essa palavra.

Ele riu e enrolou meu cachecol no meu pescoço.

– Nós vamos sair.

Estava muito frio, e nós seguimos pelas passarelas suspensas, andando de um arranha-céu para outro no labirinto de lojas e escritórios no nível do segundo andar. Em sua maioria, as lojas estavam fechadas para o fim de semana, de modo que nós só olhamos vitrines e perambulamos pelas poucas que estavam abertas. Seguindo um trajeto sinuoso, Peter fez com que chegássemos ao Nicollet Mall, e de lá nós saímos para as ruas numa caminhada pela região dos teatros, mais cheia de gente. Reconheci uma das velhas fachadas com lâmpadas, onde eu tinha vindo ver *O Quebra-Nozes*, quando estava com dez anos.

– Você está falando do ano passado? – perguntou ele, me provocando.

– Não sei, velhote. Por que você não grava isso numa placa de pedra para eu poder entender como sou criança?

– Deixei meu cinzel em casa. – Descontraído, ele segurou minha mão enluvada na dele, e nós continuamos andando desse jeito, como se fizéssemos isso todos os dias. E ninguém que passou por nós chegou a relancear o olhar na nossa direção.

Continuamos – brincando, incitando um ao outro, os dois nos fazendo de bêbados, mesmo estando totalmente sóbrios – até chegarmos a um restaurante com lâmpadas azuis num prédio de três andares.

– Está com fome? – perguntou ele, abrindo uma porta feita de um mosaico colorido.

Como era o início da tarde, não havia muita gente comendo, e nós conseguimos lugares de imediato. Revelou-se que aquele era um restaurante especializado em tira-gostos, um dos prediletos de Peter, e ele me disse para eu pedir o que quisesse. Logo nossa mesa estava repleta de pequenos pratos de comida exótica, e eu provei de tudo. Apesar de alguns terem um sabor estranho, a maioria era deliciosa. Meu preferido foi um de língua de boi enrolada em repolho, acompanhado de um molho incrível. Quando ofereci um pouco a Peter, ele recusou.

– Sou vegetariano.

– O quê? – Fiquei perplexa. Examinei a mesa, como se fosse encontrar algum indício de que ele tinha comido carne, e percebi que todos os pratos do seu lado eram de queijo, legumes e pães. Era uma coisa tão trivial, mas de algum modo aquilo abalou minha segurança, criou mais uma pequena distância entre nós.

– Que outras coisas eu não sei a seu respeito?

Ele sorriu e pensou um segundo antes de responder.

– Odeio tofu. – Ele chegou a crispar o lábio ao dizer isso. – É provável que seja um pecado para um vegano, mas ele sempre me faz pensar no Soylent Green de *No mundo de 2020*.

– Nunca comi tofu.

– Sorte sua.

Eu ri.

– Por que você se tornou vegetariano?

– Minha mãe era. Ela praticamente me criou vegetariano.

– Adoro o frango com fofinhos da minha mãe.

– Eu adoro os portobelos assados da minha.

– Tenho nojo de cogumelo – protestei. – Quem disse que era legal comer fungo?

– Fungos.

– Valeu. Fungos. Eu também meio que detesto que corrijam o que se diz.

Peter fechou os olhos e abanou a cabeça, pedindo desculpas.

– Acredite em mim. Eu também detesto. É só que sai da minha boca antes que eu perceba.

– Isso acontece muito comigo. Eu já estou no meio de uma conversa antes de me dar conta de que no fundo não acredito em nada do que estou dizendo.

Eu estava radiante, apanhada naquele nosso jogo de revelações, mas Peter se calou bem na hora em que o garçom veio ver se queríamos alguma coisa. Quando ficamos novamente sozinhos, ele se inclinou para a frente e segurou minha mão, com os olhos fixos em mim. Nesse instante, não havia nenhum outro lugar no mundo além dessa mesa com nós dois presos ali naquele círculo de luz.

– Conte-me alguma coisa verdadeira – disse ele.

– Acabei de lhe contar. Frango com fofinhos. Cogumelos. – Meu sorriso de provocação esmoreceu.

– É diferente. Esses são iscas. São fatos: sem peso, sem significado. Os fatos estão por toda parte. Quero que me conte alguma coisa visceral, alguma coisa que faça parte de você tanto quanto sua respiração ou seus dentes, alguma coisa sobre a qual você nem mesmo saiba como mentir. Conte-me alguma coisa que possa mantê-la aqui comigo.

Por um instante, fiquei olhando para os pratos na mesa, e então a lembrança surgiu, como se estivesse pairando ali às margens da minha mente, esperando para ser contada. Estendi meus dedos sobre os dele e me perguntei por onde começar. Depois me perguntei o que ele pensaria de mim quando eu terminasse. Respirando fundo, escolhi minhas palavras com cuidado.

– Quando eu era criança, costumava ir atrás do meu irmão, Greg, e dos gêmeos Beason, da fazenda vizinha. Eles eram meninos mais velhos, meio atléticos, que eu mal conseguia acompanhar na minha bicicleta, e não eram muito legais. Se eu tivesse qualquer outra pessoa para brincar, é provável que não teria andado atrás deles. Só que, quando se mora no campo, brinca-se com quem morar mais perto.

"Às vezes perseguíamos gatos de celeiro ou íamos nadar no lago. Às vezes eles me faziam roubar coisas do mercadinho, porque ninguém nunca me parava, a não ser para perguntar pela mamãe. Outras vezes eles simplesmente me forçavam a voltar para casa.

"Um dia, eles seguiram de bicicleta até a pedreira, e eu fui junto, como de costume. Havia uma velha cerca de arame em torno do lugar, mas ela estava rompida em alguns pontos, e ninguém trabalhava lá havia anos. Era fácil entrar. Deixamos as bicicletas no alto e descemos pelo paredão rochoso. Ele parecia uma escada gigante recortada para entrar no chão, como se estivéssemos indo para outro mundo. Eu estava empolgada e comecei a explorar o local assim que chegamos ao fundo. Os garotos arrumaram uma formação de latas e tentaram derrubá-las a pedradas. Eu não estava prestando atenção e passei diante deles quando eles estavam jogando pedras. Uma me acertou aqui."

Passei um dedo pela linha da cicatriz logo abaixo da minha sobrancelha direita. A pele ali sempre parecia lisa demais, lustrosa e ligeiramente retraída.

– Caí, e o sangue jorrou para todos os lados. Ele entrou no meu olho, e eu não conseguia enxergar. Os garotos gritavam uns com os outros e comigo. Acho que nós supostamente não devíamos estar brincando na pedreira. Quando eu os acusei de me machucarem de propósito, um deles, não sei qual dos dois, chegou bem perto do meu ouvido e me disse que, se eu os dedurasse, ia pagar caro. Eles nunca mais iam me deixar brincar com eles e, se eu tentasse ir atrás, jogariam mais pedras em mim.

"'E aí vai ser de propósito', ele disse.

"Eles tentaram me empurrar para eu subir de volta pelo paredão, mas eu ainda não conseguia enxergar nada, e minha cabeça latejava forte. Caí umas duas vezes, e por fim Greg me disse para eu ficar onde estava enquanto eles iam buscar ajuda.

"Fiquei deitada no fundo da pedreira pelo que me pareceu uma eternidade. Não havia sombra, e o sol me dava náusea. Eu sabia que meu pai estava vindo e que eu precisaria mentir para ele. Estava convencida de que Deus me fulminaria por isso. Honrar pai e mãe, eles diziam na escola dominical. Eu imaginava Deus em pessoa descendo por aquela escadaria gigantesca, apontando um dedo para mim e não me deixando voltar nunca mais para o mundo normal.

"Quando papai chegou, eu lhe disse que tinha entrado na pedreira e descido sozinha, mesmo depois que os garotos disseram para eu não descer, e que tinha levado um tombo. Eu chorava e tremia, à espera do julgamento que tinha certeza que viria. Mas papai só me apanhou do chão nos seus braços fortes e me carregou de volta à caminhonete para me levar para casa.

"Naquele dia, ninguém foi castigado. Nem mesmo eu."

Distraída, passei o dedo na cicatriz enquanto o garçom recolhia nossos pratos.

– Greg e os garotos Beason ficaram gratos. Eles até roubaram uns SweeTARTS, minha bala preferida, para mim; mas eu fiquei petrificada a semana inteira. Eu ainda estava esperando e não conseguia suportar aquilo. Sabia que alguma coisa medonha ia me acontecer pelo que eu tinha feito.

"Na igreja, naquele domingo, eu disse a primeira e única prece que fiz na minha vida, pedindo por mim mesma. *Meu Deus, se você está furioso comigo, acabe comigo de uma vez.*

"Mas nada aconteceu. O organista continuou a tocar. Meus pais continuaram a cantar o hino. Uma onda de alívio me dominou quando percebi que estava a salvo. Deus não se importava nem um pouco. Comecei a fingir mais, a ser mais aceita, e fiz a mesma prece na semana seguinte e na posterior. Repito essa prece todos os domingos desde que eu tinha oito anos de idade. *Meu Deus, se você está com raiva, acabe comigo. Acabe comigo aqui e agora.*

"E todas as semanas, como Ele não faz nada, eu saio da igreja me sentindo... absolvida. Como se eu ainda estivesse suja de terra, mas a terra fosse limpa. Sei que não sou boa, Peter. Acho que não posso ser. E isso é alguma coisa sobre a qual não sei mentir. Não consigo entrar na igreja e dizer *Abençoe-me porque pequei*. Eu sei que não deveria ser abençoada. Eu entro lá e digo *Acabe comigo*. E, apesar de eu saber que Deus um dia vai aceitar meu pedido, ainda assim não consigo mudar, porque, por mais que eu queira ser boa e fazer parte dos abençoados" – peguei na mão dele, dei um beijo na palma e encostei meu rosto nela –, "eu ainda te quero mais."

Esfreguei meu rosto na sua mão para absorver totalmente a textura da sua pele, para guardá-la de cor para todos os dias futuros. Ele roçou o polegar na minha bochecha e ficou olhando meu rosto, como se ele também o estivesse guardando de cor.

– O que você acha? – perguntei, tremendo. – Foi verdadeiro o suficiente para você?

– Acho... – Ele respirou fundo e soltou o ar bem devagar. Depois, baixou nossas mãos em cima da mesa e beijou o dorso da minha.

– Agora Ele vai precisar acabar com nós dois.

Voltamos para o hotel e nos despimos lentamente, cada um saboreando a revelação do outro. Quando nossas roupas estavam em pilhas no chão, ele me deitou na cama e acompanhou todo o contorno do meu corpo com delicadeza. Enquanto me percorria, ele murmurava, dizendo como meus seios eram lindos e como tinham um sabor delicioso. Ele explorou meu ventre, meus quadris, a face interna das minhas coxas; e suas palavras criaram alguma coisa dentro de mim, um animal selvagem que corcoveava e se retesava, moldando mil emoções invisíveis presas por baixo da minha pele. Quando ele alinhou seu corpo com o meu e me penetrou, essa coisa dentro de mim cresceu demais para ser contida, e a felicidade transbordou pelos meus olhos, escorrendo pelas têmporas.

Não sei de onde, eu me lembrei do rosto mudo, marcado pelas lágrimas, do meu avô, naquele quarto deprimente do lar de idosos. Era provável que essa situação fosse a última em que alguém pensaria no seu falecido avô, como algum tipo de prova definitiva de como eu era desnaturada, mas, naquele momento, eu finalmente entendi como o amor pode ser demais para ser contido pelo nosso corpo.

Quando viu minhas lágrimas, Peter parou seus movimentos e ficou com uma expressão estranhíssima.

– Que foi? – sussurrei.

– Eu ia dizer seu nome, mas nem mesmo sei que nome usar.

Puxei sua cabeça para meu ombro junto do pescoço, envolvendo-o com meu ser inteiro.

– Pode me chamar de sua.

DEL / *Quarta-feira, 16 de abril de 2008*

O PROBLEMA COM O DNA ERA QUE DEMORAVA DEMAIS. NÃO era como nos filmes, em que eles derramam alguma coisa num tubo de ensaio, misturam bem e conseguem o nome do assassino. Era preciso mandar as amostras para a polícia técnica em Mineápolis, onde eles punham seu material na fila, atrás do material de todos os outros, e conseguiam examiná-lo, quando chegassem a examiná-lo, o que poderia demorar até um ano, dependendo do tipo de prova. Os funcionários do laboratório, trabalhando das nove às cinco, passavam o dia inteiro olhando para células de garotas mortas. Eles não se importavam com a *sua* garota morta. Não fazia a menor diferença para eles. Pelo menos era essa a impressão que se tinha aqui em Pine Valley, onde nós só tínhamos uma garota morta, que rasgara um buraco largo e feio no tecido da cidadezinha.

Hattie era o único assunto de qualquer um, a única coisa que enchia os olhos de todos quando passavam por mim na rua. Espalhou-se a notícia do exame de DNA de Tommy Kinakis, provavelmente a partir do próprio Tommy, o grande pateta, e também de Lund ter sido tirado da escola para ser interrogado. Não cessavam as ligações para o atendimento de emergência, e Nancy dizia à maioria que desistisse, mas ela considerava ser seu dever me manter atualizado com as fofocas, enquanto arrumava sanduíches e café fresquinho nos poucos espaços vazios na minha mesa. Brian Haeffner não parava de fazer seu papel de político, tentando organizar entrevistas coletivas diárias. Todos os pais da cidadezinha queriam tomar conhecimento da segurança da escola secundária. Graças a Portia, a história da maldição se espalhara como fogo no mato seco, e dois furgões das estações de notícias das cidades gêmeas acamparam na rua principal na noite de ontem. Eu havia parado de atender meu celular, a menos que fosse Jake... ou Bud. Bud ligara por volta das seis daquela manhã.

– Del.

– Bud. – Eu estava sentado à mesa da cozinha, com o olhar fixo na foto da primeira página do jornal de hoje, que era uma foto de cena da peça da noite de sexta, com Hattie usando seu vestido manchado de sangue e sua coroa, parecendo atormentada e estendendo um braço para se proteger da escuridão. Aquilo me deu arrepios. Imaginei que Bud estivesse olhando para a mesma coisa. Por um minuto, nenhum de nós dois voltou a falar.

– Já recebeu os resultados do DNA? – Sua voz estava rouca.

– Não. Não, isso demora um pouco. Estou verificando outras coisas enquanto isso, estabelecendo os horários exatos.

– Você levou Peter Lund à delegacia ontem.

Não era uma pergunta, mas eu ouvi muito bem a indagação por trás das palavras. Vinte e cinco anos de amizade acabam fazendo isso.

– Estamos falando com muita gente.

– Você acha que Lund teve alguma coisa a ver com o que houve?

– Ele era o diretor da peça, conhecia todos os alunos. Você ouviu falar dessa bobagem de maldição. Se algum deles tivesse a intenção de fazê-la acontecer, achei que Lund pudesse ter uma ideia de quem seria. – Eu me irritava por estar contando uma mentira deslavada, por estar usando aquela maldição idiota como razão para qualquer coisa.

– Então você acha que não foi o Tommy?

– Não acho nada, Bud. Quando eu começar a achar que as coisas são de um jeito, isso automaticamente exclui um monte de outros jeitos que poderiam ser tão prováveis quanto aquele. Estou só acumulando o máximo possível de informações, enquanto nós esperamos o resultado do DNA, tentando montar o quebra-cabeça da noite inteira e de todos os que estavam nela.

Fez-se mais um longo silêncio, um suspiro na outra ponta da linha, e a voz de Bud estava embargada quando ele voltou a falar. Parecia que esse telefonema estava lhe custando quase mais esforço do que ele poderia aguentar.

– Puxa vida, Del. Só consigo pensar na pobrezinha estendida naquela pedra ontem. Mona e eu fomos liberar o corpo, e ela parecia um monte de carne, toda inchada e... toda errada. Minha menininha, minha menininha era um monte de carne numa pedra.

Suas palavras seguintes foram sacudidas por soluços. Eu mal consegui decifrá-las.

– E eu vou estripar o filho da puta que fez isso. Vou fazer ele desejar nunca sequer ter posto os olhos nela.

– Bud, trate de me escutar. Bud?

Ouvi apenas uns arranhões e uma respiração pesada em resposta.

– Eu vou encontrar esse cara, Bud. Para isso, Hattie pode contar comigo. Ela não precisa que o pai vá para a cadeia. Mona precisa de você também, sabe? E Greg vai precisar do seu apoio quando voltar para casa. Você tem de se lembrar deles.

Não sei se ele me ouviu até a respiração voltar ao normal. O sol estava começando a nascer, tornando a cozinha de um laranja forte, de incêndio.

– Você está dizendo que vai me prender?

– Bud...

– Minha filha morreu. Ontem eu a segurei nas mãos, segurei sua cabecinha careca e vi quando ela chorou pela primeira vez. Eu a ensinei a dirigir o trator, sentada no meu colo, com as marias-chiquinhas saltitando e batendo no meu rosto. Assisti quando ela fez o papel de rainha, uma rainha com todo o poder e a perversidade que se poderia imaginar. Ela dominava aquele palco. Ela o iluminava. E eu lhe dei um abraço, elogiei o belo trabalho que ela fez e a deixei ir embora. Eu simplesmente deixei que ela saísse da escola e morresse. E nem morto eu vou ficar de braços cruzados, escolhendo o vestido do seu enterro, enquanto o assassino está andando livre por aí.

— É exatamente isso o que você vai fazer.

— Puta merda, Del. O que você não está me contando?

— Estou lhe dizendo que estamos no meio de uma investigação em aberto; e que você saberá quem matou Hattie no instante em que ele for algemado.

Fez-se uma pausa, e depois a ligação foi encerrada. Deixei cair a testa na mão.

Depois de um minuto, eu me levantei e andei até a janela, onde o dia estava clareando por trás das casas. Normalmente, aquele era o tipo de nascer do sol que eu gostava de apreciar, todo aquele fogo dos infernos queimando em contraste com as nuvens, o tipo em que Bud e eu deixávamos passar um puxão no anzol só para ficarmos sentados no barco, olhando para o horizonte. Fazia mais de duas décadas que pescávamos juntos. Todos os anos ele me convidava para ir à sua casa para o almoço de Páscoa; e este ano todos nos sentamos à mesa de jantar para comer o presunto caramelado. Hattie estava tentando descobrir comigo a que velocidade acima do limite ela poderia dirigir sem ser abordada, enquanto Bud, Mona e eu ríamos. E agora ela nunca mais ia dirigir em alta velocidade em parte alguma. Bud, que tinha me dito para tacar-lhe uma multa bem naquela hora, por "excesso de velocidade premeditado", estava ameaçando fazer justiça com as próprias mãos. E eu, se não conseguisse descobrir o assassino de Hattie com rapidez e discrição suficientes, poderia acabar perdendo Bud também.

O distintivo me pesava muito nessa manhã. Tomei o resto do café e saí da casa com uma necessidade infernal de fazer alguma coisa, qualquer coisa, que levasse esse caso adiante.

✺

Fui à casa de Carl Jacobs. Ontem, quando Jake conversou com Carl, Carl corroborou a história de Lund, e a maioria das respostas dos dois bateu perfeitamente. Os dois disseram que tinham ido para a casa de Carl depois de trancarem a escola, cada um no seu carro, Lund seguindo Carl. Eles se sentaram no porão de Carl para tomar uma cerveja – Budweiser, segundo os dois relatos – e ficaram jogando papo fora por um tempo, até Lund ir embora. Carl calculou que isso devia ter acontecido por volta das 10:25, porque depois ele ligou a TV e viu o último noticiário.

O que não estava assim tão claro foi o tema da conversa. Lund disse que eles conversaram sobre a peça e sobre o trabalho. Carl não se lembrou de cara, segundo Jake. E então afirmou que conversaram sobre esportes – quais eram as perspectivas para os Twins nessa temporada. Ele achava que não falaram muito sobre qualquer outro assunto.

Faltavam quinze para as sete quando cheguei à casa dele, cedo o suficiente para Carl ainda não ter saído para o trabalho. Ele atendeu à minha batida como se tivesse estado esperando bem ali do outro lado da porta, vestido e barbeado, pronto para o dia.

– Xerife. Um pouco cedo, não é não? – Seu olhar passou de mim para a radiopatrulha.

– Cedo o suficiente para você poder me dar alguns minutos de atenção. – Com a cabeça, fiz um gesto para dentro da casa, e ele me deixou entrar. Seu menino estava parado no corredor, ainda de pijama, mas bem acordado e com um pouco de medo, pelo que demonstrava.

– Bom dia. – Levantei o chapéu para ele, o que costuma tranquilizar a maioria das crianças, mas não aquele menino. Ele simplesmente baixou os olhos para o assoalho, sem se mexer.

– Quem sabe Lanie não fica com ele um minuto enquanto conversamos?

– Lanie! – Carl gritou, e sua mulher apareceu, também de pijama. Não parecia muito acordada, nem satisfeita.

– Que é? – Ela não me cumprimentou.

– Preciso falar com o xerife.

– De novo?

– Só apronta o Josh, OK?

Ela abanou a cabeça e agarrou o menino pela gola do pijama, levando-o de volta pelo corredor e fechando uma porta com violência.

Com um gesto, Carl me convidou para entrar na cozinha.

– Não é uma pessoa muito matinal, certo? – perguntei, simpático.

– Que foi, xerife? Respondi a tudo o que seu assistente me perguntou e perdi um período de aula inteiro nisso. Sabe como as pessoas estão me olhando?

– Como?

– Como se eu fosse... – Ele fez que não. – Como se eu tivesse alguma coisa a ver com essa encrenca.

– E você tem?

– O que o senhor está me perguntando?

– O que você sabe, Carl? – Pus meu chapéu em cima da mesa e o encarei até ele desviar os olhos.

– Sei que Hattie Hoffman morreu, só isso. Ela era minha aluna de História já havia dois anos. No ano passado, História Americana; e Europeia neste ano. Ela gostou mais da Europa.

– Não é aí que estou querendo chegar. Por que você mentiu para Jake?

– Menti!?

– Quero saber sobre o que vocês conversaram no seu porão na sexta, e é melhor você não dizer que foi sobre os Twins.

Ele olhou espantado para mim, paralisado por um minuto, antes de ir até o vão da porta e dar uma olhada no corredor. Deixou-se então cair numa das cadeiras da mesa da cozinha e falou baixinho.

– Lanie.

– O que tem Lanie?

Ele deu um suspiro.

— Falamos sobre ela um pouco. Quando cheguei com Peter na sexta, ela estava irritada. Começamos a discutir. Estamos sempre discutindo ultimamente. E, depois que ela subiu, pisando com raiva, Peter e eu conversamos.

— Conversaram sobre o quê?

— Sobre casar-se jovem. Sem ter noção da encrenca em que você está se metendo. Ele se casou direto quando saiu da faculdade, também.

— Ele estava tendo problemas conjugais? Vocês falaram sobre isso?

Ele ficou calado por um segundo.

— Não. Não exatamente sobre isso. Ele me fez uma pergunta, e eu não me orgulho do que respondi. Foi por isso que não contei nada ao seu assistente.

Esperei e ele acabou desabafando.

— Ele me perguntou se eu teria ficado com Lanie antes que Josh nascesse. Se eu teria ficado, quando não havia filhos em que pensar e eu tivesse podido recomeçar?

Sua voz ficou ainda mais baixa.

— Eu disse que não. Disse que achava que até mesmo Josh às vezes queria que nos divorciássemos. Os motivos idiotas que nos levam a brigar...

— Motivos de que tipo? — Percebi a germinação de um caso de violência doméstica.

— Todos. Já foi casado, xerife?

— Fui.

— É? Eu não sabia. O que aconteceu?

— O Vietnã.

— Ela o deixou enquanto o senhor estava lá?

— Não. Uns dois minutos depois que cheguei de volta. Acabou que ela gostava mais de mim do outro lado do planeta.

Eu nunca falava sobre Angie. Não que aquilo ainda me dilacerasse. Houve uma época, bem prolongada, em que eu sentia rancor pelo jeito com que ela me deixou. Mas tudo aquilo se apagou. Ela não sabia o que fazer com um veterano de guerra cheio de raiva, tanto quanto eu mesmo não sabia. Ela só queria uma vida normal, feliz. Antes que eu embarcasse, me implorou que fosse para o Canadá com ela. Mas eu escolhi o caminho da honra: dei prioridade ao meu país, não à minha namorada. Suas cartas estavam entre as coisas que me ajudaram a atravessar aquele período, e agora é disso que me lembro dela. Quando soube que ela morreu num acidente de trânsito nas proximidades de Dubuque há alguns anos, peguei todas aquelas cartas de novo. Foi estranho ler todos aqueles avisos para ter cuidado e não me deixar ferir, toda aquela preocupação se derramando da mão morta de Angie. Guardei as cartas na caixa com as medalhas e a mensagem do presidente; e não olhei para nada daquilo desde então. Não havia necessidade de revirar o passado, só que tive pena de Carl. Angie e eu também éramos muito jovens, sem bens nem filhos para atrapalhar o divórcio. Houve só um *Até logo* e alguns documentos a assinar. Mas Carl e Lanie tinham uma vida juntos: um lar, um filho.

– Isso é horrível, xerife. – Ele parecia furioso. – Deixar um herói de guerra assim que ele volta pra casa.

– O que passou, passou.

Peguei meu chapéu e fui me encaminhando para a porta da frente.

– Lund nunca se queixou da mulher?

– No fundo, não. Da sogra, sim. Parece que ela não gosta muito dele.

– Vocês falaram sobre Hattie naquela noite?

– Não. – Ele abriu a porta e me acompanhou até a radiopatrulha. – Não, eu teria me lembrado disso.

– Certo. Obrigado por dedicar esse tempo agora de manhã.

Ele aceitou em silêncio, e Lanie apareceu à porta de tela às suas costas, com o rosto crispado, a expressão fechada. Se tinha ouvido ou não o que Carl disse na cozinha, parecia que eles tinham algumas brigas pela frente.

Descobri-me dirigindo rumo à casa de Bud, mas o que eu poderia dizer? Não podia lhe dizer o que ele queria saber, que era em quem deveria mirar sua arma. Esta era uma investigação em andamento, para não dizer que era um pesadelo no que dizia respeito à imprensa; e, quanto menos Bud soubesse, melhor.

Passei pela saída que levava à casa de Bud e segui para o lago. No caminho, liguei para a polícia técnica para ver como estavam as amostras. Eles me disseram que o serviço ainda estava pendente e não podiam me dar uma data em que ele seria processado. Eles estavam trabalhando com uma quantidade "extraordinariamente alta de casos", segundo o merdinha que finalmente atendeu minha ligação.

Entrei no estacionamento onde Hattie e Tommy foram parar na noite de sexta, olhando por cima da água para o celeiro dos Erickson, com seu velho telhado se curvando na direção do lago. Havia algumas árvores ao longo da margem junto ao celeiro, um esconderijo suficiente mesmo sem o capim alto que cresceria ali dentro de alguns meses. De acordo com o relato de Tommy, Hattie tinha saltado da caminhonete e andado na direção do celeiro sozinha. Ia se encontrar com alguém? Por que ela iria lá se não fosse se encontrar com alguém? Era provável que tivesse sido por volta das dez da noite. Teria sido fácil para Lund ir se encontrar com ela ali depois de sair da casa de Carl. Alguém também poderia tê-la seguido – Tommy, ou até mesmo outra pessoa, mas quem quer que tivesse sido precisava ter uma razão para estar naquele lugar fora de mão no meio da noite. Cocei meu rosto e pensei na minha curta lista de suspeitos. Tanto Lund quanto Tommy tinham motivo; tanto um quanto o outro poderiam ter tido razões para querer que ela morresse.

Saltei da radiopatrulha e refiz os últimos passos de Hattie – atravessando o estacionamento e depois acompanhando o lago com ondinhas que lambiam a margem com um vento morno, preguiçoso.

Estava mais frio e meio nublado na sexta passada, com a temperatura pouco acima de dez graus, baixando depois do entardecer. Ela estaria sentindo frio, provavelmente andando depressa, tanto pelo ar gelado quanto para se afastar de Tommy. Não havia casas nem celeiros no horizonte, em nenhuma direção. A lâmpada de segurança do estacionamento estaria acesa, mas sua potência não alcançava mais do que um raio de trinta metros, de modo que ela só tinha uma lua parcial a iluminar o caminho. Ela estava com medo? Eu não sabia. Por estar sozinha, não. Andar sozinha no frio e no escuro não era nada para uma garota de fazenda. Podia ser que Hattie estivesse de olho na cidade grande, mas ela pertencia a esta terra como qualquer outro jovem de Pine Valley; e a terra era acolhedora para as pessoas. Sua vastidão e seus céus abertos eram um bálsamo. Não, se ela caminhou sozinha ao encontro da morte, caminhou sem medo. Segui ruidoso pelo cascalho da trilha, examinando as bordas do capim mais uma vez. Nada tinha sido pisoteado, não havia respingos de lama. Nenhum sinal de qualquer tipo de luta. Nós já tínhamos vasculhado aquele terreno: eu, o pessoal da polícia técnica e Jake, para completar, mas nunca era demais refazer seus passos, especialmente quando se está refletindo sobre o caso ou aguardando que um técnico de laboratório a mais de cem quilômetros de distância resolva fazer seu trabalho.

A meio caminho do celeiro, parei e olhei para trás. O estacionamento tinha desaparecido por trás de uma pequena elevação do terreno. Eu já não via a radiopatrulha. Será que Hattie tinha olhado para trás? Será que Tommy – que não dispunha de álibi; Tommy, que não sabia por que ela havia rompido o namoro com ele; Tommy, dominado pelos hormônios, com raiva e tesão –, será que ele estava vindo atrás dela?

Eu não tinha ido atrás de Angie. Quando ela foi embora, havia mais de trinta anos, eu a deixei ir. Fiquei com raiva, talvez até mesmo furioso e bêbado o suficiente para matar alguém em algumas daquelas noites sombrias, mas nunca a persegui. Ela fez sua escolha, como eu tinha feito a minha. Eu tinha escolhido a guerra. Ela escolheu o Iowa. Mandou a papelada do divórcio pelo correio e se casou com um representante farmacêutico na primavera seguinte. Eu fui estudar sob o amparo da lei dos veteranos de guerra, consegui um emprego de policial no condado de Wabash e não tinha nada de bom a dizer a ninguém até Bud começar a acenar para mim do outro lado do lago Crosby.

Ele era só alguns anos mais novo que eu, mas a idade representou a diferença entre ser convocado ou não. Ele e Mona eram recém-casados, dando os primeiros passos na fazenda; e naquele primeiro verão nós só falamos sobre peixes. Um aceno rápido e uma confirmação do que estava mordendo a isca. Isso estava ao meu alcance. No verão seguinte, ele já conseguiu que eu fosse à sua casa algumas vezes, e Mona fritava o que tivéssemos pescado. No ano depois desse, fizemos nossa primeira viagem ao lago Michigan. Bud foi a primeira pessoa a pôr no quintal um cartaz com os dizeres *Goodman para Xerife*, até se dar conta de que ninguém ia vê-lo ali. Colou-o então na traseira da sua picape.

Quando tive notícias de Angie de novo, quando ela me mandou uma carta de parabéns por ter sido nomeado para o cargo de xerife, todo o rancor havia sumido, e é provável que isso tenha sido graças a Bud. Respondi à sua carta, e ela passou a me enviar um cartão de Natal todos os anos, até o ano em que morreu. Geralmente vinha anexa uma foto dela com o marido e os filhos, que eram mais para gorduchos. Ela era uma mulher bonita, que permaneceu bonita.

Voltei-me de novo para o celeiro e continuei a andar. Fazia tempo que eu não pensava em Angie, mas suponho que fizesse sentido. Carl e Lanie. Hattie e Tommy. Relacionamentos chegando ao ponto de ruptura. Destroçados.

Ainda havia fita amarela por todo o celeiro, cortesia dos rapazes da polícia técnica. Abaixei-me para passar e entrei. Água estagnada, mofo e madeira podre: foram os cheiros que me aguardavam, exatamente como teriam aguardado Hattie. Ela deixou Tommy e foi andando até o celeiro. Depois fez sexo com alguém ali. Depois foi morta por alguém no celeiro. Eram, no máximo, três pessoas diferentes que poderiam ter interagido com ela. Ou poderia ter sido só uma.

Eu andava para lá e para cá, não me importando nem um pouco com a madeira que protestava debaixo das minhas botas. O celeiro podia ruir, se quisesse ruir. Eu estava conseguindo acertar a cronologia, a história, mas nada daquilo teria o menor significado se eu não pudesse completá-la com um suspeito. Eu precisava ter aquele resultado de DNA, precisava saber quem estava mentindo para mim, de modo que eu pudesse cair em cima dele até ele me contar exatamente o que aconteceu, para não falar do mandado que eu poderia conseguir para investigar cada centímetro da sua vida, em busca da arma do crime.

Saquei meu celular e liguei para o número antes de pensar melhor.

– Xerife Goodman – ela atendeu ao terceiro toque.

– Fran, preciso daquele DNA. Quem você conhece na polícia técnica de Mineápolis?

– Vou bem, obrigada. E você?

– Estou falando sério.

Ela abandonou o tom sarcástico.

– E por que razão esse seu homicídio é mais importante do que qualquer outro dos milhares de corpos que passam pelo meu necrotério todos os anos? Porque ele é seu? Porque o justiceiro Goodman precisa salvar a pátria?

– Não há nenhuma pátria a salvar, Fran. A garota morreu. – Eu continuava a andar, tentando não dizer um palavrão, porque sabia que isso a irritava. – Não sou o centro da questão. Você pode me insultar o quanto quiser, OK? É provável que esteja com a razão, você sempre está. Mas esse caso é com a filha do meu amigo. A menininha dele. Estou com dois suspeitos principais para o sêmen e preciso saber com qual deles vai bater. E preciso saber isso hoje, enquanto ainda resta algum fiapo de provas.

Depois do meu discurso, ela se calou. Continuei a andar, pronto para responder a qualquer coisa que ela dissesse em seguida, até ela suspirar.

– Certo, Del. Tenho alguns contatos. Vou dar um telefonema.

– Bom. Bom mesmo. – Eu me abaixei para sair do celeiro e comecei a fazer uma varredura ao longo do perímetro da construção. Era terreno velho, já coberto, mas o impulso me tranquilizou. – Diz a eles que preciso disso hoje.

– O que você precisa e o que eles podem fazer são duas coisas que não têm nada a ver uma com a outra. Vou pedir que eles tratem de processar as amostras. Só isso.

Agachei-me ao lado de uma moita de capim seco do lado de fora da janela, afastei-a para um lado e vi o esqueleto de um camundongo. Estava totalmente limpo e quase intacto.

– Valeu, Fran. Fico lhe devendo uma.

– Uma o quê, exatamente?

– Eu a levo para uma volta na viatura um dia desses. Nós podemos aplicar multas no pessoal de fora do estado.

Ela riu – riu alto mesmo, o que foi um pequeno milagre –, mas de repente ficou séria de novo e me mostrou uma direção totalmente nova.

– Del, se você quer mesmo descobrir esse assassino, tenho outra pessoa com quem você precisa falar.

PETER / *Sexta-feira, 15 de fevereiro de 2008*

ERA INCRÍVEL COMO A VIDA SIMPLESMENTE SEGUIA ADIANte. Você podia cometer o ato amoral mais desprezível que tinha imaginado na vida e depois só pegava o carro e ia para casa. Ia ao trabalho. Pegava a roupa lavada a seco na lavanderia. Comprava vinho na loja de bebidas e batia papo com os pais da melhor amiga da garota com quem você tinha ido para a cama, enganando sua mulher. Pagava o vinho. Ia para casa.

Mary mal tinha tomado conhecimento da minha viagem a Mineápolis em janeiro. Eu tinha tirado o dinheiro para o hotel da minha conta de poupança particular, que ela nunca veria. Quando voltei, ela perguntou pelo amigo que eu lhe dissera que ia visitar. Eu disse que ele estava bem e que foi bom vê-lo. Ela voltou a limpar o chão, e eu subi, deitei na nossa cama e repassei cada detalhe do que havia acontecido naquele fim de semana: a confissão de Hattie no restaurante, o que veio depois na cama do hotel. E na mesa. E no chuveiro. *Meu Deus, acabe comigo.*

Ninguém olhava para mim de um jeito diferente. Ninguém nem mesmo desconfiava de nada. Aquilo me fez pensar em que outras coisas eu poderia fazer e sair impune, até onde eu conseguiria levar essa vida dupla, e a resposta a essa pergunta dependia exclusivamente de Hattie.

No mês que se passou desde nossa viagem, nós quase não tínhamos nos falado. Não havia nenhum canal de comunicação que fosse seguro. Não podíamos usar e-mail, telefones, a internet, nada que pudesse ser rastreado. E assim nosso relacionamento se tornou um jogo de *voyeurs* mudos. Eu a via almoçar com Tommy todos os dias do outro lado do refeitório. Ela me via fazer anotações no quadro durante as aulas. Quando passávamos um pelo outro nos corredores, ela fingia que não me via e continuava a bater papo com as amigas. Eu me postava à porta da sala de aula quando a campainha soava, só para sentir seu cheiro quando ela passasse. Ela sempre tinha um cheiro leve, arejado, com um toque de fruta; morango ou framboesa, eu nunca soube dizer. Era enlouquecedor, estar assim tão perto dela. Ela devia ter a mesma sensação, porque uma tarde deu uma passada pela sala de aula depois da hora sob o pretexto de ter uma pergunta a fazer sobre a peça a ser encenada na primavera, mas eu não sabia se conseguiria me conter e não tocar nela. Transferi depressa a conversa para o corredor, olhando para além dela enquanto monitorava a correnteza dos alunos, percebendo sua frustração crescente. Finalmente, ela escreveu uma mensagem em lápis claro num dos seus trabalhos – somente um lugar e uma data –, que apaguei nervosíssimo no quarto de depósito no andar de cima, enquanto meu coração disparava.

Era uma área para descanso às margens do Mississípi, com uma vista pitoresca do Wisconsin, mas ninguém fazia turismo nas ribanceiras nessa época do ano. Só vi um carro lá na meia hora antes que ela chegasse. Puxei-a para o banco traseiro sem dizer uma palavra, e nós arrancamos as roupas, ofegantes, dando puxões e nos contorcendo até ela montar em mim, e então seu corpo esguio e magro me deixou louco.

Eu a desejava como nunca havia desejado ninguém. Ao mesmo tempo, estava apavorado com o que ela faria com o poder imenso que exercia sobre mim. Ela achava que me admirava, que era eu quem estava no comando, mas aos poucos ia perceber que minha vida era como um castelo de cartas aos seus pés e que tudo o que era preciso para me destruir era um chute aleatório de qualquer um dos seus inúmeros eus. Eu ansiava por ela, estava obcecado com ela e a cada dia sentia mais medo dela.

Na sexta-feira, depois do encontro na área de descanso, cheguei do trabalho e vi Mary andando em volta da casa com um sujeito que não reconheci. Ele parecia ser da nossa idade, usava um boné de beisebol, botas de trabalho cobertas de neve e um cinto de ferramentas. Ele me cumprimentou com um gesto de cabeça, enquanto eu seguia pela calçada até a casa. Nos últimos dias, eu olhava para todo mundo um segundo a mais, só para ver se era essa a pessoa que ia apontar o dedo para mim e denunciar quem eu de fato era. Não esse cara, não hoje. Ele retomou sua conversa com Mary, e eu entrei. Elsa estava dormindo na cadeira de balanço na sala de estar. Peguei uma Coca e bebi metade dela, com os olhos fixos no que estava na geladeira, me perguntando como poderia estar com Hattie de novo. Ela poderia "visitar" outra faculdade no recesso da primavera. Nós poderíamos ir a Duluth, ou a Chicago. Hattie ia adorar Chicago.

Mary abriu a porta da frente, e eu fechei a geladeira depressa. Ela seguiu para a pia sem me dirigir uma palavra e começou a lavar a louça com o ar de alguém que terminava uma atividade interrompida.

Fui me aproximando da porta, com meu corpo entrando automaticamente em retirada. Eu agora vivia no quarto de depósito, a não ser quando estava comendo ou dormindo. Mesmo que Mary não tivesse agido como uma ilha na maior parte do inverno, a essa altura era ridículo eu fazer o esforço para tentar uma aproximação. Só que, antes que eu sumisse nessa noite, a curiosidade me dominou.

– Quem era o cara?

– Harry Tomlin.

– O que ele queria?

– Pedi que ele viesse aqui. – Ela quase não ia entrar em detalhes, mas aí deu de ombros enquanto punha uma jarra de cabeça para baixo no escorredor de louça. – É um velho amigo do tempo da escola. Eu o contratei para instalar janelas novas.

– Janelas?

– Aqui tem muita corrente de ar. Não adianta substituir o boiler com as janelas desse jeito.

– Boiler? Que porra de boiler, Mary? – Eu não sabia o que me espantava mais: seus planos ou o fato de ela realmente estar contando esses planos para mim. Fui até a porta da sala de estar para me certificar de que Elsa ainda estivesse dormindo. – É você quem tem um ataque a cada centavo que eu gasto. Por que vai desperdiçar dinheiro, meu dinheiro, por sinal, numa porcaria de casa como esta?

– Não vou tocar no seu precioso salário, OK? Fique com ele. Mamãe tem a aposentadoria dela, e eu vou ganhar meu próprio dinheiro.

– Fazendo o quê? Vendendo ovos a quinze centavos cada?

Uma sugestão de sorriso começou a aparecer na sua boca.

– Na verdade, trinta e cinco centavos.

– Como assim?

– Ovos orgânicos, de quintal, de produção familiar.

– Do que você está falando?

De início ela não respondeu. Era frustrante conversar com seu perfil. Ela nem mesmo se virava para conversar comigo. Não importava que ela tivesse todo o direito de me derrubar com um empurrão, pisotear meu saco e me expulsar da porcaria da casa da sua mãe. Ela não sabia disso.

– Lembra de quando íamos à feira em Mineápolis? Como você sempre saía elogiando algum produto orgânico ou outro, obtido sem envolver nenhuma crueldade aos animais?

Eu me lembrava, sim, mas as lembranças não estavam salpicadas de sarcasmo. Eu tinha imaginado, com sinceridade e com uma óbvia estupidez, que aqueles tinham sido nossos bons tempos. Nós estávamos morando no nosso apartamento vitoriano, sem elevador, e todos os domingos de manhã no verão nós líamos o jornal, tomando café, fazendo comentários e trocando seções entre nós até a mesa de jantar ficar coberta com tendas dobradas de reportagens, charges e do que sobrava das páginas de cupons depois de se depararem com a tesoura de Mary.

Depois, nós descíamos para ir à feira e perambulávamos pelas barracas. Às vezes só comprávamos uma baguete a título de brunch e a comíamos no caminho de volta para casa, arrancando nacos e os acompanhando com um *smoothie*. Algumas vezes decidíamos fazer alguma coisa por impulso e voltávamos para casa com quarenta tomates e pimentas, deixando a cozinha toda respingada com uma tentativa de fazer *salsa* às cegas. Essas ideias costumavam ser minhas. Mary sempre tinha uma lista de compras e um planejamento. Tranquila, ela marcava um a um os itens da lista enquanto passávamos pelos corredores.

Quando começamos a frequentar a feira, Mary erguia as sobrancelhas diante da quantidade de vendedores da etnia *hmong*, mas nunca disse nada além de "eles não trabalham a terra lá perto da minha família". E comprava os produtos de qualquer um, desde que fossem de boa qualidade e a preços razoáveis. Ela sabia conversar com os produtores, falando sobre chuvas e temperaturas. Não se importava com herbicidas, nem com o tratamento dado às vacas. Era eu que insistia em comprar nas barracas orgânicas, enquanto Mary revirava os olhos e ria. Quando eu tentava lhe mostrar artigos sobre os efeitos de inseticidas e fertilizantes químicos, ela zombava de mim, dizendo que havia estudos para provar qualquer coisa, que eu sabia que ia morrer de qualquer modo, certo?

Ela nunca se interessou pela agricultura orgânica. Então de onde é que isso tinha surgido?

– Estou conversando com um cara de perto de Rochester, que entende de toda a operação. Cooperativas móveis e ração vegetariana. Ele vende a restaurantes nas cidades a um preço mais alto, e nós vamos começar a atender ao circuito de feiras do produtor na primavera.

– Nós?

– Eu, ele e mais alguns criadores da região. A procura existe. Toda aquela gente das cidades, como você mesmo, querendo ovos de galinhas felizes, querendo carne de gado alimentado no pasto e submetido a um abate humanitário.

Ela abanou a cabeça com essas duas últimas palavras. Era um ponto em relação ao qual concordávamos, mas por motivos imensamente diferentes.

– De onde surgiu tudo isso, Mary? Você sabe que Elsa não dura mais um ano.

Ela se encolheu ao ouvir isso; e eu recuei depressa, baixando minha voz.

– Desculpa. Eu não pretendia falar desse jeito, mas está óbvio que o médico estava certo. Ela está mais fraca a cada dia que passa. Ela se lembra cada vez menos do que qualquer pessoa lhe diz. No outro dia, ela nem mesmo sabia quem eu era.

Não mencionei que, como não me reconhecia, ela foi mais simpática do que tinha sido desde o dia do casamento. Afagou minha mão e me chamou de Hank, pedindo que lesse para ela alguns obituários. Hank atendeu com prazer. Era a primeira vez em meses que eu me sentia bem recebido na casa.

A questão da taxa de retenção da memória estava se tornando difícil de deixar pra lá. Todos os dias por duas semanas, Elsa tinha perguntado a Mary por que nós tínhamos comprado "aquela pimenta de cinco dólares", até finalmente ficar gravado na sua cabeça que aquela era "a pimenta especial do Peter". Ela assistia à previsão do tempo no noticiário pelo menos duas vezes por noite, e mesmo assim demonstrava surpresa quando nevava no dia seguinte. Se o oxigênio já não estava chegando em quantidade suficiente ao seu cérebro, por quanto tempo mais o resto do seu corpo poderia sobreviver?

Escolhi com cuidado as palavras para minha pergunta seguinte.

– Por que você investiria num negócio totalmente novo se nós estamos aqui só pelo tempo necessário?

Ela não disse nada; e, para ser franco, eu já sabia. A resposta estava bem diante do meu nariz.

– Você não está aqui só por Elsa. – Deixei-me cair numa das cadeiras da cozinha e fiquei olhando para seu perfil. Ela não confirmou, nem negou. – Você gosta disso aqui. Não vai se mudar de volta para Mineápolis quando ela morrer, não é mesmo?

Mesmo assim, ela não falou. Simplesmente continuou a lavar a louça, com as mãos espremendo lentamente o esfregão sobre um pires enquanto olhava pela janela da cozinha para aquela brancura insondável.

– Droga, Mary, me responda! Acho que mereço uma resposta. Você está planejando isso desde antes da mudança para cá?

Ela enxaguou um prato e o pôs no escorredor. Depois, tirou uma xícara de café do meio da espuma.

– Você não ia entender.

– É claro que não estou entendendo. Como posso entender o que você não quer dizer? – Cruzei os braços, decidido a não sair dali enquanto ela não se explicasse.

– É... – Ela parou, fez que não e começou de novo, passando a xícara ensaboada de uma mão para a outra, ainda com o olhar perdido na vidraça emoldurada por cortinas desbotadas de algodão barato. – Eu não sei como dizer. É como as árvores.

– Como assim?

– Na cidade não dá para ver as árvores. – Ela fez uma pausa, pensando. – Elas ficam todas espremidas, umas emaranhadas nas outras, até você não conseguir dizer onde uma árvore termina e outra começa. Os galhos são serrados para não tocar em cabos de energia ou em telhados. Algumas delas têm em torno do tronco um anel vermelho de tinta spray e são derrubadas quando as raízes crescem demais por baixo das calçadas. Dá uma tristeza olhar para elas, todas deformadas, desfiguradas ou tão podadas a ponto de se reduzirem a nada.

"Mas aqui, aqui a gente pode ver as árvores como de fato são. A vida inteira eu as vi crescendo nas beiras dos campos, como pontos de cruz segurando um acolchoado no lugar." Ela direcionou o olhar para os pinheiros por trás da garagem, e sua voz perdeu aquele tom duro e cortante que tinha adquirido ao se dirigir a mim.

– Elas formam quebra-ventos altos em torno das fazendas, e você de fato consegue vê-las. Pode identificar as silhuetas, acompanhar as inclinações e curvas dos galhos. Algumas são esgalhadas. Algumas são grossas e fortes. Algumas são encurvadas, como velhos lutando com o vento. Aqui você pode entender a natureza delas. Só fui perceber isso depois que nos mudamos para cá e eu me senti respirando de novo. Um dia, eu estava voltando a pé da casa de Winifred e simplesmente parei e fiquei olhando para as formas das árvores no horizonte. Eram como retratos, cada uma delas, e foi a coisa mais linda que eu já tinha visto. Foi ali que eu soube que não poderia voltar para a cidade. Eu não conseguia respirar lá. Eu estava ficando sufocada cada dia mais.

– Mas nós moramos na cidade grande. – Eu me senti forçado a fazer alguma tentativa de argumentação. – Nossa vida é lá. Nossos amigos, seu emprego. Seu chefe disse que você poderia voltar quando quisesse.

A lógica estava do meu lado. Eu sabia, podia sentir nas palavras, mas elas pareceram ocas diante da veemência de Mary.

– Para trabalhar num cubículo bege, de dois metros quadrados, dez horas por dia? Sem nenhuma luz natural? Cercada de ar viciado e gente amedrontada e zangada? Não, Peter. Não posso passar minha vida desse jeito. Vou rescindir o arrendamento dos dezesseis hectares da frente este ano e comprar mais galinhas na primavera. Vou ser fazendeira, como meu pai, e como o pai dele. Vou plantar meu destino na terra.

Por um tempo, nenhum de nós dois falou. O peso da sua decisão cobriu o ambiente, fazendo com que nos calássemos, forçando-nos a enfrentar o que nós dois já sabíamos. Por fim, ela acabou de lavar a louça, pendurou o esfregão na torneira para secar e se sentou diante de mim à mesa.

Olhei para ela, olhei de verdade pela primeira vez em meses. A transformação que eu tinha sentido nela, e da qual tinha me ressentido, era total. A garota com quem eu me casara tinha o cabelo louro em mechas compridas e brilhantes, que formavam ondas se desprendendo por baixo do véu. Seu rosto estava corado enquanto ela vinha pelo corredor central, e seus olhos cintilavam com lágrimas e com uma emoção simples, espontânea. A mulher sentada diante de mim era praticamente desprovida de emoções, transmitindo somente uma segurança tranquila. Todo o romantismo tinha sido perdido, como gordura de bebê, deixando-a forte, deixando-a inteira. Sua descrição das árvores repercutia no ar entre nós, pura poesia que poderia ter adornado as páginas de qualquer romance pastoril, e eu me dei conta de como ela era bela, e de como eu me tornara insignificante para ela.

– Então, é isso aí? Não faz diferença o que eu queira?

– Você vai precisar fazer sua própria escolha. Se quer ficar comigo ou não.

– De que modo eu estou *com você* agora? Nós não nos falamos. Não fazemos sexo desde o outono. Meu Deus, o que aconteceu com a gente, Mary?

Ela ficou calada por um minuto, a um ponto em que achei que tivesse mais uma vez se recolhido ao seu silêncio, mas então ela respirou fundo e admitiu em voz baixa.

– Acho que para mim foi mais fácil ficar com raiva de você porque você odiava isso tudo aqui, do que ficar com raiva de mim mesma por eu odiar a razão para estarmos aqui.

Antes que eu respondesse, Elsa entrou na cozinha arrastando os pés, tossindo sem forças e perguntando pelo jantar. Fizemos o que era para ser feito. Eu ajudei Elsa a chegar à sua cadeira, e Mary serviu alguma coisa tirada da panela elétrica, que eu comi sem sentir o sabor. Na hora em que subi para ficar olhando da janela do nosso quarto para o galpão das galinhas, qualquer raiva que eu tivesse nutrido por Mary tinha sido virada pelo avesso. Sua franqueza era contagiosa. Eu sempre tinha suposto ser uma boa pessoa – comia direito, corria, levava uma vida consciente, seja lá o que for que isso signifique – quando a verdade era exatamente o contrário. Eu era o cara que traía a mulher enquanto ela cuidava da mãe moribunda. Eu era um nojo total.

Tirei a roupa e estava procurando meu pijama quando Mary subiu.

– Por baixo dos lençóis, no cesto – ela murmurou e passou roçando por mim, para trocar a própria roupa.

Nós dois fomos para a cama e ficamos ali deitados por um minuto. Mary se virou de lado, e eu senti que ela olhava para mim. Putz, teria sido melhor para ela estar com qualquer outro. Quem sabe aquele cara, o das janelas, não tinha se amarrado em Mary no tempo do ensino médio? A essa altura, eles poderiam já ter tido três filhos e uma dinastia de granjeiros. Em vez disso, tinha um pai morto, a mãe morrendo, nenhum filho e um marido egoísta e babaca. Ela merecia muito mais que isso.

– Você tem razão quanto às janelas – disse eu.

– Eu sei.

Passou-se um minuto enquanto eu mantinha o olhar fixo no teto, e nenhum de nós dois fingiu que tinha adormecido. Então, ela se ergueu, apoiada num cotovelo.

– Você vai ficar? – perguntou ela. – Sei que as coisas não andam bem, mas isso pode mudar, não pode?

O que mudou foi que sua mão se mexeu por baixo das cobertas, passando sinuosa pelo meu peito.

– Mary. – Tudo o que eu não podia dizer estava incluído nas duas sílabas do seu nome. Não, Mary. Agora é tarde, Mary. Quando você se fechou para mim, eu não esperei por você, Mary.

Sua boca tocou no meu pescoço, e eu fechei os olhos. Inspirei. Sua mão deslizou pelo meu corpo, e eu a segurei, impedindo-a de continuar.

– Não é uma boa ideia.

– Peter – disse ela, sussurrando. – Me deixa tentar.

Eu não tinha nenhum direito. O ódio a mim mesmo percorreu minhas veias, enquanto sua mão se soltava da minha e encontrava um ritmo. E então eu também estava tentando, fazendo com que ela rolasse para ficar deitada de costas, tentando retribuir seu gesto inesperado, tentando agir como um marido deveria agir, tentando compensar o fato de que, mesmo agora, Hattie acenava dos cantos sombrios da minha mente.

HATTIE / *Março de 2008*

O RECESSO DE PRIMAVERA EM MINNESOTA ERA UM SACO. Sempre ainda havia neve no chão, e só o pessoal do coral viajava porque eles competiam num concurso em Nashville. Eu não suportava música country, e era provável que Nashville fosse o último lugar que eu visitaria, mas era melhor do que Pine Valley. Portia era contralto e estava sempre tocando no assunto da viagem desde que Peter postou o elenco para a peça da primavera.

Eu conseguira o papel feminino principal como Lady Macbeth. Portia ficou como minha substituta.

E vai se entender... foi também aí que ela começou a ficar realmente esquisita com essa história de maldição. De início, quando Peter postou a chamada para a seleção do elenco, Portia tinha mencionado a maldição de *Macbeth*, mas tudo naquela voz de fofoca, de eu-sei-o-que-você-não-sabe. Depois que ela descobriu que não estava no elenco, de repente a maldição se tornou real. Ela passava todos os ensaios nos falando sobre acidentes famosos com *Macbeth*; e, quando fizemos nossa última sessão antes do recesso da primavera, todo mundo já estava fazendo seu ritual ensandecido de purificação.

Era assim: se alguém dissesse "Macbeth" dentro do ginásio quando nós não estivéssemos ensaiando diretamente as falas, eles estariam "invocando a maldição". Para aplacar os deuses da maldição, essa pessoa tinha de sair pela porta, de imediato, dar a volta no ginásio correndo, cuspir por cima do ombro esquerdo e recitar as palavras: "Anjos e ministros da graça, defendei-nos." Depois disso, outra pessoa tinha de permitir oficialmente que aquela pessoa voltasse para dentro do ginásio, antes que pudéssemos continuar o ensaio.

Na primeira vez que Peter disse "Macbeth", Portia tentou fazer com que ele cumprisse sua fórmula, e a reação dele foi para lá de ríspida. Ele ameaçou expulsá-la da produção, se ela voltasse a mencionar o assunto. Daí em diante, ela passou a operar aos sussurros, até que todos só diziam "a peça escocesa" ou "o sr. e a sra. McBee". Portia até mesmo começou a sair correndo no lugar de Peter quando ele dizia a palavra, e todos os substitutos a acompanhavam, de modo que cada vez que Peter chamava Macbeth ao palco, metade do elenco largava o texto e saía em disparada para o corredor, como lemingues. Era hilário. Às vezes, enquanto esperávamos que eles cumprissem sua penitência, eu fazia um sinal da cruz "em nome do pai Macbeth, do filho Macbeth e do espírito santo de Macbeth. Amém". Peter não conseguia deixar de rir sempre que eu fazia isso.

Depois do último ensaio antes do recesso, fui à casa de Portia para passar um tempinho com ela. Em vez de assistir a filmes, como normalmente fazíamos, ela só experimentou uma quantidade de trajes para sua viagem a Nashville e fingiu que queria minha opinião.

— O que você acha desse? — Ela girou usando um conjunto de malha de manga curta e uma saia até o joelho que parecia igualzinho ao meu traje de volta às aulas.

— Um pouco certinho demais. Você não deveria escolher alguma coisa mais no estilo de beldade sulina?

— Não é uma fantasia, Hatts. Só quero dar a impressão de ser eu de férias. Tipo eu, sem os pais.

Ela pôs óculos escuros. Exibida. Deitei-me na sua cama e deixei minha cabeça suspensa da beira, olhando para ela de cabeça para baixo.

— *Três* sem os pais.

— O que você vai fazer a semana inteira?

— Trabalhar. Estudar falas. — Dei minha própria cutucada. De início, achei um pouco cruel da parte de Peter não dar a Portia nenhum papel, mas, quanto mais ela insistia em falar na sua viagem "fantástica", menos cruel aquilo me parecia. E eu realmente estava planejando me dedicar à peça. Faltavam só três semanas para a estreia, e eu ainda não tinha dominado totalmente minhas falas mais longas.

– Você pode me ligar na quinta, se precisar de ajuda. Vamos ter esse dia livre, e é provável que eu vá me esbaldar no Opry Mills, mas acho que posso separar uma hora mais ou menos para ensaiar.

– Vamos ver. Pode ser que eu peça ao Tommy para me ajudar.

Portia riu com desdém, e eu não pude deixar de sorrir também. Tommy Kinakis lendo Shakespeare parecia tão errado quanto Carrie Bradshaw lavrando a terra. Só que Tommy vinha insistindo que a gente se visse durante o recesso, e Portia sabia por quê.

– Será que até que enfim você vai dar pro Tommy?

Fiquei olhando para um canto do teto, onde uma pequena aranha estava ocupada, construindo uma teia. Já fazia mais de dois meses desde que Peter e eu ficamos em Mineápolis; e dizer que eu *dei* para ele era bem infantil. Parecia que um oceano tinha se interposto entre mim e Portia, e que eu nunca mais voltaria a estar no lado dela. Aquilo fazia com que eu me sentisse embaraçada por ela, e solitária por mim.

Eu não tinha estado a sós com Peter desde a noite em que estacionamos naquele belvedere em fevereiro. Era como se eu estivesse jejuando semanas a fio antes de conseguir esses banquetes repentinos, onde precisava me empanturrar ao máximo para sobreviver ao jejum seguinte. Antes de nos separarmos naquela noite, ele me disse a mesma coisa que tinha dito antes de sairmos de Mineápolis, que nós não tínhamos um relacionamento. *Eu não posso ficar com você*, ele disse, *não como você quer*. E eu mais uma vez não lhe dei atenção. Faltavam apenas alguns meses para a formatura, e então nosso principal obstáculo desapareceria. Peter não sabia que eu tinha meus planos. Eu podia ver como a peça inteira ia se desenrolar.

Nesse meio-tempo, eu ainda precisava usar essa outra vida. Uma parte de mim quis romper com Tommy desde a primeira noite em que Peter me beijou, mas o espetáculo não podia parar. Todos nos consideravam um casal, uma unidade. Todos os dias, quando alguém me perguntava se Tommy e eu queríamos fazer isso ou aquilo, eu sempre respondia: "Não sei o que Tommy vai querer. Vou perguntar pra ele." E então, na hora do almoço, eu fazia *perguntas* a Tommy sobre nossos planos, até ele dizer o que eu queria que ele dissesse. Eu sempre tentava organizar nossos encontros com outros casais, principalmente depois que ele começou a fazer tentativas.

– Eu disse pra ele que só da cintura pra cima.

Portia enfiou sua bolsa de bijuterias na mala que estava ao meu lado em cima da cama.

– Você disse que ele queria mais.

– Não é meu problema se ele não me escuta.

– Poderia se tornar seu problema. – Ela vestiu uma jaqueta e tratou de tirá-la depressa. – Onde é que estou com a cabeça? Não vou precisar disso no Tennessee. Lá vai estar fazendo quase trinta graus.

Ela então se sentou ao meu lado com um ar sério de verdade.

– Olha, Hattie, sei que você acha que consegue dominar Tommy totalmente com esse seu jeitinho, mas olha pra ele. Ele é um gigante.

Portia parou de falar, sem encontrar palavras, o que não era nada típico dela.

– O que você está querendo dizer, Portia?

– Só estou dizendo pra você ter cuidado.

Deixei-a na cama e me postei diante do seu espelho de corpo inteiro. Parecia melhor ter essa conversa através da imagem refletida.

– Você está dizendo pra eu tomar cuidado para a possibilidade de meu namorado ser um estuprador?

– Mais ou menos isso aí.

– E isso não tem nada a ver com o fato de que você queria convidá-lo para o baile da Maria Cebola?

– Você só pode estar brincando. Ele não passava de uma opção. Não é como se eu gostasse dele.

– Claro que não, se você acha que ele vai me forçar a qualquer coisa. – Comecei a dar risinhos. – Ora, Porsche. Tommy? Fala sério.

Ela ficou desconcertada com meu riso. Só fungou e voltou a escolher roupas e a mencionar todas as coisas fabulosas que ia fazer em Nashville. Não nos falamos de novo antes da viagem, mas, assim que o avião pousou, ela começou a me mandar mensagens de texto compulsivamente, o que era típico de Portia. Eu simplesmente respondia com "Maravilha!" e "Parece incrível!", o que era típico de Hattie.

Tommy acabou vindo à minha casa na terça-feira durante o recesso da primavera. Mamãe estava em casa, na cozinha, organizando uma remessa especial para Greg. Nós não tínhamos notícias dele havia algumas semanas porque ele estava numa missão ativa. Ninguém sabia ao certo o que isso significava, só que mamãe tinha de começar a trabalhar numa remessa para ele. Ela comprou revistas que achava que ele iria apreciar, fez biscoitos e os acondicionou em plástico bolha, e incluiu no embrulho todos os tipos de miudezas, com adesivos dizendo para ele por que ela estava mandando cada item. Ela enviou também pacotes de cigarros, apesar de detestar o fumo, porque Greg disse que por lá eles valiam mais do que dinheiro. Para mim, aquilo tudo era muito parecido com uma prisão. Estava programado que ele voltaria para casa em julho; e eu às vezes flagrava mamãe virando as folhas do calendário para a frente e para trás como se estivesse fazendo uma contagem regressiva com o número de viradas até o dia em que pudesse respirar tranquila de novo. Não se percebia quando ela estava se movimentando, que era tipo sempre; mas, quando ela se sentava à mesa de jantar ou lia livros à noite, suas mãos tremiam. Eu não me lembrava de que elas tremessem antes de Greg viajar.

Quando chegou, Tommy perguntou por Greg. Eu sempre me esquecia de que os dois tinham jogado na equipe de futebol da escola quando Greg estava no último ano e nós estávamos no segundo.

– Ei, Tommy, escreve aqui um bilhete rapidinho pro Greg. Ele vai ficar feliz de saber de você – disse mamãe.

Tommy pareceu se atrapalhar um pouco com a caneta e a nota adesiva, mas conseguiu se espremer numa cadeira da cozinha e fez o que ela mandou. Peguei na geladeira uns refrigerantes para nós antes de subirmos; e, quando passei pela mesa, vi que ele escreveu (tudo em maiúsculas): OI, GREG. JÁ MATOU O OSAMA? AVANTE *SPARTANS*! TOMMY.

– E aí, tá a fim de um passeio? – Tommy perguntou quando chegamos ao meu quarto. Ele parecia um monstro na minha caminha de solteiro, e não pude deixar de me lembrar do que Portia tinha dito. Era o tipo de pensamento que simplesmente chegava sorrateiro por si só e começava a sussurrar *estuprador, estuprador*. Eu me perguntava do que Tommy realmente era capaz, com aquelas suas mãos fortes e seu cérebro fraco. Era preciso levar em consideração todo aquele aspecto de Lennie Small. Apesar de a alavanca do câmbio ficar entre nós sempre que namorávamos na picape dele, ele ainda tentava descer com a mão pela minha blusa até meu jeans. E eu sempre me afastava e dizia: "Não, Tommy." Como se ele fosse um cachorro, como se treinaria um labrador hiperativo. Ele então pedia desculpas insinceras e acabava me levando para casa. Só que no meu quarto não havia nenhuma alavanca de câmbio entre nós. A cama estava ali. A porta estava quase fechada, e mamãe estava lá embaixo, cantarolando junto com o rádio.

– Depois, quem sabe? – Enfiei a mão na mochila para pegar meu texto. – Antes, preciso decorar o resto das minhas falas, lembra? Quer me ajudar?

– Sério?

Fiz que sim, e ele deu um gemido.

– Ora, Hattie. Não sei ler esse troço.

– Vai te fazer bem. – Eu sorri, um sorrisinho brincalhão, e me sentei na cama, ao lado dele, abrindo o livro. – Tá vendo? Você só precisa ler o que vem antes das falas da Lady Macbeth e depois ver se eu estou dizendo minhas falas certo.

Mostrei o texto realçado, mas Tommy estava concentrado em outras coisas. Ele me puxou para junto e tacou um beijo molhado atrás da minha orelha.

– Agora não.

Quando tentei me afastar, ele me segurou mais firme, me mantendo junto dele.

– Só um pouquinho – ele murmurou, passando para minha boca.

De algum modo sua outra mão encontrou a minha nuca e me manteve parada, enquanto ele me beijava. Tive a sensação de que estava sufocando e nem mesmo conseguia imaginar Peter, como costumava fazer.

– Tommy – eu consegui dizer quando ele parou para respirar.

– Que foi? – Sua mão apertou meu seio. Como ele fazia para multiplicar as mãos?

– Agora não – repeti e dei um jeito de me desvencilhar.

Ele resmungou e se recostou na parede, sem nem mesmo se dar ao trabalho de esconder o volume na calça.

– Com você nunca está na hora.

– Minha mãe está aqui. E eu preciso mesmo aprender esse treco.

– Não entendo por que você está fazendo essa peça.

– Não entendo por que você joga futebol. – Eu o imitei, com o mesmo tom idiota, enquanto acionava a câmera de vídeo no alto da cômoda.

– OK, OK. – Ele deu um suspiro e apanhou o texto, depois franziu os olhos como se estivesse escrito em chinês. – Essa parte?

– Você é um amor. – Dei-lhe um beijinho na bochecha e recuei para o centro do quarto. Enquanto ele juntava coragem para ler Shakespeare em voz alta, eu me deixei transformar em Lady Macbeth. Olhei para Tommy até o adolescente cheio de tesão ir se apagando e se tornar meu instrumento. Olhei para os dedos dele e vi uma mão que eu poderia manejar, que eu poderia levar a assassinar o próprio rei. Olhei para sua expressão confusa e vi a loucura que em breve compartilharíamos. Tornei-me fria, fria o suficiente para ser insensível. Quando ele pigarreou para dizer sua primeira fala, eu já sentia o gosto da minha própria morte.

※

Não sei bem como, na sexta-feira do recesso da primavera, nós tivemos um dia perfeito, do tipo de perfeição enjoativa que só se vê em comerciais. Não havia nuvens no céu, e o sol aquecia a gente até os ossos enquanto devorava os montes de neve acumulada. Papai desapareceu de imediato, enfurnando-se no celeiro para aprontar suas máquinas para o plantio, enquanto mamãe folheava catálogos de sementes para o jardim e a horta, e pendurava lençóis no varal para secar. Eu estava atordoada porque, na quarta-feira, durante meu turno, Peter tinha deixado um pen drive com uma única foto. Era do celeiro.

– Aproveitando o recesso da primavera? – perguntou ele, meio sem interesse, quando veio pegar a foto.

– Não está sendo nada de especial.

– Pode ser que o tempo melhore na sexta de manhã.

– Hum, espero que sim. – Tentei parecer entediada enquanto registrava a despesa e controlei a empolgação que se agitava dentro de mim.

Saí de casa como se estivesse indo trabalhar e liguei para o trabalho avisando que estava passando mal. Peter estava à minha espera quando cheguei ao celeiro. A mulher e a sogra tinham ido ao hospital para passar o dia inteiro fazendo exames. Por isso, fomos caminhando até o centro da propriedade, longe de estradas, casas ou anexos, onde um carvalho gigantesco marcava o ponto de interseção de quatro campos. Dessa vez, nós dois estávamos preparados. Levei um acolchoado e o livro que ele tinha me dado de presente de Natal; e ele levou uma cesta de piquenique e uma garrafa de vinho. Ele folheava o livro e lia em voz alta alguns trechos, enquanto beliscávamos queijo e cream crackers e bebericávamos *pinot noir* em copos de papel. Eu nunca tinha bebido vinho fora da igreja, e, apesar de seu sabor ser seco e metálico, não me importei. Eu preferia beber vinho com Peter a beber toda a cerveja do mundo com Tommy.

Daí a um tempo, descansei a cabeça no seu colo, enquanto ele estava sentado encostado no tronco da árvore, lendo e afagando meu cabelo. Eu prestava atenção mais ao tom da sua voz do que às palavras em si. Comecei a me sentir como um gato, como se quisesse esfregar minha cabeça na sua coxa, me esticar e rolar no calor do sol. Pode ser que fosse algum efeito do vinho.

– Portanto ele passa toda a sua vida inútil à procura de V. – Peter fechou o livro e o pôs de lado.

Eu geralmente adorava escutar Peter falar sobre livros, ouvir aquele tom animado na sua voz quando ele dava aulas; mas, quanto mais ele lia esse livro, mais deprimido ficava, especialmente quando se tratava desse personagem esquisito, com aquela sua obsessão. Perguntei-lhe quem era V, para mudar o foco da sua atenção, e ele se recuperou um pouco.

– Esse é o mistério insolúvel, a questão indecifrável. Pynchon nunca seria tão banal a ponto de tentar dar uma resposta a ela.

Rocei meu rosto na perna da sua calça.

– Bem, não perguntei a Pynchon. Perguntei a você.

Ele ficou calado um minuto enquanto continuava a passar os dedos pelo meu cabelo, começando no couro cabeludo, alisando os fios sobre sua coxa e descendo até o chão. Era hipnótico, viciante. Eu queria ficar para sempre deitada ao sol, sentindo que ele afagava meu cabelo. Meus olhos foram se fechando.

– Eu deveria dizer que eu também não sou banal, mas a questão é irresistível. Ela assombra o leitor à medida que ele lê, como um fantasma, atraindo-o a cada página. – Ele parou de novo, hesitante. – Quando lhe dei o livro, achei que V era você, daqui a uns cinquenta anos.

Dei uma risada.

– E você é o cara que está à minha procura?

– Não sei. É provável que sim. Não faz diferença quem eu seja. Trata-se de você, de quem você é. Eu ainda não sei como chamar você. Todos os seus nomes. Todas as suas identidades.

– É só teatro, Peter.

– Não é não. Os atos de uma pessoa indicam quem ela é. Você não pode ser um democrata se vota como republicano. Você não pode se dizer vegetariano se come bife. E os seus atos, Hattie, não se resumem a uma única pessoa. Eu a observo. Você faz fofocas com Portia antes das aulas, instigando todas as ideias ridículas dela, abastecendo-a com uma bobagem atrás da outra. Você deixa Tommy apalpá-la no meio do refeitório enquanto fica vermelha e dá risinhos. Você representa o papel de queridinha do professor com todos os membros do corpo docente com quem conversei, e cada um deles acha que você vai se especializar na área de estudos dele. E não consigo descobrir um sinal de que qualquer aspecto disso tudo a incomode. Você diz que é só teatro, mas está se fragmentando em milhares de pedaços; e, cada vez que vejo mais um pedaço, você some de novo. Você se transforma em outra pessoa, numa multidão de outras pessoas, e isso me leva a me perguntar se existe alguém que se possa chamar de Hattie Hoffman. Todo esse caso poderia ter sido uma alucinação minha.

Ele deu uma risada amarga. De olhos ainda fechados, subi com a mão e passei o dedo pela costura interna da perna da calça dele até chegar ao centro.

– Você acha que está tendo uma alucinação agora? – Rocei os dedos para lá e para cá, até sentir seu corpo responder.

– Hattie... – Sua voz parecia estrangulada.

– Vai querer um pouquinho mais de alucinação? – Tentei alcançar os botões da sua calça, e ele agarrou minha mão.

– Para com isso.

Eu me sentei, irritada. Se eu tivesse feito aquilo com Tommy, ele teria se esquecido do próprio nome, para não falar em qualquer pergunta que pudesse ter a respeito do meu.

– Qual é seu problema, Peter? Por que você não quis sequer me ver hoje? – perguntei.

– Você gosta disso, não gosta? Gosta de manipular as pessoas. Fica feliz de ver Tommy babando atrás de você? De ver Portia te imitando como um clone descerebrado?

– Não. Não é assim.

– Quando nos conhecemos, você me disse que abandonava uma identidade que já não a satisfizesse. Você fica satisfeita de saber no que me transformou? Eu me odeio sempre que penso em nós dois.

– Não quero que você se sinta assim.

– Disse a atriz.

– Eu não gosto disso, OK? – gritei e então baixei minha cabeça para respirar por um segundo. – Eu gostava. Adorava, mas agora eu simplesmente me sinto presa. Não existe uma personalidade, uma personagem, que eu possa assumir que acabe com essa sensação de vazio por dentro que eu tenho quando não estou com você. Detesto essa sensação. Detesto não conseguir fugir dela, não conseguir que ela desapareça com alguma encenação. E me sinto péssima todos os dias porque tudo o que realmente quero é...

Hesitei. Ainda não estava na hora de contar para ele.

– O quê? O que você quer?

– Nada.

– Pare de mentir para mim.

– Putz, você é tão professor. – Virei para outro lado, numa frustração incrível. As coisas hoje não estavam saindo de modo algum como eu tinha imaginado. Deveríamos estar enrolados juntos nesse acolchoado, rindo, nos beijando, aproveitando cada instante roubado. A psicanálise deveria ter sido a última coisa a lhe ocorrer.

– Você quer dar nome a tudo, analisar cada coisa e enfiar numa caixinha na sua cabeça ao lado de um milhão de outras caixas semelhantes. Etiquetas, datas e uma pequena sinopse bem-feita para cada uma. Ótimo. Tenho uma sinopse para você. Quer saber quem eu sou? Quer que eu lhe conte mais uma coisa que é verdadeira?

De repente, meu coração estava disparado. Não era esse o plano, mas eu podia sentir as palavras borbulhando para sair pela minha garganta. Eu não podia continuar a esconder aquilo. Girei de volta e segurei sua mão, me agarrando a ela, com esperança e receio do que ia acontecer em seguida.

– Eu sou Hattie Hoffman, atriz, atendente na loja CVS e estudante do último ano na escola secundária de Pine Valley. Estou apaixonada por Peter Lund e quero que ele se mude para Nova York comigo.

Seu rosto ficou petrificado. Ele olhou para mim pelo que me pareceu uma eternidade, e eu não sabia se ia me abraçar ou gritar comigo. Nós nunca tínhamos falado sobre o futuro. Sobre o meu, sim, mas não sobre o dele. Não sobre o nosso. Esse relacionamento existia fora da vida de cada um de nós; e não tinha nenhuma noção de tempo ou de avanço.

De repente, Peter arrancou a mão da minha, se levantou e andou até a beira dos galhos pendentes acima de nós. Fui atrás dele.

– Peter? Diz alguma coisa.

– O que você quer que eu diga?

– Diga que sim.

Ele riu de novo, mas agora foi um som duro, que me deu um aperto no estômago.

– Ah, certo. Eu simplesmente vou para Nova York com você. Isso parece fácil.

– É fácil. Pode ser.

– Onde vamos morar?

– A gente pode sublocar um quarto em algum lugar. Tem um milhão de anúncios no Pulse.

– E como vamos pagar por esse quarto?

– Tenho mais de dois mil na poupança. E vou pedir transferência para uma das farmácias de lá. – Tratei de recitar o nome de alguns endereços da CVS que eu tinha decorado do website da empresa, tocando no seu ombro, mas ele se afastou.

– E você pode dar aulas – acrescentei.

– Será que você sabe quais são os requisitos para ser professor em Nova York?

– Requisitos?

Ele deu aquela risada medonha de novo. A conversa estava se virando contra mim. Não era isso o que devia acontecer. Se eu tivesse dedicado mais tempo e pesquisado melhor as coisas, poderia ter lhe dado respostas. Eu poderia ter derrubado cada objeção apresentada por ele. Mas não, ele exigiu que eu fosse franca; e, como uma idiota, eu fui. Agora ele se recusava até mesmo a olhar para mim. Senti o desespero na minha garganta, fechando-a como o bloqueio antes de subir ao palco, e isso me fez quicar na ponta dos pés, pulinhos rápidos para eu tentar me desvencilhar da sensação.

– Vamos dar um jeito. Temos o verão inteiro para descobrir um jeito.

– O verão inteiro? – Ele estendeu muito a palavra *inteiro*, com aquela voz sarcástica que adotava quando queria que eu me sentisse com quatro aninhos.

– De quanto tempo você precisa? As pessoas se mudam para Nova York o tempo todo.

– Nossa situação é um pouco mais complicada do que a da maioria das pessoas.

– Você não quer ir comigo?

Ele não disse nada, e eu quase comecei a chorar ali mesmo. Ele então escondeu o rosto na mão.

– Quero.

A esperança e o amor me inundaram de uma forma tão veloz e violenta que eu quase não conseguia respirar.

– Então vem comigo.

– Não é assim tão simples. – Por fim, ele se voltou para mim. Seus olhos estavam cheios de desesperança.

– No fundo é.

– Eu sou casado, Hattie.

– É só se descasar.

– Não é tão fácil assim.

– Na realidade é, Peter. É só você dizer *Não quero continuar casado com você. Aqui está a papelada do divórcio. Adeus.*

– A mãe dela está morrendo.

– A mãe dela estava morrendo dois meses atrás, quando você se mandou para Mineápolis para dormir comigo. Ela estava morrendo há uma hora, quando você estava me beijando à sombra desta árvore.

– Mary não pode tomar conhecimento disso. A última coisa de que ela precisa agora é...

– Estou me lixando para a última coisa de que Mary precisa. Eu mesma conto pra ela. Ela vai à farmácia todas as semanas para pegar os medicamentos da mãe.

– Você não se atreveria. – A voz dele ficou baixa e assustada. Ele agarrou meu braço.

Cheguei bem junto dele, junto o suficiente para sentir o calor da sua respiração, para ver a dilatação das suas pupilas e a pulsação do sangue no seu pescoço.

– Você não faz a menor ideia do que eu faria ou não faria, Peter. Lembra? Todos esses meus nomes, todas essas minhas identidades, que te enlouquecem tanto? – Dei-lhe um sorriso tenso, zangado, mesmo com meu coração se partindo. – Quem sabe qual delas sua mulher poderia encontrar na próxima vez que aparecer para pegar remédios?

Soltei meu braço da sua mão, com tanta força que doeu, e desci o morro a passos largos, rumo ao celeiro. Tive vontade de olhar para trás, para ver se ele estava me acompanhando para pedir desculpas, mas não olhei. Tive vontade de correr também, a uma velocidade maior do que qualquer outra pessoa já tivesse conseguido atingir, mas também não fiz isso. Fui andando pelo rastro de lama seca de uma colheitadeira que tinha trabalhado nesses campos no outono, e deixei que as lágrimas se derramassem, sentindo no braço a dor no lugar onde ele havia me agarrado. Quando cheguei à picape, estava fungando e tentando não perder totalmente o controle. Fui para casa; e, quando entrei pela porta da frente, vi mamãe sentada à mesa da cozinha com meu computador aberto à sua frente. Ela olhou da tela para meu rosto, com uma expressão pesada, decepcionada.

– Precisamos conversar.

DEL / *Quarta-feira, 16 de abril de 2008*

NAQUELA TARDE, DEPOIS DE CONVERSAR COM FRAN, VOLTEI para a delegacia com alguma esperança de que os resultados do DNA estivessem bem em cima da minha mesa. Em vez disso, Mona estava esperando na minha sala, com as mãos unidas, tranquilas, e os olhos baixos, sentada na cadeira de visitantes. Winifred Erickson estava com ela. Enquanto estava do outro lado do vidro, olhando para elas, pensei na minha conversa por telefone com Bud naquela manhã, em como ele tinha desligado sem se despedir.

Jake se aproximou com alguns mandados: dois por multas pendentes e um por não comparecimento. Os assuntos do condado não podiam parar.

– Há quanto tempo elas estão aqui? – perguntei, enquanto os assinava.

– Uns vinte minutos, talvez. – Ele manteve a voz baixa. – Tentei fazer com que esperassem na sala de reuniões, mas elas simplesmente foram entrando e se sentando. Não falaram com ninguém.

Concordei em silêncio.

– E o que mais você tem pra mim?

– O resto do computador de Hattie estava bastante limpo. Um monte de *cookies* e de arquivos temporários da internet para websites de Nova York. Parecia que ela estava procurando lugares para morar e até chegou a fazer algumas perguntas por e-mail. Mas sem nenhuma confirmação. Não tive a impressão de que ela estivesse pronta para se mandar, só se familiarizando com o terreno.

Jake olhou de relance ao redor para ter certeza de que não havia ninguém por perto antes de continuar:

– Nenhuma outra comunicação com *LitGeek*, ao que eu pudesse ver.

– E os registros do celular?

– Nada. Milhares de mensagens de texto, todas para amigas, e algumas por semana para Tommy.

– Alguma coisa fora do padrão nas mensagens para Tommy?

– Nada de importante. Só coisas do tipo "Nos vemos às sete" e "Vou me atrasar". Principalmente fotos engraçadas. LOLCat e coisas desse tipo.

Jake viu a cara que fiz e tentou ser mais claro.

– Quer dizer, fotos da internet. Com gatos. Que querem cheeseburger.

– Hã-hã. – Terminei de assinar os mandados e os devolvi para ele. – Preciso que você envie o arquivo inteiro do caso, fotos inclusive, para o FBI.

– O quê? – Com a surpresa, Jake não conseguiu controlar o volume da voz. – Vamos entregar o caso?

– Não. Vamos pedir ajuda.

Passei-lhe as informações do contato de Fran, um psicólogo forense que avaliava cenas de crime. Normalmente eu não veria muita utilidade em nenhum tipo de psicólogo, mas Fran disse que ele era "inigualável" no estado, e eu não ia torcer o nariz para alguém que talvez pudesse apontar seu dedo inigualável para nosso assassino.

– Quero falar com ele hoje, o mais tardar amanhã. E amanhã vamos trazer os dois suspeitos para cá, direto depois do enterro de Hattie, para repassar em detalhe a noite de sexta-feira de cada um. Vamos ver se alguma história começa a mudar depois que eles tiverem passado o dia inteiro diante do caixão.

Jake tratou de trabalhar, e eu deixei para trás o movimento e o barulho da delegacia e abri a porta da minha sala. Winifred se voltou quando entrei, mas Mona nem mesmo ergueu a cabeça. Ela parecia feita de pedra, os pés juntos e as mãos unidas sobre a bolsa grande e desbotada no colo. Seus olhos não viam nada. Tudo nela estava voltado para dentro, trancado.

Eu conhecia Mona havia quase tanto tempo quanto conhecia Bud, vi quando estava grávida de Greg e de Hattie também. Se não fosse o tamanho da barriga, você nunca teria acreditado que ela estava esperando. Sempre que o bebê lhe dava um chute de lá de dentro, ela dizia, *Você que saia aqui fora e tente fazer isso*. E massageava o lugar antes de continuar com não importa o que estivesse fazendo. Agora, ela trabalhava em meio expediente para o único advogado da cidade, encarregada da digitação e dos arquivos, enquanto ainda ajudava Bud nos campos, cuidava da casa e, para completar, punha a comida na mesa. Ela fazia um pastelão de arrasar, recheado com cogumelos inteiros e nacos de frango num molho de vinho branco, que sempre servia fumegante, direto do forno. Se você a elogiasse pelo prato, ela só dava de ombros e dizia que não havia nada de diferente nele.

Para dizer a verdade, era provável que Mona e eu fôssemos mais parecidos do que Bud e eu. Nenhum de nós dois tinha muita paciência para conversa fiada. Por isso, eu sabia que ela estava aqui hoje por algum bom motivo.

– Mona.

Fui me sentar do outro lado da mesa. Winifred postou-se em pé atrás dela, com a mão no ombro de Mona, proporcionando o tipo de consolo mudo que amigos deveriam proporcionar, mas não eu. Eu precisava pôr aquela mesa entre nós. Precisava olhar para ela como a parenta mais próxima da vítima, não como uma mulher que eu tinha conhecido por quase a metade da sua vida.

– Nunca me passou pela cabeça.

Parecia que ela não estava falando com nenhum de nós dois. Winifred e eu trocamos olhares e esperamos que Mona continuasse.

– Em todos os meses desde que Greg partiu, eu nem uma única vez achei que poderia perder Hattie. Sempre foi Greg, Greg, Greg. Greg pisando numa mina terrestre, na minha cabeça, no meio da noite.

A unidade de Greg sendo atacada. O rosto de Greg imóvel e descorado num caixão. Greg foi meu pesadelo, e eu achava que um compensaria o outro. O serviço de Greg termina em julho, e Hattie cismou que ia morar em Nova York. Eu ia receber um filho de volta e começar a me preocupar com a filha. Parecia... justo.

Seu olhar finalmente ganhou foco; e ela agora olhava para mim, com toda a angústia do mundo transparecendo nos seus olhos.

– Nunca achei que pudesse perdê-la enquanto ela estava tão perto de mim. Não aqui em casa, em Pine Valley. – Winifred segurava firme o ombro de Mona, com os dedos ossudos, como se estivesse mantendo Mona ereta, e me lançou um olhar típico das mulheres quando querem que você faça alguma coisa ou quando acham que você está metendo os pés pelas mãos.

– Mona, o que você está fazendo aqui? Este é o último lugar em que você deveria estar neste momento.

– Tem uma coisa que você precisa saber. Sobre Hattie.

Ela levantou a mão e deu um toque na de Winifred.

– Dá pra você me esperar no corredor, por favor?

– Tem certeza, querida?

– Não vai demorar um minuto.

Winifred afagou o ombro de Mona e me lançou um olhar de advertência antes de sair e fechar a porta. Mona voltou a se calar. Parecia estar reunindo forças.

– Todas essas pessoas não param de perguntar como estou. De fazer coisas por mim. Não consigo aguentar, Del. Eu queria me sentir assim pelo resto da vida, se ao menos ela estivesse viva. Eu não me importaria se nunca mais a visse, se nunca mais lhe desse um abraço. Eu deceparia minhas mãos e pés só para saber que o coração dela estava batendo. Que ela estava respirando, sorrindo e morando em algum lugar. Como posso viver sabendo que ela não existe mais? Não consigo suportar, Del. Não consigo suportar.

Ela comprimiu os lábios, lutando para se controlar.

– Você precisa enfrentar um dia de cada vez, Mona. Concentre a atenção no momento seguinte.

Ela fez que sim.

– Winifred diz que você acaba aprendendo a conviver com isso, que a dor passa a ser seu novo filho.

– Ela perdeu dois e deve saber do que está falando.

Mona fez que sim e respirou fundo, mudando de assunto.

– Bud diz que você ainda não sabe do DNA.

– Não, ainda não. E sei que Bud está transtornado.

– Nós todos estamos transtornados, Del.

– Não, eu não quis dizer a respeito do... O que eu quis dizer... – Putz, eu não sabia lidar com mulheres. Se tivesse ficado casado mais do que dois segundos, talvez eu pudesse ter sido melhor nesse tipo de situação. Mona viu que me atrapalhei e, apesar do que acabava de ter perdido, ainda teve a boa vontade de colaborar comigo.

– Bud me falou do seu telefonema hoje de manhã. Ele ficou com raiva. Esperava mais de você.

– Mona...

– Eu sei, Del. Você precisa fazer seu trabalho. Sei o que significa divulgar informações e o que você pode e não pode dizer. Eu lia romances policiais. – Ela baixou os olhos. – Por prazer.

– Não estou tentando esconder nada de Bud. – Só fui perceber que estava dizendo uma mentira no instante em que pronunciei as palavras. Continuei falando, exatamente como os criminosos mentirosos continuavam, tentando justificar a mentira, amenizá-la. – Assim que recebermos os resultados do DNA, tudo vai mudar. O assassino de Hattie não vai poder se esconder por muito tempo. Acredite em mim.

Ela voltou a levantar os olhos, e eu vi que confiava em mim. Tinha confiança de que seu amigo de vinte e cinco anos descobriria o assassino da sua filha. E, muito embora eu soubesse que estava agindo certo em manter oculta aquela história do Lund, aquilo ainda me dilacerava. Revirava meu estômago.

– Mais tarde Bud vai entender. Ele vai se acalmar.

Eu sabia que ele talvez entendesse, se um dia tivesse de descobrir toda a verdade, mas eu não sabia se ele me perdoaria por mantê-la oculta dele. Abanei a cabeça, precisando seguir adiante.

– O que você queria me contar sobre Hattie?

– Estive pensando. – Ela respirou fundo. – Não me lembrei disso quando você veio à nossa casa. Era muita coisa...

Ela fez que não, dando a impressão de que estava se esforçando para conter as lágrimas, para poder dizer o que precisava dizer.

– Foi há umas três semanas, durante o recesso da primavera de Hattie. Ela deveria trabalhar na sexta, mas, quando passei pela farmácia para comprar meus remédios, ela não estava lá. Tinha saído de casa de manhã usando seu guarda-pó e seu crachá. A garota que registrou minha compra disse que esperava que Hattie estivesse se sentindo melhor. Eu não disse nada. Só agradeci com um gesto de cabeça.

"Quando cheguei em casa, Hattie não tinha aparecido e não atendia o celular. Ela não estava na casa de Tommy, nem na de Portia. Depois que mais uma hora se passou, entrei no quarto dela. Não costumo fazer isso. Os adolescentes gostam que os deixem em paz, sabe, e Hattie nunca fez nada que me causasse preocupação. Por isso, eu lhe dava liberdade. Mas, como eu ainda não tinha tido notícia dela, entrei e comecei a dar uma olhada por lá."

Ela respirou fundo mais uma vez.

– Estava no computador dela.

– O que estava? – perguntei, imaginando se eu já não sabia a resposta, mas eu não sabia.

Mona tirou uns papéis da bolsa e os empurrou por cima do tampo da mesa.

– Imprimi antes que ela chegasse. Nem sei ao certo por quê. Eu sabia que não ia mostrar a Bud. Hattie era a queridinha dele, seu anjinho. Ele adorou essa menina como um bobalhão desde o dia em que a trouxemos do hospital para casa.

O papel era algum tipo de planilha. Do lado esquerdo havia uma coluna que dizia *Personagem,* e nela um monte de nomes. Desci pela coluna até ver *Tommy.* Ao lado da coluna de personagens, havia outras com outros títulos. Na coluna *Fio condutor,* ela tinha escrito *Sexo e aceitação*; na coluna *Necessidades,* tinha escrito *De que lhe digam o que fazer, de se entrosar, de ficar babando em cima de mim*; e a última coluna, *Indicação cênica,* era *Dizer-lhe que ele é igualzinho ao Derek. Mantê-lo em ambientes sociais. Nada de encontros a sós.*

– O que é isso, Mona?

Examinei mais alguns. O fio condutor de Bud era *Fazenda e família.* A indicação cênica para Portia era *Falar sobre Portia tanto quanto for humanamente possível sem vomitar.* Difícil não sorrir diante da frase. Eu mesmo tinha conversado bastante com Portia ultimamente.

– Foi o que lhe perguntei quando ela entrou em casa. Parecia triste e um pouco despenteada, com os olhos e o nariz vermelhos. Tinha estado em algum lugar ao ar livre. Perguntei onde tinha estado e por que tinha mentido para o patrão. Ela disse que não era da minha conta, que tinha dezoito anos e era adulta, e que podia fazer o que bem entendesse.

– Típico de adolescente.

– Típico de adolescente, não típico de Hattie. Eu sempre tive a impressão de que Hattie dizia às pessoas o que elas queriam ouvir. Nunca pude provar isso, mas uma mãe sabe quando o filho está fazendo teatro. Consigo ver o coração deles, de Greg e de Hattie, quer eles queiram, quer não. Hattie gostava de agradar as pessoas, apesar de eu nunca ter conseguido descobrir se ela agia assim porque não queria decepcionar ninguém ou se simplesmente não sabia o que queria por si mesma.

"De qualquer modo, ela arrancou o computador das minhas mãos e disse que ele pertencia a ela; que ela o tinha comprado com seu próprio dinheiro e que eu não tinha nenhum direito de tocar nele. Então foi furiosa para seu quarto e fechou a porta com violência. Entrei atrás dela e lhe disse que a porta era minha, que o pai dela e eu tínhamos comprado com nosso próprio dinheiro e que ela não tinha o direito de fechá-la na minha cara. Foi então que lhe perguntei sobre a planilha. Perguntei o que ela estava tentando fazer com aquilo. As pessoas não são personagens numa das suas peças. Ela alegou que era só um exercício. Alguma coisa para ajudá-la a ser melhor atriz, como sua câmera de vídeo."

Mona abanou a cabeça, lembrando-se.

– Eu disse alguma coisa do tipo quem você acha que está enganando? E então ela começou a chorar. Fui até a cama e lhe dei um longo abraço, afagando seu cabelo exatamente como fazia quando ela era pequena.

Mona apanhou um lenço de papel e enxugou os olhos com ele.

– Fazia muito tempo desde a última vez que ela me permitira chegar tão perto. Ela era a queridinha do papai. Sempre me manteve a certa distância. Eu nunca soube por que... por que ela agia assim.

"Mas naquele dia ela precisou de mim. Deixou que eu me aproximasse um pouco. Chorou, e eu a abracei; e ela disse que a única pessoa que ela vinha enganando era a si mesma. Eu lhe disse para parar de pensar em termos do que ela poderia ser para todos os outros, parar de fazer teatro e as pessoas acabariam por respeitá-la com o tempo.

"Ela disse que era difícil pensar no que aconteceria 'com o tempo', e eu respondi com as mesmas palavras que você me disse há pouco. Viva um dia de cada vez. Ela precisava descobrir o que queria e se concentrar nisso. Continuei falando por um tempo, só a embalando e tentando me comunicar com ela. Por um instante tive a impressão de ter de volta minha menininha.

"Ela nunca me disse onde tinha estado naquele dia, e eu não insisti nisso. Não queria romper aquele laço frágil; não queria que ela voltasse a se fechar para mim. Mas agora... agora eu me pergunto se ela não estava envolvida em alguma coisa que acabou por matá-la. Se eu ao menos a tivesse forçado a me contar, ou se a tivesse posto de castigo..."

Ela parou de falar, mais uma vez, e enxugou os olhos com um lenço de papel.

– Você não pode pensar assim, Mona. Não pode se culpar.

– Eu não me culpo. Culpo o assassino filho da mãe que cometeu o crime. Mas talvez eu pudesse ter impedido. Talvez se eu tivesse sido mais rigorosa com ela...

– Ela teria corrido a uma velocidade equivalente na direção oposta – disse eu, interrompendo-a. – É o que os adolescentes fazem. É assim que eles funcionam nessa idade.

Ela limpou os olhos um pouco mais, concordando.

– Sei disso, Del. São só esses pensamentos. Eles não param de me atormentar. Não querem me largar.

– E nós ainda não sabemos se ela estava envolvida em alguma coisa. O pessoal da idade dela vai até o lago para fazer sexo o tempo todo.

– Mas tinha o envelope.

– Que envelope? – Eu me endireitei na cadeira.

– Chegou naquela noite: um envelope branco na caixa de correspondência. Sem selo, sem endereço de remetente, só o nome de Hattie. Ela o pegou da mão de Bud e subiu para o quarto, desaparecendo.

– Você descobriu o que havia nele?

– Não.

– Você viu o envelope depois desse dia? – Eu não teria percebido alguma coisa tão banal quando fiz a busca no quarto dela.

– Não.

– E no dia seguinte ela desapareceu de novo. – Eu estava reconstituindo a cronologia dos fatos.

Mona ficou surpresa.

— Como você soube disso?

— Portia.

Ela concordou em silêncio.

— Portia a trouxe para casa porque a caminhonete de Hattie tinha enguiçado em algum lugar perto da autoestrada ao norte de Rochester.

— E o que ela estava fazendo por aqueles cantos?

— Disse que tinha ido fazer compras.

— Compras? De que tipo?

— Não sei, mas a verdade é que eu não quis insistir com ela porque ela me pareceu mais feliz. Imaginei que ela tivesse resolvido não importa o que fosse que precisasse ser resolvido. Naquela noite, no jantar, quando Bud reclamou de a caminhonete ter enguiçado, ela brincou e fez provocações. Disse que esse era um sinal de que Bud deveria lhe comprar um carro novo, um conversível, para ela poder dirigir com a capota abaixada daqui até Nova York. E ele respondeu que agora a mesada dela passava a ser uma moedinha de cinco centavos por semana, e que ela podia começar sozinha a juntar o dinheiro para o carro. Com eles era sempre assim o tempo todo, um cutucando o outro. Ela parecia bem, feliz, como eu disse, não como no dia anterior, quando tinha chorado no meu ombro. Podia ser que fossem os altos e baixos do humor de adolescente. Um dia eles se sentem o máximo; no dia seguinte, sua vida foi destruída.

Percebi na voz dela como ela se contraiu, como o sarcasmo se voltou contra ela e lhe deu um murro bem no final da última palavra, e de repente ela se dobrou ao meio. Soluços silenciosos sacudiam seus ombros, fundos demais para serem ouvidos. Espontâneos demais.

Winifred, que estava de prontidão ali fora, junto dos arquivos metálicos, entrou depressa na sala e segurou Mona pelos ombros. Peguei alguns guardanapos da lanchonete de uma gaveta e os passei por cima da mesa, mas Winifred revirou os olhos e tirou da bolsa um lenço. Mona limpou o rosto, recompondo-se, enquanto eu me sentia inútil, como um zero à esquerda.

– Mona, preciso que você faça uma coisa pra mim.

Ela conseguiu se acalmar e se sentou mais ereta. A dor não a enfraquecera. Uma mulher como Mona Hoffman – uma verdadeira mulher do campo que encarava cada estação e cada tempestade com uma serenidade que daria inveja a Deus – crescia com a ação, com a avaliação da tarefa e sua realização. Mesmo agora, nos dias mais tenebrosos da sua vida, eu sabia que ela faria o que eu lhe pedisse.

– Quero que você examine o quarto de Hattie de novo, assim como a caminhonete, qualquer lugar onde ela possa ter deixado esse envelope.

– Certo, Del.

– Há algumas outras coisas cujo paradeiro precisamos saber também – acrescentei, por impulso. – A mala e a câmera de vídeo.

– Como? – A surpresa suplantou as outras emoções.

– Achamos que estejam perdidas – disse eu, descrevendo-as sucintamente.

– A mala foi nosso presente de Natal para ela. Bud a comprou na Brookstone. Ela a adorava.

Mona disse que ia procurar as coisas de Hattie depois de escolherem as flores do caixão para o enterro.

– O velório vai ser hoje lá em casa. Só a família. – Mona desviou o olhar quando se levantou para sair.

Eu as acompanhei até lá fora, mas me mantive afastado enquanto a mulher mais velha ajudava a mais jovem a entrar no sedã. Havia um furgão de reportagem do outro lado da rua, à espera de alguma novidade na história. No dia seguinte, eles cairiam como moscas em torno de quem comparecesse ao enterro, tentando entrevistar qualquer um que conseguissem, para fazer perguntas sobre a "maldição mortal". Pelo menos eu podia me encarregar desse inconveniente por Bud e Mona. Não me senti capaz de fazer muito mais que isso, enquanto via o carro de Mona ir embora.

Demorei um bom tempo antes de voltar lá para dentro.

PETER / *Sexta-feira, 21 de março de 2008*

SERÁ QUE UM CORPO PODERIA SE PARTIR EM DOIS? EU ESTAVA em pé à sombra da árvore, um dos carvalhos frondosos de Mary, que tinham lhe mostrado o que ela queria fazer com a própria vida, e fiquei olhando Hattie ir se afastando de mim. Seu ultimato pairava no ar. *Venha comigo para Nova York, ou eu vou contar a Mary tudo sobre nós.* Ela não tinha dito essas palavras exatas, tinha? Mas a ameaça estava lá, cintilando nos seus olhos destemidos.

Olhei enquanto ela ficava cada vez menor, atravessando o campo; seus passos deixando o chão para trás com uma inflexível segurança de adolescente que não hesitaria em mandar o sol se foder. Meu desespero crescia na proporção da distância entre nós. Tudo em mim ardia com o desejo de correr atrás dela, arrastá-la de volta para cá, amarrá-la a essa árvore e fazer sua boca funcionar até ela não conseguir dizer uma palavra que fosse verdade ou mentira. Dar-lhe exatamente o que ela queria, e então procurar um carro e sair dirigindo. Mostrar-lhe tudo. Fazer com que nós dois nos esquecêssemos dessa cidadezinha e de nós mesmos, bem como de cada decisão terrível que nos trouxera a este lugar e a esta hora.

Mas Nova York? O que ela esperava que eu dissesse? Sim, vou me mudar para Nova York com você? Vou jogar fora qualquer chance de recuperar minha vida em Mineápolis para ir morar nas ruas da cidade de Nova York com você? Pois é lá que ficaríamos – na rua. Mesmo que eu por milagre conseguisse arrumar um emprego de professor para o outono, eu só receberia o primeiro salário em outubro. Eu ainda tinha mil dólares na minha poupança, o que não era nada, mas

Hattie achava que seus dois mil iriam de algum modo nos sustentar na cidade mais cara do país?

Ela não fazia a menor ideia do que ia enfrentar. Não tinha amigos lá, não tinha contatos, nenhum plano. Ela precisava de mim. Puxa, ela precisava de mim quase tanto quanto eu ansiava por ela, e a tentação de ceder à sua exigência insensata quase me dominou.

Só que eu não conseguia me esquecer de Mary.

Foi Mary que me manteve enraizado no lugar, olhando para Hattie até ela desaparecer no bosque. Eu estava me lixando para tudo o mais – meu emprego, minha reputação. Nada nessa vida em Pine Valley tinha a menor importância, com exceção de Mary. Fazia mais de um mês que ela me contara seus planos de permanecer na fazenda, e nós estávamos vivendo um impasse desde então. Eu não lhe dera uma resposta quanto à minha disposição de ficar, e ela não tinha voltado a tocar no assunto. Existíamos em vidas paralelas, trocando comentários superficiais, como vizinhos bem-educados, porém distantes. Eu sabia que ela estava esperando que eu tomasse uma decisão, mas eu sinceramente não saberia dizer se ela se importava com qual seria essa decisão.

Era de surpreender que eu tivesse marcado esse encontro com Hattie? Hattie, que tinha se enroscado no meu colo como se eu fosse *seu* refúgio contra o mundo, que tinha tentado me convencer e ameaçado me destruir, como se eu fosse alguém que valesse a pena destruir.

Tomei o resto do vinho e deixei as sobras de comida para uma gralha que estava dando voltas por ali. Depois eu me deitei e fiquei olhando para o céu através dos galhos nus.

Será que ela faria aquilo mesmo? Será que Hattie falaria com Mary na próxima vez que esta entrasse na farmácia? Hattie tinha me dito muitas e muitas vezes que faria qualquer coisa por mim, que era a mulher certa para mim, mas qual versão dela era essa? Mesmo que não fosse uma atriz nata, ela ainda tinha dezoito anos, puxa vida! O que não faria uma garota de dezoito anos desfeiteada?

Quando não aguentei mais pensar nisso, recolhi tudo e voltei andando para o celeiro. Hattie já tinha ido embora quando cheguei lá. Talvez já estivesse em casa, planejando a melhor maneira de acabar comigo. Não seria preciso fazer muita coisa. Bastava um rápido telefonema para Mary ou uma confissão para seus pais, e minha vida estaria destroçada.

Atirei a garrafa de vinho vazia na parede do celeiro, mas ela nem chegou a rachar, e eu a chutei para dentro da poça que estava se formando na outra extremidade da construção. Tive a tentação de jogar ali seu cobertor de piquenique, junto com a garrafa. Em vez disso, deixei-o num canto seco, enrolado em torno do livro.

Quando voltei para casa, a caminhonete de Mary estava estacionada na entrada de carros. Mary tinha dito que elas iam fazer compras em Rochester depois das consultas médicas, mas não era nem meio-dia. Elas tinham voltado cedo.

Passei a cesta de piquenique para o banco traseiro do carro e fui abrir a porta da frente em silêncio. Se eu tinha qualquer ideia de subir sorrateiro para o quarto, ela se extinguiu de imediato quando vi Mary sentada no sofá na sala de estar, com os olhos fixos em mim, como se estivesse contando os minutos até eu chegar. A televisão estava desligada. Elsa não estava em parte alguma. A assoberbante sensação de culpa foi se agravando à medida que os segundos passavam e Mary permanecia imóvel. No último ano, ela praticamente não tinha parado. Podia haver alguma dúvida quanto ao motivo para essa paralisia agora?

Num plano totalmente diferente da náusea e das batidas violentas do meu coração, eu me perguntava como ela teria descoberto. Comecei a repassar as páginas da minha vida, em busca do subtexto que devia ter se derramado e me denunciado. Ou talvez eu não tivesse feito nada. Talvez Hattie tivesse cumprido sua ameaça.

– Onde você estava? – Mary por fim rompeu o silêncio.

– Estava lá fora. Caminhando. – Eu ainda não admitia nada.

– Caminhando onde?

– Nos campos. Lá para os fundos. – Levantei um braço em nenhuma direção específica. – Quis respirar um pouco de ar puro e estava sem vontade de correr.

Mary deu uma risada sem humor.

– Você mora numa fazenda e precisou sair caminhando para respirar ar puro. É isso, não é? Então está explicado.

– O que você quer dizer com "isso"? Do que está falando?

– De nada.

– E Elsa, onde está? Achei que vocês iam fazer compras.

– Ela não quis que eu ficasse empurrando a cadeira de rodas de um lado para outro. Eu a deixei na casa de Winifred para uma visita.

– Certo. – Fiquei esperando a acusação, as lágrimas e a raiva, mas não veio nada. Ela continuou ali sentada, com aquela expressão indecifrável.

– Houve mais alguma coisa? – Dei um passo na direção da escada, num recuo instintivo.

– Sente-se, Peter.

De imediato meu traseiro bateu na poltrona. Uma parte de mim até mesmo aceitava bem o que estava por vir. Era o fim do meu casamento – nova papelada a arquivar na frente da velha –, mas era também o fim da impostura, o fim da simulação de que eu valia alguma coisa.

– O que está acontecendo? – perguntei. – Você está estranha.

Ela respirou fundo e olhou para as mãos.

– Eu desmaiei no consultório médico.

– Como? – A surpresa correu pelas minhas veias como alguma droga deliciosa. – O que houve?

– Foi tolice. Nós simplesmente precisamos ficar na sala de espera mais tempo do que eu imaginava. Ficamos sentadas muito tempo, e estava fazendo calor ali dentro. Quando o médico chamou nosso nome, eu me levantei depressa demais e desmaiei. Voltei a mim no chão, com uma enfermeira e a recepcionista em pé perto de mim. Elas me ajudaram a me levantar e me fizeram beber um pouco de água.

– Você chegou a comer alguma coisa de manhã? Você está cuidando de tudo por aqui, menos de si mesma. Foi por isso que desmaiou.

– Eu sei. Isso vai precisar mudar.

– Ainda está se sentindo tonta?

– Um pouco. – Ela concordou. – O médico me fez algumas perguntas e então me passou um exame.

A ideia de Mary estar doente parecia impossível. Ela havia se tornado a guardiã e defensora de Elsa. Sozinha, tinha reinventado a fazenda. Ela pagava as contas, preparava as refeições e limpava a casa, tudo isso com aquele estoicismo dos Reever. Era a porra da mulher biônica.

– Que exame?

– Deu positivo. – Ela estava com a voz baixa. De repente, quis que ela olhasse para mim; eu precisava ver seus olhos.

– Que exame, Mary? – Eu me levantei e atravessei a sala, ajoelhando-me diante dela para forçá-la a olhar para mim. Quando ela olhou, vi confusão e hesitação. Dava para ver que ela estava reunindo coragem para me contar. Não importava o que fosse – e estava claro que era algo sem nenhuma relação com o fato de ela ter um marido mentiroso, que a traía –, aquilo a estava corroendo por dentro.

– Estou grávida.

– Como? – Eu me levantei de um salto e recuei, trôpego. – O quê?

Meu cérebro parou de funcionar. A sala escureceu pelos cantos, como eu tinha lido em cenas com certas heroínas e sempre rejeitado como um estilo sentimental e hiperbólico. Como ela poderia estar grávida? Será que o bebê era meu? Mary não era do tipo de mulher que traía, mas nós não fazíamos sexo havia meses, não fazíamos...

Então a sala de estar voltou a entrar em foco.

– O dia em que o cara das janelas veio aqui?

– Deve ter sido. Eles perguntaram quando foi minha última menstruação, disseram que eu estava com cerca de seis semanas. As datas combinam. – Ela trançou os dedos sobre a barriga, segurando firme.

Passei as mãos pelo cabelo, limpei a boca, tentando aceitar o que estava acontecendo.

– O que você vai fazer?

– Começar a comer de manhã, acho. – Ela deu um riso rápido, nervoso.

Quando eu não disse nada, ela continuou:

– Comprei umas vitaminas para gestantes e uns biscoitos de sal. Mamãe disse que eu precisava de sal.

Eu ainda não conseguia falar.

– Sei que não estivemos passando pelos nossos melhores momentos ultimamente. – Minha risada agressiva só a fez se calar por um segundo. Ela estava ganhando impulso. – Mas isso é o que nós queríamos.

– Você vai ficar com o bebê.

– Não se atreva a sugerir o que acho que vai sugerir. – Sua voz, ainda baixa, agora parecia de aço.

– O que eu vou sugerir? Como você sabe o que eu penso se nem eu mesmo sei o que penso?

– Eu te conheço e sei que não estamos felizes, mas esse bebê é meu. – Suas mãos se separaram, espalhando-se pelo pequeno plano achatado do seu abdômen. – Esse é nosso bebê, nossa família.

– Você vai criá-lo aqui. – Tudo o que eu podia fazer era afirmar o óbvio, resmungar cada fato puro e simples no instante em que ele me esmurrava as entranhas.

– Já conversamos sobre isso. Vou precisar de ajuda com as galinhas. Já não vou poder pegar os sacos de ração sozinha. O carrinho de mão ainda deveria ser aceitável. Não tenho certeza quanto à amônia no esterco, mas isso, no máximo, representaria uma hora do seu dia. Marquei uma consulta com um obstetra.

Ela estava sentada ali no sofá desbotado, o olhar parado em algum ponto entre nós, descrevendo detalhes que eu mal conseguia apreender. Era horrível como tudo aquilo estava errado: o pragmatismo supercontrolado de Mary, meu pânico monumental. Aquilo ali era um arremedo do que esse momento deveria ter sido, do que ele teria sido se tivesse acontecido um ano antes. Em vez de uma comemoração, ela estava me dando um ultimato, o segundo que me era apresentado num período de poucas horas.

– Você não parece estar eufórica com a notícia – consegui dizer.

– Fiquei surpresa.

Fiz um barulhinho meio estrangulado, sugerindo que eu concordava com ela.

– Mas ultimamente as coisas estão melhores, não estão? – argumentou ela. – Você anda passando algum tempo com mamãe. O diretor diz que você está fazendo um trabalho maravilhoso com a peça, que está trabalhando com alguns alunos talentosos.

– Meu Deus. – Eu não conseguia aguentar nem mais um minuto disso, não quando a presença de Hattie pairava ali à beira da conversa, ameaçando derramar-se nesse pesadelo. – Preciso pensar.

– Peter...

– Só preciso de um tempo para pensar. – Peguei minhas chaves e deixei a casa, acelerando o carro ao sair da entrada de veículos e voando pela estrada de cascalho. Cheguei a cem, cento e dez por hora, e as pedras que atingiam a parte inferior do carro soavam como o estouro de uma boiada, como cem criaturas desesperadas, providas de cascos, correndo para salvar a vida.

Trinta minutos antes, eu estava fantasiando – por que suavizar a verdade? – com a tortura sexual e o sequestro de Hattie, e o consequente abandono de Mary. Por que eu não tinha feito aquilo? Por que não tinha apanhado Hattie nos ombros, no instante em que ela pronunciou as palavras, e não a violentei num carro antes que ela mudasse de ideia? Já estaríamos em Wisconsin a esta altura. Eu poderia ter mandado um e-mail para Mary, de Madison, na ignorância abençoada da existência desse filho. Eu poderia ter escapado

Agora não havia escapatória. Havia? Meu Deus, será que eu podia deixar Mary, grávida e sozinha, marcada para sempre como a mulher cujo marido a deixou por Hattie Hoffman, aquela garota que se apresentava nas peças e ainda nem tinha terminado o ensino médio? Ele era professor dela, sabia? Eu podia ouvir seus cochichos, visualizar seus olhares de solidariedade.

Segui rumo a Rochester em alta velocidade. Os campos se fundiam, transformando-se em rolos indistintos de branco e marrom. Depois, as áreas rurais cediam lugar a concessionárias de automóveis e a hipermercados que ocupavam as margens das autoestradas na periferia da cidade. Virei na direção da clínica Mayo e do centro, reduzindo a velocidade à medida que as pessoas saíam para as calçadas para a hora do almoço, com o rosto levantado, aproveitando o calor inesperado do sol.

Também fazia calor no dia em que pedi Mary em casamento. Puxa, agora parecia que tinha sido em outra vida, mas fazia menos de seis anos desde aquele dia depois da formatura na faculdade.

Fui ziguezagueando pelas ruas do bairro comercial e acabei estacionando perto de um café. Saí a caminhar, com o pensamento na garota que eu tinha pedido em casamento, em tudo o que eu valorizava nela. Eu amava sua personalidade mansa, confiável. Amava sua fidelidade aos clássicos americanos, a Steinbeck, Cather e Thoreau. Eu amava seu jeito de fazer compras em brechós duas vezes por ano, sempre nos dias de início e fim do horário de verão, para nunca se esquecer. Ela levava bolsas de supermercado com roupas usadas e as vendia pela metade do valor dos novos achados. Ela era muito responsável com seu dinheiro, não como eu. Eu podia me arranjar a semana inteira só comendo macarrão instantâneo e tofu, e depois entrar no bar no sábado e detonar cem dólares em bebidas e táxis. Eu sabia que precisava de uma mulher como Mary. Era algo que fazia sentido sob tantos aspectos que eu nunca me perguntava – como faziam muitos dos meus amigos acerca das namoradas – se eu poderia encontrar alguém melhor. Imaginar que um dia eu teria vontade de abandoná-la por uma atriz brilhante e trapaceira teria sido ridículo.

Eu pretendia lhe propor casamento no Solera, o mesmo restaurante de tira-gostos ao qual eu levara Hattie em Mineápolis; mas, quando comentei a reserva com Mary, ela recusou.

– Muito caro – disse ela. – Trinta dólares por uma garrafa de vinho? É um absurdo.

Ela sugeriu então um piquenique. Foi assim que, no sábado seguinte à formatura, nós pegamos o ônibus para ir à ponte dos Arcos de Pedra e caminhamos até o parque à margem norte do rio. Mary tinha preparado um banquete frio: uma travessa de queijos e frutas, baguetes crocantes e vinho transferido para garrafas de suco de uva, para o policiamento do parque não nos incomodar. Deitados ao sol, no nosso ponto de observação no alto da margem, comendo e jogando nossas migalhas para os patos, que se tornaram cada vez mais audaciosos à medida que a tarde ia passando, ficamos assistindo aos ciclistas e patinadores que passavam voando pela ponte. No que dissesse respeito a propostas de casamento, o cenário era simplesmente ideal.

Minha deixa era a sobremesa. Eu tinha comprado na padaria o bolo de chocolate preferido de Mary; mas, quando o tirei da cesta, com o volume da caixinha da joalheria mais do que visível no meu bolso, não consegui dizer nada. Não consegui me forçar a dizer as palavras. Depois de algumas mordidas, Mary percebeu que eu estava transpirando de ansiedade e perguntou se eu estava me sentindo bem. Menti, dizendo que era provável que tivesse ficado tempo demais no sol. Nós arrumamos a cesta do piquenique, enquanto eu sentia raiva de mim mesmo e tentava descobrir um jeito de fazer o pedido agora que tinha perdido meu momento. Foi só quando já estávamos percorrendo a ponte de volta que Mary sem querer me deu uma segunda chance. Ela parou, debruçou-se no parapeito e sorriu, olhando para a pequena corredeira formada diante da ilha Nicollet.

– Não é perfeito? – ela perguntou; e, apesar de estar claro que a pergunta era retórica, aproveitei a oportunidade.

– Nem tanto assim. – Larguei a cesta de piquenique, peguei o anel e me ajoelhei sobre um joelho. – Mas você pode tornar o momento perfeito.

– Puxa vida! – ela disse quase sem voz, eu me lembro. Levou as mãos para cobrir a boca, exatamente como eu tinha imaginado. Alguns patinadores deram vivas e assoviaram enquanto passavam velozes por nós.

Ela corou, baixou as mãos, mas então de repente ficou séria e me encarou, atenta.

– Você está me pedindo alguma coisa?

– Sim – gaguejei, finalmente desembuchando. – Mary Beth Reever, quer se casar comigo?

– Depende.

Sua resposta me pegou tão desprevenido que eu cheguei a oscilar. Lembro que o chão veio subindo na minha direção por um segundo; depois que me levantei de novo, meio desajeitado, ainda segurando o anel entre nós.

– Depende do quê?

Cada nuance da sua resposta ainda estava gravada na minha mente: seu tom solene, a disposição cuidadosa das suas feições obscurecida pelo azul estridente do céu, pela dignidade do centro da cidade e pelas agulhas da ponte da avenida Hennepin no horizonte. Cada parte da paisagem da cidade pareceu consagrar o que estava acontecendo entre nós naquele instante, muito mais do que o ministro conseguiu consagrar mais tarde na cerimônia do casamento. Ele nos deu as palavras de outra pessoa para nós dizermos um ao outro. Os votos que descobrimos para nós mesmos foram os seguintes:

— Você quer ter filhos? — perguntou-me ela. — Não posso me casar com um homem que não queira formar família.

— Quero — respondi de imediato. Eu de fato queria uma família com Mary. Ela seria uma mãe excelente.

Seu rosto se abriu num sorriso e lágrimas brilharam nas suas bochechas lisas e rosadas.

— Sim. Sim, Peter Martin Lund, quero me casar com você.

Seis anos depois, ela estava grávida. Esta Mary, que era pouco mais do que um reflexo daquela garota radiante que eu tinha girado nos braços na ponte dos Arcos de Pedra, tinha conseguido conceber seu filho.

Eu me sentia mal. O vinho que tinha bebido com Hattie se transformou numa dor de cabeça latejante à medida que eu ia caminhando pelo centro de Rochester. As calçadas lotadas de gente foram se esvaziando quando terminou a hora do almoço, me deixando exposto como um andarilho sem rumo. Eu não tinha nenhum destino e era incapaz de forçar sorrisos quando desconhecidos faziam suas gentilezas típicas de Minnesota junto aos sinais de trânsito. Depois de um tempo, comecei a andar mais devagar. E então pareceu que não fazia sentido prosseguir. Parei no meio de uma calçada, olhando para as poças sujas que estavam corroendo o concreto.

Não me cabia nenhuma escolha, certo? Não havia como eu escapar da responsabilidade do que tinha prometido.

Ao mesmo tempo que cheguei àquela conclusão desanimadora — a consciência de que estaria preso a Pine Valley pelo resto da minha vida —, uma mulher que estava falando ao telefone saiu de uma loja, me deu um encontrão e pediu desculpas. Olhei para as roupas expostas na vitrine da loja e parei de respirar. A dor na minha cabeça cresceu de um modo que fazia bater o próprio ar em torno do meu corpo. Sem a capacidade de pensar mais nada, entrei na loja e comprei uma roupa da vitrine.

Peguei o carro para ir ao banco, saquei os últimos mil dólares da minha poupança e levei a quantia direto para a fazenda dos Hoffman, um lugar que eu só tinha visto em mapas do Google até então. A casa era abrigada por pinheiros-do-canadá e cercada por turbinas de energia eólica que pontilhavam o horizonte. Não pude ver nenhuma das janelas da casa e tive esperanças de que ninguém estivesse me observando quando coloquei na caixa do correio um envelope branco e simples, endereçado para Hattie. Nele eu tinha posto dez notas de cem dólares num bilhete que dizia: "Mary está grávida. Vá para Nova York. Saiba que amei você."

Em seguida, fui para casa, para Mary, levando no banco do carro, ao meu lado, a roupa que eu tinha comprado na loja – um conjunto minúsculo de calça e blusa, coberto de animais felpudos de fazenda.

DEL / *Quinta-feira, 17 de abril de 2008*

DUAS HORAS ANTES DO FUNERAL DE HATTIE, EU PERCORRI o perímetro da escola secundária, verificando a segurança junto às entradas, no meu melhor terno de domingo e calçando galochas com respingos de lama.

A escola cancelara as aulas hoje, o que era provável que tivessem feito de qualquer maneira, mas, como não cabiam mais de trezentas pessoas na igreja metodista, a cerimônia fúnebre foi marcada para as onze da manhã no ginásio da escola. Estávamos contando com a presença da maioria dos alunos, pais e professores, toda a congregação da igreja, sem mencionar os amigos de Hattie do teatro em Rochester, os parentes próximos e afastados de Mona e de Bud, bem como os demais moradores do local. No todo, pelo menos mil pessoas.

Um espesso colchão de nuvens lançava um cinza inquietante sobre a cidadezinha, mas a previsão do tempo informou que não choveria, logo era provável que não precisássemos lidar com as condições das estradas. Os rapazes estavam bem adiantados. Shel tinha assumido o posto na entrada do estacionamento para orientar o trânsito e manter as coisas organizadas. Jake estava encarregado da imprensa e relatou que já havia dois furgões farejando para cima e para baixo pela rua principal. O restante da equipe estava observando os outros locais, mantendo-se de olho nas lojas fechadas. Depois de terminado o serviço fúnebre, nós precisávamos guiar o cortejo até o cemitério, fechando o trânsito das transversais, acompanhar os carros da família de volta ao salão da guarnição dos bombeiros, onde as senhoras da igreja serviriam o almoço, e então orientar o trânsito e ficar atentos a tudo pelo resto da tarde. Se um dos meus dois suspeitos não comparecesse, eu teria de mandar um homem sair para localizá-lo. Eu não ia deixar ninguém escapar do radar hoje. Só pedia a Deus que não houvesse nenhum acidente na autoestrada, porque eu não tinha ninguém de sobra. Nancy teria de chamar a força pública estadual.

Eu estava de pé desde as quatro e havia passado um bom tempo decidindo se ia usar uniforme ou traje à paisana, enquanto o gato dos Nguyen parecia entediado no portal da sala de estar. Fui de terno, usando minha arma e distintivo por baixo do paletó. Jake demonstrou respeito suficiente para não dizer nada sobre isso quando demos o telefonema de manhã para o dr. Terrance B. Standler, o psicólogo forense recomendado por Fran. Ele atendeu de imediato e pareceu bastante cortês, mas tentou se esquivar de prestar qualquer ajuda.

– A dra. Okada disse que você tem uma excelente amostra de DNA do perpetrador e dois fortes suspeitos.

– Sim?

– Eu costumo reservar meu tempo para casos que representem um desafio maior para as forças policiais locais.

Jake olhou para mim e fingiu que mirava uma arma no telefone.

– Você olhou o arquivo do caso ou não? – perguntei.

– Olhei, estou com ele diante de mim.

– Certo, então me passe qualquer informação útil que tiver e guarde os comentários cortantes para depois.

Ele suspirou.

– Como você sabe, a raiva e o poder são duas motivações básicas na maioria dos homicídios de rotina, e há sinais dos dois neste caso. As abrasões do contato sexual são decerto baseadas no poder, mas aqui está claro que não se trata de um homicídio por transtorno parafílico.

– Como assim?

– Assassinato por luxúria, homicídios em que matar é em si um ato sexual. Neste caso, temos dois atos separados. A relação sexual, embora agressiva, foi nitidamente consensual, apesar de um pouco complicada pela presença do preservativo. Se ele foi usado nesse específico contato sexual, o preservativo poderia ser um sinal de respeito para com a vítima ou uma tentativa por parte do homem de manter seu DNA fora da vítima. Seja como for, depois do ato sexual, a vítima voltou a se vestir. Houve um nítido interlúdio.

– Intervalo – murmurou Jake.

– Como? – perguntou Standler.

– Nada. – Lancei para Jake um olhar de advertência e resolvi que lhe fariam bem alguns turnos a mais como babá dos bêbados detidos dirigindo, depois que encerrássemos esse caso. – Logo, é provável que eles tenham tido uma discussão entre o sexo e o assassinato?

– É, houve um nítido momento de virada. O ataque em si tem muitos dos sinais clássicos da primeira vez de um assassino; e é menos provável que primeiros homicídios sejam planejados. Em termos estatísticos, vemos uma quantidade significativamente maior de discussões exacerbadas. Agora, os ferimentos. O golpe inicial e fatal ao coração indica forte ímpeto e precisão. Apesar de ser provável que o ataque não tenha sido premeditado, há uma clara presença da vontade. Os cortes no rosto, infligidos após a morte, podem indicar uma coisa ou duas. A primeira é o despeito.

– Despeito? – disse Jake, interrompendo-o. – Ele já a tinha matado. O que mais poderia fazer para demonstrar seu despeito?

– A mutilação facial costuma ser empregada para fazer desaparecer a identidade da vítima, o que, para alguns assassinos, é mais importante do que a vida da vítima. É um ato destinado a demonstrar o poder do assassino sobre a vítima, que ele erradicou qualquer ameaça que aquela pessoa representasse para ele. No ano passado, acompanhei um caso em que uma moça matou uma rival e derramou ácido no rosto da vítima. A principal fonte de poder da vítima diante da assassina, a perfeição do seu rosto, lhe foi tirada. O despeito é uma motivação forte, mas a segunda possibilidade é ainda mais forte: o medo.

– Medo do quê? De ser apanhado?

– Não nesse momento. Mais tarde, vê-se o medo de ser apanhado, quando o assassino levou a bolsa da vítima e a jogou no lago. Não, esse aqui é um medo primitivo, que costuma ser registrado como a primeira emoção imediatamente após um assassinato. Ele pode assumir a forma de cortes no rosto, de ocultação ou mesmo de descarte do corpo inteiro. O assassino tenta apagar a identidade da vítima para apagar o próprio crime. Em essência, é um ato de remorso.

– Ele a matou e então se arrependeu?

– Creio que sim. O sexo e o esfaqueamento são, tanto um como o outro, indicadores de fortes oscilações emocionais. É possível que as emoções do assassino tenham voltado com a mesma rapidez para o remorso e o medo. Vocês estão diante de um homem mais jovem e nervoso, alguém que talvez tenha dificuldade para se enturmar ou tenha um histórico de relacionamentos instáveis, com a vítima ou não.

Jake e eu nos entreolhamos, e ele bateu com o dedo num nome na pasta do homicídio. Concordei em silêncio.

Quer Standler nos tivesse feito alguma revelação, quer não, ele daria uma ótima impressão no banco das testemunhas. Agradeci e me certifiquei de que ele se dispusesse a depor quando chegasse a hora. Depois, Jake e eu nos encaminhamos para a escola, para o acompanhamento do funeral.

O pessoal da manutenção da escola e a equipe da funerária já tinham arrumado tudo na noite anterior, mas as entregas de flores não pararam a manhã inteira. Depois de terminar a verificação de segurança do entorno, acompanhei dois floristas até o interior do ginásio e avaliei o local.

Nada do tablado do fim de semana anterior, que já havia sido desmontado e armazenado. Eles tinham afastado as arquibancadas como para uma reunião geral da escola, com o piso quase todo ocupado por cadeiras. Todos os assentos do piso estavam voltados para um púlpito, montanhas de flores e dezenas de fotografias e anuários dispostos na frente do ginásio. Fui andando ao longo da parede dos fundos, onde os alunos tinham estendido uma faixa de papel, coberta com lembranças de Hattie.

Ela estava sempre sorrindo.

Ela me ajudou com meu trabalho de inglês. Um monte de vezes.

Nós pegamos com minha irmã a última temporada de Sex and the City. Hattie foi dormir lá em casa, e nós assistimos aos episódios a noite inteira, avaliando os vestidos. Ela achou que eles eram muito mais legais do que eu achei.

Comendo banana-split na lanchonete. SEM CALDA DE MORANGO, POR FAVOR! Kkkkk

Ela sabia ouvir como ninguém. (Essa eu vi repetida um monte de vezes.) Ela escutava todos os meus problemas e tentava ajudar.

Hattie realmente prestava atenção ao que você dizia.

Ao longo da parte inferior do papel, havia a silhueta dos prédios de uma cidade grande, com uma figurinha de garota acenando de uma das janelas.

Só quando cheguei ao fim foi que percebi que alguém tinha pendurado ali o vestido de Hattie da peça, o vestido de Lady Macbeth lavado e totalmente limpo do banho de sangue, branco e imaculado. Ele pairava encostado na parede como um fantasma. Ela o estava usando havia menos de uma semana neste mesmo ambiente. Naquela noite, eu estava trabalhando, pondo em dia a papelada que nunca terminava quando cortes no orçamento reduziam demais o pessoal, mas eu deveria ter deixado a papelada esperar. Devia ter vindo vê-la.

O rabecão chegou e, com ele, Bud, Mona e Greg. Eles acompanharam o caixão, entrando numa sala anexa ao ginásio, onde a família permaneceria até o serviço. Greg me cumprimentou com um gesto de cabeça ao passar, dando a impressão de estar extenuado e afetado pela diferença de fusos horários. Nem Bud nem Mona tiraram os olhos do chão.

E então eles foram chegando, a cidadezinha inteira em grupos de dois e três, ninguém sozinho. Winifred Erickson deu um tapinha no meu braço quando entrou arrastando os pés. Os Nguyen choravam abertamente e se amparavam, abraçados. Vozes zangadas, contidas, enchiam os corredores e o ginásio. Brian Haeffner se aproximou, com a gravata de cadarço e a presilha de madrepérola que usava por toda parte na temporada das eleições.

– Del, o que está acontecendo? Suas declarações à imprensa não dizem nada.

– É uma investigação em andamento.

– As pessoas estão sofrendo. Elas precisam saber o que aconteceu com Hattie.

Pude sentir que todos aguçavam os ouvidos em torno de nós, olhos injetados avaliando nossa expressão, à espera.

– Não precisamos que ninguém fique assustado neste exato momento. – Mantive minha voz baixa.

Ele também baixou a voz enquanto relanceava o olhar ao nosso redor.

– Del, esse é o tipo de caso que você precisa resolver rapidinho ou as pessoas vão se lembrar na hora da eleição. Por causa da idade, você já ganhou por uma pequena margem na última vez.

– Ainda não estou caindo pelas tabelas.

– Não vai fazer diferença, se esse caso se arrastar demais. – Ele viu minha expressão e tratou de se defender. – Estou falando como amigo. Esse caso pode destruir uma carreira.

A última coisa que eu queria mencionar naquele instante era minha carreira. Fiz um sim lacônico e me afastei do meu amigo, os punhos do terno incomodando cada vez que eu mexia os braços.

Eu não usava esse terno desde que o comprara para o funeral da minha mãe alguns anos atrás. Ela havia sido atuante na igreja a vida inteira, e todo mundo apareceu para seu bota-fora na viagem até os portões do Paraíso, entre eles Bud e Mona, postados direto ao meu lado. A disposição de espírito tinha sido solene, mas também satisfeita, como se as pessoas soubessem que ela tivera a melhor vida que qualquer um de nós tinha o direito de esperar. Nós contamos histórias engraçadas a respeito dela, e todos se sentaram para comer e ficar olhando os netos da minha irmã brincando de pique entre as flores. E foi só isso. A morte era o fim de um ciclo que o povo do meio rural via todos os dias. Eles faziam piadas e se provocavam acerca de praticamente qualquer outra coisa, mas, quando se tratava de dificuldades ou perdas, aguentavam o tranco, sem fazer estardalhaço. Eu tinha comparecido a mais funerais do que gostava de me lembrar; e comido tantos sanduíches de presunto com manteiga que quase sentia o sabor do pãozinho enfarinhado quando via um rabecão passar pela rua principal, mas o funeral de Hattie era outra coisa, totalmente diferente.

A dor e a raiva emanavam dessa multidão, com tanta intensidade que quase dava para sentir o cheiro. Eu andava pelos corredores entre as cadeiras, enquanto as pessoas iam se acomodando; e senti olhos voltados para mim de todos os lados. O terno não enganava ninguém. Eles sabiam o que estava na minha cabeça tanto quanto eu sabia o que estava na deles: assassinato.

Abri caminho até o outro lado do ginásio, esquadrinhando a multidão em busca dos meus suspeitos. Gerald Jones, de Rochester, captou meu olhar e me cumprimentou em silêncio. Embora o volume do som no ambiente estivesse crescendo, eu ainda pude ouvir as duas mães que estavam andando à minha frente.

– Tiraram ele da escola e levaram pra delegacia.

– Ouvi dizer que ele estava dirigindo a peça na qual Hattie trabalhou.

– Estava. Vim aqui na sexta à noite. Vi Hattie só algumas horas antes do que aconteceu. Tive arrepios, vendo ela atuar. E agora os jornais estão falando de uma maldição.

– Você soube o que aconteceu durante o ensaio?

– Não, o quê...?

As mulheres me viram e as duas se calaram e procuraram lugares para se sentar.

Mais adiante, localizei Tommy. Ele estava sentado no meio da primeira fileira das arquibancadas, que gemiam debaixo do peso da equipe de futebol americano. Nenhum deles estava falando muito. Estavam com o olhar fixo voltado para a frente do ginásio, seus músculos sem uso só esperando para se retesar. Tommy estava usando um terno pequeno demais para ele e dava a impressão de que não teria ouvido a buzina do final do primeiro tempo nem mesmo se você a tivesse soprado direto na sua orelha. Os pais dele estavam sentados logo atrás, os dois me observando. Continuei andando.

Encontrei Peter Lund lá no alto na parte mais distante das arquibancadas. Muitos professores e funcionários da escola estavam sentados na mesma área, mas eles deixaram um espaço entre ele e os demais. A pessoa sentada mais perto de Lund era Carl Jacobs, embora os dois não estivessem se comportando como grandes companheiros. Carl dobrava e desdobrava seu programa, enquanto Lund mantinha o olhar fixo no meio da multidão, parecendo não perceber aquela distância proposital entre ele e os outros. Também estava de terno, e talvez o seu fosse mais estiloso do que o de Tommy, mas ele parecia tão constrangido quanto o rapaz, com os olhos injetados e no mínimo um dia de barba por fazer. Não vi Mary Beth em lugar nenhum.

Medo, Standler tinha dito. Medo e remorso tinham empurrado aquela faca no rosto de Hattie, deixando-a sem nada para mostrar ao mundo. Qual deles tinha tido a fúria necessária para matá-la e o desplante de se arrepender ao respirar de novo?

Voltei a sair do ginásio e avisei a equipe, informando-lhes que tinha localizado os dois suspeitos. E então, respirando fundo e passando a mão pelo meu paletó engomado, entrei de mansinho na sala de aula ao lado do ginásio, onde Hattie jazia, com a família.

O caixão ocupava a parte da frente da sala, com lírios cobrindo a tampa fechada e ocultando o horror lá dentro. O pastor estava postado diante dele com as mãos nos ombros de Bud e Mona. De olhos fechados e com o rosto voltado para o alto, ele orava.

– Pai Celestial, sabemos que esse não era Teu plano para Hattie. Nossa tristeza e revolta são avassaladoras. Elas nos sufocam. Precisamos de Tua força, Senhor. Precisamos que nos ajudes a entender como isso pôde acontecer. Embora saibamos que ela está contigo, não conseguimos conter nosso desnorteamento, nossa necessidade de justiça. Ajuda-nos a superar este dia, Senhor. Ajuda-nos a levar Hattie ao descanso, mesmo que o pecado da vingança esteja ardendo dentro de nós.

Ele continuou nesse tom enquanto outro ruído crescia na sala – soluços baixos provenientes de todos os cantos. Os homens procuravam contê-los, mas as mulheres foram cedendo uma a uma, levando lenços de papel ao rosto, rímel escorrendo dos olhos. A única pessoa que não estava de cabeça baixa era Greg. Ele não estava chorando como os outros. Estava com o olhar fixo em mim, e eu reconheci nele um soldado pronto para o combate. Ele bem mostrava ser filho do próprio pai, disposto a se vingar do assassino da irmã, como se fosse a encarnação da prece do pastor.

Depois que todos disseram amém, fiz um sinal para o gerente da funerária, para ele saber que aquela era a hora. Segurei a porta aberta enquanto os que carregariam o ataúde se posicionavam, com Greg à frente, para trazer Hattie para o ginásio. Bud e Mona foram os primeiros a acompanhar, e dessa vez Bud me viu e parou, retendo o avanço do cortejo inteiro.

– Del? – ele perguntou. E eu sabia qual era a pergunta. O rosto dele estava molhado. Mona segurou mais firme a mão do marido.

– Sinto muito mesmo, Bud.

Pus a mão no seu ombro, mas ele como que não percebeu. Soltou a respiração devagar, como se estivesse lutando para controlar alguma coisa dentro de si que queria a liberdade, e então continuou andando, deixando minha mão cair no vazio.

Enquanto os outros membros da família saíam, Jake apareceu. Ele esperou até o último deles já estar bem dentro do ginásio para me passar seu relatório:

– Os veículos da imprensa estão em compasso de espera. Tentaram me fazer umas perguntas, simplesmente farejando, nada a ver com nossos dois rapazes. Shel está de olho neles enquanto filmam atualizações para o noticiário da noite.

O som de um piano começou a chegar pelo corredor, acompanhado de mil vozes que ecoavam do telhado. Dei uma olhada no programa: Hino da Promessa.

– Ótimo. – Pigarreei. – Todo mundo sabe o que fazer depois do serviço. Vou entrar de novo e me manter nos fundos. Vou...

Meu telefone vibrou. Eu o apanhei e vi um código de área das Cidades Gêmeas. Tanto Jake quanto eu nos retesamos antes de eu atender.

– Goodman.

– Xerife Goodman, aqui é Amanda, da polícia técnica de Mineápolis. Estou com os resultados dos exames de DNA para seu caso de número 094627.

Como se eu tivesse uns cem casos com resultados de DNA pendentes... Meu coração se acelerou enquanto eu aguardava.

– O espécime coincidiu exatamente com a segunda amostra de DNA. O nome do doador é Peter Lund. Estou enviando por e-mail o laudo completo neste momento.

Filho da mãe. O professor casado.

– Agradeço. – Desliguei antes que ela dissesse qualquer outra coisa e me voltei para Jake. – É Lund.

Sua expressão se endureceu, e um músculo saltou na sua face.

– Não vamos prendê-lo agora, certo?

– Para correr o risco de um linchamento? Não diante dessa multidão, nem daqueles furgões da imprensa acampados lá fora. – Verifiquei minha arma no coldre de ombro. – Vou lhe mostrar onde ele está. Depois do serviço, trate de ficar grudado nele. Acompanhe-o até o carro e então o conduza à delegacia. Depois de trazer o cortejo de volta do cemitério, eu vou pra lá. Chamaria muita atenção se eu tentasse sair antes.

Dei-lhe a posição de Lund quando entramos no ginásio, andando de lado até a extremidade das arquibancadas. Tommy ainda estava na fileira da frente, mas, com todos em pé para cantar o hino, eu não conseguia ver mais longe no recinto. Apesar de Jake ser mais alto do que eu, dava para ver que ele também não estava conseguindo. A cantoria pareceu demorar um século, enquanto num verso atrás do outro eles entregavam Hattie ao Senhor, as vozes, um ribombar agudo e doloroso que nos paralisava. Por fim, a música terminou, e a multidão se sentou. Estiquei o pescoço e localizei Carl Jacobs, sentado sozinho num oceano de gente.

Lund tinha sumido.

A adrenalina disparou pelas minhas veias, proporcionando aos meus velhos ossos aquela vibração familiar. A tensão que emanava de Jake me disse que ele estava passando pela mesma coisa. Tudo se tornou silencioso, deliberado. A voz do pastor foi desaparecendo.

– Vamos nos certificar – murmurei. E nós repassamos a multidão duas vezes, mas não havia sinal dele. Saímos do ginásio, e eu enviei uma mensagem de texto para a equipe.

Lund sumiu. Saídas e perímetro. Só identifiquem e avisem. Não o detenham em área pública.

Shel respondeu.

Ninguém saiu pela porta da frente nos últimos dez minutos. Visual para saídas de frente e do leste.

Vasculhamos o corredor da frente, os sanitários e os escritórios, para então passar para as salas de aula. Com um gesto, indiquei a Jake que se encarregasse do andar de cima e permaneci no andar principal, olhando em todas as salas. A de Lund, à qual o diretor tinha me acompanhado dois dias antes, era a última à direita. À medida que me aproximei, pude ouvir alguma coisa – uma respiração forte, descontrolada. Saquei a arma e segui sorrateiro ao longo da parede. Entrei na sala, abaixado, e me deparei com Lund em pé à janela, de costas para mim. Eu não podia ver suas mãos.
– Não se mexa.
O único sinal de que ele me ouviu foi um tremor que percorreu seu corpo inteiro. Medrosão.
– Peter Lund, você está sendo detido por obstrução da justiça no caso do assassinato de Henrietta Sue Hoffman. – Avancei com cautela, mantendo a arma apontada para as costas dele. – Ponha as mãos onde eu possa ver.
Ele levantou os braços devagar e deu meia-volta. Sua pele estava descorada, doentia. Parecia não ter dormido desde a noite de sexta.
– Ela não me deixava terminar. Insistia e insistia, sem parar. – As palavras seguintes foram pouco mais do que um murmúrio, mas ecoaram pela sala como um tiro.
– Ela ainda estaria viva se ao menos tivesse desistido de mim.

PETER / *Quinta-feira, 17 de abril de 2008*

O XERIFE NÃO PAROU DE APONTAR A ARMA PARA MIM. MANdou que eu me virasse para a parede e pusesse minhas mãos para trás, exatamente quando o policial mais jovem chegou e me algemou. Eu nunca tinha sido algemado antes. As algemas estavam frias.

– Supostamente vocês não deviam me informar meus direitos?

– Estou tentando descobrir a melhor forma de conseguir levar você para a delegacia sem que uma dessas pessoas simpáticas lá fora estoure os seus miolos.

Eu não tinha pensado nisso. Durante dois dias eu tinha imaginado todas as situações possíveis, depois que chegasse o resultado do exame de DNA. Eles poderiam ter vindo me apanhar na escola ou em casa. Eu sabia que eles não me deixariam ir dirigindo por mim mesmo, apesar do fato evidente de que eu não tinha escapulido da cidade nem desaparecido das minhas atividades. Ontem fui à escola, fingi que dava aula enquanto todo o pessoal e metade dos alunos me olhavam como se eu fosse o pior tipo de predador. Ontem à noite, sentei-me diante de Mary à mesa do jantar, enquanto Elsa, sem perceber nada, não parava de falar em nomes da família e em todos os horrores possíveis que poderíamos infligir a nosso filho em gestação. Marcy. Etheline. Albus. Eu mantinha o olhar fixo no prato e o ouvido atento para o rangido do cascalho na entrada de carros, à espera do movimento dos faróis através das janelas da sala de estar. Eu até mesmo pude visualizar o xerife Goodman me puxando para um lado depois do funeral e me enfiando na traseira da radiopatrulha enquanto câmeras de noticiários devoravam o momento em cliques vorazes, mas nunca tinha me ocorrido que eu poderia levar um tiro de um dos acompanhantes do enterro de Hattie. Não sei por que não. Fazia perfeito sentido. Winifred Erickson tinha matado o marido quando se cansou dele e não passou nem um dia na cadeia. É claro que eles me matariam.

Os policiais decidiram me levar pela saída por trás do refeitório, ao lado das caçambas de lixo. Uma cerca alta isolava a área, retendo ali o fedor de leite azedo e mofo. O assistente saiu para ir buscar seu veículo, deixando-me sozinho com o xerife. Mesmo com as algemas, os cheiros e a fúria que vazava pelos olhos do velho, aquilo ali ainda era melhor do que ficar sentado no ginásio, olhando para a caixa que continha o corpo de Hattie. Os detalhes tinham se espalhado como um incêndio pela escola na manhã de segunda-feira: a facada que atravessou o coração; o rosto retalhado, destruído; o corpo meio submerso no lago. Era impossível ficar sentado em silêncio naquele recinto com o corpo dela, imaginando seu terror e sua dor. Eu tinha saído trôpego do ginásio antes que me descontrolasse totalmente.

– Eu não a matei. – Quando as palavras saíram, eu me perguntei por que não as tinha dito antes.

Ele olhou para mim como se eu fosse a coisa que estava em decomposição na caçamba de lixo. Então ele me informou dos meus direitos.

O assistente chegou, e eles me puseram na traseira da radiopatrulha.

– Pode fichar o cara e deixar que se atormente sozinho. – O xerife bateu a porta com violência. – Vou para lá assim que tiver acompanhado o cortejo na volta do cemitério.

O assistente fez que sim e foi saindo devagar do beco, como se estivesse verificando a segurança em torno do prédio. Três furgões da imprensa estavam estacionados na rua com câmeras e repórteres circulando diante deles.

Quando saímos do estacionamento, os repórteres me viram, e de repente os flashes de câmeras espocaram, e as pessoas se aproximaram mais do carro, como um enxame. Eu estava sentado, rígido, indiferente ao que qualquer dessas coisas significaria para minha vida.

– Humm, acho que o segredo se revelou. Sorria. – Ele saiu da escola para a rua, dirigindo tranquilo.

– Eu não matei Hattie.

– Boa, essa. A próxima que você vai me dizer é que também não trepa com alunas menores de idade.

Ela não era menor de idade – reprimi o impulso antes de dizer isso. Diante do meu silêncio, ele riu, um riso baixo e cruel, enquanto seguíamos pelos poucos quarteirões da rua principal.

– Não vai se dar ao trabalho de negar, não é mesmo? Trate de calar a boca e não me dê pretexto pra nada.

Na delegacia, ele me fez passar pela coleta de impressões digitais e pelas fotografias, antes de me jogar na primeira de três celas vazias na sala dos fundos. E então tudo ficou em silêncio.

As celas realmente tinham grades. Parecia tão previsível. Comecei a andar e, sem nem mesmo me esforçar, a lista de nomes começou a se formar – William Sydney Porter, Ken Kesey, Paul Verlaine, todos os escritores russos desde sempre – e as perguntas para debate surgiram para situá-los. Como o tempo na prisão influenciou sua obra? Comparem e mostrem contrastes entre as pressões da sociedade sobre Oscar Wilde e sobre Soljenitsyn. Eu até podia ver o texto que eu digitaria e distribuiria para os alunos da primeira fileira, fazendo acender o rubor da expectativa no rosto de Hattie. Na aula seguinte, ela já teria lido todos os excertos e insistiria...

Um riso histérico me fez cair no catre e se transformou num meio berro. Cobri meu rosto e sufoquei o som para que o assistente não viesse e ameaçasse me dar uma surra por uma coisa que eu não tinha feito.

Eu não matei Hattie Hoffman.

Foi ela que me matou, sob tantos aspectos, ao longo de meses de culpa, obsessão e carência. Ela pegou tudo o que eu pensava que era e destruiu com uma piscada de olho falsamente recatada no meio de uma sala de aula caótica. Quando fui me encontrar com Hattie no celeiro na sexta à noite, permiti que ela me demolisse. Cedi à tentação gritante e me perdi nela, rejeitei toda a responsabilidade, destruí toda a decência, em troca da chance de ir embora com ela, de me prender a ela como uma craca à sua estrela cadente. Fiz amor com ela. Dei-lhe um beijo de despedida e fui para casa. Eu não a matei.

Mas quem a matou?

Nesses cinco últimos dias, tudo aquilo tinha me consumido, imaginar o fim da sua vida, seu coração desavergonhado sendo partido e se derramando pelas tábuas frias, grosseiras. Tommy. Eu só conseguia pensar em Tommy. Aquele braço volumoso sempre pousado nos ombros dela, como se ela fosse algum valioso troféu de futebol. A gordura de bebê que ainda estava grudada à sua estrutura de gigante, seus gritos repentinos na sala do refeitório, o fanatismo no seu rosto durante as reuniões para animar a torcida. Eu o tinha observado mais de perto do que ele jamais poderia ter imaginado, o amante secreto espionando o namorado oficial. Hattie tinha querido me atormentar com ele, e, puxa vida, tinha conseguido. Ele devia ter ido atrás dela até o celeiro. Tinha de ser Tommy.

Foi por isso que não parei de ir à escola – para ficar de olho nele, ver se sua culpa se manifestava de algum modo –, mas ele tinha faltado às aulas a semana inteira, e eu não tinha como enfrentá-lo hoje, diante da multidão avassaladora. Eu precisava ver seus olhos quando ele olhasse para mim. Se ele nos tivesse visto juntos, se ele a tivesse matado por isso, eu sabia que ele não conseguiria esconder de mim, com aqueles seus olhos grandes e obtusos.

Fiquei andando para lá e para cá na cela, uma extensão de três metros que deixava minhas pernas endurecidas com a necessidade de se alongar, de correr; e aguardei que o xerife terminasse de enterrar Hattie.

Passaram-se pelo menos duas horas até o assistente voltar. Ele me levou à mesma sala de reuniões de dois dias atrás, embora dessa vez eu percebesse que tinham instalado ali um equipamento de gravação.

– Quero dar meu telefonema.

Ele não me deu atenção, e eu repeti o que tinha dito.

– Você já vai poder fazer sua ligação – respondeu o xerife ao entrar. O terno do enterro tinha desaparecido; ele estava de uniforme.

– Mary Beth já ligou para cá, se era para ela que você ia telefonar. Todas as outras pessoas do planeta também estão ligando. Alguns furgões da imprensa estão estacionados logo ali fora. – Ele apontou para a porta.

– Eu não matei Hattie.

– Não é sobre isso que vamos conversar. – Ele se sentou do outro lado da mesa e fixou em mim um olhar penetrante.

– Está bem, certo, é óbvio que eu estava tendo um caso com ela. Foi idiota e errado da minha parte. Pode acreditar em mim. Eu sei a dimensão do meu erro, mas eu realmente a amava. Eu nunca poderia tê-la ferido, muito menos a esfaqueado até a morte a sangue-frio.

– Nós vamos chegar lá, namoradinho. – O xerife se recostou na cadeira e cruzou os braços. – Quando começou?

Contei-lhe tudo: como Hattie não parou de me perseguir depois que eu descobri quem ela era, como ela começou a namorar Tommy para disfarçar, os bilhetes no meio dos seus trabalhos, a viagem a Mineápolis e todos os encontros daí em diante. Foi um alívio admitir tudo isso, finalmente me livrar desse segredo que estava assombrando minha vida havia meio ano. Contei-lhe como eu soube que Mary estava grávida do único sexo que fizemos em meses, como eu tinha terminado o caso e sacado o que restava da minha poupança, na esperança de que Hattie usasse o dinheiro para ir para Nova York.

– Eu queria que ela fosse embora. Não podia aguentar a ideia de vê-la e não queria que ela tivesse de ver Mary grávida.

– Você está querendo dizer que não queria que ela falasse com Mary. – Durante todo o relato até aquele momento, ele não tinha dito muita coisa.

– Não. Quer dizer, sim, mas eu estava pensando principalmente em Hattie. Eu não queria lhe causar mais sofrimento. – Baixei a cabeça. – Eu lhe tirei a inocência. Sei que fiz isso. Achei que o mínimo que eu podia fazer era ajudá-la a realizar seu sonho. Eu sabia que ela encontraria em Nova York alguém que a fizesse feliz, e ela acabaria se esquecendo de mim.

– Bonitinha essa sua história. Tenho certeza de que seu advogado vai adorar. – Ele verificou um papel numa das pastas. – Agora, eu tenho uma última pergunta incômoda para você. Aquele envelope apareceu no dia 21 de março, três semanas antes que ela morresse. Naquela ocasião, você lhe desejou tudo de bom e a despachou para seguir seu próprio caminho. Então, como é que nós encontramos seu sêmen dentro dela na noite em que ela morreu?

– Sexta-feira... – comecei e respirei fundo. O xerife se debruçou sobre a mesa.

– Depois da peça, o que aconteceu?

– Fui à casa de Carl, sim, como lhe disse. Tomamos alguma coisa, mas depois fui me encontrar com Hattie no celeiro dos Erickson.

– Achei que você disse que tinha terminado o relacionamento.

– Eu terminei. Quer dizer, eu tentei...

– Mais uma mentira e eu acabo com você. Está me entendendo?

Um músculo se contraiu no queixo dele, e sua voz era como estilhaços cortantes. Fiz que sim.

– Ótimo. A que horas você chegou ao celeiro?

– Depois das dez. Deixei meu carro na fazenda e fui andando. Talvez tenha sido mais para as dez e meia.

– E então?

Pus minhas mãos em cima da mesa, deliberadamente, e tentei organizar meus pensamentos.

– Ela disse que queria me devolver meu dinheiro. Só que, quando cheguei lá, descobri que ela já o tinha gastado. Só fui saber disso depois...

– Depois de fazer sexo com ela?

Tive um súbito momento de clareza, uma premonição de como esse depoimento ia se desenrolar, e vi exatamente como tudo me fazia parecer culpado. Hattie me falou do dinheiro. Ela falou comigo e depois me ameaçou.

– Quero um advogado.

✹

O xerife não pareceu surpreso com meu pedido de invocar meus direitos de defesa. Ele desligou o gravador e me jogou na cela praticamente sem dizer nada. Enquanto eu esperava que o defensor público do condado aparecesse, o assistente conduziu Mary até a área de detenção, nos fundos.

– Pode ficar dez minutos. Não toque nas grades. Não tente entregar nada para ele. Vou ficar de olho. – O assistente indicou com a cabeça uma câmera de segurança e ofereceu a Mary uma cadeira antes de sair de novo. Mary estava com a mão pousada de leve na barriga. Ela devia ter tirado proveito da gravidez.

Sentou-se e olhou ao redor da sala, com os olhos passando rapidamente por tudo, menos por mim. Ela acabou por fixá-los atentamente na câmera de segurança, com seu olho vermelho pulsante.

– Eu disse à mamãe que ia ao mercadinho – disse ela para a câmera.

– Mary.

– Ela pediu pêssegos. Passou a semana inteira querendo pêssegos, e já faz oito meses que eles estão fora da estação. Mas não faz diferença. – Ela baixou a cabeça. – Quando eu voltar para casa, ela já não vai se lembrar de ter pedido pêssegos.

Engoli em seco. O peso da vida de Mary tornava ainda mais sufocante o ambiente opressivo.

– Você não vai me perguntar por que estou aqui?

– Eles me disseram. – Ela dirigiu a voz para seu colo, enquanto sua mão traçava, decidida, pequenos círculos no abdômen. – Disseram que você estava aqui por ter mentido. É bom saber que mentir é um crime, pelo menos algumas vezes.

– Eles acham que eu a matei. – Tentei falar baixo, olhando de relance para a porta e depois para a câmera. Era provável que estivessem ouvindo cada palavra.

– Isso porque você estava transando com ela.

O choque me abalou. Não houve nenhuma mudança no seu tom, nem na sua expressão, nenhum sinal de que ela tivesse qualquer sentimento de uma natureza ou de outra acerca da questão, exceto o fato de que ela por fim levantou a cabeça e cravou em mim seu olhar passivo, cristalino.

– A esta altura, eles já devem saber isso – acrescentou ela, à espera da minha resposta.

Eu não tinha ideia de como reagir. Ocorreu-me pedir desculpas, mas era ridículo, inimaginável. Desculpas eram adequadas para bebidas derramadas e encontrões no corredor. Eram sinais de cortesia de pessoas cuja vida avançava seguindo trajetórias previsíveis, descomplicadas. Entre nós dois já não havia espaço para *desculpas*.

– Como você descobriu? – perguntei.

Ela não respondeu direto. Em vez disso, levantou-se e foi até a porta, espiando pela janela de vidro reforçado. Daí a um instante, ela voltou até as grades e se postou diante de mim.

– Nunca imaginei que fosse criar o filho de um assassino.

– Eu não sou um assassino. Não matei Hattie. Meu Deus, eu não conseguiria matar nem mesmo uma galinha.

Ela não fez caso de mim e voltou a falar com aquela voz estranha, submissa.

– Não sei por que levei a faca.

Falou tão baixo que eu quase não ouvi as palavras. Depois, tive certeza de ter ouvido errado. O sangue na minha cabeça começou a latejar, e eu me inclinei para a frente. Ela recuou num reflexo automático, virando-se para outro lado.

– O que você disse? Mary, olhe para mim.

Ela não quis olhar. Seu perfil estava rígido, desprovido de emoções, salvo sua concentração na lembrança.

– Ouvi quando você chegou na sexta. Eu estava no celeiro, limpando as facas. Sempre faça a manutenção das ferramentas, era o que papai costumava dizer. Limpe-as e guarde-as. Olhei lá para fora e vi que você não ia na direção da casa. Eu fui atrás. Só percebi que ainda estava segurando a faca que tinha estado amolando quando já estávamos atravessando o bosque dos Erickson. Àquela altura eu já tinha imaginado aonde você estava indo. E, quando cheguei lá, vi por que motivo.

Um pavor medonho demais para descrever encheu meu peito. Foi pior do que quando ouvi pela primeira vez que um corpo tinha sido encontrado no celeiro, pior do que quando Hattie não apareceu para a apresentação de sábado e eu fui dominado pela noção da sua morte, até mesmo pior do que quando achei que Tommy a tinha assassinado. Meu Deus, tinha sido Mary? O horror me revirou o estômago e escapou pela minha pele num suor pegajoso.

– Mary... – Eu me engasguei com seu nome. – O que você fez?

Ela olhou de volta para mim, e havia lágrimas de raiva nos seus olhos, mas nenhuma escorreu.

– Vi você com ela, Peter. Vi como ela olhava para você, como se você fosse dela. – A raiva chamejou e ficou em brasa. Sua mão estava firme, pressionando a barriga. – Como você pôde fazer uma coisa dessas? Depois de eu trabalhar tanto para construir alguma coisa aqui. Você achou que poderia esconder o caso? Que eu não ia descobrir aqui, na cidadezinha onde nasci?

Fiquei olhando para os dedos pálidos da sua mão, como se fossem um escudo para proteger o bebê, tão esperado, dessa conversa e de todas as suas consequências para nossa vida futura. O que ela se disporia a fazer para garantir sua segurança? Para proteger sua família? Eu tinha visto aquela mão fazer coisas inimagináveis; eu a tinha visto degolar galinhas e calmamente pendurá-las de cabeça para baixo para esgotar o sangue. Ela estava grávida, com as emoções mais exacerbadas do que eu tinha imaginado ser possível. A raiva parecia emanar dela, queimando. Meu Deus.

– Mary, o que você fez? Responda. – Agarrei as grades, em desespero.

– Você sabe muito bem o que eu fiz. Como pode me fazer essa pergunta? – As lágrimas por fim se derramaram, cintilando perigosas pelo seu rosto. – E vou contar tudo ao xerife.

– Tudo?

– Vou sair desta sala e contar para ele que vi vocês dois juntos naquela noite. Que deixei cair a faca do lado de fora do celeiro, que voltei correndo para casa, chocada, e que não vi mais aquela faca desde aquela noite.

– O quê? – Eu não entendia. Ela ia mentir?

O assistente estava ali à porta, hesitando, falando com alguém que estava atrás dele. A qualquer instante ele ia entrar. Essa poderia ser minha única chance de descobrir a verdade, mas parecia que Mary nem mesmo me ouvia. Agora ela estava fervendo, meses de rancor silencioso finalmente transbordavam e encontravam expressão entre essas paredes de concreto e aço.

– Não importa o que aconteça, não importa o que você diga ou não diga aqui dentro, vou ficar com o bebê. E você nunca há de vê-lo. Nem mesmo vou pôr seu nome na certidão de nascimento.

– Meu Deus, como você vai criar um filho na prisão?

– Eu? – Ela perguntou com desprezo bem quando o assistente abria a porta e se colocava entre nós.

– Terminou seu tempo.

Nenhum de nós dois se mexeu por um segundo, nossos olhos fixos nos do outro pela que poderia ter sido a última vez.

– Senhora? – O assistente estendeu a mão.

– Não importa o que aconteça – disse ela de novo, bem quando o assistente a tirou dali e fechou a porta, deixando-me sozinho, trêmulo, por trás das grades.

Pareceu que muito tempo se passou antes que o xerife viesse me buscar, tempo suficiente para uma vida terminar e alguma outra coisa, algo muito menos parecido com uma vida, começar. Fiquei sentado no catre, com a cabeça escondida nas mãos, sem conseguir apagar a imagem do rosto de Mary dominado pelo ódio, sua revelação e seu juramento. Ela ia dizer ao xerife que deixou cair a faca e foi embora – uma mentira evidente contada por alguém que tinha motivo, oportunidade, uma arma para cometer o homicídio e nenhum álibi. E ela estava admitindo tudo isso com que intenção?

A de pôr a faca na minha mão.

Era a única explicação possível, e eu nem mesmo conseguia me forçar a ter raiva disso. Talvez uma parte dela até acreditasse que eu era a única pessoa realmente responsável por esse pesadelo.

Imaginei nosso bebê numa família temporária, enquanto eu tentava provar na justiça a paternidade, e a merda de pai que eu sem dúvida seria se conseguisse a guarda. Chorei. Chorei pelo filho indesejado de um casamento perdido; pela vida que eu tinha jogado fora como lixo e pela vida que eu quase tinha saboreado antes que ela fosse arrancada de mim; até mesmo pelo mundo que Mary tinha lutado para criar, sua fênix selvagem lutando para se erguer do vazio da morte. E chorei por Hattie, sabendo agora, com certeza absoluta, que eu tinha provocado sua morte. Por minha causa, porque eu tinha sido fraco demais para resistir, ela nunca se tornaria uma das milhares de pessoas que estiveram se agitando dentro dela.

Com o tempo, as lágrimas cessaram, e uma calma entorpecedora se infiltrou em mim. Por fim, tive uma lucidez, à medida que descortinei uma escolha final. Graças a Pine Valley, eu tinha todos os detalhes que precisava saber: a cena do crime tinha sido repetida pela escola inteira; a bolsa tinha sido recolhida do lago, como Winifred contou a Elsa; e, se nada disso os convencesse, eu ainda tinha uma última prova que eles nem sabiam que existia, o golpe de misericórdia.

Depois de meses de indecência, vergonha e culpa, eu senti quase uma alegria estrangulada quando me dei conta dessa última chance de fazer alguma coisa certa. A criança estaria bem. Essa cidadezinha acolheria a ela e a Mary, considerando-as suas filhas. Meu nome nunca seria pronunciado diante delas. Dando voltas devagar pela cela, eu respirava fundo, enchendo meus pulmões ao máximo, sentindo sua elasticidade, sua capacidade fantástica. Essa poderia facilmente ter sido a disposição de espírito de Sydney Carton quando a carroça o levava para seu destino.

Depois, quando o xerife abriu a porta, eu me postei calmamente no meio da cela, com as mãos baixas, de cada lado, à espera. Um desconhecido vinha logo atrás, um rapaz gordo, hesitante, do qual Hattie teria feito gato e sapato com uma piscada e um olhar de relance.

O xerife indicou com a cabeça.

– Seu advogado.

– Ótimo. – Olhei direto para o xerife. – Preciso fazer uma confissão.

HATTIE / *Sábado, 22 de março de 2008*

PORTIA ESTAVA PUTA DENTRO DA CALÇA QUANDO POR FIM me deixou em casa. Não me importei. Depois do último dia e meio, eu não tinha a menor condição de escutar cada detalhe idiota da viagem do coral. Eu tinha feito ameaças a Peter, tinha chorado no ombro da minha mãe, tinha recebido o bilhete-bomba de rompimento e o dinheiro com que Peter pretendia calar minha boca, tinha fugido para Mineápolis, quase sido presa pelo Departamento de Segurança Nacional, minha caminhonete tinha enguiçado e eu tinha vomitado num campo. Sua *inacreditável* salada Caesar de frango perto da Galeria de Honra da Música Country? Desculpa, Porsche. No momento não está na minha lista de prioridades.

Mas ela até que me levou a Rochester e esperou no shopping center enquanto eu comprava o que precisava e punha minha mala nova num guarda-volumes. Usei uma das cédulas de cem dólares de Peter para lhe comprar uma blusa em agradecimento e também encontrei um vestido, o vestido perfeito, um vestido que me dava vontade de rodopiar, dançar e começar minha vida nova. Chega de usar fantasias.

Quando Portia dobrou na minha entrada de carros, fiquei surpresa de ver a picape de Tommy estacionada ao lado da casa. Ele estava com as mãos enfiadas nos bolsos e encostado no capô, enquanto conversava com papai. Os dois olharam quando saltei do carro.

— Valeu, Porsche!

— Tanto faz. — Ela revirou os olhos e começou a dar marcha à ré, antes mesmo que eu batesse a porta. Foi estranho saber que ela estava zangada e não tentar mudar a situação ou o ângulo como eu costumava fazer, mas a verdadeira Hattie Hoffman tinha acabado de se pôr em pé, com firmeza, e eu não estava disposta a me sentar de novo.

Respirei fundo e me aproximei de Tommy e de papai.

– Cadê seu carro? – foi a primeira pergunta de papai.

– Enguiçou – respondi, sorrindo. Contei o que tinha acontecido, e pode ser que tenha entremeado algumas mentiras inocentes na cadeia dos acontecimentos específicos, mas essa parte não era importante. Os dois me interrogaram quanto aos sintomas e ruídos exatos da caminhonete e concluíram que o alternador poderia ser o problema.

– Acabei de substituir o meu, na mesma hora em que troquei as calotas. – Tommy deu um chutinho afetuoso no pneu. – Eu podia te ajudar a rebocar a caminhonete e dar uma olhada nela.

– Boa ideia – papai começou a dizer, até eu interrompê-lo.

– Não, não se preocupe, Tommy. Tenho certeza de que você tem algum programa.

Ele olhou para mim como se eu fosse deficiente mental.

– Achei que a gente ia assistir à luta de UFC na casa do Derek. Todo mundo vai, lembra?

– Certo. – Eu tinha me esquecido completamente. Nós tínhamos falado sobre a luta na terça, o que parecia ter sido em outra vida. – Acho que não vou poder ir. Ainda não estou pronta para a peça, e isso está me fazendo pirar. Depois que papai e eu a trouxermos de volta, vou repassar minhas falas.

Tommy começou a dar a impressão de que ia discutir, e eu lhe dei um abraço constrangido.

– Mas é melhor você ir. Diga ao Derek que é uma pena eu perder a luta.

Tommy ficou ali à toa um tempinho. Acabou subindo na picape e saiu acelerado pela entrada de carros. Papai só olhou para mim, e eu dei de ombros.

– O UFC é um saco – eu disse, e isso não foi de modo algum uma mentira.

Ele riu, uma daquelas risadas de corpo inteiro de que sempre gostei, e nós fomos buscar minha caminhonete enguiçada.

– Não temos nos visto muito, menina – papai disse quando íamos entrando na autoestrada.

– Muita coisa acontecendo. – Mais uma vez, nenhuma mentira.

– Tommy está te atormentando?

Dei de ombros.

– É da idade. Acho que ele não tem como deixar de agir assim.

Ele riu de novo, e nós ficamos um tempo brigando por causa da estação do rádio, uma tradição ruidosa e implicante que nós dois adorávamos. Eu lhe disse onde a caminhonete estava; e, quando chegamos lá, nós dois trabalhamos juntos para engatá-la. Se eu tivesse nascido na cidade grande, como Peter, era provável que não soubesse amarrar uma corda de reboque, nem arrumar tábuas para tirar um trator da lama, ou coisa semelhante. Não eram coisas de que eu poderia me gabar quando chegasse a Nova York, mas agora eu me sentia satisfeita por saber que podia fazer minha parte, que papai não precisava de Greg ou de Tommy para ajudá-lo. Eu tinha me metido nessa encrenca e estava ajudando a resolver o problema.

Quando voltamos para casa, fiquei lá fora na garagem com papai, passando-lhe as ferramentas e iluminando os pontos necessários. Eu amava meu pai. Adorava seu jeito de dizer tudo com uma piada escondida por trás das palavras. Adorava como ele gostava que discutissem com ele, e como parecia tão sólido e bom. Na cidade de Nova York, ele chamaria a atenção como uma figuraça, mas talvez eu pudesse levar alguma coisa dele comigo. Talvez, no final das contas, eu fosse metade dele.

À medida que março foi se transformando em abril, a escola ficou mais difícil. Depois de alguns dias, aquela sensação de conquistar o mundo foi se desfazendo, e eu precisei me esforçar para não recair nos velhos hábitos. Portia aos poucos voltou a conversar comigo, embora ainda parecesse desconcertada cada vez que eu não concordava de imediato com ela. Com os professores, eu admitia não ter feito as leituras recomendadas e cheguei até a ficar detida depois da hora quando confessei de livre e espontânea vontade que tinha matado aula porque achava que Matemática era um desperdício do meu tempo.

Quando me arrastaram para a sala da orientadora, na última tentativa desesperada por parte dela de me fazer levar em consideração entrar para uma faculdade, eu lhe disse que não tinha a menor ideia do que queria fazer com a minha vida, que eu estava quase tão apavorada quanto empolgada com a mudança para Nova York, e que eu ia me conceder um ano para chegar a alguma conclusão ou começar a pensar nas universidades da Costa Leste. Ela olhou para mim e deu um suspiro.

– Essa foi a coisa mais sensata que você já me disse.

À noite, eu gravava tudo na câmera de Gerald. Contei a história da minha vida, por ridícula que fosse, cada ato meu que tivesse sido idiota, amalucado, medonho, e me senti bem por afinal ser honesta, mesmo que fosse só comigo mesma.

Mas a pior parte da minha nova vida era me forçar a assistir às aulas de Peter todos os dias, tentando não chorar cada vez que ele olhava de relance para o meu lado. No entanto, não pude deixar de perceber que a aparência dele também estava terrível. Estava descorado. Seu queixo geralmente bem barbeado agora ostentava uma sombra de barba na maioria dos dias. E depois marcas de talhos onde ele tinha se descuidado, quando de fato se barbeara. Suas roupas pareciam amarrotadas, e suas aulas eram atrapalhadas e desanimadas.

Portia percebeu meu ar de desalento e o confundiu com tédio.

– Ele já teve dias melhores – comentou ela, quando saímos da aula no dia do ensaio geral. – É a maldição. Ela está chegando até ele.

Olhei de relance para trás e vi Peter com os olhos entristecidos fixos na janela.

– Sabe de uma coisa, Porsche? É provável que você tenha razão.

Nós nos sentamos juntas na aula de Física, nenhuma das duas se dando ao trabalho de fazer anotações. Portia desenhou uma série de vacas bêbadas no caderno – seu jeito espirituoso de se referir aos fregueses dos pais na loja de bebidas. Passei meia hora olhando para minha própria página em branco do caderno, me fazendo perguntas idiotas, tipo, por que eles faziam três furos na página e não quatro; com quem o filho de Peter pareceria e se ainda se usariam cadernos na época em que ele ou ela entrasse para a escola. Todas as vezes que Peter olhasse para o filho, ele ia ver uma prisão, aquilo que o forçou a desistir de qualquer chance de ser feliz comigo. Puxa, era assim que as pessoas eram feitas? Será que o planeta inteiro estava cheio de traidores e panacas correndo para lá e para cá, fazendo mais traidores e panacas? Eu tinha sido um deles também, da pior espécie. Mamãe me avisou que eu ainda tinha muito a aprender sobre o mundo. Queria que ela tivesse mencionado o quanto esse aprendizado ia doer.

– Espero que você tenha algum respeito pela maldição hoje à noite – disse Portia, quando entramos no refeitório para almoçar. – Essa vai ser nossa última passada antes da estreia. A gente não pode pisar na bola.

– Vou pensar no seu caso. – Fui direto para a mesa da equipe de futebol, sem nem mesmo me dar ao trabalho de pegar comida. Alguns dos caras na outra ponta da mesa estavam contando uma história que envolvia uma demonstração com caixas de leite, mas Tommy desviou a atenção o tempo suficiente para me dar um tapinha na perna e sorrir, quando me sentei ao seu lado. Eu tinha parado de andar com ele fora da escola, no esforço de aos poucos ir me distanciando, até que parecesse natural nós rompermos. Eu não queria feri-lo mais do que o necessário.

Fiquei olhando enquanto Portia pegava o almoço e parava a uma mesa para falar com um dos caras da equipe de iluminação. Durante as últimas semanas, Peter parecia não se empenhar nem um pouco nos ensaios. Não que ele ostentasse sua tristeza, mas a depressão estava logo ali por baixo da superfície, e todos percebiam. Portia começou a assumir tarefas, como o figurino e a construção do cenário. A essa altura, ela já era a diretora não oficial da peça, e todos nós sabíamos disso, até mesmo Peter, porque ele começou a pedir a opinião dela sobre certas cenas em nossos últimos ensaios.

Quando ela finalmente se sentou à mesa, começou direto a falar sobre diretoras famosas: de quais ela gostava e de como as mulheres estavam sub-representadas na profissão.

– Não é exatamente um clube do Bolinha – disse ela, entre mordidas nos palitos de pão. – Há muitos exemplos inspiradores. Penny Marshall é a rainha das bilheterias, mas para mim Sofia Coppola é quem realmente determina o estilo para a próxima geração de cineastas. Apesar de eu ter vontade de revirar os olhos com sua súbita obsessão por essa carreira, na realidade era algo que combinava bem com ela. Portia tinha dirigido com sucesso a fábrica de fofocas havia anos. Talvez fosse por isso que éramos tão amigas: ela tinha sido minha diretora; e eu, sua atriz.

– Você vai fazer filmes, Portia? – Tommy perguntou.

– Vou. A universidade do estado não tem um programa maravilhoso de cinema, mas não é um lugar ruim para começar. – Portia falava para a mesa, perto das mãos de Tommy. Ela nunca olhava direto para ele.

– Você devia pôr Hattie nos seus filmes. Ela pode ser sua estrela. – Ele passou um braço em torno da minha cintura e me puxou mais para perto no banco.

Portia deu um sorrisinho para mim.

– Será um prazer, se ela quiser fazer um teste.

— Ei, vamos sair hoje de noite, já que você vai estar ocupada com a peça no fim de semana? — Os dedos de Tommy se grudaram às minhas costelas, como se ele estivesse com medo de eu escapulir da sua mão. Claro que ele tinha percebido que eu o estava evitando fora da escola e se recusava a admitir que isso era verdade.

— Hoje à noite também eu estou ocupada com a peça.

— É o ensaio geral — acrescentou Portia.

— Mas não vai levar a noite inteira, certo? Eu pego você depois. O pessoal vai se reunir na casa do Derek. Vamos começar a pensar nos planos para a cabana no próximo verão.

Ultimamente ele vinha tocando muito nesse assunto — alguma viagem anual a uma cabana mais ao norte, onde barris de chope, fogueiras, bêbados correndo nus e namoradas desinibidas eram a norma.

— Eu já lhe disse que não sei se vou conseguir licença do trabalho para isso.

Tentei pôr alguma distância entre nós, relanceando automaticamente o olhar na direção da mesa do canto, onde Peter estava com o sr. Jacobs. Onde seu almoço deveria estar, havia um livro aberto, e sua cabeça descansava em uma das mãos. Mas ele não estava lendo o livro. Estava com os olhos fixos em mim. Assim que nossos olhos se encontraram, ele baixou os dele e virou uma página.

Puxa vida, eu ainda o amava. Apesar de tudo, apesar da mulher grávida, apesar do fato de que dentro de algumas semanas eu talvez fosse embora e nunca mais o visse, eu ainda o amava com todo o meu ser. Até mesmo a dor estava toda misturada com o amor dentro de mim.

Pela primeira vez, não tive vontade de usar Tommy para deixar Peter com ciúme. E achei que também não poderia usar Tommy para fazer com que eu me sentisse melhor, muito embora eu tivesse me afeiçoado a ele nesses últimos meses. Ele era carinhoso e simples, tentando organizar esses passeios com os colegas da escola, sempre falando sobre entrar para a universidade e sobre como eu ia gostar de lá. Sob seu ponto de vista, o futuro estava todo planejado. Eu sempre sabia o que ele estava pensando e o que ele ia dizer em seguida, e ele adorava tudo a meu respeito. Mais uma vez, ele me lembrava um cachorro, um que não parava de andar atrás de mim e de agitar o rabo, sem se importar com o que eu fizesse. Mas não se pode ter um relacionamento com um cachorro.

– Bem, você não vai trabalhar depois do ensaio hoje de noite, certo? – Tommy perguntou, ainda esperançoso. – Vamos à casa do Derek, e você vai ver como a temporada na cabana vai ser legal.

– Não sei quanto tempo o ensaio vai durar. – Ele ficou tão decepcionado que eu não pude deixar de acrescentar: – Você pode vir me ver amanhã na noite da estreia.

– Vai ser um saco – disse ele, gemendo.

– Você vai adorar. Vai ter bruxas, lutas com espadas e cabeças decapitadas. Sangue por toda parte. – Eu estava falando sério. Tommy simplesmente adorava filmes de terror.

– Você é a menina inocente, que fica gritando? – Ele riu, totalmente esquecido de ter repassado as falas comigo só algumas semanas atrás.

– Não. – Dei um tapinha na sua mão e a afastei da minha cintura. – Sou eu que faço o sangue ser derramado.

✴

Depois da aula, vesti minha roupa, que era apenas uma túnica branca simples. Achei que parecia grega demais, mas Christy Sorenson era a encarregada do figurino e não quis me ouvir. Elas tinham feito os trajes na aula de Ciência do Consumo e da Família; e precisaram costurar quatro trajes de cada, um para cada apresentação e mais um para o ensaio geral, porque nós íamos de fato destruí-los a cada noite. Depois de Macbeth assassinar o rei, ele e eu púnhamos coroas na cabeça, mas antes de cada cena precisávamos respingar cada vez mais xarope de milho vermelho nos ombros, como se as bruxas estivessem fazendo as coroas sangrarem.

  Essa ideia foi de Peter. Na época em que estávamos decidindo o projeto do cenário e a interpretação, ele nos disse que era preciso tornar Shakespeare visual. Em sua maioria, as pessoas não conseguiam acompanhar os pentâmetros iâmbicos muito bem, mas todo mundo sabia o que uma faca significava quando era sacada. Por isso, a peça inteira era cheia de gestos e indicações cênicas. Havia muita movimentação de espadas, que os rapazes adoravam. É claro.

  Portia reuniu todos diante do palco depois que nos vestimos e então fisicamente arrastou Peter pelo cotovelo. Totalmente exasperada, ela o empurrou para que ele ficasse ao meu lado.

  – Bem, certo, vocês todos. – Ele olhou para o rosto de cada um ao redor, menos para o meu. Eu esperava não estar tão ruborizada quanto me sentia, com ele ali tão perto de mim.

  – Deem-se as mãos, todos vocês – ordenou Portia, dali do outro lado de Peter, agarrando as mãos dos vizinhos. – Precisamos formar o círculo de energia.

  O aglomerado foi se desfazendo para formar uma grande roda, e todos se deram as mãos, até só Peter e eu estarmos desconectados. Antes que a situação ficasse constrangedora, ele segurou de leve a minha mão, com um toque hesitante.

  – Vocês todos trabalharam tanto... – ele começou devagar, pigarreando. – Olhem para esse cenário. – Todos se viraram e o admiraram. – Ele está à altura de qualquer coisa que eu tenha visto nos teatros profissionais menores das cidades. Construção fantástica, rapazes. E os figurinos. Christy, eles estão exatamente como eu imaginei. Pureza de linhas, atemporais. Belo trabalho. A iluminação e o som estão com tudo em cima, principalmente porque Portia tiranizou o pessoal como se ela fosse o próprio Peter Jackson. Valeu, Porsche.

  Tive um sobressalto. Não consegui me controlar ao ouvi-lo usar o nome que costumo usar para Portia dessa maneira. Saiu tão fácil da sua boca à medida que ele ia se entusiasmando com a fala; e eu me lembrei das vezes em que tinha falado sem parar sobre minha melhor amiga com ele, sobre todas as coisas que ele sabia a respeito dela que ele não tinha nenhum direito de saber. Como ela ansiava por fazer drama. Como escondia na mesinha de cabeceira fotos sem camisa de Ryan Gosling. Como detestava que seus pais a forçassem a falar *hmong* no almoço de domingo. Como era louca para se enturmar e ao mesmo tempo se destacar.

Pareceu que mais ninguém percebeu esse lapso. Todos riram e sorriram para Portia, que estava radiante.

Peter continuou, agora usando sua voz plena de professor.

– Essa não é uma peça feliz, mas é uma peça importante. Aqui vemos Shakespeare olhar fundo na alma de um homem depois que ele assassina seu rei. Não se trata de um homem mau. O mal é simples. O mal é uma explicação infantil para o motivo pelo qual as pessoas fazem coisas ruins. A verdade é sempre mais complicada e digna de ser buscada. Shakespeare buscou a verdade nessa peça. É claro que ele acrescentou as bruxas e os derramamentos de sangue para aumentar a audiência – todos riram, menos eu –, mas, no fundo, esse é um estudo psicológico. Por que um homem cometeria um crime terrível, algo que ele sabia estar errado muito antes de executar o ato?

A palma da minha mão começou a suar. Aos poucos, tão devagar que de início eu nem cheguei a perceber, ele começou a apertar a minha mão um pouquinho mais.

– Ambição – respondeu Portia.

– As bruxas lhe disseram que ele se tornaria rei – acrescentou Emily, que fazia o papel da Segunda Bruxa.

– Foi a mulher dele que o forçou – disse Adam, que fazia o papel de Macbeth. Mostrei a língua para ele, e ele respondeu com uma piscada de olho.

– Vocês todos estão certos – respondeu Peter –, mas o tema subjacente é o desejo. O que acontece a ele? O que poderia acontecer a qualquer um de nós se procurássemos realizar nossos desejos mais sombrios? O que perdemos de nós mesmos quando cruzamos aquela linha? O que isso acarreta para os que nos cercam?

Seus dedos apertaram os meus.

– Macb... MacBee – Peter se corrigiu, conseguindo um sorriso feliz de Portia – transpôs essa linha de qualquer modo. Ele pegou o que queria, sem levar em conta as consequências, desrespeitando as convenções da sociedade, sem pensar na angústia mental, ou mesmo na sua própria vida. É isso o que torna essa peça tão atemporal. Ele é apenas um homem comum que entende, pelo menos em parte, creio eu, o que sua tentação vai lhe custar, e sucumbe diante dela mesmo assim.

"É isso o que vocês vão mostrar ao público neste fim de semana: as consequências dos desejos mais poderosos e mais vis de um homem. Depois de todo o esforço que vocês dedicaram, sei que vão arrasar. Não tenham pena da alma desse pobre coitado."

Todos se separaram, batendo palmas e dando vivas. Eu não me mexi. Não sabia o que fazer. Simplesmente fiquei ali, sem olhar para Peter, enquanto o resto do elenco e da equipe de apoio gritava. Ele deu um último aperto demorado na minha mão e se afastou. Eu dei meia-volta e fui sorrateira para os bastidores, esperando entorpecida pelo Ato 1, cena 5, quando aparecia pela primeira vez.

Apesar de não ter saído perfeito, o ensaio geral foi bastante bom. Um dos assassinos deixou cair a espada a certa altura, exatamente quando deveria estar matando Banquo. Banquo riu, mas então o assassino fingiu que lhe quebrava o pescoço, e Banquo, obediente, desabou morto.

Adam tinha suas falas prontas e decoradas e conseguiu transmitir bastante bem a emoção durante os monólogos. Parte do elenco não tinha gostado de ele parecer tão infantil, mas eu gostei, porque isso me ajudou a dar a impressão de que eu o manipulava para cometer o assassinato, para começar. De salto, eu era quase trinta centímetros mais alta que ele, e eu realmente impus minha força na nossa primeira cena, em que planejamos o assassinato. Tons ásperos, agudos. Expressões severas.

Mas minha melhor atuação foi na cena de sonambulismo, minha última cena. A coroa escorregava de lado no meu cabelo, e o vestido estava quase totalmente vermelho na frente. Nessa hora, parecia mais que eu era a vítima do assassinato do que a assassina, o que era a questão principal. Nossa traição estava nos matando. Eu andava para o fundo do palco em agonia, com as mãos estendidas para a frente, como se não conseguisse descobrir como elas estavam ligadas ao resto do meu corpo. Às cegas, eu olhava para as paredes do ginásio, por cima do espaço onde estariam as cabeças da plateia, onde o próprio Peter estaria sentado sozinho no escuro. Só fui perceber que estava chorando quando o ambiente ficou enevoado. Derramei minha mágoa nessa cena. Nos ensaios, eu tinha representado essa parte simplesmente com a mesma força com que tinha feito as cenas em que estava acordada, gritando para mim mesma instruções de sonâmbula para me livrar do assassinato.

– Lave as mãos, vista a camisola, não fique tão pálida!

Mas agora minhas falas insinuavam um desespero, como se eu soubesse que estava me encaminhando para o precipício da loucura e não conseguisse entender a queda. Minha voz tremia, ameaçava perder o ânimo.

– Eu lhe digo mais uma vez, Banquo está enterrado. Não tem como sair da sepultura.

Se Lady Macbeth tinha sido assustadora em suas orquestrações frias e homicidas, agora sua confissão inconsciente era chocante. Desde a primeira leitura, eu a tinha visto como uma vilã forte, uma Cruella Cruel, sem coração nem consciência. A cena do sonambulismo era só um probleminha nervoso, eu achava. Mas agora eu via como essa cena revelava tudo. Ela estava tão atormentada quanto Macbeth: seu desejo foi sua destruição. Depois da minha saída final, fui direto para a sala de espera dos atores e fiquei ali sentada, atordoada, pelo resto da peça.

Eu precisava manter Peter na minha vida. Precisava. Na minha vida nova ou na velha, nada teria significado sem ele. Meu desejo era minha destruição – eu sabia disso e ainda assim não conseguia desistir. Nós nos queríamos muito além de qualquer razão ou qualquer cautela, independentemente das consequências, como Peter tinha dito no discurso ao círculo de energia. Eu precisava descobrir um jeito de falar com ele.

Depois da última cena, ouvi o aplauso de todos e voltei para o ginásio, com a cabeça a mil.

– Onde você estava? Andei te procurando por todos os cantos – disse Portia, vindo correndo na minha direção.

Olhei para ela e de repente dei um largo sorriso.

– MacBeth!

Berrei um monte de vezes, rindo do olhar horrorizado de Portia, rindo de todos que saíam correndo em desespero para as portas. Todos saíram do ginásio, e eu podia ouvir as pisadas deles enquanto davam a longa volta pelos prédios lá fora. Um único projetor abandonado iluminava o palco, e Peter estava parado do outro lado. Nossos olhos se esforçaram para atravessar a luz, e nós avançamos para a borda das sombras.

– Ainda estou com seu dinheiro. – Eu disse a primeira coisa que me ocorreu, mesmo sendo mentira.

– Hattie, por favor – sussurrou ele.

– Quero devolver pra você.

– Eu não o quero.

O tropel ficou mais alto. Eles tinham passado da metade do caminho.

– Amanhã de noite. Depois da peça. Vou estar no celeiro.

Eu mal podia distinguir seu rosto através do cone de luz. Ele avançou ligeiramente, revelando apenas a curva da cabeça, o movimento do peito e a incerteza da sua postura. Imitando-o, dei um passo mais para perto, sentindo o beijo da luz nos meus lábios. Ela nos ligava, nos aquecia.

– Não posso – disse ele.
– Você tem de ir. Tem de se despedir.
– É impossível. Não me peça isso.

Os pés pararam do lado de fora das portas duplas, e se ouviu uma recitação abafada, um soneto que eles todos tinham decorado para expulsar o mal que eu tinha invocado.

– Vou esperar a noite inteira, Peter. A noite inteira por você. – Não pude esconder o anseio na minha voz. – Venha pegar seu dinheiro e se despedir.

As portas se abriram com violência exatamente quando Peter me deu as costas, e o barulho de todos eles quase não me deixou ouvir seu adeus entristecido.

DEL / *Quinta-feira, 17 de abril de 2008*

ACUSEI PETER LUND DO ASSASSINATO DE HENRIETTA SUE Hoffman às 15:02 do dia do enterro.

Não aceitei bem a história de ele confessar logo depois de Mary Beth ter vindo visitá-lo. Ela entrou para ver o marido, e então calmamente prestou um depoimento sob juramento, relatando que tinha seguido Peter ao local do encontro, visto Peter e Hattie juntos, deixado cair a faca e ido embora. Ela descreveu as dimensões da arma do crime com exatidão.

– Por que guardou isso em segredo por seis dias? – perguntei, pondo pressão. – Por que não disse nada quando estive lá na fazenda?

Mary Beth alisou a barriga com a mão.

– Eu tinha muito em que pensar, xerife. Acabava de descobrir que meu marido estava traindo a mim e ao nosso bebê em gestação. Eu não o tinha considerado capaz disso, muito menos de assassinato.

– Você estava falando sobre assassinato com Winifred Erickson naquele dia. Não venha me dizer que era sobre galinhas.

Ela fez que sim, mantendo a cabeça baixa.

– Tem razão. Peço desculpas por ter lhe mentido a esse respeito. Estávamos falando sobre abortos.

– Por que mentiu?

– Eu estava envergonhada, acho. Não sabia se deveria ter essa criança, tendo em vista as circunstâncias.

Jake e eu trocamos um olhar de relance, e eu me inclinei mais para perto, esperando que Mary Beth levantasse a cabeça e me olhasse nos olhos. Quando ela o fez, eu deixei de lado a delicadeza.

– Pode ser que você tenha pensado um pouco, ainda na noite de sexta, quando viu os dois juntos. Pode ser que tenha se vingado da traição do seu marido.

– Não fui eu. – Ela praticamente não demonstrou estar perturbada, muito menos surpresa, com essa acusação. – Se eu fosse matar alguém naquela noite, teria sido ele, não ela.

Jake arregalou um pouco os olhos.

– Logo, o que você está dizendo é que andou pensando em matar seu marido e seu bebê na última semana, mas que não teve nada a ver com a morte de Hattie.

– Correto.

Eu a encarei, e ela me encarou de volta. Com o tempo, balançou um pouquinho a cabeça, como se acabasse de dizer a si mesma uma coisa importante.

– Se o senhor tivesse passado pela mesma semana que eu, teria tido o mesmo tipo de pensamento.

– O que você fez depois de largar a faca?

– Voltei correndo pra casa. Lembro que estava frio, mas praticamente só isso. Quando cheguei, desliguei as luzes no celeiro e entrei na casa. Pensei em ficar sentada, acordada, para enfrentar Peter quando ele chegasse, mas a verdade era que eu nem mesmo queria olhar para ele. Preferi dormir na caminha de reserva no quarto da mamãe.

– Você foi para casa e foi dormir imediatamente? Depois de ver o que tinha visto?

– Não foi de imediato. Chorei um pouco, baixinho, para mamãe não ouvir. Imaginei que ficaria acordada a noite inteira, mas, quando abri os olhos, já estava amanhecendo. Acho que o bebê me deixou cansada. Ultimamente ando cochilando de tarde. No sábado, eu tentava pensar numa forma de enfrentá-lo, se eu ia expulsá-lo direto ou sei lá o quê, quando Winifred chegou e nos falou do corpo.

– Qual foi a reação de Peter a essa notícia?

Ela deu de ombros.

– Ele já estava na escola para a apresentação de sábado.

Voltei a repassar a noite inteira com ela, e sua história se mantinha firme. Ela estava entristecida, sem lágrimas e descorada, respondendo as perguntas de um jeito direto, sem alvoroço e sem excesso de explicações. Depois de mais meia hora, Jake e eu nos retiramos.

– Não sei, Del. – Ele passou a mão pela boca, evitando os olhos de todos os outros que tinham voltado para a delegacia depois do enterro. Os telefones ainda tocavam feito loucos.

Dei um suspiro.

– Não temos nada que nos permita detê-la agora. Neste exato momento, tudo o que podemos provar é que foi ela quem forneceu a arma do crime, que não está conosco. Precisamos esperar que o defensor público de Lund apareça para se inteirar da história, e começar a partir daí.

Fui em pessoa acompanhar Mary Beth até o carro, para me certificar de que os repórteres se mantivessem afastados. Câmeras faiscaram lá do outro lado do estacionamento, mas ninguém se aproximou para atormentá-la. Era provável que não soubessem que ela era a mulher do nosso suspeito.

– Qual foi sua decisão acerca do bebê? – perguntei, quando ela abriu a porta da caminhonete.

Ela pareceu perturbada pelos repórteres. Então se sacudiu e entrou na cabine empoeirada.

– As mulheres usam doadores de esperma o tempo todo.

– Sabe, Mary Beth, quando você chegou para seus pais, foi como se uma segunda vida lhes tivesse sido concedida.

Sua expressão estava paralisada, à espera. Olhei de relance para sua barriga.

– Pode ser que o mesmo aconteça com você.

Pela primeira vez desde que tinha entrado na sala de reuniões, ela deu a impressão de que poderia chorar. Fechou os olhos, concordou e disse que esperava que fosse assim, antes de fechar a porta e ir embora.

O defensor público, se é que se podia chamar assim, chegou mais de uma hora depois. Jake tinha saído para buscar lanches para todos, mas eu não conseguia comer. Tomei um litro de café e me dediquei à papelada, avisando a Nancy para não me perturbar enquanto o advogado não chegasse. Quando ele chegou, parecendo ter uns doze anos de idade e estar pra lá de nervoso, Jake e eu o levamos para os fundos, para apresentá-lo ao seu cliente. Foi então que Lund nos nocauteou com sua declaração de que queria confessar o assassinato.

Dava para eu ver que Jake estava empolgado, mas de algum modo eu não conseguia ter a mesma sensação. Lund passara de alguém que, quando o detivemos, jurava de pés juntos que não tinha matado Hattie para, menos de duas horas depois, fazer uma confissão indiferente de que tinha cometido o crime. Levei-o com seu advogado para a sala de reuniões e o interroguei acerca dos detalhes.

– Como você conseguiu a faca?

– Ela estava jogada bem ali do lado de fora da porta. – Ele falava baixinho, direto para a mesa, sem olhar para ninguém. – Eu estava tentando ir embora, depois que fizemos sexo. Achei que seria só aquela última vez e que ela ia me devolver meu dinheiro, como havia me prometido, mas ela disse que já o havia gastado. Ela então me ameaçou. Disse que ia contar à orientadora da escola a respeito de nós, se eu não concordasse em ir embora com ela. Vi a faca e a apanhei do chão.

– E então fez o quê?

Ele fechou os olhos. Todos na sala estavam em perfeito silêncio, até mesmo o advogado.

– Eu só ia lhe dar um susto com a faca. Não planejei feri-la, mas não parava de insistir que eu abandonasse Mary e fosse com ela para Nova York. Eu só queria que ela fosse embora. Queria minha vida de volta, minha vida de antes que tudo isso acontecesse. Antes dela. Antes que eu me mudasse para esta cidadezinha no fim do mundo. Eu a encurralei no canto e apontei a faca para ela. Pedi que me deixasse em paz, deixasse minha família em paz. Ela... ela começou a rir, e eu simplesmente perdi o controle. E lhe dei uma facada.

– Onde?

Ele levou mais um minuto para responder; mas, quando o fez, sua voz era a mesma. Baixa. Desprovida de emoção.

– No peito. Ela desabou.

– E então o que você fez?

– Retalhei o rosto dela. Eu não queria ver seu rosto morto olhando para mim. Queria que ele desaparecesse.

Isso batia com aquela parte sobre o remorso que o psicólogo mencionara e condizia com os ferimentos.

– O que você fez com a faca?

– Joguei no lago, junto com a bolsa. Depois fui para casa, queimei minhas roupas e tomei um banho de chuveiro.

– Onde você queimou as roupas?

– Na churrasqueira por trás da garagem. Usei fluido de isqueiro e me certifiquei de espalhar todas as cinzas.

– Sua mulher ou sua sogra viram você chegar?

– Não. – Ele parou e engoliu em seco. – Eu não vi ninguém. Fui direto para meu quarto, quer dizer meu escritório, e passei lá o resto da noite. Não consegui dormir. Fiquei pensando no... futuro.

Cocei meu queixo e me recostei na cadeira. A cabeça de Lund estava pendente do corpo como algum peso morto, inútil, e ele se mantinha absolutamente imóvel. Eu mal podia afirmar se estava respirando.

– Por que a bolsa dela?

Com isso, ele levantou os olhos, pela primeira vez no interrogatório, mas eles se desviaram de imediato.

– Por que você pegou a bolsa dela, Peter? – perguntei de novo.

– Eu precisava apanhar a chave.

Os olhos de Jake chisparam, e eu me debrucei.

– Que chave?

– Ela mantinha com ela uma chave de um guarda-volumes na rodoviária de Rochester. Disse que tudo de que precisávamos para sair da cidade estava lá dentro. Uma mala pronta para a viagem e duas passagens de ida, no nome dela e no meu, para a cidade de Nova York.

"Quando perguntei pelo dinheiro, ela me mostrou a chave e explicou do que se tratava. Depois, ela a guardou de volta na bolsa e começou a me ameaçar. Mais tarde, depois, eu me dei conta de que precisava pegar a chave. De outro modo, todo o caso seria descoberto. Naquele momento, eu não pensei no preservativo, que meu DNA seria identificado. Por isso, peguei a bolsa e tirei a chave de dentro. Depois joguei a bolsa no lago também."

– Onde está a chave agora?

Ele alinhou as juntas dos dedos na borda da mesa e demorou para responder num tom baixo, indiferente.

– Na minha mesa, no trabalho.

– Você não foi abrir o armário?

– Não. Eu ia esperar até o caso se encerrar para então destruir a... prova.

Fiquei olhando para ele: a cabeça baixa, as mãos dispostas cuidadosamente, os ombros caídos por baixo do terno elegante. Era possível. Tudo se encaixava, e tudo o que eu sabia sobre a profissão de homem da lei me dizia que eu estava sentado diante do assassino de Hattie, mas alguma coisa ainda me incomodava.

– Você se esforçou muito, não foi, Lund? Pensou em tudo.

Ele deu de ombros.

– Achei que tinha pensado.

– Então, me diga uma coisa: como você passou da atitude de jurar de pés juntos que não tinha nada a ver com a morte de Hattie, há menos de três horas, para a de desistir da sua vida agora?

– Foi Mary – ele respondeu de imediato.

– Para proteger Mary?

– Isso era o que eu estava tentando fazer: proteger minha família. Até Mary vir aqui hoje, eu não sabia que ela tinha me visto com Hattie. Ela... disse que se dispunha a testemunhar contra mim, sobre o que viu. Foi aí que eu soube que continuar a mentir não ia adiantar nada. Eu não ia conseguir me safar.

Lund voltou a levantar os olhos e me encarou.

– Para ser franco, estou sentindo um alívio. Só gostaria de terminar isso tudo e começar a cumprir minha sentença. É possível?

Ele olhou de relance para o advogado, que pareceu se lembrar de que estava ali na qualidade de algo mais do que um espectador enlevado, e os dois pediram um minuto a sós para examinar opções de sentenças.

Nós o jogamos de volta na cela, com o advogado para lhe fazer companhia, e fomos à escola. Encontramos a chave e a levamos à estação rodoviária da Greyhound, em Rochester. No armário, encontramos a mala perdida de Hattie, ainda reluzente e com cheiro de nova, bem como um envelope com três cédulas de cem dólares, um bilhete de Lund rompendo com ela e duas passagens de ida para Nova York, exatamente como ele havia descrito.

Depois que fotografamos e acondicionamos tudo, eu me voltei para Jake, dando-lhe permissão.

– Siga o procedimento. Homicídio simples.

✳

Saí da rodoviária e fui direto para a casa de Bud e Mona. Estava começando a entardecer, e, embora o enterro e o almoço já tivessem terminado havia muito tempo, parecia que metade da procissão fúnebre os tinha acompanhado até a casa. Havia mais de uma dúzia de veículos estacionada na entrada de carros e ao longo da estrada.

Uma das irmãs de Mona abriu a porta para mim e me conduziu à sala de estar. Havia álbuns de fotografias espalhados por toda parte e cartazes de papelão com fotos de Hattie encostados nas paredes. As pessoas estavam amontoadas em cadeiras e no chão, cercando Mona e Bud no sofá. Algumas riam e olhavam fotografias, algumas choravam, algumas faziam tanto uma coisa quanto a outra, mas todas pararam e se calaram quando entrei na sala.

Quando Bud me viu de uniforme, ele pegou Mona pela mão, e os dois se levantaram juntos.

– Vamos lá para fora – disse ele.

Fomos andando na direção do silo, nós três e Bear, o retriever, seguindo os passos de Bud, enquanto o céu se agitava com nuvens gordas de primavera que mantinham o sol escondido, tornando nosso caminho enlameado e pouco seguro.

Assim que saímos do campo visual da casa, Bud e Mona se voltaram para mim. Fui direto ao assunto.

– Chegou o resultado do DNA.

Apesar de nenhum dos dois dizer nada, um fogo se acendeu nos seus olhos, uma expectativa terrível.

– Foi Peter Lund, o professor de inglês de Hattie.

– O quê? – Mona recuou, trôpega.

Bud demorou um instante para conseguir falar, mas quando falou foi a plenos pulmões.

– O desgraçado do professor? Ele a violentou?

– Não. – Encarei-o bem nos olhos. Eles mereciam algo melhor do que a verdade, mas a verdade era só o que eu tinha para lhes dar. – Eles estavam tendo um caso desde janeiro.

Notei que o punho ia atingir meu rosto e deixei que acontecesse. O grito de Mona me acompanhou até o chão, indo e vindo nos meus ouvidos, enquanto o golpe vibrava pela minha cabeça e Bear latia e pulava em torno de nós três. Bud estava em pé acima de mim, com os punhos erguidos, sem fazer caso dos esforços de Mona para puxá-lo para trás.

– É uma mentira imunda, Del. Uma mentira imunda! Não venha me dizer que Hattie estava indo para a cama com algum professor doente, depravado. Ela não faria uma coisa dessas.

Esfreguei meu queixo e falei com Mona, relatando os detalhes, desde os e-mails do outono passado até o encontro na noite de sexta.

Quando terminei, Mona estava chorando descontrolada, ainda se segurando ao braço de Bud. Bear tinha se acalmado e estava montando guarda junto do dono. Bud olhava para além de mim, já sem conseguir discutir, mas não menos furioso.

– Vou matá-lo!

Eu me levantei, com cautela.

– Você não vai matar ninguém, Bud.

– Onde ele está agora? – Mona conseguiu perguntar, e Bud fez eco a ela, mas numa voz diferente, uma voz de planejamento.

– É, onde é que ele está?

– Está preso. Por trás das grades. Ponto final.

A expressão de Bud não mudou, e eu tentei de novo.

– Ele fez uma confissão total hoje de tarde, e não há a menor chance de se ver livre das grades tão cedo.

Mona se encostou na parede do silo e cobriu o rosto, enquanto os punhos de Bud ainda estavam cerrados e veias saltavam na sua testa. Uma gralha grasnou de algum esconderijo ali perto. Eu não sabia o que mais poderia dizer. Não havia paz aqui, nenhuma sensação de justiça. Eu tinha feito o que prometi fazer, sentado no sofá deles nem cinco dias atrás. Eu lhes entregara um assassino, mas com isso tinha roubado o pouco que lhes restava da filha.

Greg apareceu na esquina do celeiro, vindo na nossa direção, com um ar tão feroz e decidido quanto o do pai. Toquei no ombro de Mona e voltei para a radiopatrulha, deixando-os com seu desespero.

Nunca encontramos a faca. Fiz uma equipe de mergulhadores esquadrinhar o fundo do lago Crosby por três dias seguidos, e tudo o que encontraram foram alguns motores de barco enferrujados. Eu queria aquela faca. Sonhei com ela todas as noites entre a confissão de Lund e a audiência de acusação. Às vezes, Hattie estava nos sonhos, olhando, enquanto eu procurava no celeiro, nos campos, no lago. Eu não conseguia encontrar a droga da faca nem na minha própria cabeça.

Por sorte, não era necessário apresentar a arma do crime para provar um homicídio simples em Minnesota, não quando se tinha uma confissão exata e completa, um corpo e uma tonelada de outras provas.

A audiência de acusação de Peter Lund foi transmitida por todos os canais de televisão daqui até a Flórida. Minha irmã ligou depois para me dizer que assistira à transmissão em dois canais em Tallahassee. As equipes de repórteres em sua maioria ficaram em torno do fórum, mas alguns ainda saíram para fazer pequenas filmagens na rua principal ou diante da escola.

Postei-me no fundo da sala de audiências, perto de um dos funcionários da justiça. Bud e Mona, com Greg, estavam sentados na primeira fileira no lado do promotor, com uma quantidade de parentes e amigos dali para trás. Ninguém falava. Não vi Mary Beth Lund em parte alguma, mas Winifred Erickson entrou arrogante pouco antes que o juiz se apresentasse, e se sentou com naturalidade na mesma fileira que Carl Jacobs, atrás do defensor público.

Quando o juiz chamou o acusado, todos os olhos na sala observaram enquanto Lund surgia. Ele veio andando em silêncio, olhando para o chão, e se sentou manso como ele só. Eu só conseguia ver sua nuca dali em diante; e ele não moveu um músculo até o juiz lhe perguntar como ele se declarava.

– Culpado, Meritíssimo. – Sua cabeça se elevou quando ele falou direto para o juiz; e nem uma gota de emoção ou de insanidade afetava sua voz. Ele poderia estar encomendando artigos para o escritório.

Houve um murmúrio de reação dos presentes. O juiz não lhe deu importância, marcou a audiência do julgamento para três semanas mais tarde, e foi só isso.

Ao sair da sala de audiências, Winifred parou para bater papo.

– Vou mandar explodir aquele celeiro. Na semana que vem.

– Você precisa de uma licença para isso.

– O requerimento está na sua mesa. Não consigo mais olhar para aquilo ali. Me faz passar mal.

Ela indicou com a cabeça o lugar atrás dela, onde os Hoffman estavam reunidos em torno do promotor, provavelmente recebendo a informação de que seria uma sentença de vinte a trinta anos.

– Já falei com Bud e Mona. Quer você assine a droga da licença, quer não, vou mandar aquele troço pelos ares.

HATTIE / *Sexta-feira, 11 de abril de 2008*

O CELEIRO SE ERGUIA DO LAGO COMO UM MONSTRO AQUÁtico, todo escuro e lúgubre no horizonte, como um cenário de filme de terror, avisando as pessoas para não se aproximarem, mas eu fiquei empolgada ao vê-lo. Tommy entrou no estacionamento junto da praia e deixou o carro em marcha lenta.

Meu corpo ainda vibrava com a peça, a adrenalina de estar no palco iluminado e de sentir a fascinação muda da plateia. Tudo tinha saído perfeito. Nenhuma peça do cenário caiu, nenhum ferimento, nenhum desmaio. Todos se lembraram das suas falas, e Adam e eu simplesmente arrasamos. Então engole essa, Portia. Eu sabia que, depois do ensaio geral, ela, em segredo, tinha esperança de que eu levasse um tombo e quebrasse o braço, para ela poder ser Lady Macbeth e se mostrar toda sabichona e superior a respeito da maldição. Talvez alguma coisa acontecesse amanhã. Amanhã o ginásio inteiro podia desmoronar, que eu não ia nem ligar. Nada me importava, a não ser esta noite.

Esperei ali à toa muito tempo, depois que a maioria dos outros já tinha ido embora, tentando ver Peter mesmo que de relance. Eu esperava que ele me desse algum tipo de sinal de que ia ao encontro dessa noite. Por isso, eu me demorei mudando de roupa. Joguei a túnica ensanguentada numa cadeira, pendurei minha coroa e vesti meu vestido novo de verão, com alças delicadas e a saia amarela de pregas suaves. Quando saí, não havia sinal de Peter, mas Tommy estava lá. Seus olhos se iluminaram quando ele viu meu vestido, e eu soube o que precisava fazer. Ele ficou ainda mais feliz quando eu lhe disse para irmos até o lago Crosby. Apesar de me parecer errado, eu só lhe dei um sorrisinho e me mantive calada durante o trajeto.

Agora que estávamos ali, ele abriu o revestimento da porta do motorista e tirou um cantil do seu compartimento secreto. Tomou um bom gole e me ofereceu a bebida.

– O que é? – Eu cheirei e fiz uma cara de nojo.

– É o Jim Beam do meu pai. Experimenta.

Foi só eu molhar os lábios para começar a ter náuseas com aquilo. Tommy deu uma risada.

– É ainda pior do que cerveja.

– Não bebe. Não faz sexo. Você é simplesmente o anjinho do papai, não é? – Mas ele estava sorrindo enquanto dizia isso e vinha se chegando para o meu lado do assento. Ele tentou passar um braço por trás de mim, mas eu me afastei até o canto.

– Tommy, a gente precisa conversar.

– Sobre o quê?

– Não posso mais sair com você.

– O quê?

Repeti as palavras sem olhar para ele, sentindo a confusão explosiva na sua expressão. Era enorme a tentação de voltar ao meu papel de sempre, só para evitar feri-lo. Concentrando-me no celeiro ao longe, respirei fundo e tratei de me lembrar do que havia acabado de dizer a Portia não fazia nem uma hora: eu não queria mais saber de teatro.

– Do que você está falando? Mudaram seu turno no trabalho ou alguma coisa?

– Não. – Mantive minha voz firme. – Quero desmanchar o namoro.

Pude sentir que ele recuava, voltando para seu lado da cabine. Passou-se um minuto, até ele perguntar por quê.

– Porque nós vamos para lugares diferentes. Não vai funcionar.

– É por causa do sexo, não é? Olha, desculpa. Vou me controlar. Prometo.

Se ele queria ver por esse lado, tudo bem. Não seria uma mentira.

– Você sabe como me sinto a respeito disso. Você estava começando a me perturbar de verdade, o tempo todo. Eu ficava na defensiva, sabe?

– Tá bem, OK? Não toco mais no assunto, nem mesmo no baile de formatura.

– Baile de formatura? – Aquilo me espantou, como se ele estivesse falando em outra língua. Eu tinha ficado tão envolvida com a peça e com Peter que não tinha pensado nem uma única vez no baile de formatura.

Vestidos cintilantes, danças lentas, poses diante da casa enquanto mamãe e papai tiravam fotos. Parecia uma coisa tão... adolescente.

– Nós vamos com todo o pessoal. Os caras estão falando em contratar uma limusine e tudo o mais.

– Não vou ao baile de formatura.

– Todo mundo vai. – Ele disse isso como se essa fosse a única razão que precisava apresentar. Se ele ao menos soubesse a minha opinião sobre todo mundo...

– Eu não. – Eu não conseguia nem mesmo imaginar como seria terrível. Dançar no ginásio com Tommy, tentando impedir que as mãos dele saíssem do lugar, com Peter, abatido, em pé no canto, com os professores designados para supervisionar o baile. Eu passaria a noite inteira tentando descobrir algum jeito de falar com ele, e ele sentiria raiva, com medo de que um de nós falasse demais, olhasse demais.

Afundei a cabeça nas mãos.

– Algumas garotas não foram feitas para ir ao baile de formatura, Tommy.

O banco cedeu quando ele deslizou de novo para meu lado. Assim que senti os dedos grossos massageando minhas costas, me sentei empertigada, depressa. Seu rosto era uma sombra cheia de hesitação e mágoa.

— Volta pro teu lugar, Tommy.

— O que foi que eu fiz, Hattie? O que eu fiz de tão errado?

Sua voz ficou entrecortada, e eu podia ver seu pomo de adão subindo e descendo, com a claridade da luz do estacionamento. Não pude aguentar mais. Eu não podia ficar ali sentada ouvindo Tommy chorar por uma garota que nem mesmo existia.

Abri a porta com força, peguei minha bolsa e saltei da picape.

— Aonde você está indo?

— A qualquer lugar que eu queira.

Um amargor dominou sua expressão.

— Todo mundo me disse pra não sair com você, que você não passava de uma maluca que não quer dar. Acho que eles estavam certos.

— Então, vai procurar alguém pra levar ao baile, Tommy. Com toda a certeza alguma garotinha da primeira série vai adorar deixar que você trepe com ela.

Bati a porta e fui para a borda escura do estacionamento, onde as árvores aguardavam para eu sumir no meio delas. Ouvi uma janela se abrir atrás de mim.

— Onde é que você está indo?

— Para Nova York! — respondi gritando, sem me virar. — Vai te catar, Tommy!

Entrei correndo no mato baixo e encontrei a trilha. Depois esperei que o motor da picape se acelerasse e ela saísse do estacionamento, com os pneus fazendo voar o cascalho. Eu estava com o estômago embrulhado por gritar com ele e ser tão cruel, mas era melhor assim. Agora, ele não ia tentar fazer as pazes comigo na segunda. Ele ia contar a Derek e a todos os outros caras do futebol que eu era uma peste, eles todos iam falar mal de mim e dar umas cervejas para Tommy beber, e tudo ia terminar por aí.

À medida que o ronco do motor ia sumindo, comecei a notar outros barulhos. Os primeiros sapos da primavera coaxavam no lago. Os capins mortos do ano passado farfalhavam com a brisa, e, em algum lugar não muito longe, uma coruja estava piando. O som podia estar vindo do celeiro. À medida que a noite se fechou em volta de mim, todas as sensações desagradáveis desapareceram, e eu percebi que estava livre, que finalmente tinha terminado aquele papel medonho que criara para mim mesma.

Segui flutuando pela trilha enquanto a lua refletida na água guiava meus passos. Não havia uma nuvem no céu, e as estrelas brilhavam. Eu ia sentir falta disso. Era provável que não se conseguisse ver as estrelas na cidade de Nova York, nem mesmo do Central Park, mas aqui, onde a única interferência era o pequeno clarão do estacionamento às minhas costas, eu tinha a sensação de estar parada nos limites do sistema solar. Havia milhares de luzes, piscando, cintilando, pulsando, na noite. Eu podia ver satélites e planetas, e a única coisa que interrompia a linha do horizonte era o celeiro à minha frente. Era um espetáculo, um banquete de luz, o universo inteiro como um livro aberto, e eu me sentia como sempre tinha me sentido quando olhava para o céu, como se eu fosse imensa e minúscula ao mesmo tempo. É, eu ia sentir falta das estrelas.

Dentro do celeiro, acendi o lampião que tinha deixado no canto e olhei a hora.

22:17. Ainda cedo. A essa altura, Peter poderia estar simplesmente fechando a escola.

Não me importei de esperar. A espera me dava a chance de ensaiar o que eu ia dizer. Eu já não estava representando um papel. Para mim, aquilo tudo estava encerrado. Mas não fazia mal algum estar preparada, saber que as palavras que saíssem pela minha boca seriam exatamente aquilo que eu queria dizer. A última vez que eu tinha tentado ser franca e abrir o jogo com Peter, tudo tinha saído errado, e eu não queria repetir o erro. Não, quando essa era a nossa última chance.

Depois que terminei de ensaiar, comecei a dançar por ali, em parte para me aquecer porque eu não tinha trazido um suéter para vestir por cima do meu vestido de verão, e em parte porque Tommy tinha posto na minha cabeça a ideia do baile de formatura. Como seria ir a um baile formal – não o da formatura da escola secundária de Pine Valley, no ginásio –, mas um baile de verdade, num salão de baile, usando um belo vestido, acompanhada por um homem de smoking? Comecei a valsar, com os braços em torno de um parceiro invisível, um-dois-três, um-dois-três, exatamente como papai me ensinou na sala de estar depois que vimos *O Quebra-Nozes*, quando eu estava com dez anos.

Fiquei tão fascinada com essa ideia, vendo minha sombra rodopiar e se movimentar pelas paredes, que quase dei um berro quando me voltei para a janela quebrada e vi o vulto de uma pessoa.

Meu coração disparou, e eu deixei cair os braços, tropeçando numa tábua solta do assoalho. O vulto não se mexeu por um minuto; e então, quando avançou devagar, vi que era Peter. Ele olhava para mim com uma expressão estranhíssima. Eu teria imaginado que ele riria de mim por ser tão boba e infantil, mas sua expressão estava petrificada. Ele saiu da frente da janela e deu a volta até a porta, e deu apenas um passo para dentro. Nós nos encaramos e mantivemos o olhar fixo um no outro.

Eu não disse nada; não quis quebrar o encanto. Andei até perto dele, estendi a mão e, puxando sua mão direita para segurar minha cintura, levantei a outra ao nosso lado. Levei minha mão livre ao seu ombro, deixando uma distância adequada entre meu corpo e o dele. Tínhamos quase a mesma altura, praticamente olhos nos olhos. Pude ver que ele ia fazer alguma objeção, pude sentir que a magia o abandonava. Por isso, puxei-o com delicadeza para junto de mim, começando os passos. Um-dois-três. Um-dois-três. E, como um milagre, ele começou a valsar.

Nosso ritmo era mais lento do que o meu tinha sido. Ele me conduziu com determinação pelo celeiro, evitando a borda do lago, nunca desviando o olhar do meu. Nenhum de nós dois sorria. Eu podia sentir meu sangue mais quente, circulando mais veloz, criando aquela reação na boca do meu estômago que sempre surgia quando Peter me tocava. Eu podia ver que ele a sentia também.

Depois de darmos voltas pela parte seca do celeiro pelo que pareceu uma eternidade, passamos para o centro e interrompemos a valsa. Peter soltou minha cintura e me fez girar, lentamente, duas ou três vezes, com o braço estendido, para então dar um passo atrás, até somente a ponta dos seus dedos roçar nos meus e se afastar. Ele deixou o braço cair ao longo do corpo, e nós ficamos ali em pé, separados, com a respiração ofegante.

– Não sei o que estou fazendo aqui.

– Você está dançando comigo. – Tentei manter as coisas simples, apesar de Peter nunca deixar que qualquer coisa fosse simples. Ele suspirou, e eu soube que a complicação estava chegando. Ela estava subindo à sua garganta naquele exato momento. Dei um passo à frente e ergui minha mão.

– Peraí. Só espera. – Respirei fundo, lembrando-me do que queria dizer. – Você vai ser um pai de merda.

Peter abriu a boca e a fechou.

– Obrigado – disse, então.

– Pensei muito sobre tudo isso. Eu te conheço, Peter. Sei que você acha que tem de fazer o certo para o bebê e ficar com Mary, mas ela nunca vai sair de Pine Valley. Logo, ou você vai ficar preso aqui para sempre, odiando cada minuto da sua vida, ou vocês vão acabar se divorciando de qualquer maneira, arrastando a criança por alguma terrível disputa pela guarda, o que vai fazer com que ela acredite ser culpada pelo ódio que papai e mamãe sentem um pelo outro. E isso vai afetá-lo, ou afetá-la, em termos psicológicos, pelo resto da vida.

"E depois? Você vai se mudar de volta para Mineápolis para tentar recomeçar, sozinho, sem jamais ver seu filho, porque vai estar longe demais para a visita de um fim de semana de quinze em quinze dias, que é o que a maioria dos pais consegue. E a essa altura eu já vou estar na casa dos vinte ou dos trinta, provavelmente casada com algum cara de Wall Street de quem só gostei, para começar, porque ele meio que parecia com você, odiando o cara porque ele não me entende de modo algum, e tendo os filhos dele, que sei muito bem que não quero ter."

Peter estava tentando não sorrir.

– Como ele se chama?

– Barry. – Abanei a cabeça como se já tivesse dito esse nome um milhão de vezes e ele estivesse grudado em mim como chiclete na sola do sapato. – Ele se chama Barry. Dá pra você acreditar?

– Dá. Não se esqueça de que Barry tem um bom emprego. É provável que vocês tenham um imóvel de férias compartilhado nos Hamptons. Barry tem como lhe dar o tipo de vida que você merece.

– Barry é um panaca.

Peter caiu na risada, e eu segui em frente, no papel da mulher chateada.

– Ele nunca ajuda com as crianças e chega tarde das happy hours com os amigos, o tempo todo. Quando você acha que foi a última vez que ele me levou ao teatro, isso para não falar em deixar que eu me candidatasse a um papel numa peça?

A risada de Peter foi morrendo, e ele fez que não para mim, com um sorriso.

– Putz, acho que não existe neste mundo um Barry capaz de impedir você de qualquer coisa.

Fui até onde estava minha bolsa e tirei dela uma pequena chave preta de guarda-volumes. Voltei, então, e a coloquei na mão dele.

– Aqui está seu dinheiro. Mais ou menos.

Enquanto ele olhava fixo para a chave, sua testa se enrugou do jeito que eu adorava.

– O que é isso?

– Nosso futuro.

– *Nós* – ele enfatizou a palavra enquanto toda a alegria sumia da sua expressão – não temos um futuro. Então, que merda é essa?

– Terminal da Greyhound, guarda-volumes número 24. Nossas passagens estão lá dentro.

Ele emitiu um som estrangulado e girou para se afastar de mim, com a chave no punho cerrado. O piso do celeiro guinchou quando ele pisou perto demais da água. Continuei falando, com cuidado para manter meu tom neutro.

– Nós viajamos na semana depois da formatura, e eu fiz reservas num albergue para duas semanas, até encontrarmos um quarto para alugar. Com o que sobrou do seu dinheiro e com a minha poupança, temos o suficiente para um depósito e dois meses de aluguel. Eu posso pedir transferência para três lojas diferentes da CVS que têm vagas disponíveis, enquanto você trata da licença de professor para Nova York, mas acho que nesse meio-tempo você deveria trabalhar para uma das editoras da cidade.

Ele deu meia-volta, mais furioso do que eu nunca tinha visto antes.

– Você é uma sonhadora.

– Prefiro o termo "decidida".

– Você mentiu pra mim. Disse que queria devolver o dinheiro e dizer adeus.

– E quero. – Avancei um passo. – Quero que nós digamos adeus juntos, a este celeiro, a esta cidadezinha, a esta situação nojenta. Ela não precisa terminar desse jeito, com nós dois separados e infelizes. Nós podemos ir embora. Podemos começar nossa vida juntos.

– Você quer começar uma vida com um homem disposto a abandonar a mulher e o bebê por nascer?

– Eu quero você, Peter. Só você. Não os rótulos que você não para de tentar aplicar a nós. Faz semanas que não penso em nada, a não ser em nós dois. Vou lhe dizer o que eu sei. – Pus minha mão no seu braço, e, apesar de seus músculos ficarem tensos e rígidos, ele não se afastou. – Sei que, quando te conheci, eu era intocável. Ninguém me afetava. Ninguém me dava vontade de rir ou chorar. Eu tinha a sensação de estar acima de tudo, mas também por baixo de tudo. Faz sentido? Eu era como um invólucro de uma pessoa. E você foi essa luz que me deu a coragem de olhar para dentro de mim pela primeira vez. Mas eu não sabia que você estava fragmentado também. Você fez todas as escolhas erradas, todas as escolhas que eu poderia ter feito se nunca tivesse me encontrado. Você precisava de alguém para salvá-lo tanto quanto eu precisava. E agora que nós encontramos um ao outro, não podemos dar as costas a isso. Não posso viver o resto da vida sabendo que tive você e desisti de você.

Senti as lágrimas escorrendo pelo meu rosto e as vi nos olhos de Peter também. Ele teve dificuldade para falar e engoliu em seco.

– E Mary? Como posso deixá-la desse jeito?

– Como você pode ficar com ela, se está apaixonado por mim?

– Vou odiar a mim mesmo se eu for embora. – Quando ele tentou soltar o braço, eu agarrei sua camisa com as duas mãos.

– Você vai se odiar mais se ficar. – Fiz com que ele recuasse para um canto seco do celeiro; com nossas sombras cada vez menores. – E ela também vai te odiar, porque vai saber. As mulheres sempre sabem. Ela vai saber que você está se encontrando com outra pessoa cada vez que fizer amor com ela.

– Hattie...

– E seu filho vai odiar você por fazer a mãe dele infeliz. – Eu o empurrei até ele bater com as costas na parede e agarrar meus pulsos para tentar me rechaçar. Mas eu só fiquei mais veemente e mais forte.

– E a escola vai odiar você porque você não se encaixa lá. Porque você é melhor e mais inteligente que eles, e você sabe disso. E esta cidadezinha vai odiar você, porque você nunca fará parte da comunidade. Aqui você vai definhar até desaparecer. Vai se tornar velho, amargurado, inútil...

Ele investiu contra mim, fazendo com que minha boca parasse de falar, me beijando com brutalidade, segurando minha cabeça com as duas mãos. Sufoquei um grito diante daquela força, e ele trocou de posição comigo e me atirou contra a parede. Gritei, mas ele não parou. Ainda bem.

– Peter. – Entoei seu nome enquanto ele enrolava meu cabelo nas mãos, empurrava o joelho entre os meus e me erguia no ar.

– É isso o que você quer?

– É. – Procurei seu cinto e abri a fivela. – É, sempre.

Ele disse meu nome com um gemido, como se meu nome estivesse sendo arrancado de dentro dele; e então não se falou mais. Nós caímos no chão, nem mesmo chegando a nos despir, loucos um pelo outro. Foi forte, rápido e violento. E, quando terminou, ele ficou deitado e me puxou para junto, num abraço apertado.

Ficamos calados por um tempo, deixando nossa respiração voltar ao normal. Eu então me ergui um pouco apoiada num cotovelo e sorri para ele.

– Eu deveria ter te insultado há muito tempo.

– Me surpreende que você um dia tenha encontrado alguma coisa positiva para me dizer.

– Sou muito criativa.

Ele sorriu, mas foi como uma sombra que passou pelo seu rosto. Encostei a palma da mão ao longo do seu queixo, com enorme delicadeza, e olhei fixo para ele.

– Vem pra Nova York comigo.

Ele imitou meu movimento, estendendo a mão e afagando meu rosto.

– Acho que não posso.

Ele então fechou os olhos e deixou que sua mão os cobrisse.

– Puxa vida, acho que não... – senti meu coração desanimar – ... acho que não posso deixar você.

– C-como assim?

Ele se sentou de repente, me puxando junto, enquanto tudo estava confuso. Então me pegou pelos braços e ficou me olhando, engolindo em seco.

– Eu te amo, Hattie Hoffman.

– Eu te amo também. – Meu coração batia forte, mais do que tinha batido a noite inteira. Todas as minhas cartas estavam na mesa. Não restava nada a dizer, nada que eu pudesse fazer. A decisão era dele.

– Não tenho muito dinheiro – ele disse.

– Eu também não.

– Vou ter menos ainda depois de pagar a pensão alimentícia.

– Nenhum problema.

– Não sei em que posso trabalhar até conseguir minha licença de professor em Nova York.

– Você vai trabalhar para alguma editora, LitGeek.

– Nós íamos precisar contar aos seus pais antes de irmos.

Isso me embatucou.

– Estou falando sério, Hattie. Já não posso viver a vida pela metade. Ou vamos fundo ou não vamos fazer nada disso.

Chegou minha vez de engolir em seco.

– Meu pai vai te matar.

– Então vou morrer de consciência limpa.

Respirei fundo.

– OK. Nós contamos juntos. Depois que eu trancar o armário das armas.

– Vou falar com Mary, sozinho. Quando terminar o ano letivo.

Ficamos nos olhando, um sorriso aos poucos iluminando nosso rosto. Minha respiração estava rápida e rasa, com a empolgação fervilhando.

– Então vai pra Nova York comigo?

Ele parecia radiante; e de repente vi como devia ter sido quando criança. O rosto franco e esperançoso, não castigado pela infelicidade.

– Vou pra Nova York com você.

Dei um grito e me joguei em cima dele, agarrando-o firme e rindo enquanto nos derrubávamos no chão. Cobri sua cabeça de beijos até ele encontrar minha boca e me dar um beijo profundo e demorado. Acho que ninguém nunca foi tão feliz quanto eu me sentia naquele momento. Parecia que eu não conseguia nem mesmo conter a sensação, que ela inteira não caberia dentro de mim, que transbordava pelos meus dedos, meus olhos, meu peito, derramando luz até os cantos mais escuros daquela droga de celeiro.

– Eu te amo, te amo – eu não parava de dizer, até um ruído lá fora fazer com que nos separássemos e nos voltássemos para a janela, mas não havia nada lá, a não ser o vento, o que me fez tremer. Peter esfregou a mão na minha pele arrepiada e deu um suspiro.

– Está ficando tarde.

– Não, está cedo. – Sorri, adorando a ideia de que eu poderia contradizê-lo pelo resto da nossa vida.

– E você está com frio. – Ele foi subindo, me massageando até os ombros. – Por que não está de casaco?

– Garotas do campo são duronas.

– Melhor que sejam, porque a parte difícil é a próxima. Contar a todos. Romper laços.

Enlacei seu pescoço com meus braços.

– Então, é melhor mais um pouco dessa parte dos beijos, para eu me preparar.

Depois de mais alguns minutos, ele se afastou de novo.

– Precisamos ir embora mesmo. Tudo certo pra você voltar pro seu carro?

Eu quase me esqueci de que não tinha um carro aqui, mas não toquei no assunto. Eu não ia começar nossa nova vida bancando a desamparada. Era só eu ligar para Portia e pedir que ela viesse me apanhar no estacionamento. Era provável que ela ainda estivesse na Dairy Queen com o elenco e a equipe de apoio.

– Vai em frente. Preciso fazer uma coisa antes. – Peguei minha bolsa.

– E isso aqui? – Ele pegou a chave do guarda-volumes, que devia ter caído no chão em algum momento.

– Fica com ela. Eu disse que ia te devolver o dinheiro hoje de noite.

– E você é a própria encarnação da veracidade e da franqueza. – Ele se aproximou de mim e me abraçou pela cintura, com um sorriso.

– Igualzinha a você. Nós formamos um belo casal.

Ele me deu um último beijo para nos sustentar até podermos nos ver de novo e então foi embora. Comecei a procurar meu celular, mas me senti dominada por uma euforia. Tudo passou chispando pela minha cabeça, cada momento e cada decisão durante o último ano que tinham me levado àquele ponto na minha vida. Rodopiei mais algumas vezes, abraçada a mim mesma, e, então, tirei da bolsa a câmera de vídeo, louca para relatar cada segundo do milagre que tinha acabado de acontecer.

DEL / *Sábado, 10 de maio de 2008*

WINIFRED EXPLODIU O CELEIRO NA MANHÃ DA ABERTURA da temporada de pesca. Geralmente, Bud e eu passávamos esse dia na lancha de patrulha, circulando pelo lago Crosby, pegando uma quantidade de percas-prateadas, pequenas demais para qualquer coisa, a não ser para serem jogadas de volta na água. Mais tarde, em julho, nós íamos ao lago Michigan, entre o plantio e a colheita, quando Bud tinha condições de passar uma semana fora, e depois que eu tivesse conseguido restaurar a sobriedade dos idiotas do Quatro de Julho. Essa era nossa pescaria séria. A abertura da temporada era só para a gente poder sentir a linha sendo lançada por cima da água.

Os rapazes se encarregavam de praticamente toda a patrulha do lago durante a temporada. Eles confiscavam bebidas alcoólicas e distribuíam multas para quem não estava com colete salva-vidas, mas principalmente aprimoravam o bronzeado. Todos adoravam os turnos no lago, e eu deixava que o pessoal os aproveitasse, com exceção da abertura da temporada. Esse dia sempre tinha sido meu e de Bud.

Nós não tínhamos nos falado desde que eu prendera Lund e Bud me derrubara com um murro. Eu queria ligar, mas não sabia o que dizer, e os dias não paravam de ser preenchidos com os assuntos do condado. Tommy se tornara imprevisível e foi detido por dirigir alcoolizado. Seus pais convenceram o juiz a ser indulgente com ele por conta da sua perda. A delegacia se encarregou de um trator que tombou na autoestrada, uma queixa de furto de gado e um idoso de noventa anos que derrubou um poste de iluminação pública porque o carro estava na marcha errada. Eu preenchia a papelada e organizava os desvios do trânsito, com a sensação permanente de que devia pedir desculpas a Bud, mas sem saber por que motivo. Passei por ele na cidade uma vez ou duas, e nós dois levantamos uma das mãos do volante e continuamos dirigindo em sentidos diferentes. Por fim, depois da audiência de acusação, assinei a licença para Winifred e liguei para ele. Disse que eu estaria no lago durante a explosão, pela segurança.

– Vou com você – disse Bud, desligando.

Na manhã da demolição, levamos o barco até a água e estacionamos a radiopatrulha diante da entrada do estacionamento às cinco, bem antes do amanhecer. Colei a placa de *Lago Fechado* no portão ao lado do aviso publicado no jornal.

– Já está fazendo calor – comentei quando íamos nos afastando do ancoradouro.

Bud estava sentado no banco do passageiro, olhando à frente, para a água negra. Não deu para eu decifrar sua expressão quando ele concordou.

– Esse ano vai ser de rachar.

Depois disso, nenhum de nós dois falou. A demolição estava programada só para dali a uma hora. Por isso, desliguei o motor e deixei a lancha ir à deriva para uma das melhores enseadas, entregando a isca a Bud. Lançamos as linhas em silêncio e esperamos. De vez em quando eu me virava para verificar o andamento da equipe. Eles circulavam em torno do celeiro, um grupo de vultos escuros em contraste com o laranja claro que iluminava o horizonte. Alguns dias antes, eles esticaram uma rede para aparar os fragmentos que seriam lançados dentro da água, e isso fez com que o celeiro parecesse preso num mata-moscas gigante.

Bud não se virava. Quando um peixe mordia, ele nem mesmo o puxava de dentro da água. Eu tinha vontade de dizer para ele puxar, mas as palavras não queriam se formar. Nós dois ficávamos olhando a linha ser levada para lá e para cá, até o peixe conseguir se livrar do anzol e ir embora dali.

Daí a algum tempo, o sol surgiu, lançando aquela primeira claridade oca da manhã sobre os juncos e as táboas. Recolhi minha linha.

– Chegou a hora.

Bud seguiu meu exemplo e pôs de lado a vara de pescar sem nenhum comentário.

– Melhor fazer mais uma varredura do perímetro e depois a gente pode ficar no meio da água. Vamos estar bem longe do alcance da explosão.

Ele concordou em silêncio.

Reduzi a velocidade quando chegamos à rampa de barcos, certificando-me de que ninguém estivesse tentando passar pela radiopatrulha e entrar de qualquer maneira. Havia muitos carros enfileirados na estrada, mas as pessoas estavam encostadas nos capôs, com binóculos. Estavam ali pelo espetáculo. Tinha havido muitas queixas quanto ao horário da explosão. E agora nenhum pescador de verdade estava se importando com o lago hoje.

Acelerei na direção do lado leste do celeiro, fazendo um rápido gesto de cabeça para a equipe saber que estava tudo certo.

– Quinze minutos! – gritou de lá da margem o encarregado. Acenei para ele e voltei para o meio do lago.

O olhar de Bud pareceu ficar mais duro quando paramos perto do celeiro, mas, ainda assim, ele não teve nada a dizer. Apesar de termos compartilhado muitos momentos de silêncio ao longo dos anos, a maioria deles tinha sido da minha parte. Era sempre Bud que se esforçava, pronto a contar uma piada ou uma história sobre os filhos. Eu tinha convivido com meu silêncio até ele se tornar como uma mulher para mim, e eu nunca me questionava a respeito. Mas esse silêncio de Bud não era natural. Eu não sabia como transpô-lo. Havia agora uma barreira entre nós, um lugar difícil que costumava ser fácil.

Posicionei o barco e desliguei o motor. Não havia nenhuma brisa hoje, o que era bom. Enquanto os segundos iam passando, não pude deixar de me retesar, sentindo aquela antiga náusea.

– Duvido que eu um dia volte a me acostumar com explosões – disse eu, só para dizer alguma coisa.

Ficamos olhando quando os últimos homens deixaram o celeiro, pegaram as picapes de tração nas quatro rodas e seguiram rumo à casa de Winifred, onde os controles tinham sido instalados. Agora não ia demorar.

Passei um pano na testa, que estava suada e fria. Bud deu um suspiro alto e prolongado.

– Imagino que você não tenha por aqui nenhuma garrafa das que vocês confiscam.

Fiquei surpreso. Bud não bebia.

– Não tenho. Ninguém esteve na água ainda este ano. E geralmente os rapazes dividem entre si o que realmente pegam. Não dura muito.

– Vai ver que é melhor assim, de qualquer modo. É só que... não consigo...

– Eu sei.

– Você não sabe não. – Ele abanou a cabeça, e seus olhos fulminavam o celeiro. Ele não olhava para mais nada.

– Você não faz a menor ideia do que é ter sua filha arrancada da sua vida, fazendo com que você se sinta indefeso como um mosquito. E depois ainda descobrir que ela estava transando com um professor, um professor casado. Foi como se eu não a conhecesse nem um pouco. Eu não conhecia o sangue do meu sangue.

– Bobagem. É claro que você a conhecia. Ela era uma adolescente, Bud. Elas acham que estão apaixonadas e fazem um monte de besteiras. Acabam se dando conta e seguindo adiante. Isso também teria acontecido com Hattie.

– E ele. – A raiva o dominou de novo. – Eu me sentei diante dele numa avaliação de Hattie, não faz dois meses, e o ouvi nos dizer como ela era talentosa e brilhante. E o tempo todo ele estava com aquelas mãos imundas debaixo da saia dela. Meu Deus, ele devia apodrecer na prisão pelo resto da vida só por aquilo. Mas depois tirar a vida dela... dar-lhe uma facada no coração...

Agora o corpo inteiro de Bud estava sendo sacudido. A raiva era total e fervilhava, sem ter para onde ir.

– Não é suficiente, Del. A prisão não basta. Preciso fazer alguma coisa contra ele. Minha vontade é jogá-lo naquele celeiro agora mesmo. Quero que o filho da mãe seja transformado em isca de peixe pelo que fez.

– Bud... – Eu não sabia o que dizer. Não sabia se havia alguma coisa a dizer em resposta a uma declaração daquelas, mas não fez diferença, porque a explosão varou o céu da manhã.

O celeiro explodiu numa série de clarões e de madeira voando. Depois, a fumaça subiu em nuvens, escondendo tudo. Sem pensar, eu tinha posto a mão no coldre e me abaixado por trás do para-brisa da lancha. Tive a impressão de Bud não ter percebido. À medida que a fumaça ia se dispersando e que o cheiro de dinamite chamuscava o ar, eu relaxei um pouco e levei o barco mais para perto da margem. Esses caras da demolição sabiam o que estavam fazendo. O celeiro agora era um monte de madeira e entulho, metade na terra, metade apanhada na sua rede gigante.

Depois de alguns minutos, as picapes voltaram, e acenos para a lancha nos disseram que estava tudo bem.

– Bem, está terminado. – Eu ia começar a virar a lancha para outro lado quando Bud se debruçou sobre o costado.

– Peraí.

Ele apontou para a água. Dois peixinhos estavam boiando na superfície, mortinhos da silva. Enquanto estávamos ali parados olhando, mais um veio à tona. Depois outro.

– Lá. Olha lá.

– Veja só aquele. Deve ter no mínimo um quilo e meio.

Em toda a nossa volta, peixes boiavam de lado, com o ventre prateado brilhando como cem raios de luz ao sol da manhã. Era impossível contar todos eles. Estavam por toda parte.

– Deve ter sido a onda de choque. – Eu tinha me sentido atravessado por ela, mas supus que aquilo estivesse mais na minha cabeça do que em qualquer outro lugar. Só que, quando vi todos aqueles peixes mortos, bem, a coisa já não estava dentro de mim. Os tremores já haviam passado.

Ficamos ali em pé, um do lado do outro, com os olhos fixos na água.

– Vamos beber alguma coisa, OK?

– Humm.

Virei a lancha, nos afastando dos peixes mortos flutuantes e da equipe da demolição que pululava em torno do entulho, e rumamos de volta para a rampa. No instante em que atracamos, o pessoal da emergência falou pelo rádio.

– Temos um 1052 com dois veículos aí na autoestrada 12, bem no trecho ao longo do lago. Del, você ainda está na água?

– Saindo agora, Nance. Vou pra lá direto. – Eu já estava a meio caminho da radiopatrulha. – Desculpa, Bud. Você vai precisar vir junto e ter paciência, a menos que queira ficar aqui. É claro que Mona iria apanhá-lo.

Mas ele já estava no banco do passageiro, pondo o cinto de segurança. Acionei as luzes e passei acelerado pela fileira de carros. Alguns dos espectadores viraram o binóculo para nosso lado.

– O que é um 1052?

– Colisão com feridos.

Não demoramos para encontrar o acidente. Uma carreta com semirreboque estava quase em formato de "L" no acostamento, e o motorista, parado ali perto, acenando nervoso para chamar a nossa atenção. Quando paramos, pudemos ver, por baixo do semirreboque, a picape ou o que restava dela, de qualquer modo. Dava a impressão de ser uma dessas caminhonetes-monstro – uma F-150 modificada.

Estacionei a radiopatrulha no meio da faixa para manter o trânsito mais para a esquerda.

– Ele veio direto pra cima de mim. – Começou o motorista assim que abri a porta. – Teve uma explosão apavorante, e essa picape veio na minha direção. Não consegui sair da frente.

– O que você está transportando aqui? – Dei uma verificada na tubulação de combustível para me certificar de que estava intacta.

– Frutas. Morangos da Califórnia. – Ele parou nas proximidades do desastre, deixando que eu abrisse caminho por baixo da carreta.

– Alguém aí? Aqui é o xerife Goodman. Você está me ouvindo?

Não houve resposta.

Vi um par de botas andando pelo outro lado da caminhonete.

– Del! – Era Bud.

Eu me abaixei para passar por entre as rodas e fui me encontrar com ele do outro lado.

– É o carro de Tommy – disse Bud. – De Tommy Kinakis.

– Me ajuda a abrir a porta do lado do motorista.

Nós a forçamos até conseguirmos alguns palmos de espaço para passar, e eu pus a cabeça dentro da cabine.

Tommy parecia ter sido engolido pela coluna de direção da caminhonete. O painel inteiro estava esmagado, contra os bancos, com Tommy jogado no meio. Sangue gotejava do volante, caindo no tecido destroçado, onde havia algumas garrafas vazias de bebida alcoólica. Eu me estendi para tentar sentir seu pulso, sem nenhuma esperança. Os olhos do rapaz estavam abertos, sem expressão.

Afastei-me dos destroços, fazendo que não para Bud, e liguei para o atendimento de emergência pedindo uma ambulância para um óbito.

– Meu Deus, ele morreu? – O motorista da carreta segurou a cabeça como se ela estivesse caindo do corpo e entrou na vala ao lado da sua cabine. Deixei Bud e fui falar com ele.

– Conte-me de novo o que aconteceu. Só que devagar desta vez.

– Eu devia entregar metade da carga em Rochester e metade em Red Wing. Tinha acabado de sair de Rochester e estava pensando que deveria ter completado o tanque. E então veio um estrondo enorme não sei de onde.

– O pessoal demoliu um celeiro logo depois daquele morro. A pouco mais de um quilômetro daqui.

– Ah. Ah, certo. – Ele começou a enxugar a testa.

– Então, depois da explosão...

– Foi nessa hora, no mesmo instante do estrondo, que essa caminhonete veio pra cima de mim. Ele estava vindo do sentido oposto, e pareceu ter simplesmente perdido o controle, no mínimo a mais de cem por hora. A traseira como que derrapou e eu pisei no freio e tentei sair para o acostamento. Mas, antes que eu percebesse, ele já estava debaixo de mim. Ouvi o rangido do ferro sendo esmagado, e minha carreta inteira parou com um tranco. Saltei para ver se ele estava ferido, e tudo o que pude ver foi a cabeça, mas ele não se mexia e não respondeu quando gritei. Por isso, voltei para a cabine e avisei a polícia.

– Nenhum outro carro vindo ao mesmo tempo? Mais alguém que tenha visto?

– Não, nenhum. As coisas são bastante paradas por aqui. Pode ser que tenha havido algum depois. Não me lembro.

– Del! – Bud gritou, e eu olhei para vê-lo meio enfiado na cabine de Tommy.

– Fique de olho na ambulância – eu disse ao motorista e voltei correndo. Será que Tommy poderia de fato estar vivo? Eu não tinha sentido nenhum batimento cardíaco.

– O que foi?

Bud recuou, com o olhar fixo no interior da picape, como se alguém lhe tivesse dado uma porrada na nuca. Ele estendeu um dedo e apontou.

Olhei ali dentro, mas nada tinha mudado. Tommy continuava morto. Não senti nenhum cheiro de combustível.

– A porta – disse Bud, impaciente, e então eu vi.

O painel interno da porta do lado do motorista estava quebrado, e lá, toda incrustada com sangue seco e escuro, estava a faca de abater galinhas de Mary Beth Lund. A faca com que eu tinha sonhado, a faca que não tínhamos conseguido tirar do lago. Debrucei-me um pouco mais e vi uma caixa retangular com botões, por baixo da faca. Eu poderia apostar mil dólares em que ela era a câmera de vídeo de Hattie, que estava sumida.

– Filho da mãe – sussurrei.

Bud veio se postar ao meu lado, e nós ficamos ali parados, olhando para o corpo mutilado de Tommy, vendo seu sangue coagular.

– Lund – disse Bud, com a voz baixa e grave, e eu soube que ele estava pensando o mesmo que eu. Peter Lund tinha confessado um crime que não cometera. Talvez ele achasse que estava protegendo alguma outra pessoa, ou talvez quisesse pagar por seus outros pecados, mas, com toda a probabilidade, ele ia apodrecer na prisão pelos próximos vinte a trinta anos. E a única coisa no mundo que ia impedir isso estava bem diante de nós.

Olhei de relance para Bud. Ao longe se ouviu o uivo da ambulância e uma sirene de outro veículo da polícia. Não havia tempo para pensar bem. Não havia tempo para eu me perguntar sobre a moralidade dos atos de um homem, se ele devia mais a um amigo ou à lei e ao país que dependia daquela lei; não havia tempo para examinar com atenção as dezenas de questões que me atormentariam no meio da noite nos anos do porvir, sentado acordado na escuridão da sala de estar, com os olhos fixos no gato dos vizinhos, com a sensação de que eu não tinha nenhum direito a usar um distintivo, que eu tinha traído a instituição à qual dediquei minha vida, e nem mesmo sabendo o que isso significava. As sirenes vieram se aproximando, e eu me voltei para Bud, meu velho amigo devastado, e lhe dei uma migalha do que ele tinha perdido de si mesmo.

– Você decide.

Lágrimas escorriam por seu rosto não barbeado.

– Eu não sei, Del.

– Decida por Hattie, então. Escolha por ela.

Fiquei olhando enquanto a mão de Bud se estendia devagar, para forçar aquele compartimento secreto a se abrir mais ou para fechá-lo, escondendo-o do mundo para sempre. Para revelar quem tinha assassinado sua filha ou para condenar o amante dela a toda uma vida de penitência.

A mão dele tremia enquanto ele tomava a decisão.

DEL / *Domingo, 11 de maio de 2008*

JAKE E EU ASSISTIMOS À GRAVAÇÃO DESDE O INÍCIO. A IMAgem de Hattie encheu a sala de interrogatório, luminosa e efervescente num minuto, sombria e com olhos arregalados no minuto seguinte, nos contando tudo o que tinha feito no último ano da sua vida breve. Era esse o diário que eu tinha esperado encontrar quando fiz a busca no seu quarto todas aquelas semanas atrás.

Quando a cena passou do quarto dela para as tábuas escuras e lascadas do celeiro, nós dois nos endireitamos nas cadeiras. Tudo em mim se retesou e eu senti um frio por dentro. Hattie não se dava conta de nenhum perigo, desatando a contar detalhes do seu encontro com Lund e dos seus planos de irem embora juntos. Ela estava radiante, cheia de vida e esperança. Então um rangido afastou seu olhar da câmera, e sua expressão se iluminou.

– Você esqueceu...?

Seu sorriso se apagou. Ela recuou com um passo em falso, se afastando da câmera e da pessoa que tinha acabado de entrar no celeiro.

– Tommy.

– Sua piranha mentirosa.

Hattie continuou a recuar só até a parte superior do seu corpo estar visível.

– O que você está fazendo aqui?

– Eu estava procurando por você. – Tommy apareceu na tela, com a faca de Mary Beth na mão. – Fui pra casa e voltei. Andei por aí pelas estradinhas, procurando você, pra lhe dar uma carona porque me arrependi do que disse.

– Você é um doce. – A voz de Hattie estava trêmula quando ela falou.

– E então vim olhar no celeiro.

Ele continuou avançando devagar, de costas para a câmera, até ficar no canto mais distante da tela, com Hattie.

– Então vejo você sentada no colo do sr. Lund, toda carinhosa com ele, como se vocês tivessem acabado de dar a maior trepada.

– Tommy, eu posso explicar.

– Não preciso de explicação, Hattie! Já entendi tudo! Você não quer fazer sexo comigo, mas não se importa em transar com um professor da gente. Ele lhe dá boas notas? Você faz um boquete pra cada "A"?

– Eu estou apaixonada por ele, Tommy. – Os olhos de Hattie não paravam de se desviar para a faca.

– Quer dizer que você está me traindo com um professor. Deixando ele fazer tudo que me diz que não quer fazer. Você estava rindo de mim pelas minhas costas? Rindo de mim enquanto trepava com ele?

– Não. Não, eu nunca ri de você. Eu nunca... pensava em você. – Ela recuou mais um passo, e as tábuas do assoalho estalaram. Agora, ela devia estar bem perto da beira da água. – Você foi um namorado legal, Tommy. Verdade. Me perdoa. Eu não quis te ferir. Não pensei.

De repente, ela apontou para a faca na mão de Tommy.

– O que você está fazendo com isso aí?

– Vou fazer você me dar umas respostas. Vi quando ele foi embora e esperei você sair. Foi aí que encontrei essa faca. – Ele a ergueu pela primeira vez, apontando-a para o peito de Hattie.

– Não dá pra você largar essa faca? Nós podemos ir a algum lugar, aonde você quiser, e podemos conversar. Eu lhe conto tudo o que quiser saber, a verdade inteira. Prometo.

– Você trepou com ele aqui? – Tommy perguntou, subindo o tom da voz.

Ela hesitou, antes de responder:

– Sim.

– Então quero conversar aqui mesmo.

Agora havia só alguns palmos de distância entre eles.

– Há quanto tempo você está transando com nosso professor de inglês?

– Desde janeiro.

Com isso, ele recuou, abrindo um pequeno espaço entre os dois. Os olhos de Hattie adejaram na direção desse espaço e voltaram para o rosto de Tommy. Nas suas feições havia um pânico bem controlado, mas também uma concentração, como se ela estivesse tentando raciocinar.

– Janeiro? Você está indo pra cama com ele quase desde que começamos a sair juntos?

– Tommy, comecei a sair com você *para* poder ir pra cama com ele. – Isso fez com que ele recuasse mais um passo, e a voz de Hattie ganhou volume e segurança. – Ele não queria que ninguém descobrisse nada sobre nós. Por isso, arrumei um namorado. Um namorado tipicamente americano, um grande jogador de futebol. Era o disfarce perfeito.

– Meu Deus. Ai, meu Deus. – Tommy levou as mãos à cabeça e começou a balançar de um lado para o outro.

– Eu não estava tentando te ferir, mas também não estava tentando te proteger. No fundo, eu estava me lixando pra você, Tommy. Você nunca foi a questão.

Ao meu lado, Jake se mexeu na cadeira.

– O que ela está fazendo? – sussurrou ele.

A compreensão chegou veloz.

– Ela está tentando fazer com que ele se afaste. Toda vez que ela diz alguma coisa terrível, ele recua. Está vendo?

Mostrei com um gesto o espaço entre eles na tela, a rota de fuga que ela estava tentando abrir do único jeito que sabia.

– Você. – Tommy tinha conseguido se controlar e agora apontava a faca para ela de novo. – Eu achava que você era boa, que você gostava de mim. Passei tantas noites pensando que era eu que estava errado, porque eu queria... mas você é igualzinha a ela, não é? Você é como no teatro.

– Como? – Toda a concentração desapareceu do rosto de Hattie, substituída pelo choque. Seus olhos eram círculos brancos na tela.

– Você é aquela rainha. Aquela víbora que leva os homens a fazer coisas terríveis. É você, não é? Você... manipula as pessoas. – Ele demorou a encontrar a palavra, mas depois a vomitou como se fosse bile. – Você usa as pessoas para conseguir o que quer.

Pelo canto dos olhos, vi Jake levar a mão ao rosto, e então tudo aconteceu depressa.

Tommy deu um passo à frente, e Hattie tentou passar correndo por ele no espaço que havia tentado abrir. Quando ela sumiu da tela, Tommy se lançou atrás dela, e seu braço deu a volta num gancho violento. Foi um golpe instantâneo, arrasador. Um movimento como um relâmpago, um berro, um grito, e estava acabado. Hattie caiu para trás e, por um átimo de segundo, voltou a aparecer na tela, com a boca aberta, os olhos arregalados, antes de bater no chão com um baque abafado.

Tommy pareceu ficar paralisado por um instante, ainda meio agachado. E então sumiu da tela.

– Hattie? Hattie? Hattie! – Ele suplicou e depois se levantou de novo, com tremores violentos.

– Não, não, não, não, não, não. – Os tremores ficaram cada vez mais fortes. A cabeça dele começou a sacudir no ritmo das palavras. – Hattie, não. Não é Hattie.

Ele entoou o mesmo refrão por uma eternidade, oscilando com aquele seu jeito infantil, atordoado, e cobrindo o rosto. Depois ele se ajoelhou no chão, ainda negando o que acabara de acontecer, numa voz que se tornou embargada, pontuada por interrupções estranhas.

Ele estava fazendo o rosto dela desaparecer.

Quando voltou a surgir na tela, ele estava com a bolsa dela, e a faca não estava mais à vista.

– A formatura. A cabana. Ela quer ir. Todo mundo vai – ele disse ao passar pela câmera. O rosto estava corado, os olhos vidrados, sem ver nada. Depois de um minuto inteiro, ele voltou, murmurando e chorando. As palavras agora eram ininteligíveis.

Abaixando-se, ele pegou a faca e recuou para o centro da tela. Ficou ali imóvel um instante, a essa altura soluçando abertamente; e então deu meia-volta, como que para fugir. Foi aí que avistou a câmera.

O choro parou, e ele ficou olhando fixo para a tela como se pudesse nos ver aqui sentados, assistindo à cena, os vivos petrificados diante dos mortos. Ele olhou para baixo, para a faca na mão, e então avançou com uma determinação súbita. A imagem e os ruídos se tornaram uma confusão incompreensível, até que tudo se apagou.

Demorou muito até que um de nós se mexesse. A sala ficou fora de foco, e eu não me contive, deixando que a dor que tinha reprimido durante o último mês por fim ganhasse forças e me dominasse. Quando Jake finalmente se levantou para desligar a TV, ele teve a gentileza de desviar o olhar.

PETER / *9 de junho de 2008*

A RADIOPATRULHA DO XERIFE ESTAVA PARADA, EM MARCHA lenta, diante do portão da frente do presídio, esperando por mim. Ninguém me disse que ele estaria ali, da mesma forma que ninguém mencionou que eles iam me liberar no meio da noite, me acordando de um sono profundo, enquanto meu companheiro de cela piscava os olhos sem entender nada, olhando para a lanterna do carcereiro.

De algum modo, não me surpreendi. Depois que o promotor público ligou com a notícia, duvido que qualquer coisa conseguisse chegar a me surpreender.

Tinham encontrado uma filmagem, uma gravação em vídeo do assassinato, gravação feita pela própria Hattie. Tommy Kinakis a matara. E Tommy também tinha morrido. Depois de algumas semanas de procedimentos burocráticos, minha condenação foi anulada.

Passei sob as lâmpadas de segurança da entrada e pela janela junto ao portão, onde o olhar desdenhoso de um guarda armado avaliou quem eu era. O terno que eu tinha usado do tribunal até o presídio caía frouxo no meu corpo mais magro. A não ser pela carteira no bolso de trás, não havia nada comigo.

Em silêncio, entrei na traseira da radiopatrulha. O xerife não se virou, nem deu sinal de ter percebido minha presença, a não ser o de engrenar o carro e sair do estacionamento. Os morros ao redor estavam negros, e apenas alguns faróis de outros carros iluminavam a autoestrada enquanto seguíamos para o sul, na direção de Mineápolis. O painel marcava 1:07 da madrugada.

– Aonde estamos indo? – perguntei, depois de uns quinze quilômetros.

Pareceu que ele levou outros quinze para responder.

– Você vai ver.

Era provável que ele me largasse em alguma droga de esquina na zona norte, talvez no território de alguma gangue. Não importava.

Eu não tinha ideia do que ia fazer agora. Durante as últimas semanas, a pergunta zumbia pela minha cabeça, como alguma mosca insignificante. Eu a ignorava e comia meu almoço com cheiro de plástico, dava voltas na pista de corrida ou adormecia ao som de estrondos metálicos e risos que ecoavam no pavilhão. Era mais fácil existir assim, no futuro de esquecimento que eu tinha planejado para mim mesmo. Mas de repente outro futuro se apresentava, uma alternativa de realidade para a qual eu estava totalmente despreparado.

Eu já não tinha uma profissão. Minha licença de professor fora revogada enquanto eu ainda estava na cadeia em Pine Valley; e, mesmo que não tivesse sido, eu não conseguiria passar por uma checagem de referências em nenhuma escola do país.

Eu também já não era casado. Os documentos do divórcio foram a primeira correspondência que recebi depois da transferência para St. Cloud. Pus minha assinatura ao lado da de Mary, enviei os formulários de volta no envelope de postagem pré-paga e imaginei que esse seria o último contato que chegaríamos a ter na vida. Depois, recebi o telefonema da promotoria pública, que mudou tudo, e Mary apareceu, sem nenhum aviso, durante o horário de visitação no domingo seguinte.

Ela estava bem – o rosto novamente mais cheio e um pouco mais de cor nos lábios. Usava um vestido que eu não reconheci. Ele se enfunou um pouco, numa estampa delicada de folhas verdes, quando ela veio entrando no parlatório. Não era exatamente uma bata de gravidez, mas não tinha nada a ver com os vestidos antiguinhos, de cintura marcada, que ela costumava usar. Quando ela se sentou, o tecido se acomodou sobre uma barriga ligeiramente mais arredondada. Não deixei que meu olhar se demorasse por ali.

Nenhum de nós dois queria ser o primeiro a falar. Ficamos olhando para a mesa vazia entre nossas mãos, e Mary levou um minuto inteiro para resolver romper o silêncio.

– Você soube?

– Soube.

Mais um intervalo; e então ela tocou direto na ferida.

– Achei que tinha sido você. Achei que você ia mentir sobre aquilo como tinha mentido sobre tudo o mais. Foi por isso que fui visitá-lo na cadeia, para me certificar de que você confessasse.

Ela falava direto para as mãos unidas, e eu percebi que sua aliança já havia sumido. Não havia marca de bronzeado no dedo.

– Mas você achou que tinha sido eu, não foi? – prosseguiu ela. – Depois que soubemos do Tommy, repassei nossa conversa e me dei conta da impressão que eu devo ter dado. Você confessou porque achou que tinha sido eu.

– Achei. Desculpe.

Ela concordou em silêncio e respirou fundo, como se estivesse soltando alguma coisa que até então estava segurando com muita força. Mudei de assunto e perguntei por Elsa e pela fazenda. E ficamos numa conversa mole, afetada, até ela se levantar para ir embora.

– Quando você vai sair? – Ela levantou o olhar de relance e o passou pelo parlatório.

– Não sei. Acho que não vai demorar.

– E o que você vai fazer?

A pergunta que valia um milhão de dólares. Fiquei olhando para a pavimentação com rachaduras e buracos que passava correndo pelos faróis do carro do xerife e me lembrei da curva do queixo de Mary, enquanto ela se recusava a olhar para mim. Seu cheiro era como o do vento e do sol.

Eu lhe disse que arrumaria um jeito de pagar a pensão alimentícia. Ela pareceu ficar constrangida, fez que sim e foi embora.

Eu ainda tinha alguns amigos na cidade grande que me deixariam ficar com eles enquanto procurava emprego. Enquanto eu começava a pensar em lugares para trabalhar, nós passamos pelos bons subúrbios e entramos no centro. A silhueta dos prédios contra o céu, com seu clarão dourado acentuado pela flecha delicada da Foshay Tower, era uma velha amiga depois de uma longa ausência, familiar e ao mesmo tempo embaraçosa em sua familiaridade. A iluminação das ruas trouxe água aos meus olhos, depois de tanta escuridão. Foi só quando atravessamos o Mississípi e entramos em St. Paul que eu percebi que a maioria dos bairros perigosos tinha ficado para trás e que ele ainda não tinha me jogado em alguma sarjeta. Alguns quilômetros depois, quando a radiopatrulha seguiu para o sul numa autoestrada que levava até Rochester, outra possibilidade de futuro se apresentou.

Talvez ele estivesse me levando de volta para Pine Valley. No meio da noite. Sem testemunhas.

Minha pulsação deu um salto, subindo pelo fundo da minha garganta à medida que a situação se tornava óbvia. O xerife era amigo da família Hoffman. Eram bons amigos.

– Pode me dizer, por favor, aonde estamos indo? – perguntei de novo, dessa vez me inclinando na direção da divisória.

O xerife riu, mas não havia humor no som.

– Parece que você está um pouco nervoso aí atrás. Preocupado com a volta ao lar?

– Mary e eu já não estamos casados. Ela não vai me querer lá. – Tentei manter minha voz calma.

– Imagine só.

Ele me olhou de relance pelo retrovisor e voltou a olhar para a estrada. As cidades desapareceram atrás de nós como uma miragem na noite. Ele estaria me provocando com elas? Ocorreu-me que esse homem tinha descoberto os detalhes mais íntimos da minha vida e que eu não sabia nada a respeito dele. Ele podia ser casado, gay, judeu, ateu, ou todas as respostas, mas nenhuma delas realmente importava. Nada me dizia que tipo de pessoa ele era.

Ele não estava usando o chapéu, e eu percebi sua idade pela primeira vez. O cabelo grisalho estava meticulosamente aparado acima do colarinho, onde rugas da pele queimada de sol marcavam o pescoço. Apesar de suas mãos segurarem o volante na posição correta e de ele estar sentado bem aprumado, não havia nele nenhuma formalidade indevida. Parecia alguém determinado a seguir uma linha de ação, com décadas do que é certo do seu lado.

– Faria alguma diferença eu lhe dizer como me arrependi?

O reflexo dos seus olhos no espelho ficou carregado.

– Não vejo como.

Abanei a cabeça, sem conseguir discordar dele. O arrependimento não mudava nada.

A cada quilômetro que passava, minha resignação aumentava. Ela não substituía o pânico, e eu não conseguia evitar isso. Meu corpo não queria morrer. Meu coração doía a cada batimento, e era difícil eu conseguir inspirar ar suficiente, mas me forcei a me recostar e empurrei a palma das mãos direto no assento de cada lado de mim. Se essa era minha última viagem de carro, eu não ia passá-la chafurdando no medo. Subimos mais uma ladeira, passamos por um bosque escuro e descemos para um vale de campos em que as lavouras refletiam linhas pálidas de luar, que ziguezagueavam de volta para o céu. Mesmo no escuro, eu podia distinguir a soja do milho, e pouco mais adiante surgiu um campo salpicado com o que reconheci ser gado de leite. Estranho como o conhecimento estava ali, desvinculado de qualquer lembrança de eu tê-lo adquirido. Foi então que me ocorreu uma coisa.

– Hattie sentiu medo?

O xerife devia ter visto o vídeo. Ele tinha testemunhado os últimos momentos de Hattie, que eu imaginara milhares de vezes, meu horror incontrolável por eu não saber a extensão do dela.

Ele suspirou, e aquele som pesado fez com que meus músculos se retesassem, à espera do golpe. Prendi a respiração.

– Sentiu – ele acabou dizendo.

– O que aconteceu? – consegui falar com esforço.

Passou-se uma eternidade antes de ele responder; e de repente eu tive vontade de investir contra a divisória e arrancar dele a informação. Minhas mãos tinham se fechado em punhos. Eu tremia.

– Por favor – continuei, fechando meus olhos com força. – Conte-me, por favor.

Quando ele falou, sua voz estava baixa.

– Ele a surpreendeu com a faca e a encurralou. Ela ficou apavorada, mas contou para ele tudo o que ele perguntou. Contou-lhe a verdade. Depois, ela tentou correr e morreu antes de cair no chão.

Ele suspirou, e eu não confiei em mim o suficiente para falar. Inclinei-me para a janela, fora do seu alcance visual, e enxuguei os olhos enquanto a cena do assassinato se desenrolava na minha cabeça. Assisti quando Hattie caiu. Ela caía repetidamente, nunca chegando ao chão, apanhada naquele último momento para sempre. Minha mente não tinha como fazê-la viver, e não queria deixar que ela morresse.

– Eu não conseguia aceitar. – O xerife falou depois de mais alguns quilômetros, rompendo o silêncio de modo tão abrupto que eu quase não ouvi. – A maioria das peças estava ali. O DNA. A confissão. Tudo o que estava no guarda-volumes.

Seu tom tinha mudado. Não parecia que ele ainda estivesse falando comigo, mas eu respondi mesmo assim.

– Achei que estava agindo certo. Pelo menos dessa vez.

Ele concordou devagar, sem tirar os olhos da estrada.

– Imagino que estivesse, sim. E isso quase nos impediu de chegar à verdade.

– Então é minha a culpa de Tommy ter matado Hattie?

– Tommy Kinakis não era nenhum assassino. Vocês dois destroçaram aquele garoto. O álcool no sangue dele estava a 0,25 quando ele bateu naquela carreta. Agora os pais dele puseram a casa à venda e não querem nem mesmo aparecer na cidade. E eu acho...

O tom da sua voz subiu de repente antes de ele parar de falar. Embora eu só pudesse ver fragmentos do seu rosto, parecia que ele estava contendo uma explosão de emoção. E, quando voltou a falar, sua voz estava embargada.

– ... acho que a culpa foi de Hattie.

Ele respirou fundo, se recompondo.

– Eu amava aquela menina... amava cada fio de cabelo atrevido e espertinho naquela sua cabecinha... mas a verdade é que ela o matou tanto quanto ele a matou. E nenhum dos dois pretendia isso. Nada mais do que adolescentes idiotas.

A luz ofuscante de faróis no sentido oposto ocultou seu perfil quando ele fez que não.

– Adolescentes tontos que nunca vão crescer para descobrir que são melhores do que aquilo. Que nunca vão ver o mundo e se dar conta do que significa voltar para casa. Que sua vida só vale os amigos que encontrarem nela.

Muitos quilômetros se passaram apenas com o som do ritmo das rodas no asfalto. Não havia nada a olhar, a não ser campos escuros, em germinação; nenhuma distração que me afastasse das escolhas que Hattie, Mary, Tommy e eu fizemos e que acabaram nos conduzindo a esse lugar e a essa hora. Eu tinha confessado algo que não tinha feito, acreditando que com isso poderia compensar os erros cometidos. Agora, não havia como evitar o passado. Eu seguia rumo a ele, com o coração batendo forte na expectativa doentia do acerto de contas que eu sabia que merecia.

Eram mais de três da madrugada quando as luzes de Rochester começaram a clarear o horizonte. As estradas continuavam vazias enquanto íamos entrando no bairro comercial.

Quando passamos direto pela saída para Pine Valley sem acessá-la, eu me endireitei no banco. Confuso, girei para me certificar de que não tinha me enganado ao ler a placa e então voltei a olhar para o xerife, que continuava a dirigir calmamente à velocidade máxima permitida. Foi só quando a clínica Mayo surgiu no horizonte que ele saiu da estrada, seguindo pelas ruas residenciais, até estacionar num posto de combustível igual a tantos outros. Ele parou longe das bombas, deixando o motor em marcha lenta.

Esperei. Depois de um minuto, ele suspirou e abriu a divisória entre os bancos.

– Acho que você não se lembra de que dia é hoje.

Eu não me lembrava. Não imaginava que datas ainda teriam muito significado para mim.

Ele estendeu a mão para o porta-luvas e tirou de lá alguns pedaços de papel, passando-os pela janela. Eu os desdobrei voltados para as luzes do posto, lendo-os, e fiquei de queixo caído.

Eram as passagens de ônibus que Hattie tinha comprado para nós. Uma viagem de ida para Nova York, partindo às 3:38 da manhã no dia 9 de junho de 2008. Eu não tinha pensado nessas passagens desde que confessara o assassinato. O breve aturdimento clandestino que Hattie e eu tínhamos compartilhado naquele celeiro parecia agora um sonho, uma alucinação que não podia ter sido verdadeira. No entanto, aqui estavam as passagens na minha mão, o papel dobrado e pouco manuseado, com nossos nomes digitados em letras pretas e nítidas. Antes que eu pudesse processar o que estava acontecendo, ele também me passou um envelope. O nome de Hattie estava na frente, com a minha letra, e ele continha um bilhete e trezentos dólares.

– Isso já não é prova de nada – disse ele, sem olhar para mim.

– Não estou entendendo. Achei... – Enquanto eu me atrapalhava com o que tinha achado, um ônibus da Greyhound entrou pesado no posto de combustível e estacionou com um chiado fortíssimo. Algumas pessoas amarfanhadas, piscando os olhos, saltaram e foram entrando na lanchonete do posto.

– Melhor você se apressar.

Olhei para as passagens e para o dinheiro de novo; e então para a nuca do xerife.

– Por que está fazendo isso?

Ele suspirou, e eu achei que ele não fosse responder. Então fechou o porta-luvas e pigarreou.

– Bud Hoffman é meu amigo há quase tanto tempo quanto você tem de vida. Não vou deixar que ele faça nada de que possa se arrepender depois. Melhor você se mandar daqui.

Ele então se virou e olhou para mim pela primeira vez naquela noite, não como um policial olhando para um criminoso, nem como um homem de bem olhando para um pecador, mas com uma estranha afinidade decorrente da perda, como dois homens que se cruzassem num cemitério. Havia alguma coisa calma e corrosiva no olhar do xerife, e alguns instantes transcorreram até eu engolir em seco e fazer que sim, dobrando as passagens na palma da mão.

Quando saltei do carro, percebi que tinha descoberto tudo o que precisava saber sobre o xerife do condado de Wabash.

Ao atravessar o estacionamento, respirei fundo, sentindo o sabor do ar de Minnesota pela última vez. Entreguei minha passagem ao motorista e embarquei. Depois, fiquei olhando para o carro do outro lado do estacionamento até o ônibus ser engrenado. Sem nenhuma emoção visível, o xerife pegou seu chapéu e o pôs na cabeça, endireitou a aba sobre a testa e saiu calmo com sua radiopatrulha para a estrada. Ao passar pela minha janela, seus dedos se ergueram uns dois centímetros do volante. Quando levantei a mão para retribuir o cumprimento, ele já tinha ido embora.

O ônibus saiu ruidoso da cidade. O estofamento com cheiro de mofo e o leve toque de suor dos viajantes adormecidos confirmavam que eu de fato estava ali, que aquilo estava realmente acontecendo. Encostei-me no vidro frio da janela e fiquei olhando para a paisagem. Passaram-se horas, e o céu foi clareando. Os morros subiam e desciam como uma trilha sonora muda, e foi só agora que eu estava sendo exilado deles que cheguei a apreciar plenamente sua beleza. Um oceano de plantas vicejava ali, com as raízes seguras e as folhas se banhando na aurora de um novo dia. Eu via Mary nessa terra e via Hattie também, apesar de tudo o que ela afirmava. Eu via sua disposição de espírito e sua determinação.

Quando o sol irrompeu no horizonte em vermelho e laranja chamejante, abri o envelope que o xerife me dera e tirei dele o bilhete.

Vá para Nova York...

Apesar de a letra ser minha, as palavras eram dela, sussurradas no ar em torno de mim, sopradas na terra que passava veloz; e elas encheram meu peito com uma dor esperançosa, a recordação de um amor que eu levaria pelo resto da minha vida, me guiando na direção de uma reparação impossível.

... Saiba que amei você.

AGRADECIMENTOS

EM PRIMEIRÍSSIMO LUGAR, SOU GRATA A EMILY BESTLER NÃO só por sua fabulosa visão editorial, mas também por sua dedicação e entusiasmo ao longo de todo o processo de publicação. É uma honra ser autora da Emily Bestler Books. Meu muito obrigada a Claire Miller por ser minha primeira leitora quando o livro não passava de um rascunho de imagens esboçadas, e a Brandon Holscher por me proporcionar um bê-á-bá do teatro. Agradeço à investigadora Renee Brandt e ao policial Brandon Howard as noções que me transmitiram dos mundos da aplicação da lei, bem como as correções de muitos dos meus pressupostos equivocados. (Até um ano para um DNA!) Obrigada a Sharon Amundson por seu feedback de leitora especializada em literatura policial. Devo muito a Josh Wodarz por todos os seus conselhos e apoio, e, acima de tudo, por sua capacidade de ver o livro como ele poderia ser e não como era. Obrigada a Ellen Goodson por encontrar aquela tranquila tarde de sexta-feira com a caneca de café quente. Gratidão é uma palavra insuficiente quando penso no que Stephanie Cabot fez para transformar esse original num lançamento internacional. Superagentes do mundo, vocês não são melhores que essa mulher. (O marido dela consegue até sugerir títulos incríveis!) Meus agradecimentos eternos a Tom e Linda Montgomery, por nunca me dizerem que eu estava tentando algo impossível. E, é claro, obrigada a Sean Montgomery por manter meu foco no que é realmente importante – seu *motorhome*.

Impressão e Acabamento:
GRÁFICA SANTA MARTA